타타의 강

타타의 강

마쓰우라 히사키 지음
박화 옮김

살림Friends

빼앗긴 강

1

온 세상이 잠든 것처럼 고요했다. 서쪽 하늘은 아름다운 노을로 붉게 물들고, 강 위에 비치는 강둑의 그림자는 이리저리 흔들리고 있었다. 아직 그림자가 지지 않은 강 저편에는 햇살이 반짝이고 있었다. 강을 가만히 들여다보니 돌들이 물살을 따라 구르며 크고 작은 소용돌이를 만들고 있었다. 물살은 생각했던 것보다 훨씬 빨랐다.

어느새 저녁 공기가 조금 차가워졌다. 회향풀의 은은한 향기를 실은 공기는 여름의 끝을 알리고 있었다. 무성한 나뭇잎들은 조금씩 생기를 잃어 짙은 어둠 속에 조용히 잠들어 있었다. 조금 전까지 시끄럽게 울어 대던 쓰르라미의 울음소리는 사라지고, 상수리나무와 졸참나무 위에서 나는 작은 벌레들의 소리만 이따금 들려왔다.

강가로 내려가 조심스레 풀숲을 들춰 보니, 아주 신기한 것이 있다.

넓적한 돌 위의 복슬복슬한 회색 털 뭉치. 단, 이것을 보려면 소리를 내지 않도록 조심 또 조심해야 한다. 숨을 죽이고 천천히, 아주 천천히 다가가야 한다. 쉿! 절대 소리를 내면 안 된다. 풀잎을 스치는 소리도, 발아래 작은 돌끼리 부딪치는 소리도. 녀석은 귀가 엄청 밝으니까. 땅거미가 진 풀숲 사이로 숨을 쉬듯 올라갔다 내려갔다 하는 털 뭉치가 어렴풋하게 보인다. 살금살금 다가가 더 자세히 들여다보면, 털 뭉치는 바짝 붙어 서로의 배에 얼굴을 파묻고 새근새근 잠들어 있다. 털 뭉치의 정체는 바로 두 마리의 새끼 쥐다.

이런, 깜빡 졸았다. 깨어 보니 어느새 온통 어두워져 있었다. 곰쥐 타타는 귀를 쫑긋 세웠다.

"항상 귀를 쫑긋 세우고 있어야 한다, 알겠지?"

아빠는 날마다 귀에 못이 박히도록 말씀하셨다.

"타타, 항상 주변을 경계해야 한단다. 무엇이 언제 우리를 덮칠지 몰라. 우린 아주 작고 약한 생물이니까."

타타는 그만 꾸벅꾸벅 졸고 말았다. 동생 칫치와 하루 종일 신나게 뛰놀아서 피곤했던 모양이다. 졸고 있는 사이에 혹시 무슨 일이 생긴 것은 아닐까? 타타는 무서운 고양이나 사람의 기척이 나는지 귀를 기울여 보았다. 다행히 아무런 소리도 들리지 않자 타타는 칫치가 깨지 않도록 살며시 일어나 기지개를 켰다.

지난 며칠 동안 계속 비가 왔는데 오늘은 하루 종일 화창했다. 그래서 타타는 칫치와 오랜만에 강가에서 정신없이 뛰놀았다. 물장난도

치고 누가 돌을 더 멀리 던지나 시합도 하고 술래잡기도 하다 보니 즐거운 오후가 눈 깜짝할 사이에 지나갔다.

강가에는 흥미로운 것들이 아주 많았다. 그중에서도 오늘 최고의 수확은 바로 페트병이었다. 타타와 칫치는 산책로 풀숲에서 발견한 페트병으로 오늘 하루를 재미나게 보냈다. 페트병을 요리조리 뛰어넘으며 뜀틀 놀이도 하고, 반들반들하고 둥근 페트병 위에 올라가 평행봉 놀이도 했다. 물론 균형을 잃어 데구르르 굴러 떨어지기는 했지만, 그래도 즐거웠다.

뭐니 뭐니 해도 최고의 놀이는 페트병 구멍에 머리를 집어넣고 세상을 바라보는 것이었다. 구멍이 작아 몸이 다 들어가지 않아서 머리만 쏙 넣었다. 그렇게 바라본 세상은 아주 신기했다. 반투명한 플라스틱 병 너머로는 울퉁불퉁한 세상이 펼쳐졌고, 햇살은 물결처럼 반짝이고 있었다. 페트병 속에 머리를 밀어 넣은 채 작게 속삭이거나 크게 소리를 지르면 페트병 속에서 메아리치는 신비로운 울림이 귓가를 맴돌았다.

바위에 올라선 타타는 석양빛이 강을 붉게 물들이다가 어둠 속으로 사라져가는 모습을 지켜보았다.

'오늘은 정말 즐거운 하루였어. 아! 배고파. 이제 슬슬 돌아가 볼까? 아빠가 걱정하고 계실 거야. 서둘러야겠다. 이러다가 혼나겠는걸.'

그러다가 타타는 다시 주위를 둘러보았다.

'또 하루가 지나가는구나.'

이제 하루도 끝이 나고, 여름도 작별을 고하고 있었다. 올봄에 태어난 동생 칫치에게는 처음 맞는 여름이었다. 타타는 올해로 두 번째. 타타와 칫치는 여름 내내 쟁쟁 내리쬐는 햇볕 아래에서 나뭇잎 보트를 타고 신나게 물놀이를 했다. 커다란 방아깨비와 술래잡기도 했다. 여름 동안 풀숲에는 참매미와 유지매미의 울음소리가 흥겹게 울려 퍼졌다. 올여름에는 처음으로 애매미의 시원한 울음소리도 들을 수 있었다.

뜨거운 햇볕이 누그러들고 숲에 조금씩 변화가 생기는가 싶더니 비가 내리기 시작했다. 오늘 하루는 모처럼 화창했지만 여름 향기는 저만치 사라지고 있었다. 타타는 쌀쌀한 가을이 지나 추운 겨울이 찾아오는 것을 이미 경험해 보았다. 하지만 칫치는 여름이 끝나면 어떤 세상이 펼쳐질지 아직 모르고 있었다.

그들은 여름의 끝에 있었다. 타타는 생각에 잠겼다.

'끝난다는 건 무엇일까? 여름 내내 뛰놀면서 난 훌쩍 자랐어. 지금도 크고 있고, 언젠가는 아빠처럼 어른이 되겠지? 그런 다음에는? 하루가 지나고 여름이 끝나는 것처럼 언젠가 나도 끝나게 될까?'

태어나서 처음 이런 생각을 해 본 타타는 왠지 마음이 아팠다.

그때 "찍찍!"하고 작은 소리가 들렸다. 타타는 깜짝 놀라 주위를 둘러보았다. 뒤에서 웅크리고 자고 있어야 할 칫치가 보이지 않았다. 소리가 들린 쪽으로 고개를 돌려 보니 저만치 떨어진 곳에서 페트병에 매달려 버둥대고 있는 칫치가 보였다.

타타는 아빠를 닮아서 다른 쥐들과 털색이 같았다. 하지만 칫치의 털은 이른 봄에 칫치를 낳다가 돌아가신 엄마를 닮아서 흰색에 가까운 연한 회색이었다. 그래서 어디서든 눈에 쉽게 띄었다. 아빠는 칫치가 고양이나 족제비의 사냥감이 될까 봐 늘 걱정이 이만저만이 아니었다.

"칫치!"

타타가 소리쳤다.

"이제 그만 놀고 돌아가야 돼. 배 안 고파?"

그런데 그때, 페트병이 강물에 휩쓸려 흔들렸다. 타타는 가슴이 철렁 내려앉았다. 페트병은 물살에 떠밀려 점점 멀어져 가고 있었다.

'도대체 어떻게 된 일이지? 흙 속에 묻혀 있어야 하는데!'

타타는 페트병이 흘러가는 쪽으로 무작정 달리기 시작했다. 하지만 페트병은 거센 물살을 타고 더 빠르게 떠내려갔다.

"칫치, 꽉 잡아!"

칫치는 네 발을 힘껏 벌려 페트병에 매달렸다. 타타는 페트병 표면이 미끄러워 마땅히 잡을 데가 없다는 사실을 잘 알고 있었다. 언제 페트병이 뒤집혀 칫치가 물에 빠질지 알 수 없는 노릇이었다. 칫치는 얼굴을 잔뜩 찌푸린 채 타타를 향해 뭔가를 말하려고 했지만 너무 무서워서 목소리조차 나오지 않는 듯했다.

페트병이 처음 물 위에 뜬 지점에 타타가 도착했을 때, 칫치와 페트병은 이미 저 멀리 떠내려가고 없었다. 타타는 죽을 힘을 다해 계속 달렸다. 주변은 강폭이 넓어서 물살이 느리고 수심이 얕았다. 하지만 문제는 그동안 계속 비가 내려서 강물이 불어났다는 것이었다. 페트병은 가속이 붙어 점점 더 멀어져갔다. 타타는 달리고 또 달렸다. 겨우 따라잡았다 싶었지만, 페트병은 강가에서 무려 2미터나 떨어져 있었다.

'지금이라도 강에 뛰어들면 칫치가 있는 곳까지 헤엄쳐서 갈 수 있을까?'

타타는 잠시 망설였다. 하지만 이내 고개를 저었다.

'아니, 그러다가는 내가 먼저 물에 빠져 죽고 말 거야. 그래, 어쩌면 저절로 강가로 떠밀려 올지도 몰라. 아니면 나뭇가지나 바위에 걸려 멈춰 설지도 모르잖아? 일단 따라가 보자.'

"칫치! 괜찮아?"

타타가 큰 소리로 물었지만 칫치는 대답이 없었다. 칫치가 눈을 꼭 감은 채 부들부들 떨고 있는 모습이 보였다. 타타는 무서워하는 동생을 앞에 두고도 아무 것도 할 수 없는 자신이 너무 한심하고 미웠다.

"강가에 가면 안 된다. 얼마나 위험한 곳인지 아니?"

날마다 귀에 못이 박히도록 주의를 주시던 아빠의 모습이 떠올랐다. 정말 너무 후회스러웠다. 후회하기에는 이미 늦었다고 생각하자 가슴이 찢어지는 것 같았다.

'바보! 멍청이!'

석양빛으로 물들어가는 강을 보는 데 정신이 팔려 칫치를 잠시 방치한 자신이 한없이 원망스러웠다.

'만일 칫치에게 무슨 일이라도 생긴다면? 안 돼! 아빠한테는 뭐라고 얘기해야 하지?'

그때 페트병 주변으로 거센 물살이 일어나는가 싶더니 거대한 그림자가 불쑥 나타났다.

2

  순간 눈앞에 펼쳐진 광경에 타타는 등골이 오싹해졌다. 귀를 쭉 늘어뜨린 누렁이가 페트병을 입에 물고 떡하니 서 있는 게 아닌가! 타타가 섣불리 뛰어들 수 없었던 깊은 강물은 이 거대한 개의 고작 무릎밖에 오지 않았다. 누렁이는 코끝으로 시선을 모아 페트병에 매달려 있는 칫치를 내려다보았다. 가여운 칫치. 어떻게든 버티려고 버둥거렸지만 아무 소용없었다. 칫치의 몸이 점점 미끄러져 내려갔다. 타타는 정신없이 칫치를 따라가느라 누렁이가 건너편에서 달려오는 것을 전혀 눈치 채지 못했다. 누렁이가 물속으로 뛰어들어 칫치가 매달려 있는 페트병을 덥석 물어 올린 후에야 비로소 그 거대한 누렁이의 존재를 알아차리다니, 정말 어처구니가 없었다.

  타타는 그대로 얼어붙었다.

  '아! 이젠 끝장이야. 저 뾰족하고 날카로운 이빨로 칫치를 사정없이 물어 버리겠지? 차라리 그 전에 물에 빠져 죽는 게 낫겠어.'

  순간 타타의 머릿속에는 뼈다귀나 장난감을 물고 고개를 좌우로 거세게 흔들어 대며 노는 누렁이의 모습이 선명하게 그려졌다.

  '물려 죽느니 차라리 그 편이 나을지도 몰라.'

  하지만 타타의 예상은 보기 좋게 빗나갔다. 칫치를 내려다보던 누렁이는 타타가 우려했던 것과는 달리 페트병이 기울어지지 않도록 주의를 기울이며 천천히 타타에게 다가왔다.

'어떻게 하지? 도망칠까? 아니야, 금방 잡히고 말 거야. 어디로 숨어 버릴까? 하지만 칫치는? 칫치는 어쩌지?'

수만 가지 생각이 머릿속에서 맴돌았다. 그러는 사이 누렁이가 뭍으로 올라와 천천히 고개를 숙여 페트병을 타타 앞에 살며시 내려놓는 게 아닌가. 누렁이가 몸을 부르르 흔들며 물기를 터는 바람에 타타는 물에 빠진 생쥐 꼴이 되었다. 여전히 타타는 발이 바닥에 얼어붙은 양 꼼짝도 할 수 없었다. 어마어마하게 커다란 개였다. 얼굴 크기만 해도 족히 타타의 열 배는 될 듯했다. 누렁이는 커다란 얼굴을 타타의 얼굴에 바짝 들이밀고는 갈색 눈동자를 반짝이며 타타의 눈동자를 물끄러미 들여다보았다.

시간이 얼마나 흘렀을까? 겨우 정신을 차린 타타는 너무 무서워서 이미 칫치의 존재를 까맣게 잊어 버리고 도망치려 했다.

그때 누렁이가 말했다.

"이봐! 나 좀 봐. 나 말이야, 이젠 자유자재로 '앉아!'도 할 수 있고 '누워!'도 할 수 있어. '뒹굴어!'도 할 줄 알아. 얼마 전에는 바다에도 갔다 왔는데 수영도 할 줄 안다고. 이래 봐도 나, 암컷이야. 내 이름은 타미."

생각하지도 못한 누렁이의 행동에 타타는 어리둥절했다. 누렁이는 말이 끝나기가 무섭게 시범을 보였다. 그러는 동안에도 시선은 타타에게 고정되어 있었다.

"아, 그래? 그거 대단하다."

두려움에 목소리가 갈라졌다. 하지만 타미는 전혀 눈치 채지 못한 듯 벌떡 일어서며 들뜬 목소리로 물었다.

"정말? 정말 대단해? 내가 정말 대단하단 말이지?"

타미는 몇 번이고 되묻고는 펄쩍 뛰어 몸을 한 번 구른 뒤 다시 일어나 앉으며 타타를 내려다보았다. 그 바람에 타타는 흙먼지를 뒤집어 쓰게 됐다.

"응. 대단해. 정말 멋져."

그때서야 타타는 타미가 덩치는 크지만 아직 어린 강아지라는 사실을 깨달았다.

'휴우, 다행이다.'

타타는 얼마나 마음이 놓였는지 모른다.

"난 타타야. 그리고 이쪽은 내 동생 칫치."

비로소 마음의 여유가 생긴 타타는 자기소개를 마치고 칫치에게 달려갔다. 칫치는 페트병에서 미끄러져 내려와 눈을 감은 채 몸을 동그랗게 말고 있었다.

"칫치, 괜찮아?"

칫치를 흔들어 봤지만 꿈쩍도 하지 않았다.

'어떻게 된 거지? 물을 먹었나? 아니면 머리를 다친 걸까?'

그때 축축하고 뜨끈한 무언가가 타타와 칫치를 쓸어 올렸다. 타타는 너무 놀라 엉덩방아를 찧고 말았다. 타타는 미처 일어서지도 못한 채 타미가 뜨거운 숨을 내쉬며 칫치를 핥는 모습을 멍하니 지켜보고 있었다. 하지만 이상하게도 이젠 무섭지가 않았다. 그때 칫치가 벌떡 일어서며 소리를 질렀다.

"아이, 참! 되게 귀찮게 하네. 온통 축축해졌잖아."

칫치의 짜랑짜랑한 목소리에 깜짝 놀란 타미는 털썩 주저앉으며 턱을 땅에 대고 말했다.

"이런, 미안, 미안. 내가 또 뭘 잘못했나? 하지만 난 이제 '앉아!'도 할 수 있고 '누워!'도 할 수 있어. 이것 봐. '뒹굴어!'도 할 줄 알아."

타미는 다시 땅을 구르며 자신만만한 표정으로 타타와 칫치를 쳐다보았다.

덩치 큰 골드 레트리버가 새끼 쥐들 앞에서 재주를 구르는 모습은 진풍경이었다.

"어디 다친 데 없어?"

타타가 물었다.

"응, 괜찮아. 그런데 형, 정말 재미있었어."

칫치가 어깨를 으쓱이며 말했다.

"재미있었다고? 하마터면 죽을 뻔했어. 혼자서 물가에 가면 안 된다고 했지?"

타타는 화가 나서 칫치의 수염을 잡아 세게 흔들며 말했다.

"아! 아파! 아프단 말이야. 놔 줘. 갑자기 파도가 밀려오는 바람에 흙이 무너져 내려서 뛰어내릴 틈도 없었단 말이야. 뭐, 어쨌든 상관없어. 정말 재미있었거든."

"이 바보 같은 녀석. 널 구해 준 타미한테 고맙다고 인사나 해."

"고마워."

그러고는 작은 목소리로 중얼거렸다.

"그렇다고 이렇게 침 범벅을 해 놓을 건 뭐람."

"이 녀석이 정말! 저기, 타미! 동생을 구해 줘서 정말 고마워."

그러자 타미가 일어서며 말했다.

"별 거 아니야. 우리 같이 놀자. 수영할래? 나 수영할 수 있어. 지난번엔 바다에도 갔었는걸. 바다는 굉장히 넓고 멋진 곳이야. 바다에 가 본 적이 있니?"

"아니. 바다가 뭔지 잘 모르겠어. 그런데 타미, 미안하지만 우린 이제 돌아가야 해. 아빠가 걱정하실 거야. 그런데 넌 어디에 살아?"

"강 건너편 강둑 위에 살아."

"넌 집으로 돌아가지 않아도 돼?"

"응. 주인님은 오늘 교수회가 있어서 늦게 오거든."

"교수회? 그게 뭔데?"

"실은 나도 잘 몰라. 어쨌든 주인님은 대학 교수야. 하지만 좀 어수룩한 편이라서 내가 울타리 한쪽에 구멍을 파고 마음대로 드나들고 있다는 사실도 잘 몰라. 이렇게 혼자서 돌아다니면서 놀다가 주인님이 돌아오기 전에 돌아가기만 하면 돼. 그러면 주인님은 외출했다가 돌아와서 나를 쓰다듬으며 '이 녀석이 어디서 이렇게 흙투성이가 되었을까? 도무지 이해할 수가 없군'하면서 나를 데리고 산책을 나가. 그게 얼마나 재미있는지 모르지?"

"그래? 정말 재밌겠다."

'주인님'이나 '대학 교수'가 무슨 뜻인지는 몰랐지만 타타는 일단 맞장구쳤다.

"나도 이제 슬슬 돌아가야겠어."

타미는 일어서서 가더니 아쉬운 듯 뒤를 돌아보고는 다시 강을 첨벙첨벙 건너갔다. 건너편 뭍으로 올라간 타미는 다시 한 번 타타와 칫치를 돌아보며 소리쳤다.

"아까 말했지? 난 암컷이야."

"응. 아까 말했어."

타타가 목청껏 소리 높여 대답했지만 목소리가 강물 소리에 묻혀 건너편까지 전해졌을지 모르겠다.

"우리 집 울타리 밑에 구멍이 있다는 이야기는 비밀이야."

"알았어. 아무에게도 말하지 않을게."

타타가 다시 한 번 소리를 지르자 타미는 크게 멍멍 짖고는 강둑을 뛰어올라 이내 사라졌다. 그 순간 안도감과 피로감이 한꺼번에 밀려왔다. 타타가 휘청거리며 옆을 돌아보니 칫치도 다리에 힘이 빠진 듯 비틀거리고 있었다.

'칫치 녀석, 아까는 재미있었다고 큰소리 뻥뻥 치더니 사실은 겁먹고 있었구나.'

하지만 타타는 칫치가 무사해서 정말 다행이라고 생각했다.

타타와 칫치는 달릴 기운조차 없어서 상류 쪽을 향해 터덜터덜 걷기 시작했다. 어느새 어둠이 내리고 밤이 찾아왔다. 강을 따라 양쪽 강둑 위로 뻗어 있는 산책로에는 가로등이 길을 밝히고 있었다. 강물은 칠흑같이 어두웠다. 어느덧 애매미의 울음소리도 멈추고 강물이 흘러가는 소리만이 귓가를 맴돌았다.

"형! 그런데 아까 그 강아지 좀 특이하지 않아?"

칫치가 불쑥 말을 꺼냈다.

"그러게."

타타는 너무 지쳐서 대답할 기운도 없었다.

"암컷인데도 수컷처럼 말하잖아."

"그러게."

"대체 어떤 녀석일까?"

강기슭에는 낮에 미처 보지 못한 두꺼운 철조망이 둘러쳐져 있었다. 며칠째 비가 내려서 굴 밖으로 나오지 못했는데, 그 사이에 인간들이 만들어 놓은 모양이었다.

"저게 뭐지? 에이, 아무렴 어때. 집으로 빨리 돌아가자."

타타는 칫치를 다그치며 걸음을 재촉했다. 철조망에는 안내문이 걸려 있었다.

> **공사 안내문**
> 지하철 OO호선 공사와 더불어 9월 OO일부터
> 이 일대에 공사가 시작됩니다.
> 시공자 : 도쿄 건설부

하지만 인간의 글을 모르는 새끼 쥐 타타와 칫치가 이 사실을 알 리 없었다.

아빠는 집 앞에 나와 타타와 칫치를 기다리고 있었다. 머리끝까지 단단히 화가 난 아빠는 타타와 칫치를 호되게 꾸짖었고, 두 아이는 녹초가 된 몸으로 먹는 둥 마는 둥 저녁 식사를 한 후 잠자리에 들었다.

3

며칠 뒤 아침 일찍부터 작업부 수십 명이 우르르 강가로 내려와 쓰레기를 치우더니 땅을 고르기 시작했다. 평소에도 수시로 강가를 청소했기 때문에 그다지 놀랄 일은 아니었다. 문제는 평소와는 비교도 되지 않을 정도의 대규모 작업부가 동원된 대대적인 작업이라는 것이었다. 그리고 다음 날, 인간들은 불도저와 크레인을 동원하여 돌과 자갈을 트럭에 싣고 어딘가로 실어 날랐다. 공사는 커다란 느티나무 아래에 자리한 타타네 집에서 강 하류 쪽으로 몇 십 미터 떨어진 곳에서 시작되었다. 끊임없이 왔다 갔다 하는 인간들의 발소리와 땅을 울리는 엄청난 기계 소리에 잠시도 마음을 놓을 수가 없었다.

쥐는 야행성동물이다. 그래서 주로 밤에 활동을 하고 낮에 잠을 잔다.

'도무지 시끄러워서 마음 편히 잠을 잘 수가 없네. 그런데 칫치 이 녀석은 또 어딜 간 거지?'

칫치는 틈만 나면 몰래 굴을 빠져나가 공사 현장을 구경했다. 아빠와 타타는 그때마다 칫치를 끌고 와야 했다.

"이제 그만두지 못하겠니?"

어느 날, 몹시 화가 난 아빠는 불같이 화를 내며 칫치에게 매를 들고 말았다. 그날 칫치는 불도저가 바쁘게 움직이고 있는 공사장 바로 옆 풀숲에서 입을 반쯤 벌리고 넋을 놓은 채 공사 현장을 구경하고 있었다.

"그렇지만, 그렇지만······. 흑흑!"

칫치가 울먹이며 말했다.

"그렇지만 뭐가 어떻게 되었단 말이냐? 못난 녀석. 그렇지 않아도 털이 하얀색이라 쉽게 눈에 띄는데 겁도 없이 사람들 주변을 돌아다니면 어쩌자는 거야?"

"내 털색이 어디가 어때서요? 아빤 항상 날 이상한 애로 취급하고. 아빠 미워요! 나도 형과 똑같이 그냥 평범한 쥐라고요."

칫치는 울며 굴속 작은 방으로 뛰어 들어갔다. 아빠와 타타는 기가 막혀서 입을 떡 벌린 채 서로의 얼굴을 쳐다보았다.

"골치 아픈 녀석 같으니라고."

"칫치도 불안해서 그러는 걸 거예요. 그런데 아빠, 인간들은 무엇을 하려는 걸까요? 대체 언제쯤이면 공사가 끝날까요?"

아빠는 난감한 표정을 지으며 아무 말도 하지 않고 수염을 쓰다듬었다. 어른 쥐 치고는 체격이 조금 왜소한 아빠는 얼굴이 가늘고 날카로우며 털이 철사처럼 억셌다. 평소에는 성격이 과묵한 아빠가 요즘 들어 부쩍 자주 칫치에게 잔소리하는 것을 보면 아빠도 불안한 모양이라고 타타는 생각했다.

오래 전에 지어진 목조 다리가 너무 낡아 철거된 후 교각의 토대였던 콘크리트 잔해가 강둑 곳곳에 방치되었다. 타타의 조상은 버려진 콘크리트 벽 옆에 굴을 파고 샛길과 비상구를 만들었다. 그리고 몇 세대에 걸쳐 지금의 살기 좋은 굴이 완성되었다. 콘크리트 벽을 지지대로 삼아 천정이 무너져 내리지 않도록 설계했고, 벽에 구멍을 뚫어 식료품 저장 창고로 사용했다. 그곳에는 스위스 치즈나 건면 등 주로 보존식품을 보관했다.

한때 대가족이 살았던 이 굴에는 이제 타타와 칫치 그리고 아빠, 이렇게 세 마리만 살고 있었다. 타타는 이곳이 무척 마음에 들었다. 바람이 거세게 몰아치는 한겨울에도 굴속은 따뜻하고 안락했다. 무엇보다 굴속에서도 강이 흐르는 소리를 들을 수 있어서 무척 좋았다. 강이 흐르는 소리는 엄마가 불러 주는 자장가처럼 포근했다. 큰비가 내려 강물이 불어나면 물살이 거세지고 물 흐르는 소리도 한층 커져 겁이 날 때도 있지만 바닥에 엎드려 한쪽 귀를 막고 다른 한쪽 귀를 바닥에 대고 콸콸콸 흘러가는 강물의 울림을 듣고 있으면 거대한 생물체의 배 속에서 살고 있는 것 같은 기분이 들었다.

칫치처럼 털이 하얀색이었던 아름답고 상냥한 엄마가 죽은 후로 강은 타타에게 엄마 같은 존재가 되었다. 강이 흐르는 소리를 듣고 있으면 어떤 위험도 피할 수 있을 것 같았다.

어느 날 타타는 아빠에게 물었다.

"아빠, 인간들이 사는 마을과 좀 더 가까운 곳에서 사는 것이 편하지 않아요?"

타타네 가족은 한밤중이 되면 먹을거리를 찾아 강둑으로 연결되어 있는 비상구를 통해 건너편 아스팔트 도로 가장자리로 가곤 했다. 지금이야 칫치도 함께 다닐 수 있을 만큼 컸지만, 칫치가 아직 잘 뛰지도 못하는 아기였을 때에는 굴에서 기다리고 있는 칫치를 위해 이 먼 길을 왔다 갔다 하며 먹이를 운반해야 했다. 상당히 성가신 일이었다.

"인간들이 사는 집 마루나 처마 밑에 사는 쥐도 있단다. 어쩌면 네 말대로 거기서 사는 게 더 편할지도 몰라. 부엌 싱크대에서 찾아 낸 먹이를 가져오기에는 말이다. 우리 조상 중에도 한때 인간의 집에 살았던 무리가 있었단다. 하지만 선조 한 분이 강에서 살기로 결심했지. 그분이 이곳에 굴을 파고 그 후손들이 굴을 확장시키고 방을 만들었단다. 그렇게 오랜 세월을 거쳐 이곳은 지금의 모습을 갖추게 되었지. 우리는 강에 태어나고 강에서 살아가야 하는 운명이란다."

"강에서 살아가야 하는 운명이라고요?"

"그래. 인간들의 발소리나 이야기 소리에 가슴 졸이며 어두운 곳을 찾아 숨어 사는 것보다는 시원한 바람과 풀향기, 언제나 한결같은 강이 흐르는 이곳에서 사는 것이 더 좋지 않겠니? 타타야. 우리만큼 행복한 쥐는 아마 없을 거야."

평소 말수가 적은 아빠가 이렇게까지 길게 말하는 것은 드문 일이었다. 타타는 아빠의 이야기를 가슴 깊이 새겨 두었다. 타타는 강에서 살아가야 하는 운명이라는 아빠의 말을 마음속에 되새기며 강에서 사는 것에 강한 자부심을 느꼈다.

'내 아이와 그 아이의 아이, 그리고 또 그 아이의 아이도 이곳에서 강이 흐르는 모습을 보며 살아가겠지? 늘 같은 모습인 것 같지만 단 한순간도 같았던 적이 없는 저 강을 바라보면서 말이야. 강은 늘 새로운 모습으로 흘러가고 있어.'

하지만 공사가 시작되면서 타타가 좋아하던 강물 소리는 아침 일찍부터 해가 저물 때까지 작동되는 시끄러운 불도저 소리에 완전히 묻혀 버리고 말았다.

해가 저물어 작업이 중단되고 비로소 밤의 정적을 깨고 강물 소리가 들려오기 시작할 무렵이었다.

"아빠, 인간들이 무엇을 하고 있는 거예요? 대체 무슨 일이 일어나고 있는 걸까요?"

타타가 물었지만 아빠는 아무 대답도 하지 않았다. 시간이 얼마나 지났을까? 아빠는 심드렁하게 툭 내뱉었다.

"이제 좀 자 두거라. 낮에 시끄러워서 한숨도 못 잤지 않니."

그로부터 일주일쯤 지났을까? 시끄럽던 공사가 끝나고 강가에는 다시 평화가 찾아왔다. 타타와 칫치는 강가로 달려 나가 모처럼 함께 뒹굴며 신나게 뛰어놀았다. 타미가 코를 킁킁거리며 합세했다. 타타는 이제 타미가 무섭지 않았다. 타미는 좋은 강아지였다. 그래서 타타는 타미가 항상 축축하게 젖어 있는 코로 등을 떠밀어도 겁나거나 싫지 않았다. 하지만 칫치는 좀 달랐다. 말로는 하나도 무섭지 않다고 했지만 타미의 커다란 몸집에 주눅이 들어서인지 좀처럼 가까이 가려고 하지 않았다.

오늘 타타는 타미와 술래잡기를 했다. 타타가 풀숲에 숨으면 타미는 앞발로 풀잎을 가르며 타타를 찾아냈다. 잡힐 새라 도망가는 타타와 그 뒤를 쫓는 타미. 덩치 큰 타미 때문에 차마 같이 놀 용기가 나지 않아 멀찍이 떨어진 곳에서 분한 듯 야유를 날리는 칫치. 타미와 신나게 뛰어 놀다보니 어느새 해가 저물어 강가에는 다시 어둠이 찾아들었다. 서둘러 집으로 돌아갔지만 오늘도 아빠는 단단히 화가 나 있었다. 하지만 타타와 칫치는 모처럼 평화로운 일상으로 돌아온 것 같아서 기분이 무척 좋았다.

그러나 기쁨도 잠시, 인간들은 아무런 예고도 없이 타타네 집 주변에 있는 크고 작은 나무들을 하나둘 베기 시작했다. 나무를 자르는 날카로운 전기톱 소리가 아침 일찍부터 저녁 늦게까지 귀를 찔렀다.

'대체 어떻게 이런 소리가 나지?'

타타는 도무지 믿을 수가 없었다. 불도저가 움직이면서 나는 소리나 인간들이 바로 코앞에서 바쁘게 돌아다니며 나는 발소리라면 어떻게든 참을 수 있었다. 하지만 갑자기 시작되었다가 느닷없이 멈추고, 이제 끝났는가 싶으면 또 다시 시작되는 날카로운 전기톱 소리는 타타 가족의 인내심을 넘어선 것이었다.

난생 처음 귀를 찌르는 날카로운 전기톱 소리를 들은 칫치는 거의 제정신이 아니었다. 사시나무 떨듯 부들부들 떨고 있는 칫치를 끌어안으며 타타와 아빠는 굴속 깊숙한 곳으로 기어들어 가 서로를 의지하며 하루 종일 웅크리고 있었다. 굴속 가장 깊숙한 곳은 건너편 아스팔트 도로로 통하는 비상구여서 자동차 소리 때문에 늘 시끄러웠다. 그러나 자동차 소음은 전기톱 소리에 비하면 아무것도 아니었다.

전기톱 소리는 시끄러운 자동차 소음마저 묻어 버릴 만큼 파괴적이었다.

저녁이 되어서야 비로소 강가에는 고요함이 찾아왔다. 하지만 타타네 가족은 꼼짝도 하지 않았다. 먹이를 찾으러 나갈 생각도 하지 못한 채 꼬박 하룻밤을 그곳에서 보냈다. 악몽에 시달려 몇 번이나 잠에서 깼는지 모른다. 새벽녘이 되어 밖으로 나온 타타는 처참한 광경에 깜짝 놀랐다.

타타네 집 바로 옆에 서 있던 커다란 느티나무가 쓰러져 있었다. 두꺼운 가지가 강물 위로 시원한 그림자를 드리우던 크고 오래된 나무였다. 그 옆에는 잘린 나무 가지들이 높게 쌓여 있었다. 여기저기 베인 흔적이 선명하게 남은 나무 밑동을 보고 있자니 가슴이 아팠다. 주위를 둘러보니 주변에 있는 커다란 나무들이 죄다 잘려져 있었다. 나무 몇 그루가 잘렸을 뿐인데 강의 풍경이 이상하게 낯설고 밋밋했다. 타타는 덜컥 겁이 났다. 재빨리 굴로 돌아가 아빠에게 몸을 바짝 기댔다.

"응? 타타, 무슨 일이니?"

잠에서 깬 아빠가 잠이 덜 깬 목소리로 물었다. 아빠는 이내 타타가 떨고 있다는 사실을 눈치 채고 곧바로 일어나 밖으로 나가 보았다. 아빠가 좀처럼 돌아오지 않자 타타는 칫치가 깊이 잠들어 있는 것을 확인하고 다시 굴 입구로 향했다.

밖으로 나오자 아빠가 강둑 위에 있는 타타네 굴에서 아래쪽으로 조금 떨어진 곳에 혼자 살고 있는 할아버지 쥐와 팔손이나무 아래에서 이야기를 나누고 있는 모습이 보였다.

"이 나이가 되어서 이런 일을 당하리라고는 생각도 못했네."

"어르신, 정말입니까? 그게 사실인가요?"

"믿기지 않겠지만 사실이네. 이 강은 곧 없어질 걸세."

할아버지 쥐가 어깨를 축 늘어뜨린 채 힘없이 말했다.

4

강이 사라진다니! 상상도 못한 일이었다. 타타가 태어났을 때부터, 아니 그 훨씬 전부터 강은 항상 그 자리에 있었다. 타타가 나이가 들어 생을 마감한 후에도 강은 변함없이 맑은 빛으로 흐를 것이다. 타타의 죽은 몸은 강물에 흘러들어 멀리, 아주 멀리 흘러 세상과 하나가 될 것이다. 타타의 몸과 영혼을 간직한 강물은 수증기가 되어 하늘로 올라가고 비가 되어 다시 이 대지 위로 내릴 것이다. 그 작은 빗방울이 모여 냇물이 되고, 그 냇물은 다시 강으로 흘러들 것이다. 타타는 지금껏 그렇게 믿어 왔다.

그때 할아버지 쥐가 다시 이야기하는 소리가 들렸다.

"인간들이 원하는 것은 땅이야. 강을 메워 땅을 만들고 그 위에 집이나 도로를 만들지. 어리석은 동물들 같으니라고."

할아버지 쥐는 이야기를 하다 말고 재채기를 크게 한 번 하고는 다시 말을 이었다.

"에취! 갑자기 날씨가 쌀쌀해졌군. 벌써 가을이 왔나 봐. 요즘은 매미들도 전기톱 소리에 놀랐는지 도통 울지를 않아."

잠자코 이야기를 듣고 있던 아빠가 나직한 목소리로 중얼거렸다.

"이거 정말 큰일이군요."

"몰래 엿들으려고 하다가 몇 번 쫓겨나긴 했네만, 요 며칠 인간들이 나누는 이야기를 종합해 보면 강이 없어지는 것은 분명한 사실이야. 인간들은 땅을 고르고 나무를 자른 후, 콘크리트로 둑을 만들 거야. 땅속 깊이 굴을 파서 그 속으로 강물을 흘려보낼 거라고 하더군. 인간들이 몹쓸 짓을 벌이고 있어. 내 할아버지의 할아버지는 인간들이 강을 없애는 바람에 가까스로 도망쳐 나온 쥐를 만난 적이 있다고 말씀하셨지."

"그럼, 앞으로 어떻게 하면 좋을까요?"

"글쎄, 나는 이곳을 떠날 걸세. 이 강은 곧 사라질 거야. 아니, 이미 사라지고 있지 않은가. 저 느티나무를 좀 보게."

할아버지 쥐는 털이 하얗게 세어 버린 코끝으로 건너편을 가리켰다.

"풀과 벌레들 그리고 우리를 지켜 준 고마운 느티나무를 저리 베어 버리다니 정말 안타까운 일이야. 저런 거목이 되기까지 몇 십 년 동안 비바람을 견디며 살아왔건만……. 내가 어릴 적에는 매일같이 저 나무를 오르내리며 신나게 놀았었지."

갑자기 할아버지 쥐의 목소리가 떨렸다. 그리고 할아버지 쥐의 얼굴 위로 눈물이 흘러내렸다.

"이곳을 떠나신다고요? 그렇군요. 역시 그 방법밖에 없군요."

아빠가 나직이 말했다.

"싫어요! 난 절대 이곳을 떠나지 않을 거예요."

옆에서 잠자코 듣고 있던 타타가 소리쳤다.

하지만 그날도 아침 일찍부터 날카로운 전기톱 소리가 귀를 찔렀다. 이번에는 타타네 집 바로 옆에서 들렸다. 결국 타타, 칫치, 아빠는 굴을 빠져 나와 주택가로 몸을 피해야 했다. 그날은 주택가 창고 뒤 작은 틈새로 기어들어 가 하루를 보냈다.

"이곳이라면 좁아서 고양이가 들어오지 못할 거야. 하지만 고양이들은 일단 사냥감이 있는 곳을 알면 나올 때까지 몇 시간이고 끈질기게 기다린단다. 아주 무서운 동물이지. 그러니 조심해라. 녀석들이 냄새를 맡으면 우린 끝장이야."

아빠가 차분한 목소리로 말했다. 타타는 가슴속에서 무언가 뜨거운 것이 치밀어 오르는 것 같았다.

"그렇다면 왜 이런 곳에 숨는 거예요?"

아빠는 타타를 물끄러미 쳐다보다가 칫치를 힐끗 보고는 다시 타타에게로 시선을 돌렸다. 타타는 그것이 무엇을 의미하는지 잘 알고 있었다.

'칫치를 불안하게 하면 안 돼. 네가 정신 바짝 차여야 해'라는 아빠의 눈짓에 타타는 목구멍까지 치밀어 오르는 분노를 애써 삼켜야 했다.

오후가 되자 칫치가 배가 고프다며 칭얼거리기 시작했다. 조금만 참으라고 말해도 도무지 말을 듣지 않았다. 칫치가 계속 칭얼거리자 결국 아빠는 기다리라는 말을 남기고 밖으로 나갔다. 가슴 졸이며 아빠를 기다린 지 한 시간쯤 되었을까? 아빠가 지친 모습으로 식빵 조각을 물고 돌아왔다.

"이것밖에 찾지 못했단다. 그러니 아껴 먹으렴."

그러고 나서 아빠는 털썩 주저앉았다. 식빵을 야금야금 먹고 있는 칫치를 보며 타타가 물었다.

"아빠는 드셨어요?"

아빠가 고개를 끄덕였다.

'정말일까?'

타타는 목이 메었다.

"타타, 너도 같이 먹으렴."

"네. 그런데 아빠, 얼굴이 엉망이에요."

"난폭한 야생 고양이한테 쫓기는 바람에 말이다. 다행히 잘 따돌렸지만 도망치다가 빵이 떨어져서 이것밖에 가져오지 못했단다."

아빠는 앞발로 얼굴을 문지르며 타타를 향해 웃어 주었다. 타타는 얼굴을 숙이고 빵 귀퉁이를 한 입 베어 물었다. 곰팡이가 피기 시작한 빵은 딱딱하고 맛이 없었다.

"그런데 아빠, 강이 없어진다는 게 사실이에요?"

아빠는 위를 올려다보며 아무 말도 하지 않았다. 타타도 아빠를 따라 위를 올려다보았다. 좁고 가느다란 틈새로 하늘이 보였다.

"아마 사실일 거야. 아까 그 할아버지는 굉장히 지혜로운 분이거든."

한참이 지난 후 아빠가 나직이 대답했다.

타타네 가족은 밤이 되어서야 집으로 돌아왔다. 그날 밤 늦게, 할아버지 쥐가 사는 굴에서 조금 아래쪽에 살고 있는 젊은 쥐 부부가 갓 태어난 새끼 쥐 두 마리를 각각 한 마리씩 입에 물고 타타의 집에 찾아왔다. 이들 가족과는 그동안 만나면 가볍게 인사만 할 뿐 그다지 친한 사이는 아니었다.

"죄송하지만 아침까지 잠시 쉬었다 갈 수 있을까요?"

젊은 아빠 쥐가 정중하게 물었다.

"물론입니다. 어서 들어오세요."

"커다란 상수리나무가 오늘 아침 잘리는 바람에 그 아래 있던 우리 굴이 무너져 버리고 말았습니다. 나무 밑동과 뿌리가 남아 있기는 하지만 나무가 잘리는 충격으로 천정이 무너져 내렸죠."

"저런, 큰일 날 뻔했군요. 다들 무사한가요?"

아빠가 걱정스런 목소리로 물었다.

"네. 다행히 모두 무사히 도망쳐 나왔습니다. 아내의 출산을 위해 급하게 지은 곳이라 이곳처럼 좋지는 않았지만, 굴은 완전히 엉망이 되고 말았습니다."

"그렇군요. 이곳은 방이 여러 개 있답니다. 꽤 넓은 편이죠. 옛날에는 수십 마리가 함께 살았던 적도 있었다고 하더군요. 이참에 우리와 이곳에서 함께 사는 것이 어떻겠습니까?"

"글쎄요. 말씀은 고맙습니다만 이곳도 오래 버티기는 힘들 것 같습니다. 견고하게 만들어져서 쉽게 무너지지는 않겠지만 강 자체가 사라지면 이곳도 사라지고 말 테니까요."

"인간들이 강을 덮어 땅으로 만들 것이라는 이야기를 들으셨군요.

정말 그렇게 될 거라고 생각하십니까?"

"물론이죠. 다들 그렇게 말하고 있는 걸요. 그래서 우리는 새로운 보금자리를 찾아 좀 더 위쪽으로 가 볼 생각입니다."

젊은 엄마 쥐는 마르고 온순한 편이었다. 많이 지쳐서 말할 기운도 없어 보였지만 아빠와 젊은 아빠 쥐가 이야기를 나누는 내내 새끼 두 마리를 쓰다듬고 있었다. 아빠가 야식용으로 남겨 둔 치즈 조각을 건네자, 몇 번이고 고맙다는 인사를 하며 받았다. 그러고는 입으로 잘게 부수어 새끼 쥐들에게 먹였다.

"위쪽은 공사를 하지 않습니까?"

"그렇다고 들었습니다. 아래쪽도 마찬가지구요. 이 일대 수백 미터 구간만 해당된다고 하더군요. 그래서 우리는 강을 거슬러 올라갈 생각입니다. 위쪽으로 올라가면 '에노키다'라는 다리가 있는데, 거기까지만 공사를 한다고 하더군요. 그래서 그 건너편으로 가려고 합니다."

젊은 쥐 부부는 날이 어두워지기를 기다렸다가 다시 새끼 쥐를 한 마리씩 물고 길을 나섰다. 타타네 가족은 굴속에서 사흘을 더 버텼다.

사흘째 저녁이었다. 타타네 가족은 조심스럽게 굴 밖으로 빠져나와 강기슭으로 가 보았다. 땅거미가 지기 시작한 황혼 무렵, 너무나도 참담한 광경이 눈앞에 펼쳐졌다. 웬만한 나무는 모두 잘려 어딘가로 실려 갔고, 나무에 가려져 보이지 않았던 인간들의 집이 모습을 드러내며 여기저기에서 번쩍번쩍한 조명이 눈부신 빛을 뿜어내고 있었다. 그 모습을 보고 있자니 타타는 왠지 울컥했다. 불도저로 돌과 자갈을 골라낸 강기슭은 평편하게 다듬어진 붉은색 흙만 흉흉하게 모습을 드러내고 있었다.

타타네 가족은 아무 말도 하지 않고 멍하니 정신을 잃은 채 한참을 서 있었다. 이윽고 아빠가 결단을 내렸다.

"오늘 밤, 인간들이 잠들면 출발하자."

출발이 무엇을 의미하는지 타타는 바로 알아차렸다.

"가기 전에 조금 자 두는 것이 좋겠다."

"네, 아빠."

"자, 어서 들어가자."

아빠가 타타의 손을 잡았다.

"잠깐만요. 먼저 들어가세요. 금방 들어갈게요."

타타가 조금 신경질적으로 말하자 아빠는 어깨를 으쓱이더니 먼저 굴로 들어갔다.

'다시는 이곳에 돌아오지 못할 거야. 이제 이곳을 버리고 떠나야 하니까.'

어릴 적부터 보고 자란 강의 모습은 이미 사라지고 없었다. 이제 곧 타타네 가족을 지켜 주었던 정겨운 집도 사라질 것이다.

'오늘밤 출발한다고는 하지만 어디로 가지? 다시 지금처럼 멋진 집에서 살 수 있을까?'

타타의 눈에서 눈물이 흘러내렸다. 그때 누군가 손을 꼭 잡아당겼다. 옆을 보니 칫치가 걱정스러운 표정을 지으며 타타를 올려다보고 있었다.

"형, 우리 어디로 가는 거야?"

칫치가 물었다.

"멋진 곳으로 갈 거야. 이제부터 여행을 떠나는 거야."

"여행이 뭔데? 산책보다 멀리 가는 거야?"

"응. 산책보다 훨씬 멀리 가는 거야. 조금 힘들지도 모르지만 너도 이제 다 컸으니까 잘할 수 있지?"

칫치가 고개를 연신 끄덕이고는 무언가 이야기를 꺼내려고 할 때였다. "멍멍!"하고 개 짖는 소리가 들리더니 건너편 강둑에서 거대한 몸집의 동물이 뛰어내려와 첨벙첨벙 강물을 건넜다. 골드 레트리버가 부르르 하고 크게 몸을 떨자 물방울이 타타와 칫치에게 튀었다.

"타타, 칫치! 오랜만이야. 우리 주인님은 오늘도 외출하고 없어. 너희들 뭐하면서 놀고 있었어?"

타미가 물었다.

"타미, 우리는 오늘 밤 이곳을 떠날 거야."

"떠난다고? 어디로 가는데?"

타미가 자리에 앉으며 물었다.

"그건 우리도 아직 몰라."

"그럼 언제 돌아와?"

"글쎄."

다시 눈물이 흘러내렸지만 타타는 재빨리 앞발로 쓱쓱 눈물을 닦으며 말했다.

"어떻게 될지 모르겠어. 인간들이 강을 이렇게 만들어 놓아서 이제 우리는 이곳에서는 살 수 없게 됐어."

"그 이야기라면 나도 들었어. 이 강이 없어진다며? 이제는 물놀이도 할 수 없게 돼서 정말 아쉬워."

"타미, 너는 정말 못 말리게 낙천적인 성격이구나."

타타가 어이없다는 듯 말했다. 그때 타미의 머리 위에 무언가가 살금살금 움직이는 것이 보였다.

타타는 깜짝 놀라 소리쳤다.

"타미, 움직이지 마! 네 머리 위에 칫치가 있어."

타타의 말이 끝나기도 전에 칫치의 모습이 사라지는가 싶더니 타미 등 뒤에서 "와우!"하는 탄성이 터져 나왔다. 서둘러 달려가 보니 칫치가 타미의 꼬리에 올라타고 있었다.

"정말 재밌다. 형! 미끄럼틀을 타는 것 같아."

칫치가 타미의 등을 타고 미끄러져 내려온 모양이었다.

"이 바보 같은 녀석, 위험하잖아."

한마디 쏘아붙였지만 결국 타타도 미끄럼틀 놀이에 동참하지 않을 수 없었다. 정말 재미있었다.

"얘들아, 간지러워. 아이, 간지럽다니까."

말은 그렇게 했지만 타미는 타타와 칫치가 지칠 때까지 얌전히 미끄럼틀이 되어 주었다.

완전히 어두워질 때까지 셋은 녹초가 되도록 신나게 뛰어놀았다. 그때 타미가 갑자기 귀를 쫑긋 세우더니 소리쳤다.

"앗! 주인님의 자동차 소리다. 난 이제 돌아가야 해. 나중에 또 보자."

"그래, 잘 가."

말이 끝나기가 무섭게 타미는 재빨리 강을 건너갔다.

'우린 이제 다시는 만나지 못할 거야.'

타타는 차마 그 말을 하지 못했다.

건너편 뭍으로 올라간 타미가 뒤를 돌아보며 외쳤다.

"저기 말이야. 난 암컷이야."

그러고 나서 "멍멍!"하고 두 번 우렁차게 짖고는 강둑으로 뛰어올라 순식간에 모습을 감추었다. 타미에게는 따뜻한 집과 배불리 먹을 수 있는 먹이를 주는 주인이 있었다.

타타와 칫치는 굴로 돌아왔다. 아빠가 눈을 감은 채 누워 있었다. 두 아이는 아빠의 양쪽 겨드랑이 사이로 파고들었다. 아직 깨어 있던 아빠가 양쪽 앞발로 타타와 칫치를 부드럽게 안아 주었다.

"아빠, 어디로 갈 거예요? 강을 거슬러 올라갈 거예요? 아니면 아래로 내려갈 거예요?"

타타가 작은 목소리로 물었다.

아빠는 한 치의 망설임도 없이 대답했다.

"위로 갈 거란다."

제1부

여행의 시작

1

코끝에 차가운 기운이 느껴져 눈을 뜨니 아빠가 평소와 다름없는 평온한 얼굴로 타타를 내려다보고 있었다.

"출발할 시간이다!"

아빠는 이 한마디만 던지고 길을 나섰다. 아무런 준비도 없이 떠나 다시는 이곳으로 돌아오지 않을 것이다.

"칫치는요?"

"잔뜩 들떠서 벌써 밖으로 나갔단다. 언제 철이 들지 정말 걱정이구나."

타타는 코를 비비며 일어났다. 태어나서 지금껏 자란 정겨운 집을 마지막으로 돌아보며 타타는 마음속으로 '안녕!'하고 작별 인사를 건넸다. 그리고 아빠의 뒤를 따라 강기슭으로 이어지는 통로를 빠져나갔다. 상쾌한 밤공기가 타타의 수염을 어루만졌다. 귀에 익은 강물 소리가 귓가를 간질였다.

"우와, 신난다. 여행이다, 여행!"

칫치가 신이 나서 소리를 지르며 뛰어다녔다.

"칫치, 조용히 하거라. 고양이가 있을지도 몰라. 녀석들은 귀가 무척 밝아. 어서 가자. 조심해서 따라오렴."

아빠는 어둠 속을 종종걸음으로 달려갔다. 그 뒤를 따라 타타와 칫치도 달렸다.

타타네 가족은 강을 거슬러 올라갔다. 한참 강변을 따라 달리던 아빠가 갑자기 방향을 틀어 강둑의 경사면을 따라 달리기 시작했다. 타타는 그 이유를 금방 알 수 있었다. 불도저가 밀고 간 자리에는 주변의 풀이 모두 뽑히고 모습을 드러낸 건 붉은 흙뿐이어서 마땅히 몸을 숨길 곳이 없었다. 쥐는 원래 넓게 펼쳐진 공간을 싫어한다. 몸을 숨길 곳이 없기 때문이다. 그래서 작은 소리에도 움찔 놀라고 큰 소리가 나면 머릿속이 하얗게 되어 사슬에 묶인 듯 손발이 얼어붙는다.

하지만 강둑의 경사면을 따라가면 아직까지 베이지 않고 남아 있는 잡초 그늘에 몸을 숨길 수 있다. 다만 장애물이 있는 만큼 달리기가 힘들었다. 돌에 부딪히거나 나무뿌리에 발이 걸려 넘어지기도 했다. 게다가 경사면을 따라 달리기 때문에 몸의 균형이 무너져 한쪽 앞발과 뒷발 근육에 부담이 갔다.

칫치는 아직 어려서 아빠와 타타가 칫치의 속도에 맞춰야 했으므로 달리는 속도가 더딜 수밖에 없었다. 그때 칫치가 앞으로 푹 고꾸라지더니 아래로 굴러떨어졌다. 칫치는 결국 울음을 터트리고 말았다. 조금 전에도 한 번 굴러떨어졌지만 곧바로 씩씩하게 일어나 달리던 칫치가 이번에는 어쩐 일인지 넘어진 채 일어나지 못하고 울고만 있었다. 아빠가 재빨리 달려가 칫치를 일으켜 세우며 물었다.

"칫치, 왜 그러니? 다리를 삔 거니?"

"그런가 봐요. 너무 아파요."

칫치가 울먹이며 천천히 몸을 일으켰다.

"어디, 한번 보자."

아빠가 칫치의 오른쪽 뒷다리의 발목을 누르자 칫치는 얼굴을 찌푸리며 신음 소리를 토해 냈다.

"너무 서둘렀나 보구나. 칫치, 미안하다."

아빠는 주위를 둘러보고 강둑 뒤에 있는 커다란 나무를 가리켰다.

"저 나무 아래에서 잠시 쉬었다 가자."

칫치는 다리를 끌며 아빠가 말한 곳으로 갔다.

'혼자서 갈 수 있는 걸 보니 그렇게 심하지는 않은가 보다.'

타타는 조금 안심이 되었다.

나무 옆에 웅크리고 앉아 서로에게 몸을 기댔다. 상쾌한 바람을 맞으며 휴식을 취하자 가빴던 숨소리도 조금씩 가라앉았다. 그때 타타가 옆에 떨어져 있는 가지를 하나 주워 이빨로 갉았다. 마음이 안정되는 것 같았다. 쥐는 마음을 안정시키기 위해 딱딱한 물체를 갉는 습성이 있다.

"이 주변까지는 아직 손을 대지 않았군."

아빠가 나직하게 중얼거리는 소리를 듣고 타타는 고개를 들었다. 달리느라 미처 깨닫지 못했는데 아빠가 말한 대로 이 주변은 공사 흔적이 보이지 않았다. 처음 와 본 곳이라 조금 낯설었지만, 지금은 이미 없어졌을 타타네 굴이 있던 강가의 풍경과 그다지 다르지 않았다.

"아빠, 이곳에서 사는 거예요?"

타타가 물었다.

"아니, 이곳도 곧 공사가 시작될 거야. 젊은 쥐 부부가 에노키다 다리까지 공사할 거라고 했거든. 아직 더 가야 한단다."

"그래요?"

"자, 이제 다시 출발해 볼까? 칫치, 걸을 수 있겠니?"

칫치는 눈을 감고 몸을 동그랗게 만 채 미동도 하지 않았다.

"칫치!"

아빠는 얼굴이 하얗게 질려 칫치를 살펴보기 위해 몸을 숙였다. 그 순간이었다.

"악! 놀랐죠? 하하. 아빠 깜박 속았죠?"

칫치는 벌떡 일어나 재빨리 달려 나갔다. 그때 타타네 가족에게 생각하지도 못한 일이 벌어지고 말았다.

이제와 말해 봤자 소용없지만 타타네 가족은 하루 내지는 반나절 정도 늦게 출발했으면 좋았을 것이다. 실은 같은 시각, 강 하류 쪽에 살고 있던 늙은 족제비가 상류 쪽으로 거슬러 올라가고 있었다. 족제비의 굴도 이번 공사로 무너지고 말았던 것이다. 만일 타타네 가족이 몇 시간만 늦게 출발했더라면 족제비와 마주치는 일은 없었을 것이다.

타타네 가족이 출발하고 한 시간쯤 지났을 무렵 족제비는 타타네 굴 앞을 지났다. 쥐 냄새가 코를 찔렀다. 하지만 족제비는 타타네 굴을 그냥 지나쳤다. 얼마 전 도망친 새끼 쥐들을 잡기 위해 굴속으로 얼굴을 들이밀었다가 혼쭐이 났기 때문이다. 족제비가 들어가기에 입구는 너무 비좁았다. 얼굴을 억지로 밀어 넣고 있는데 누군가 코끝을 세게 물었다. 족제비는 너무 아파서 그만 고래고래 비명을 지르며 펄쩍 뛰어올랐다.

"어서 썩 꺼지지 못해?"

굴속에서 어른 쥐의 목소리가 들렸다.

"또 다시 우리를 괴롭혔다가는 이 정도로 끝나지 않을 줄 알아! 더 험한 꼴을 당하게 될 거야!"

"이 콩알만 한 생쥐 녀석이."

족제비는 위협적인 목소리로 무섭게 씩씩거렸다. 그러나 제법 깊게 물린 코의 통증은 너무 심했고, 피까지 뚝뚝 떨어지고 있었던 터라 말도 제대로 할 수 없었다.

"이대로 끝났다고 생각하면 오산이야. 각오하는 게 좋을 거야."

그래도 족제비는 끝까지 으름장을 놓고는 굴에서 서둘러 얼굴을 빼냈다.

코에 난 상처가 다 낫기까지 꽤 오랜 시간이 걸렸다. 조그마한 쥐에게 당한 것을 생각하면 분노가 치밀었다. 그러나 산전수전을 다 겪으며 나이를 먹은 족제비는 현실을 인정하고 빨리 단념해 버렸다. 노련한 족제비는 쥐들이 굴 안에 있는 한 이길 방법이 없다는 사실을 잘 알고 있었다. 그 후로 족제비는 그 일대에는 되도록 얼씬도 하지 않았다.

'그때 그 녀석들의 냄새인가?'

족제비는 타타네 굴 앞을 그냥 지나쳐 앞으로 나아갔다.

'어라? 이쪽에서도 쥐 냄새가 나잖아. 한 마리가 아닌걸. 세 마리는 되는 것 같은데. 오호라! 이 녀석들도 강 위로 거슬러 올라가고 있구나. 아까 그 굴을 버리고 나처럼 강 위쪽으로 가고 있는 것이 틀림없어.'

족제비는 회심의 미소를 짓고는 속도를 높였다.

"자, 이제 슬슬 가 볼까?"

타타 아빠가 자리를 털고 일어섰다. 때마침 족제비가 그곳에 도착했다. 불행하게도 바람이 위에서 아래로 불어 아빠는 족제비의 냄새를 맡지 못했고, 바로 뒤에 족제비가 따라붙은 것을 전혀 눈치 채지 못했다. 숙련된 사냥꾼인 족제비는 쥐들이 눈치 채지 못하도록 발소리를 죽이고 살금살금 다가갔다. 족제비는 조금 떨어진 풀숲에 숨어 풀잎 사이로 쥐 세 마리가 나무기둥에 무방비 상태로 앉아서 쉬고 있는 모습을 보고 쾌재를 불렀다.

'요 며칠 동안 아무 것도 먹지 못해서 눈앞이 다 핑핑 돌 지경이었는데 드디어 배를 채울 수 있게 됐구나. 최소한 한 마리는 잡을 수 있을 테고 잘하면 두 마리, 아니 세 마리 모두 잡을 수 있을지도 몰라. 방금 일어선 가장 큰 녀석이 지난 번 내 코를 물어뜯은 녀석이겠다. 흥!'

사냥감을 발견한 기쁨도 잠시 그날의 굴욕감과 분노가 치밀어 올라 족제비의 눈에 불이 활활 타올랐다. 이성을 잃은 족제비는 판단력이 흐려져 공격할 타이밍을 그만 놓치고 말았다. 조금, 아주 조금 늦었을 뿐이었지만 타타네 가족에게는 더없이 좋은 행운이었다. 뭐니 뭐니 해도 칫치가 아픈 척하다가 누구도 생각하지 못한 순간에 쏜살같이 뛰어나가 다행이었다.

"이 장난꾸러기 녀석."

아빠는 화가 난 듯 주먹을 불끈 쥐고서 칫치의 뒤를 쫓아갔지만 내심 칫치가 무사해서 다행이라며 기뻐했다. 그때였다. 몸집이 커다란 동물이 아빠에게 달려들었다. 아빠는 깜짝 놀라 비명을 질렀다.

바로 조금 전 족제비가 적당한 타이밍을 노려 몸을 날린 그때, 웅크리고 있던 새끼 쥐 한 마리가 벌떡 일어나더니 쏜살같이 달려 나갔다. 족제비는 혼란스러웠다.

'뭐야? 대체 어떻게 된 거지? 설마 눈치 차린 건가? 설마 그럴 리가.'

족제비는 우선 가장 큰 놈부터 한 입에 숨통을 끊어 놓고 작은 쥐들을 사냥할 심산이었다. 그런데 갑자기 새끼 쥐 한 마리가 달려 나가는 통에 그쪽에 정신이 팔려 어떻게 해야 하나 갈등하는 사이 타이밍을 놓치고 말았다. 도망치는 먹이를 반사적으로 쫓는 것은 사냥꾼의 본능이다. 어정쩡한 곳에 착지한 족제비는 그 순간 재빨리 본능을 발휘하여 칫치를 쫓아갔다. 빤히 보이는 앞에서 녀석들을 놓칠 수는 없었다. 족제비는 다시 한 번 뛰어오르기 위해 뒷다리의 근육을 긴장시켰다.

2

족제비는 강기슭을 향해 강둑을 내려가는 칫치에게로 힘껏 뛰어 올랐다. 바로 그때였다.

"저 녀석은 지난번 그 족제비잖아. 코에 물린 상처는 다 나았나 보군."

쥐가 중얼거리는 소리가 들렸다. 땅에 내려앉아 소리가 나는 쪽을 돌아보니 강둑 높은 곳에서 큰 쥐가 양쪽 앞발로 수염을 고르며 빙글 빙글 돌고 있었다. 이런 제스처는 모욕적인 표현 중에서도 단연 최고였다. 족제비는 쥐가 자신보다 높은 곳에서 이상하게도 차분한 모습으로 자신을 향해 모욕적인 행동을 서슴지 않고 있다는 사실에 머리가 폭발할 것 같았다.

'저 녀석이! 아까 실수만 안 했어도 꼼짝없이 저녁밥이 되었을 녀석이.'

실은 아빠도 무서웠지만 칫치에게 쏠려 있는 족제비의 주의를 끌어야 한다는 일념으로 두려움을 꾹 참고 태연한 척 연기했던 것이다. 하지만 상황을 파악하고 방향을 바꿔 자신을 향해 재빨리 달려오는 족제비의 모습을 보고 아빠는 그만 제자리에서 발이 얼어붙고 말았다. 그때 타타의 목소리가 위쪽에서 희미하게 들렸다.

"아빠, 이쪽이에요."

아빠는 몸을 돌려 소리가 나는 쪽을 향해 재빨리 강둑을 올랐다.

강둑 위 산책로로 올라가자 하얗게 빛나고 있는 가로등 불빛 때문에 눈을 뜰 수가 없었다.

"이쪽이에요."

다시 타타의 목소리가 들렸다. 아빠는 무작정 소리가 나는 쪽으로 달렸다. 그 사이 빛에 익숙해져 조금씩 주변이 보이기 시작했다. 조심스럽게 주위를 둘러보던 아빠는 깜짝 놀랐다. 아빠가 달려가고 있는 곳은 인간들이 앉아 있는 공원 벤치였다. 평소 같았으면 상상도 못할 일이었다.

벤치에는 남자와 여자가 앉아 있었고 뒤에는 족제비가 따라 오고 있었다. 인간보다는 족제비를 상대하는 것이 더 나을지도 모른다는 생각이 들었지만, 순간 눈을 부라리며 코끝을 잔뜩 찡그린 채 하얀 이빨을 드러내고 달려드는 족제비의 섬뜩한 모습이 뇌리를 스치고 지나갔다. 그때 여자가 신고 있는 운동화 바로 옆에 웅크리고 있는 타타의 모습이 눈에 들어 왔다.

'에잇, 모르겠다. 될 대로 되라!'

아빠는 곧바로 타타에게 달려갔다.

결과적으로 현명한 선택이었다. 벤치에 앉아 있는 남자와 여자는 한밤중에 몰래 집을 빠져나온 고등학생 커플이었다. 두 사람은 서로 이야기를 주고받느라 발아래 쪼르르 기어 다니는 쥐 따위는 전혀 안중에도 없었다. 타타가 있는 벤치 아래에 도착한 아빠가 강둑으로 시선을 돌렸다. 어둠 속에서 족제비의 날카로운 눈빛이 번뜩이는가 싶더니 이내 사라졌다. 어쩌면 단순히 기분 탓이었는지도 모르겠다. 족제비는 야생동물이라서 인가에 출몰하는 일은 극히 드물었다. 쥐에

비해 인간과 접할 기회가 적고 인간에 대한 두려움도 훨씬 크다. 여기 있는 한 족제비도 섣불리 공격하지는 못할 것이다.

"좋은 생각을 해냈구나, 타타."

아빠는 가쁜 숨을 몰아쉬며 말했다. 타타는 아빠에게 칭찬을 받아서 기뻤다. 하지만 칫치가 어떻게 되었는지 알 수 없고 족제비에게 쫓기고 있는 상황이었으므로 마냥 기뻐하고 있을 수만은 없는 노릇이었다.

"아빠, 칫치는 어떻게 하죠?"

"지금은 달리 방법이 없다. 어딘가에 잘 숨어 있기를 바랄 수밖에."

"찾으러 가야 하지 않을까요?"

"족제비가 아직 근처에 있을 거야. 좀 더 기다려 보자. 족제비는 고양이와 달리 한 번 놓친 사냥감은 의외로 깨끗이 포기하거든."

"하지만 저 족제비는 지난번에 아빠가 혼쭐을 내 준 녀석인 것 같은데요."

"그런 것 같구나."

칫치의 행방이 묘연하고 족제비에게 쫓기고 있는 심각한 상황에서도 그때 일을 생각하니 아빠의 입가에는 슬며시 미소가 떠올랐다.

"호되게 당해서 다시는 얼씬도 하지 않을 줄 알았는데. 나에 대한 원망이 깊어서 오히려 역효과가 난 것 같다."

"칫치는 어떻게 됐을까요? 벌써 족제비한테 잡힌 건 아니겠죠?

"글쎄다. 일단 기다려 보자. 지금 우리가 할 수 있는 일이 아무 것도 없어. 칫치도 영리한 녀석이니까 잘 숨어 있을 거다."

아빠의 말에 타타는 고개를 갸웃거렸다. 타타가 보기에 칫치는 아직 아무것도 모르는 아이에 불과했다.

"타타, 인간들 발에 밟히지 않도록 조심해라. 그것만 조심하면 당분간은 이곳에 있는 것이 안전할 것 같구나."

타타와 아빠는 칫치가 걱정이 되었지만 달리 방법이 없었으므로 일단 벤치 아래에서 기다려 보기로 했다. 벤치에 앉아 있는 고등학생 커플은 요즘 유행하는 패션과 서클 활동에 관한 이야기로 한창이었다. 의미를 알 수 없는 단어가 너무 많아 타타는 그들의 이야기를 알아들을 수 없었다. 타타는 마음을 비우고 그들의 이야기 소리를 그냥 흘려들었다. 그러자 강물이 흐르는 소리처럼 목소리가 귓가를 스쳐 지나갔다. 갑자기 피로가 밀려왔다. 타타는 자신도 모르는 사이에 꾸벅꾸벅 졸고 있었다.

"위험해!"

아빠의 날카로운 목소리에 눈을 떠 보니 운동화를 신은 소년의 발이 타타를 향해 다가오고 있었다. 당황한 타타는 미처 피하지 못하고 옆에 보이는 물체에 올라탔다. 그런데 타타가 올라탄 것은 다름 아닌 소녀의 운동화였다. 아빠가 내려오라고 손짓을 했지만 타타가 올라탄 소녀의 운동화는 위로 올라가는가 싶더니 이내 불안정하게 흔들리기 시작했다. 타타는 필사적으로 신발 끈을 붙잡았다.

벤치 위에서는 소년과 소녀가 뽀뽀를 하고 있었다. 벤치 아래 숨어 있던 아빠와 칫치는 그 사실을 알 리가 없었다. 소년의 운동화가 불안정하게 움직이며 타타의 몸을 스치고 지나갔다. 타타는 가까스로 몸을 피했다. 그런데 갑자기 어디에선가 하얀색의 생물체가 타타가 매달려 있는 신발 위로 홀쩍 뛰어올라 타타처럼 신발 끈에 매달려 소리를 지르기 시작했다.

"야호!"

"칫치!"

하얀색의 생물체는 다름 아닌 칫치였다.

"형, 이거 정말 재미있다. 야호! 마치 그네를 타고 있는 것 같아."

"너 이 녀석! 빨리 뛰어내려! 어서 뛰어내리란 말이야!"

말은 그렇게 했지만 타타도 좀처럼 뛰어내릴 타이밍을 잡지 못하고 있었다. 쥐 두 마리가 신발 끈에 대롱대롱 매달려 있는 모습을 인간들이 본다면 한바탕 소동이 벌어질 게 뻔했다. 공중에서 타타와 칫치의 몸이 서로 스쳤다. 지금 매달려 있는 것이 인간의 신발 끈이 아니었다면 타타도 틀림없이 신이 나서 환호성을 질러 댔을 것이다.

그러는 사이 신발 끈의 매듭이 쥐의 무게를 이기지 못하고 스르르 풀리기 시작했다. 새끼 쥐가 아무리 가볍다고 해도 신발 끈에 매달려 흔들거리면 보통은 알아차리기 마련이지만 인간들은 첫 키스에 열중한 나머지 전혀 눈치 채지 못했다.

그로부터 한 시간 뒤 아빠와 타타, 칫치는 강둑에서 가까운 주택가의 도로 가장자리에 있는 도랑에 몸을 숨기고 이야기에 한창 열을 올리고 있었다.

"그래서 그곳에 가만히 숨어 있었어. 그런데 좀 지나니까 좀이 쑤셔서 견딜 수가 있어야지. 지금쯤이면 됐겠다 싶어서 언덕으로 올라와 도로로 나왔던 거야. 조심조심 아까 있던 곳으로 되돌아오는데 형이 그네를 타고 있는 모습이 보이잖아. 왔다 갔다 흔들리는 모습이 굉장히 재미있어 보였어."

"난 그네를 타고 있었던 게 아니야. 죽기 살기로 매달려 있었단 말이야."

타타가 발끈하여 칫치에게 쏘아붙이자, 아빠가 타타를 말리며 부드럽게 말했다.

"이제 둘 다 그만해라. 어쨌든 우리 모두 무사하잖니? 그게 중요한 거야. 둘 다 정말 잘했다. 오늘은 아빠가 잘못했어. 첫날부터 너무 무리했어. 앞으로는 속도를 조절하며 천천히 가자꾸나. 족제비가 아직 이 근처에서 어슬렁거리고 있을지도 모르니까 경계를 늦추지 말고."

벤치에서 뽀뽀를 하던 고등학생 커플은 신발 끈이 풀린 것을 보고 아무렇지도 않게 고쳐 매고는 집으로 돌아갔다. 타타네 가족은 족제비가 쫓아오지 않을까 경계를 늦추지 않고 인간들에게 바짝 붙어 따라갔다. 그리고 주택가 근처에 있는 도랑을 발견하고 재빨리 뛰어 내려갔다.

칫치의 이야기는 이랬다. 칫치는 우선 강 아래쪽으로 재빨리 뛰어 내려가 얕은 웅덩이를 여러 개 건넜다. 그리고 강둑 위에 마른 풀잎이 수북이 쌓여 있는 곳을 발견하고 몸을 숨겼다. 때마침 바람이 강 위쪽에서 아래로 불고 있었으므로 족제비가 쫓아왔다고 해도 칫치의 냄새를 맡지는 못했을 것이다. 강기슭에 남아 있던 칫치의 냄새와 흔적도 웅덩이를 건너는 사이 사라져 족제비의 눈과 코를 속이기에 안성맞춤이었다.

잘만 하면 세 마리의 쥐를 모두 잡을 수 있을 것이라는 지나친 욕심 때문에 족제비의 사냥은 오히려 완전히 수포로 돌아갔다. 한 마리만 노렸다면 타타네 가족 중 적어도 누군가는 분명 족제비에게 잡아먹혔을 것이다. 그러나 행운의 여신은 타타네 가족 편이었다. 행운에 행운이 겹쳐 모두 기적적으로 살아남을 수 있었다.

타타네 가족은 도랑에서 이틀 동안 머물렀다. 하루에도 몇 번씩 아무런 예고도 없이 지저분한 물이 흘러나오는 것만 빼면 도랑은 의외로 괜찮았다.

3

타타네 가족이 몸을 숨긴 도랑은 인가와 가까워 먹을거리를 쉽게 구할 수 있었다. 고양이나 새가 쓰레기봉투를 엉망으로 헤집어 놓는 것을 방지하기 위해 위에 그물망이 쳐져 있었지만, 몸집이 작은 곰쥐 가족은 좁은 틈새로도 얼마든지 드나들 수 있었다. 하지만 방심은 금물이었다. 쥐는 고양이나 새가 좋아하는 먹잇감이니까. 게다가 고양이는 한 번 냄새를 맡으면 끈질기게 따라붙는 거머리 같다. 이뿐만 아니라 타타네 가족은 쌩쌩 달리는 자동차와 인간들의 발소리에도 주의를 기울여야 했다.

둘째 날, 밤이 깊어지자 아빠가 말했다.

"자, 이제 다시 떠나야 할 시간이다. 가자!"

타타는 비로소 안심이 되었다. 타타네 가족은 강을 향해 길을 나섰다. 가로등 불빛이 비추지 않는 어두운 곳을 골라 산책로를 가로질러 갔다. 그렇게 얼마나 달렸을까? 마침내 강이 눈앞에 펼쳐졌다. 타타는 너무 기뻐서 눈물이 나올 지경이었다. 하늘에는 구름이 잔뜩 끼어 별도 달도 보이지 않았지만 강물만은 희미하게 빛나고 있었다. 은빛의 고운 지평선이 강물을 따라 길게 뻗어 있었다.

'강은 한결같아서 좋아. 역시 우리 가족은 강에서 살아야 해.'

아빠는 강둑 수풀 속으로 들어가는가 싶더니 이내 강 위쪽으로 방향을 틀었다. 코와 귀에 신경을 집중하여 천천히 앞으로 나갔다. 잠시 후 아빠가 중얼거리는 소리가 들렸다.

"없는 것 같군."

"족제비 말이에요?"

"그래. 다행히 이 근처에는 없는 것 같다."

난폭한 포식자에게 쫓기며 살아가야 하는 작은 동물들은 성장하면서 예리한 감각을 갖게 된다. 포식자로부터 자신을 지키기 위해서이다. 그 감각은 상당히 정확한 편이다.

"우리를 포기하고 먼저 간 모양이다."

"정말요? 아, 다행이다."

족제비가 포기했을 것이라는 이야기를 듣고 타타는 천진난만하게 기뻐했다. 말은 그렇게 했지만 실은 아빠도 그 어떤 것도 확신할 수 없었다.

쉬엄쉬엄 주위를 살피며 천천히 움직였다. 얼마 가지 못해 날이 밝기 시작했다. 아침 해가 떠오를 무렵 사람 키만큼 자란 큰망초 덤불 앞에 도착했다. 아빠는 큰망초 덤불로 들어가더니 벌러덩 드러누웠다. 아빠의 느긋한 모습에 타타와 칫치도 긴장을 풀고 아빠에게 다가갔다. 칫치는 네 발을 쭉 뻗고 배를 땅에 대고서 후유, 한숨을 크게 내쉬었다. 큰망초 덤불은 깊은 숲 속에 있는 것처럼 편안했다. 누군가가 접근하면 큰망초 잎사귀가 바스락거리며 신호를 보낼 줄 것이다.

"낮 동안은 이곳에서 쉬었다가 날이 저물면 먹이를 찾으러 가자."

아빠가 말했다.

낮 동안 타타네 가족은 흙 웅덩이와 수풀 그늘에 몸을 숨기고 밤이 되기를 기다렸다. 인간들이 한참 깊은 잠에 빠졌을 무렵이 되자, 타타네 가족은 주택가로 들어가 먹을거리를 찾아 헤맸다. 두둑이 배를 채운 후 다시 강으로 돌아와 여행을 계속했다.

며칠이 또 지났다. 새벽녘까지 먹이를 찾지 못하는 날도 있었다. 그런 날이면 타타네 가족은 어쩔 수 없이 강기슭으로 돌아와 고픈 배를 끌어안고 꼼짝도 하지 않았다. 다시 날이 저물면 먹이를 찾아 강둑 위로 올라갔다. 운 좋게 인간이 반 정도 먹다 버린 햄버거 조각을 발견한 타타네 가족은 환호성을 질렀다. 그 주변에는 감자튀김도 여기저기 떨어져 있었다.

아빠가 선두에 서고 그 뒤를 칫치가 따랐다. 타타는 맨 뒤에서 칫치가 낙오되지 않도록 감독하는 역할을 맡았다. 일렬로 줄을 선 쥐세 마리의 행렬은 계속되었다. 다행히 맑은 날씨가 계속되었다. 계절은 여름을 지나 가을로 가고 있었다. 밤새 계속된 행진으로 지친 타타와 칫치는 풀잎 아래 누워 아침의 눈부신 햇살을 피하며 쉬고 있었다. 하늘을 올려다보았다. 여름이면 볼 수 있는 소나기구름은 어느새 모습을 감추고, 아름다운 비늘 모양의 비늘구름이 가을 하늘에 넓게 퍼져 있었다. 그리고 언제부터인가 마른 풀 냄새가 나기 시작했다.

그러던 어느 날 밤이었다. 앞에 가던 아빠가 갑자기 걸음을 멈췄다. 멍하니 아빠 뒤를 쫓아가던 칫치가 아빠의 엉덩이에 부딪혀 그만 넘어지고 말았다. 아빠는 칫치의 손을 잡아 일으켜 세우며 말했다.

"저거다."

"네? 뭐가요?"

"에노키다 다리 말이다. 저게 바로 에노키다 다리야."

저 멀리 콘크리트 다리가 보였다. 한밤중인데도 다리 위로 자동차들이 끊임없이 오갔다. 헤드라이트가 번쩍이고 엔진 소리가 멀리까지 들려왔다.

"저곳까지 공사를 한단 말이지? 이곳에 새로 만들 도로는 아마도 에노키다 다리에서 강을 가로질러 가는 저 자동차 도로로 이어지는 걸 거야. 그러니까 우리는 어떻게 해서든 저 다리를 건너야 해."

"그럼 다리 너머에 새로운 집을 짓는 거예요?"

칫치가 물었다.

"그래. 칫치도 굴 파는 일을 도와줄 거지?"

"그럼요. 저도 잘할 수 있는걸요."

"벌써 날이 밝기 시작하네. 이대로 저기까지 가는 것은 아무래도 힘들겠지? 오늘은 이쯤에서 쉬고 내일 밤 다리를 건너자."

다음 날 주변이 어둠으로 물들자마자 타타네 가족은 다시 길을 나섰다. 다리에 가까워져 갈수록 자동차 소리가 크게 들렸다. 목적지가 코앞이었다. 타타는 가슴이 두근거렸다.

'생각보다 간단하잖아. 족제비가 쫓아와서 아찔한 순간이 있기는 했지만, 그것만 빼면 비교적 순탄한 여행이었어.'

아빠와 칫치도 같은 생각을 하고 있었는지 걸음이 점점 빨라졌다. 물론 족제비가 다시 쫓아올 가능성이 전혀 없는 것은 아니었다.

'족제비도 분명 다리 건너편으로 갈 거야. 그곳에서 다시 족제비와 싸워야 할지도 몰라. 하지만 굴만 만들어 놓으면 걱정 없어. 지난번처럼 아빠가 혼내 주면 되니까.'

그렇게 생각하니 하나도 무섭지 않았다.

타타네 가족은 마침내 다리 밑에 도착했다. 아치형의 어두운 터널 사이로 희미한 조명이 반달 모양으로 비추고 있었다. 저기만 건너면 새롭고 안전한 강에서의 평화로운 생활이 다시 시작되는 것이다. 아빠가 다시 발걸음을 옮기기 시작했다. 칫치와 타타가 그 뒤를 따랐다. 그때였다.

"거기 서!"

몸집이 큰 쥐 한 마리가 터널 안에서 어슬렁거리며 나왔다. 하지만 더 이상 가까이 다가오지는 않았다. 그 쥐는 어두운 터널에서 팔짱을 끼고 선 채 타타네 가족의 출입을 가로막았다. 시꺼먼 윤곽만 어렴풋이 보일 뿐, 너무 어두워서 얼굴을 볼 수가 없었다. 하지만 몸집이 상당히 크다는 것은 한눈에 알 수 있었다.

"이곳은 통행금지다."

그러자 아빠가 정중하게 물었다.

"그게 무슨 말씀이십니까?"

"이미 말한 대로다. 이곳은 아무나 지날 수 없어. 돌아가!"

"그럴 리요. 우리는 그저 이 다리 건너편으로 가고 싶을 뿐입니다."

"안 돼. 건너편은 우리 영역이야. 다른 쥐들은 갈 수 없어."

"다른 쥐라니요? 쥐는 다 같지 않습니까? 우리도 들여보내 주시오."

"다 같다고? 바보 같은 소리 집어치워! 너희 같은 쥐와 우리가 같은
쥐라니, 이 녀석 정말 웃기는군."

커다란 쥐가 코웃음을 치며 말했다.

그 사이 하나같이 몸집이 큰 쥐들이 하나둘씩 모여들었다. 터널 밖
으로 나오지 않아 시꺼먼 윤곽밖에 보이지 않았지만 누구랄 것도 없
이 타타네 가족을 얕보듯 키득거리고 있다는 것을 알 수 있었다.

"쥐는 다 같지 않습니까? 큭큭."

누군가 아빠를 흉내 내며 비웃었다. 아빠는 입술을 깨물었다.

"돌아가. 이미 말했지만 이곳은 통행금지야."

아까 그 쥐가 위협하듯 크게 소리쳤다. 아빠는 화가 치밀어 올랐다.

"이쪽에서는 더 이상 살 수 없소."

아빠는 나직이, 또박또박하게 말을 이어 갔다.

"곧 강이 없어질 겁니다. 당신도 잘 알고 있겠죠?"

"물론이지. 그 이야기라면 이미 알고 있어. 하지만 그런 건 우리가

알 바 아니야."

"우리는 강을 거슬러 올라가 상류 쪽에 새로운 집을 만들 생각이
오. 그러니 지나가게 해 주시오. 타타, 칫치! 어서 가자!"

아빠는 차분하게 말하고 큰 쥐들을 피해 터널 안으로 들어가려고
했다. 타타와 칫치는 주춤주춤 그 뒤를 따랐다. 그 사이에도 키드득거
리는 소리는 그치지 않았다. 큰 쥐의 무리가 만든 시꺼먼 그림자가 크
게 흔들리고 있었다. 그들은 아무 말도 하지 않았지만 눈빛으로 무언

가 신호를 주고받는 것처럼 보였다.

'괜히 겁주려고 그런 걸까? 어쩌면 그냥 보내 줄지도 몰라.'

타타가 그런 생각을 하고 있는 사이 그들이 불쑥 앞으로 나와 점점 거리를 좁혀 왔다. 불빛 아래 그들의 모습이 보이기 시작했다. 모두 네 마리였다. 하나같이 몸집이 컸다. 아빠 몸의 한 배 반은 되는 것 같았다. 검고 긴 털이 빽빽하게 나 있었으며 목소리가 거칠고 거만했다.

"어서 돌아가! 강이 없어지면 그곳에 새로 만들어질 어두운 시궁창에서 살면 될 거 아니야."

갑자기 덩치 큰 쥐 한 마리가 다가오더니 입을 반쯤 벌리고 멍하니 서 있는 칫치에게 박치기를 날렸다. 칫치는 그대로 날아가 머리를 땅에 박고 말았다. 칫치는 외마디 비명을 지르고 꼼짝도 하지 못하고 쓰러져 있었다. 아빠가 벌떡 일어나 칫치에게 박치기를 한 녀석에게 몸을 날렸다. 상대는 살짝 비틀거리더니 이내 비열한 웃음을 지으며 아빠를 내려다보았다. 아빠는 앞발로 어떻게든 상대를 넘어뜨리려고 했지만 꼼짝도 하지 않았다. 잠시 몸싸움을 하는가 싶었지만 아빠는 갑자기 커다란 비명을 지르며 쓰러졌다. 다른 쥐가 몰래 아빠 뒤로 다가가 아빠의 발목을 물었던 것이다. 타타는 녀석이 아빠에게 다가가는 것을 보면서도 너무 무서워서 아무것도 할 수 없었다. 그저 마음속으로 '아빠, 위험해요!'라고 외칠 뿐, 타타의 목소리는 목구멍에서 나오지 않았다.

4

타타는 그곳에서 어떻게 도망쳐 나왔는지 기억이 나질 않았다. 정신을 차리고 보니 다리에서 조금 떨어진 강둑 경사면의 큰망초 덤불에 타타 가족 셋은 나란히 누워 있었다. 아빠는 가쁜 숨을 몰아쉬며 눈을 감은 채 상처를 누르며 낮게 신음을 내뱉었다. 칫치는 눈을 감고 있었다. 아직 정신이 들지 않은 모양이었다.

"아빠, 죄송해요. 아까 그 녀석이 아빠를 물려고 몰래 다가가는 것을 보고도 아무 말도 하지 못했어요."

아빠는 아무 말도 하지 않았다. 타타는 아빠에게 다가가 상처를 살피려고 하다가, 살이 크게 찢어져 피가 펑펑 솟는 것을 보고 새파랗게 질려 그만 그 자리에 얼어붙었다.

"괜찮다. 이 정도로는 끄떡없어."

아빠가 가느다란 목소리로 말했다.

"하지만 괜찮아 보이지 않는 걸요."

"괜찮아. 자, 잠시 눈을 붙이자꾸나. 오늘은 정말 힘든 하루였잖니."

아빠는 간신히 목소리를 내는 듯 띄엄띄엄 말했다. 타타는 조용히 울기 시작했다. 아빠는 타타가 실컷 울게 내버려 두었다.

어느 사이엔가 울다 지쳐 잠이 들었던 모양이다. 눈을 뜨니 날이 밝아 있었다. 타타가 깜짝 놀라 벌떡 일어나자, 옆에 누워 있던 아빠가 고개를 돌려 타타를 바라보았다. 타타는 아빠의 평온하고 확신에 찬 회색 눈동자를 보자 금방 기운이 샘솟았다.

"아빠, 저는……."

"그래, 네 마음 다 안다. 많이 무서웠지? 하지만 이곳에 있으면 괜찮을 거야. 이곳까지 쫓아와 우리를 괴롭힐 마음은 없어 보였거든."

"대체 누구예요?"

"아마도 시궁쥐 군단일거야. 잔혹하고 살벌한 불량배 집단이란다. 약한 자들을 괴롭히면서 비명 소리 듣는 걸 즐기는 녀석들이지. 몹쓸 녀석들."

아빠는 분노에 찬 목소리로 말했다.

타타네 가족은 시궁쥐보다 몸집이 훨씬 작은 곰쥐다. 곰쥐와 시궁쥐는 별로 사이가 좋지 않았다. 아니, 오히려 앙숙이라고 봐야 할 것이다. 타타네 가족이 살던 집 근처에는 시궁쥐가 없었기 때문에 타타는 쥐들의 종족 싸움에 대해서는 전혀 알지 못했다.

"아빠, 많이 아파요?"

"이제 피는 멈췄단다. 괜찮아. 보기 보다 심하지 않아. 다행히 급소는 피했단다. 만일 근육의 힘줄을 물렸다면 평생 걷지 못했을지도 몰라."

"칫치는요?"

"잠깐 눈을 떴다가 다시 잠이 들었단다. 가벼운 뇌진탕을 일으킨 것 같은데 반나절 자고 나면 금방 괜찮아질 거야."

그때서야 기억이 서서히 돌아왔다. 아빠는 심한 상처를 입고도 이미 아기라고 할 수 없는 무거운 칫치의 목을 끌어안고 질질 끌면서 그곳을 도망쳐 나왔다. 그러는 사이에도 고약한 시궁쥐들은 아빠를 발로 차고 때리며 조롱했다. 터널에서 어느 정도 벗어나자 시궁쥐들은 발길질을 멈추고 터널로 돌아갔다.

"아빠!"

타타가 아빠를 부르자, 아빠는 의외로 밝은 목소리로 웃으며 말했다.

"아빠가 또 실수를 했구나. 바보같이 너무 경솔했어. 아빠 자격 미달이다."

그러고는 자신의 머리에 살짝 꿀밤을 때렸다. 조금 전까지도 이 세상 끝에 내몰린 것 같은 절망감에 빠져 있었던 타타는 아빠의 장난스러운 모습을 보자 마음이 한층 누그러졌다.

"이제 앞으로 어떻게 하죠?"

"글쎄다. 한번 곰곰이 생각해 보자. 방법은 여러 가지가 있어. 녀석들은 그곳이 자신들의 영역이라고 말했어. 다리 건너편은 아마 시궁쥐 무리가 많이 살고 있을 거야. 하지만 그들의 세력권도 상류 어딘가에서 끝이 날 테니 그곳을 돌아서 더 위로 올라가면 될 거야. 강둑 위의 산책로를 따라가다가 녀석들의 모습이 보이지 않는 곳에서 다시 강기슭으로 내려가면 되지 않을까?"

'정말 그럴까? 굉장히 간단해 보이네. 역시 아빠는 멋져.'

타타는 마음속으로 생각했다.

"하지만 아빠는 지금 움직일 수가 없단다. 이 상처가 아물어서 걸을 수 있게 되려면 며칠이 걸릴 거야. 타타, 미안하지만 그때까지 네가 먹을거리를 구해다 주겠니?"

"물론이죠."

타타는 힘차게 고개를 끄덕였다.

한결 기분이 좋아졌다. 그때 무슨 소리가 들렸다. 아빠가 귀를 쫑긋 세웠다. 누군가가 자장가를 부르고 있었다. 흐느끼는 목소리로 부르는 아주 구슬픈 자장가가 띄엄띄엄 들려왔다.

아빠가 몸을 일으키며 타타에게 말했다.

"소리 나는 곳으로 가 보자. 칫치는 이곳에서 자게 놔 두고 너만 따라오렴."

큰망초 덤불 끝으로 가자 자장가 소리가 점점 선명하게 들렸다.

"잘 자라 내 아가, 내 고운 아가야."

아빠는 아픈 다리를 끌면서 되도록 발소리를 죽이며 조용히 다가가 큰망초 줄기 사이로 얼굴을 살며시 들이밀었다. 바위에 등을 기대고 앉아 작은 새끼 쥐를 안고 있는 앙상한 모습의 엄마 쥐가 보였다. 엄마 쥐는 아기의 얼굴을 가만히 들여다보며 천천히 이야기를 들려주듯 자장가를 읊조리고 있었다.

"아니, 당신은 지난번에 우리 집에 잠시 머물렀다 간 젊은 엄마 쥐 아닙니까?"

엄마 쥐는 지난번 타타네 굴에서 하룻밤 신세를 지고 날이 어두어지자마자 길을 나섰다. 아마 타타네 가족보다 훨씬 일찍 이곳에 도착했을 것이다.

"어떻게 된 겁니까? 남편은 어디 있습니까?"

아빠가 엄마 쥐에게 다가가 물었다. 엄마 쥐는 그 소리가 들리지 않는 듯 고개를 숙이고 구슬픈 목소리로 계속 자장가를 불렀다. 온몸이 흙먼지와 피로 뒤덮여 있었다. 자세히 살펴보니 옆구리와 뒷다리에 피가 조금씩 스며 나오고 있었다. 생긴 지 얼마 안 된 상처도 있었다.

"다리 밑에 진을 치고 있는 시궁쥐 녀석들한테 당한 겁니까?"

"잘 자라 내 아가, 내 고운 아가야."

"부인!"

아빠는 엄마 쥐의 머리 위에 손을 살짝 얹고 상냥하고 나직한 목소리로 천천히 물었다.

"남편 분은 어떻게 되셨습니까?"

그러자 노랫소리가 멈췄다. 몸을 굳힌 채 침묵하고 있던 엄마 쥐가 갑자기 새끼 쥐를 끌어안으며 오열하기 시작했다.

"부인!"

"지나가게 해 달라고 부탁했어요. 몇 번이고, 몇 번이고 부탁했어요."

엄마 쥐는 울먹이며 떨리는 목소리로 띄엄띄엄 말했다.

"부인, 진정하세요."

아빠가 엄마 쥐를 진정시키려고 했지만 엄마 쥐는 좀처럼 멈추지 않았다.

"몇 번이고 가서 그렇게 간절히 부탁했는데……. 먹을 것이 없다고 몇 번이고 말했어요. 남편과 저만 있으면 며칠을 굶어도 상관없지만 젖이 멈춘 후로 아이들이 아무 것도 먹지 못하게 되니까 배가 고프다고 밤낮으로 울어 댔어요. 아이들이 우는 소리를 들으니 너무 마음이 아파서 한숨도 잘 수 없었죠. 그래서 남편과 무릎까지 꿇고 제발 지나가게 해 달라고 애원했는데."

"남편 분과 다른 새끼 한 마리는 어디에 있습니까?"

"그들은 그러냐며 크게 웃었어요. 아주 좋아 죽겠다는 듯이요. 그러고는 시궁쥐 제국에는 인간이 먹다 버린 맛있는 음식이 산더미처럼 쌓여 있고 도토리 같은 나무 열매는 사방에 천지로 깔려 있다고 말했어요. 그곳은 천국이라며, 자신들이 세상에서 제일 행복한 쥐라고 말했죠."

"부인, 남편 분은?"

"남편은 죽었어요."

엄마 쥐가 갑자기 날카로운 목소리로 소리쳤다.

"그것도 내가 보는 앞에서 말이에요. 그는 더는 참을 수가 없었어요. 그래서 녀석들에게 달려들었죠. 녀석들은 그걸 기다리고 있었어요. 우리의 인내심이 한계에 도달하는 모습을 즐기며 기다리고 있었어요. 그리고 순식간에 일이 벌어졌죠. 그들이 몰려들었고 남편은 온몸이 갈기갈기 찢어져 그만……."

엄마 쥐는 갑자기 말을 끊고 아무 말도 하지 않았다. 아빠는 아무 말도 하지 않고 엄마 쥐의 머리에 손을 얹었다. 잠시 후 엄마 쥐는 다시 새끼 쥐를 끌어안고 새끼의 얼굴을 쳐다보며 아주 가느다란 목소리로 자장가를 부르기 시작했다.

"잘 자라 내 아가, 내 고운 아가야."

엄마 쥐는 계속해서 노래를 불렀다. 아빠가 새끼 쥐를 쳐다보았다. 엄마 쥐는 새끼를 지키려는 듯 도리질을 하며 몸을 돌렸지만 아빠는 개의치 않고 새끼 쥐의 얼굴에 가까이 다가갔다. 아빠는 가늘고 부드러운 솜털이 난 새끼 쥐의 콧잔등과 가슴에 손을 얹고 잠시 그대로 있었다. 그리고 천천히 몸을 일으키며 나직하게 중얼거렸다.

"가엽게도 벌써 죽었군."

5

　젊은 쥐 부부는 어째서 시궁쥐의 영역을 피해가는 방법을 쓰지 않았을까? 이야기를 다 들어본 결과, 그렇게 하지 않은 것이 아니라 그렇게 할 수 없었다는 것을 알 수 있었다.

　시궁쥐들은 에노키다 다리 아래의 터널은 물론이고 강 양쪽으로 거대한 경계망을 쳤다. 그리고 포악하고 힘 센 자들을 뽑아 보초를 서게 해 다른 쥐들이 도저히 지나 갈 수 없게 만들었다.

　젊은 쥐 부부와 새끼 쥐 두 마리는 자동차 도로를 따라 남쪽으로 내려갔다가 다시 서쪽으로 방향을 틀어 강 쪽으로 돌아갈 계획이었다. 하지만 가도 가도 시궁쥐들이 나타나 길을 터주지 않았다. 그래서 생각한 끝에 다시 에노키다 다리로 돌아와 그곳을 지키고 있는 시궁쥐들에게 지나가게 해 달라고 애원했던 것이다. 터널 너머 시궁쥐의 영역이 그들의 말처럼 먹을거리가 풍부한 낙원이라면 아주 작은 한쪽 구석에서라도 살게 해 달라고 비굴하게 매달려 보았다. 젊은 부부의 남편은 굴욕감을 참아 내며 시궁쥐들의 시중이라도 들겠다고 애원했다. 하지만 시궁쥐들은 큰 소리로 비웃으며 그를 내동댕이쳤다. 그리고 마침내 싸움이 벌어졌던 것이다.

엄마 쥐는 평소처럼 말하다가도 금세 몸을 부들부들 떨면서 이상한 눈빛을 띠며 아빠와 타타에게 이빨을 드러내고 으르렁거렸다.

"이놈들. 나한테서 이 아이까지 빼앗으려고? 어림없다. 이 아이에게 손가락 하나라도 까딱했다가는 모조리 물어 버리겠어. 모두 죽여 버릴 거야. 그러고 나서 나도 죽어 버리면 그만이야."

엄마 쥐는 바드득바드득 이를 갈며 말했다.

"그만, 돌아가자."

아빠가 타타에게 말했다.

"하지만 아빠!"

"이런 상태로는 아무것도 도와줄 수가 없어. 좀 더 상태를 지켜보자."

아빠와 타타는 참담한 심정으로 칫치가 자고 있는 곳으로 돌아왔다. 칫치가 눈을 뜨고 멍하니 누워 있었다. 눈빛이 공허하게 허공을 더듬고 있었다.

"칫치, 좀 어떠니?"

아빠가 상냥하게 물었다.

"머리가 좀 아파요."

"누워서 좀 더 쉬렴."

이어서 아빠는 타타에게 말했다.

"며칠 동안은 꼼짝 말고 쉬어야겠다. 쉬는 동안 좋은 방법을 생각해 보자."

타타는 아픈 아빠와 칫치를 위해 열심히 먹을거리를 찾아다녔다.

당장 그날 저녁부터 서둘러 밖으로 나와 주택가를 돌았다. 조금이라도 먹을거리를 발견하면 그때마다 재빨리 아빠와 칫치에게 가져다주었다.

강둑에서 그다지 멀지 않은 곳에 작은 공원을 발견한 것은 타타에게 행운이었다. 공원에는 벤치가 있기 마련이다. 인간들은 벤치에 앉아 음식을 먹기도 하는데, 그것이 배고픈 쥐들에게는 얼마나 고마운 일인지 모른다. 먹다 흘린 음식이나 버려진 음식이 거의 날마다 떨어져 있었다. 어느 날 타타는 살이 제법 붙어 있는 치킨 뼈다귀와 샌드위치 조각 그리고 먹다 남은 사과를 주워 아빠와 칫치에게로 날랐다. 조금 있다가 다시 공원으로 가면 그때마다 새로운 먹을거리가 떨어져 있었다. 타타는 무척 기뻤다. 지난번 경험을 통해 밝은 곳에서는 조심스럽게 행동해야 한다는 것을 배운 타타는 경계를 늦추지 않았다. 그래서였을까? 한 번도 고양이나 개의 공격을 받지 않고 무사히 먹을거리를 나를 수 있었다.

며칠이 지났을까? 그 사이 엄마 쥐에게 몇 번인가 먹을거리를 가져다 주었지만 입도 대지 않았다. 타타는 안중에도 없는 듯 아무리 말을 걸어도 듣지 않고, 그저 가끔씩 발작을 일으키며 죽은 새끼 쥐를 끌어안고 부드럽게 흔들며 구슬픈 목소리로 자장가를 읊조렸다. 그러던 어느 날 밤, 엄마 쥐의 구슬픈 노랫소리가 더는 들리지 않았다. 걱정이 되어 다음 날 아침 가 보니 엄마 쥐는 새끼와 함께 모습을 감추고 없었다. 그리고 두 번 다시는 그 엄마 쥐를 만날 수 없었다.

다시 며칠이 지난 어느 날, 아빠가 말했다.

"이제 어느 정도 걸을 수 있을 것 같다. 빨리 뛰는 건 아직 무리지만 천천히 달릴 수 있을 것 같구나. 오늘 밤은 연습도 할 겸 너와 함께 먹을거리를 구하러 가야겠다."

기운을 완전히 되찾은 칫치도 함께했다. 오랜만에 셋이서 함께 길을 나섰다. 타타는 무척 기뻤다. 그날 타타네 가족은 공원에 버려진 감자튀김 봉지를 발견했다. 봉지 안에는 감자튀김이 상당히 많이 남아 있었다.

"타타, 이곳은 네가 말한 대로 정말 좋은 곳이구나. 먹을거리는 많고 인적은 드물어. 게다가 개나 고양이도 없는 것 같아. 혹시 개나 고양이를 만난 적이 있니?"

타타가 고개를 젓자, 아빠는 잠시 무언가 곰곰이 생각하더니 마침내 입을 열었다.

"어떻게 한다? 저 울타리 나무 아래 굴을 파 볼까? 조용해서 좋을 것 같구나. 이곳은 먹을 게 많고 강이 가까워서 우리가 살기에는 아주 좋은 곳이라고 생각되는데, 타타 네 생각은 어떠니?"

하지만 타타는 고개를 가로저었다.

"아빠가 말씀하셨잖아요. 우리는 강에서 살아가야 하는 운명이라고요. 그러니까 우린 반드시 강에서 살아야 해요."

타타의 눈에 눈물이 고였다.

"이렇게 좁고 먼지 많은 곳에서 살기 싫어요. 그리고 무엇보다 강물 소리가 안 들리잖아요. 아침 해가 강물 위로 반짝이는 모습도 볼 수 없어요. 싫어요. 이런 곳에서는 절대 살고 싶지 않아요."

"그래그래. 이제 알았으니까 그만 울음을 그치렴."

아빠가 나직한 목소리로 타타를 달래 주었다.

"알았다. 네 말이 맞다. 잠시나마 나약한 생각을 한 아빠를 용서하렴. 자, 되도록 많이 먹어 두거라. 배불리 먹었니? 그럼 감자튀김을 하나씩 물고 돌아가자. 칫치는 반 개 면 충분하지? 혹시라도 누군가에게 쫓기게 되면 재빨리 버리고 전속력으로 뛰어야 한다. 타타, 칫치 알았지?"

"네!"

타타네 가족은 산책로를 가로질러 강둑을 넘어 큰망초 덤불로 돌아왔다. 강의 향기를 맡자 마음이 편안해졌다. 잠시 휴식을 취한 뒤 아빠가 말했다.

"우리는 강에서 살 거야. 그것이 이번 여행의 최종 목표다. 무슨 일이 있어도 반드시 목표를 이루자꾸나. 둘 다 단단히 마음먹고 힘든 일이 있어도 잘 견뎌 내야 한다. 알았지?"

타타와 칫치는 씩씩하게 고개를 끄덕였다.

"저 잔인하고 악독한 시궁쥐들과 싸워 봤자 승산이 없어. 설령 그곳을 무사히 빠져나와 다리를 건넌다고 해도 그 일대는 여전히 녀석들의 영역이야. 우리는 그들의 영역을 넘어 더 위쪽으로 올라가야 해. 방법은 하나밖에 없다. 힘들겠지만 돌아서 가는 거야."

"돌아서 간다고요? 하지만 그 방법이라면 아저씨랑 아줌마도 시도했다가 실패했잖아요."

"아니, 정확하게 말하면 길이 없는 것이 아니라 도중에 되돌아왔던 거지. 하지만 아무리 생각해 봐도 그 방법밖에는 없어. 엄마 쥐의 이야기를 종합해 보면 시궁쥐들의 영역이 상당히 넓은 모양이지만 틀림없이 어딘가 경계가 끝나는 지점이 있을 거야. 그래서 일단 강을 등지고 가다가 시궁쥐가 없는 곳에 도착하면 방향을 틀어 위로 한참을 올라갔다가, 다시 강으로 돌아올 거란다. 아주 멀리 돌아서 가면 반드시 녀석들의 제국을 벗어날 수 있을 거야."

상상만 해도 힘든 여정이 될 것 같았다. 하지만 아빠가 이 방법밖에 없다고 한 이상 그것은 사실일 것이었다. 타타는 아빠를 믿었다.

"이따 밤늦게 출발할 테니 지금은 편히 쉬렴."

6

강은 북서쪽에서 남동쪽으로 흐르고 있다. 이와미 도로는 에노키다 다리를 건너 북동쪽에서 남서쪽으로 뻗어 있는 왕복 2차선 도로로, 자동차 통행량이 많은 편이었다. 그리 멀지 않은 곳에 지하철역이 있어서 보행자와 자전거도 많았다. 낮 동안에는 자전거가 가드레일 안팎으로 지나다녀 위험천만했지만 열차 운행이 끝난 깊은 밤이 되면 사람들의 발길도 끊기고 한적해졌다. 차량도, 인적도 뜸해진 이와미 도로를 걷다 보면 재미있는 것을 발견할 수 있다. 바로 도로 가장자리를 쪼르르 달려가고 있는 세 마리의 작은 동물들이다.

두 마리는 진한 회색 털이 나 있고 한 마리는 흰색에 가까운 연한 회색 털이 나 있다. 제일 몸집이 큰 동물이 행렬을 지휘하듯 앞장서고 작은 크기와 중간 크기의 동물이 그 뒤를 따른다. 작은 동물들의 행렬은 이어졌다가 멈추고, 선두에 선 동물이 코를 킁킁거리며 조심스레 주위를 살핀 후 안전하다고 판단되면 다시 달리는 행동을 되풀이하고 있었다. 행렬 가운데 있는 털이 하얀 동물은 유독 눈에 띄었다. 하지만 그들을 신경 쓰는 인간은 아무도 없었다. 다행스러운 일이었다.

시궁쥐들의 영역을 벗어나려면 강을 등지고 한참을 가야했다. 하지만 어느 쪽으로 얼마나 가야 할까?

"젊은 쥐 부부는 자동차 도로를 따라 남쪽으로 내려갔다고 했는데 아마도 그게 실패의 원인이었을 거야. 그러니까 우리는 반대쪽으로 가 보자. 좋아, 타타, 칫치! 북쪽으로 올라가 보는 거다."

타타네 가족은 북쪽으로 향했다.

엄마쥐가 말한 대로 곳곳에서 시궁쥐들이 보초를 서고 있었다. 왼쪽으로 굽은 골목이 나올 때마다 흉악한 얼굴의 시궁쥐가 뛰어나와 그들을 불러 세웠다.

"멈춰!"

시궁쥐는 타타네 가족을 가로막고 서서 험상궂은 표정으로 아빠에게 이것저것 꼬치꼬치 캐물었다. 그러는 사이 뒤쪽 어딘가에 몸을 숨기고 있던 시궁쥐 몇 마리가 어슬렁거리며 다가와 타타네 가족을 위협했다. 물론 어림도 없는 이야기이지만 만일 운 좋게 녀석들의 포위망을 뚫고 나간다고 해도 그 후에 펼쳐질 상황은 도저히 낙관할 수 없었다. 에노키다 다리의 북서쪽 일대는 강기슭은 물론이고 주택가도 시궁쥐들의 영역이었다. 아빠는 그들과 싸우기를 포기하고 시궁쥐들의 모습이 보이면 재빨리 물러나 다른 쪽으로 발길을 돌렸다.

아침 햇살이 비추기 시작할 무렵, 타타네 가족은 작은 절에 도달했다. 뒤쪽으로 돌아서 안으로 들어가 보니 무너진 주춧돌 사이로 조그마한 틈새가 보였다. 세 마리가 모두 들어가기에는 조금 비좁았지만 그럭저럭 몸을 피할 수 있었다. 이날 그들은 하루 종일 그곳에서 몸을 맞대고 꼼짝도 하지 않았다. 누군가가 시주한 곡식을 노리는 까마귀들의 날갯짓 소리가 가까이에서 들려왔다. 타타네 가족은 숨을 죽이고 주위가 조용해지기를 기다렸다. 까마귀들은 이들의 존재를 전혀 눈치 채지 못했다. 장난꾸러기 칫치도 까마귀와 자동차 소리에 기가 죽었는지 얌전히 있었다.

밤이 되자 타타네 가족은 다시 길을 나섰다. 그날 밤도 흉악한 시궁쥐가 곳곳에서 날카로운 이빨을 드러내며 으르렁거렸다. 다시 좀 더 북쪽으로 올라갔다. 바로 옆을 쌩쌩 지나쳐 가는 자동차의 소음이 쥐들의 신경을 날카롭게 긁어 댔다. 칫치의 체력이 급격히 떨어졌다. 타타도 지쳐가는 것은 마찬가지였다. 물에 젖은 솜처럼 발걸음이 너무 무거웠다.

잠시 아담한 아파트의 관목 수풀 사이로 들어가 휴식을 취했다. 그러고 나서 아빠는 다시 걸음을 재촉했다.

"아빠, 더는 못 가겠어요."

칫치가 달려 나가는 아빠를 보며 말했다.

"그래? 그럼 이제 곧 아침이니까 오늘은 이곳에서 쉬도록 하자."

아빠가 칫치의 머리를 쓰다듬으며 비로소 긴장을 풀고 말했다.

"그런데 아빠, 얼마나 더 가야 해요? 이미 강에서 한참 벗어났잖아요."

타타가 걱정스러운 목소리로 물었다.

"조금만, 조금만 더 가면 될 거야."

"어서 빨리 강으로 돌아가고 싶어요."

하지만 타타의 목소리는 때마침 바로 옆을 지나쳐 가는 커다란 트럭 엔진 소리에 묻혀 버리고 말았다.

"저리로 한번 가 보자."

아빠가 아파트 골목으로 돌아갔다. 함석으로 된 지붕이 덮인 자전거 보관소가 있었다. 아빠는 안쪽으로 들어가 방수 커버가 씌워져 있는 자전거 한 대를 요리조리 살펴보더니, 커버 아래로 들어가며 말했다.

"여기가 좋겠다. 따라오렴."

"아침이 되면 주인이 나타나지 않을까요?"

"바닥을 좀 보렴."

아빠의 목소리가 커버 안쪽에서 들려왔다.

"적어도 몇 주 동안 아무도 이 자전거를 타지 않았어. 바닥에 있는 먼지를 좀 봐. 수북이 쌓여 있지? 커버 위에도 먼지가 수북한 게 누군가 만진 흔적이 전혀 없어. 그러니 걱정하지 말고 들어오렴."

먼저 방수 커버 안으로 들어간 아빠는 자전거의 앞바퀴를 올라타고 장바구니로 올라가더니 그 안으로 들어갔다. 그리고 아직 아래에서 머뭇거리고 있는 타타와 칫치에게 재촉하듯 소리쳤다.

"자, 어서 올라오렴."

칫치가 먼저 용기를 내어 장바구니 위로 올라갔다. 장바구니에 앞발을 걸치고 올라가려는 순간 한쪽 뒷다리가 미끄러져 굴러떨어졌다. 아빠와 타타는 가슴이 덜컥 내려앉았다. 다행히 칫치는 바닥으로 떨어지지 않고 장바구니 끝에 대롱대롱 매달려 있었다. 칫치는 있는 힘을 당해 몸을 끌어당겨 가까스로 장바구니 안으로 들어갔다. 그 뒤를 이어 타타가 올라갔다. 세 마리 모두 무사히 장바구니 안에 몸을 숨기고 숨을 돌렸다.

아빠의 예상은 적중했다. 아침이 되자 자전거로 출근하는 직장인들과 등교하는 학생들의 발길이 끊이지 않았다. 하지만 타타 가족이 숨어 있는 자전거의 주인은 끝내 나타나지 않았다. 숨을 죽이고 방수 커버 너머로 사람들이 왔다 갔다 하는 소리를 듣고 있었다. 출근 시간이 지나자 아파트는 다시 조용해졌다. 방수 커버가 적당히 빛을 가려 주어 타타네 가족은 스르르 잠이 들었다. 오후가 끝날 무렵부터 저녁까지 아이들이 소리를 지르며 뛰어 다니고 집으로 돌아오는 사람들의 자전거 소리 때문에 잠시 잠에서 깨기도 했지만 완전히 녹초가 되어 버린 타타네 가족은 이내 다시 깊은 잠에 빠져 들었다. 삼삼오오 일을 마치고 돌아오는 사람들의 자전거가 하나둘 보관소를 채우기 시작했다.

그리고 다시 정적이 찾아왔다. 타타가 눈을 떴다. 이와미 도로를 달

리는 자동차 소리가 끊이지 않았지만 이 정도 거리라면 강물 소리가
들릴 것도 같았다. 그런 상상만으로도 기운이 되살아났다. 그때 아래
쪽에서 바스락거리는 소리가 들렸다. 타타는 고개를 빠끔히 내밀고
아래를 내려다보았다. 아빠가 방수 커버 사이로 밖을 살피고 있었다.
아빠는 타타의 인기척을 느꼈는지 타타를 올려다보며 말했다.

"일어났니? 이제 칫치를 깨워서 아래로 내려오렴."

다시 여행이 시작되었다. 타타네 가족은 아파트 골목을 돌아 다시
도로로 나왔다. 밤이 깊어 사람들의 발길이 끊긴 지 오래였다. 앞으로
전진, 또 전진했다. 점점 강과 멀어져 갔다.

'우리는 이제 어떻게 될까? 대체 이게 무슨 짓이람.'

밀려드는 불안감을 억누르며 타타는 자기 자신을 다독였다. 어쨌든
계속 전진해야 했다. 그 방법밖에는 없었다.

첫번째 골목에 도착하자 타타네 가족은 두려움에 떨며 시궁쥐가
나타나기를 기다렸다. 하지만 아무리 기다려도 시궁쥐는 보이지 않
았다.

아빠는 이리저리 꼼꼼히 살피며 보란 듯이 도로 한가운데로 천천
히 걸어갔지만 아무도 아빠를 제지하지 않았다.

"좋아! 드디어 녀석들의 영역에서 벗어난 모양이다."

타타와 칫치는 아빠의 이야기를 듣고 마음이 놓였다. 이제 왼쪽으
로 한참을 달린 후 다시 한 번 왼쪽으로 돌아 남쪽으로 내려가면 그
토록 그리워하던 강을 볼 수 있을 것이다.

아빠를 선두로 타타네 가족은 용감히 달려 나갔다. 길은 좁고 한적

했다. 이와미 도로에서 들려오는 자동차 소음이 점점 멀어지는 느낌이 들어 기분이 무척 좋았다.

좁은 길을 여러 번 건너며 쉬지 않고 앞으로 달려 나갔다. 달리는 내내 아빠는 경계를 늦추지 않았다.

"이 일대는 시궁쥐 영역과 가깝단다. 우리에 대한 정보가 이미 녀석들 사이에 쫙 깔렸을 거야. 이번에도 발각되면 겁을 주는 선에서 그치지 않고 지난번보다 더 험한 꼴을 당할지도 몰라. 그러니까 녀석들이 우리를 발견하기 전에 우리가 먼저 녀석들을 찾아내야 해."

그리고 이렇게 덧붙였다.

"게다가 이 주변에는 고양이도 있어. 애완용 고양이는 물론이고 도둑고양이까지 수를 세 보면 자동차 통행량보다 훨씬 많을 거다."

겁을 먹은 타타와 칫치는 귀를 쫑긋 세우고 끊임없이 코를 킁킁거리면서 이상한 것이 없는지 주위를 살피며 아빠의 뒤를 따라갔다.

날이 밝은 무렵 나무 발판을 깔아 놓은 정원 딸린 집을 발견했다. 타타네 가족은 일단 나무 발판 아래에 굴을 파고 휴식을 취하기로 했다. 이 집에는 늙은 노부부가 살고 있었는데 고양이는 물론이고 사람들의 출입도 거의 없었다. 부엌 쪽문 옆에는 뚜껑을 살짝 올려놓은 플라스틱 통에 음식물 쓰레기가 버려져 있었다. 타타네 가족은 음식물 쓰레기를 뒤져 배를 채우고 다시 굴로 돌아와 하루를 보냈다. 모든 것이 평화로웠다. 어디서 찾았는지 칫치가 죽은 매미를 끌고 왔다.

"칫치, 죽은 매미를 먹으면 안 된다. 독이 있을지도 모르거든. 저쪽에 버리고 오렴. 다른 동물이 냄새를 맡고 몰려들지도 몰라. 이제 너

희 둘 다 굴 밖으로 나가지 말고 얌전히 있어야 한다. 되도록 눈을 좀
붙여 두는 게 좋겠다. 오늘밤도 힘차게 달리려면 체력을 충전시켜야
하지 않겠니?"

7

타타네 가족은 다음 날 밤도 계속 달렸다. 막다른 곳이 나왔다. 어
느 쪽으로 가야 할지 결정을 내려야 했다. 아빠는 만일을 대비하여
북쪽으로 좀 더 올라가자고 말했다. 조심해서 나쁠 것은 없으니까 말
이다. 하지만 얼마 가지 못해 꼬불꼬불 굽은 골목길이 나오더니 다시
갈림길이 나왔다.

"왼쪽!"

아빠가 말한 대로 왼쪽 길을 따라 올라가자 풀이 무성하게 자라 있
는 커다란 공터가 나왔다. 아빠는 잠시 고민에 빠졌다.

'이곳을 뚫고 갈 것인가, 아니면 갈림길로 돌아가서 인도를 따라갈
것인가? 어쩌지?'

결국 아빠는 공터를 뚫고 가기로 했다. 아빠가 풀 사이를 뚫고 달려
나가자 칫치와 타타가 그 뒤를 조심스럽게 따라갔다. 타타는 아무리
무성하게 자란 풀숲 사이라고는 해도 이렇다 할 표식도 없는 넓은 공
간을 가로질러 가는 것이 무서웠다. 원래 쥐는 좁은 공간을 좋아하는
동물이니 겁이 나는 것도 당연했다.

공터 가장자리에 둘러쳐져 있는 철조망 사이를 빠져나가자, 자동차 20대 정도가 있는 주차장이 나왔다. 그리고 다시 도로가 이어졌다. 아빠는 자동차 아래를 재빨리 빠져나가 도로를 따라 달리기 시작했다.

"아빠, 어느 쪽으로 가야 하는지 알아요? 전 어디가 어딘지 전혀 모르겠어요."

타타가 숨을 헐떡이며 아빠에게 물었다.

"걱정 마라. 강이 어느 쪽에 있는지 아빠가 알고 있단다. 우린 지금 다시 북쪽으로 올라가는 중이야. 이대로 올라가다가 적당한 곳에서 왼쪽으로 돌면 돼."

말을 마친 아빠가 갑자기 다리가 얼어붙은 듯 멈춰 섰다. 무작정 아빠의 뒤를 따라가던 칫치가 아빠의 등에 부딪혔다. 아빠는 칫치의 목덜미를 살며시 누르며 조용히 하라는 신호를 보냈다. 타타는 아빠의 시선을 따라 앞에 있는 울타리 위를 올려다보았다. 그곳에는 얼룩고양이와 점박이고양이가 웅크리고 앉아 있었다.

"움직이지 마. 아직 우릴 보지 못했어. 다른 쪽을 보고 있으니 조금씩 뒤로 물러나거라. 절대로 뛰어서는 안 돼. 천천히, 아주 천천히 소리가 나지 않게 움직여야 한다."

잠시 후 아빠의 손짓을 신호로 타타네 가족은 아까 지나온 주차장으로 냅다 달리기 시작했다. 그리고 단숨에 자동차 아래로 달려 들어가 안도의 한숨을 몰아쉬었다. 잠시 후 고양이들의 동태를 살피기 위해 정찰을 나간 아빠가 돌아와 말했다.

"간 모양이다. 준비됐지? 좋아, 가자!"

타타네 가족은 다시 달리기 시작했다. 아침 햇살이 주변을 밝히기 시작할 무렵, 조용히 비가 내리기 시작했다. 밤이 되어서도 비는 좀처럼 그치지 않았다. 아빠는 또 다시 고민에 빠졌다.

'비가 그치기를 기다릴까? 아니면 이대로 그냥 계속 전진할까?'

그날 타타네 가족은 어떤 집의 처마 밑에 임시 거처를 마련하고 비를 피하고 있었다. 하지만 그곳은 인간과 고양이의 기운이 너무 강해서 오래 머물 수 없었다. 계속 내리는 비로 흙탕물이 발밑으로 흘러들었다. 그곳은 도저히 마음 편하게 쉴 수 있는 장소가 아니었다. 타타네 가족은 의논 끝에 마땅한 곳을 찾을 때까지 일단 좀 더 가 보기로 했다.

구불구불 굽은 길이 계속 이어졌다. 도로공사 구간이나 골목 안 막다른 집이 나와 다시 왔던 길을 되돌아가야 할 때도 있었다. 하지만 아무리 돌고 또 돌았다고 해도 비만 내리지 않았다면 아빠는 결코 방향감각을 잃지 않았을 것이다. 하루 종일 지긋지긋하게 내리는 비 때문에 주변의 냄새가 완전히 바뀌었고 직감적으로 유지해 왔던 방향감각이 점점 흐트러지기 시작했다.

"이번에는 왼쪽. 그래, 아마 이쪽일 거야."

아빠가 스스로를 이해시키는 듯이 중얼거렸다.

"아빠, 이쪽이 맞아요? 괜찮겠어요?"

타타는 불안한 마음에 자신도 모르게 불쑥 물었다.

"아마도 괜찮을 거야."

아빠는 애매하게 대답했다.

빗발이 조금씩 거세졌다. 빗물에 털이 흠뻑 젖어 뼛속까지 추위가 스며들었지만, 타타네 가족은 멈추지 않았다. 어떻게든 빨리 안전한 보금자리를 찾아야 했다. 잠시 비를 피하는 것만으로는 안심할 수 없었다. 비가 이 기세로 계속 내린다면 아침에는 어떤 일이 벌어질지 아무도 장담할 수 없었다.

빗줄기가 더욱 거세지고 주변은 온통 물로 만들어진 커튼을 쳐 놓은 것 같았다. 앞이 잘 보이지 않아 좀처럼 마땅한 곳을 찾을 수가 없었다.

그러는 사이 아침이 찾아왔다. 상황은 더욱 심각해졌다. 이제는 거의 폭우에 가까운 비가 내리기 시작했다. 타타네 가족은 길고 긴 콘크리트 벽을 따라 달리고 있었다. 얼마나 달렸을까? 쪽문을 발견한 아빠가 문 아래 좁은 틈새로 기어들어 갔다. 타타와 칫치도 뒤를 이어 재빨리 문 안으로 들어갔다. 그곳에는 커다란 회색 건물이 있었고, 처마 밑에 종이 상자가 굴러다니고 있었다. 아빠는 달려가 그 위로 올라갔다. 상자 입구는 고무테이프로 막혀 있었다. 아빠는 조금도 망설이지 않고 종이 상자 한쪽 귀퉁이를 이빨로 갈기 시작했다. 불과 몇 분 만에 작은 구멍이 뚫렸다. 아빠는 구멍 사이로 앞발을 밀어 넣어 구멍을 벌렸다.

"어서 들어가거라!"

타타와 칫치는 재빨리 상자 위로 올라가 구멍 안으로 파고들었다. 아이들이 들어가자마자 아빠가 억지로 몸을 밀어 넣어 종이 상자 안으로 굴러떨어졌다. 들어간 순서대로 포개지듯 쓰러져 있던 타타네 가족은 주섬주섬 몸을 일으켰다. 종이 상자 안은 어두웠고 곰팡이 냄새가 코를 찔렀다. 위를 올려다보니 아빠가 뚫어 놓은 작은 구멍으로 희미한 빛이 새어 들어오고 있었다.

"낡은 신문 꾸러미를 담아 놓은 상자였군."

아빠가 말했다.

타타는 신문이 무엇인지 알지 못했다. 아무래도 상관없었다. 중요한 것은 마침내 글자가 인쇄된 낡은 꾸러미가 쌓여 있는 상자 안에 몸을 숨겼다는 사실이었다. 간발의 차이로 인간들이 그 옆을 지나다니기 시작했다. 인간들의 이야기가 띄엄띄엄 들렸다.

"태풍이 온다며?"

"이건 시작에 불과해. 앞으로 엄청나게 강한 태풍이 불어올 거라고 하더군."

"바람이 장난 아니야. 이런! 우산이 뒤집혔잖아."

종이 상자 안에 있는 한 타타네 가족은 비바람을 피할 수 있었다. 물기를 제거하기 위해 서로의 몸을 핥으며 조용히 하루를 보냈다. 오후가 되자 비는 더욱 거세졌다. 인간들의 발소리도 끊이지 않았다. 이틀째 아무것도 먹지 못해서 배가 무척 고팠지만 아빠도 어쩔 도리가 없었다.

그런데 그것보다 더 난처한 일이 벌어지고 말았다. 바람이 거세지면서 비가 종이 상자에 들이쳤던 것이다. 빗물을 흡수한 종이 상자가 힘없이 흐물거리고 바닥에는 물이 고이기 시작했다. 타타네 가족은 다시 털이 빗물에 젖으면서 체온이 급격히 떨어졌다.

"벌써 밤인가?"

타타가 말했다. 아빠가 뚫어 놓은 작은 구멍으로 새어 들어오던 빛이 사라지고 주변이 온통 어둠에 둘러싸인 지 한참이 지났다.

"아빠, 배고파요."

칫치가 힘없는 소리로 말했다.

"참거라. 조금만 더 참아 보자."

아빠는 양쪽으로 몸을 바짝 기대는 두 아이를 끌어안으며 털을 부드럽게 어루만져 주었다. 그리고 나직한 목소리로 이야기를 시작했다. 아빠는 낮고 고요한 목소리로 오랜 겨울이 끝나고 따뜻한 햇살을 받으며 초원에 파릇파릇 새싹이 돋아나기 시작하는 상쾌한 봄날의 아침과 유쾌한 아이들의 웃음소리처럼 시원하게 흘러가는 강물 소리가 얼마나 기분 좋은지를 들려주었다. 아빠의 이야기에 귀를 기울이자 강한 비바람 소리는 더 이상 들리지 않았다. 아빠의 목소리가 자장가가 되어 아이들은 어느새 스르르 잠이 들었다.

얼마나 잤을까? 타타는 살을 에는 추위를 느끼며 잠에서 깨어났다. 몸이 반 정도 물에 잠겨 있었다. 고무테이프가 언제 벗겨졌는지 그곳으로 비가 무섭게 들이치고 있었다. 비바람은 이제 세 마리의 쥐가 감당할 수 없을 정도로 거세져 있었다. 아빠는 신문 꾸러미에 발을 걸치고 머리를 밖으로 내밀어 주위를 살폈다. 그리고 조용히 말했다.

"더는 이곳에 머물 수 없겠다."

"그럼 어디로 가죠? 마땅한 장소가 있을까요?"

"잘 모르겠구나. 빗줄기가 너무 거세서 앞이 잘 보이지 않아. 어쨌든 이곳에서는 이제 머물 수 없다."

"아직 밤이에요?"

"아니, 이미 날이 밝기 시작했어. 이제 곧 사람들이 돌아다니기 시작할 거야. 정말 난처하게 되었구나. 하지만 달리 방법이 없어. 둘 다 아빠를 잘 따라오렴."

몸을 상자에 살짝 기대자 물에 젖은 상자가 스르르 찢어져 구멍이 있는 곳까지 올라갈 필요도 없었다. 타타네 가족은 종이 상자 밖으로 나왔다. 갑자기 거센 돌풍이 타타와 칫치의 몸을 날려 버릴 기세로 불어닥쳤다. 두 아이는 아빠에게 매달려 가까스로 위기를 모면했다. 타타네 가족은 머리를 낮추고 건물 가장자리로 엉금엉금 기어갔다. 그곳에도 거센 비바람이 불어닥치고 있었다.

아빠는 망연자실하여 하늘을 올려다보았다. 같은 시각, 타타는 생각에 잠겨 있었다.

'이곳은 건물 문 앞이 틀림없어. 이젠 틀렸어. 인간이 문을 열고 나올지도 몰라. 분명 인간들 발에 차이거나 밟혀서 죽고 말거야. 도망간다고 해도 이렇게 비바람이 부는데 어디로 갈 수 있겠어? 게다가 배가 너무 고파서 한 발짝도 못 움직이겠어. 칫치 녀석, 벌써 몸을 동그랗게 말고 눈을 감고 있잖아. 아, 우리는 이대로 여기에서 죽게 되는 걸까?'

시간이 아주 천천히 흘러가는 것만 같았다. 고작 20~30분이 지났을 뿐이었다. 그때 타타는 누군가가 부르는 소리를 들었다. 소리가 나는 쪽으로 고개를 돌려보니 타타가 있는 돌계단 바로 아래에 배수구가 보이고 빗물이 소용돌이를 일으키며 빨려 들어가고 있었다. 그 속에서 분명 무언가가 움직이는 모습이 가물가물 보였다.

타타는 어찌할 바를 모르겠다는 듯 하늘을 올려다보고 있던 아빠의 등을 두드려 배수구를 가리켰다. 물보라 속에서 눈빛이 번뜩이더니 쥐 한 마리가 나타났다. 그리고 타타네 가족을 향해 소리쳤다.

"이봐! 나를 따라오게."

8

꾸물거리고 있을 시간이 없었다. 아빠는 조금의 망설임도 없이 타타와 칫치를 재촉하여 그 쥐를 따라 배수구로 달려갔다. 잠시 멈춰 서서 빗물이 빨려 들어가고 있는 배수구를 들여다보았다. 아무것도 보이지 않았다. 아까 따라오라고 말한 쥐의 모습도 감쪽같이 사라지고 없었다. 아빠는 어떻게 해야 할지 몰라 망설였다. 하지만 이렇게 된 이상 용기를 내어 안으로 들어가는 수밖에 없었다. 주춤거리는 칫치를 떠밀며 타타가 배수구 안으로 뛰어들어 갔다. 뒤를 이어 아빠도 뛰어들었다.

타타는 배수구 안 물속에 빠져 버렸다. 머릿속이 하얘지면서 아무것도 생각할 수 없었다. 그때 누군가 타타의 손을 잡아 끌어당겼다. 타타는 강에서 살아서 물을 무서워하지 않고 물놀이에도 익숙했던 터라 금세 안정을 되찾았다. 용기를 내어 깊은 곳까지 들어가자 작은 구멍이 보였다. 구멍의 테두리를 잡고 억지로 몸을 넣었다. 그 안은 축축하기는 했지만 물은 별로 고여 있지 않았다. 어느새 칫치가 구멍 안으로 들어와 털썩 주저앉으며 가쁜 숨을 몰아쉬었다. 그 뒤를 따라 아빠도 모습을 드러냈다. 그때 어두운 구멍 안쪽에서 목소리가 들려왔다.

"어서 따라오게. 서둘러야 해."

"어디로 가는 겁니까?"

아빠가 조심스레 물었다.

"이곳에도 곧 물이 들어올 시간이야. 물살에 휩쓸리면 아까 그 배수구까지 밀려갔다가 하수구로 떠내려가게 될 거야. 그렇게 되면 끝장이야."

타타를 선두로 가족들은 정체불명의 쥐를 따라 천천히 위로 향해 뻗어 있는 구멍 속을 걸어갔다. 타타네 가족은 갈림길이 나올 때마다 앞장서서 가는 쥐의 지시를 따라 올라갔다.

어둠 속을 한참 걸어 슬슬 지치기 시작했을 무렵이었다.

"여기로 올라오게."

그렇게 말하고는 낯선 쥐가 갑자기 사라져 버렸다. 머리 위로 구멍이 뚫려 있었다. 자세히 살펴보니 곳곳에 돌출되어 있는 작은 돌기에 발을 걸치고 능숙한 솜씨로 올라가는 쥐의 뒷모습이 보였다. 타타도 몸을 날려 위로 올라갔다. 그러다가 그만 뒷다리가 미끄러져 떨어질 뻔했다.

"조심해!"

아빠가 날카롭게 소리쳤지만 돌아볼 여유가 없었다. 얼마나 올라갔을까? 머리 위가 점점 밝아졌다. 눈이 부셨다. 눈을 깜박이며 앞발로 더듬더듬 조심스럽게 올라가다 보니 출구 가장자리가 만져졌다. 나와서 보니 그곳은 다름 아닌 하얀 세면대였다. 물기 없는 세면대는 여기저기 녹슬고 먼지가 수북이 쌓여 있었다. 바로 앞에 낯선 쥐가 앉아 있었다. 털이 밝은 회색빛이고 몸집은 아빠보다 훨씬 크고 말랐으며 귀가 유달리 큰 쥐였다. 타타와 그 쥐는 잠시 아무 말도 하지 않고 서로를 바라보았다. 곧이어 아빠가 목에 칫치를 둘러 안고 올라왔다.

"당신은? 당신은 그 녀석들과 같은 무리군요."

아빠가 경계하며 말했다.

"그 녀석들이라니, 누구를 말하는 건가?"

마른 쥐가 말했다.

타타는 아빠가 말하는 녀석들이 누구인지 금방 알 수 있었다. 앞에 앉아 있는 마르고 몸집이 큰 쥐는 시궁쥐였던 것이다. 타타는 아빠가 더 이상 말을 하지 않는 이유도 알 수 있을 것 같았다.

'당신은 그 녀석들과 같은 시궁쥐다. 그러므로 우리의 적이다'라는 말을 아빠는 차마 입 밖으로 내고 싶지 않았을 것이다.

지난번에 아빠는 '다 같은 쥐'라고 말했다가 시궁쥐들에게 비웃음을 샀고 처참하게 공격당했다. 아빠는 '당신은 우리와 다르니 우리의 적이다'라고 말하는 것을 수치스럽게 생각하고 있었던 것이다.

"이곳이라면 안전할걸세. 물도 끊기고 지금은 창고처럼 쓰고 있지.

물론 인간들이 언제 들이닥칠지 모르는 위험은 있지만 말이야."

마른 쥐는 책장을 따라 바닥으로 내려와 벽으로 가더니 널빤지 틈으로 몸을 밀어 넣었다. 아빠가 타타에게 살짝 어깨를 으쓱거려 보이며 따라가자는 신호를 보냈다. 타타가 앞장서고 칫치가 아슬아슬한 걸음으로 바닥에 내려섰다. 아빠까지 내려오자 널빤지 틈으로 머리를 밀어 넣고 안을 살펴보았다. 아마도 배관용으로 만들어진 단자함인 것 같았다. 여러 개의 전선과 금속관이 복잡하게 연결되어 있었다. 그 옆으로 쥐들이나 드나들 수 있을 듯한 좁은 틈새가 있었다. 타타가 망설이자 아래쪽에서 마른 쥐의 목소리가 들려왔다.

"이쪽으로 오거라."

타타는 용기를 내어 틈을 비집고 들어가 배관 돌기에 발을 걸치고 천천히 아래로 내려갔다.

"꼬마야. 조심해라. 내 위로 떨어지면 곤란해."

마른 쥐의 목소리가 아래에서 희미하게 들려왔다. 타타는 마른 쥐와의 거리를 좁히기 위해 조금 속도를 높였다. 그러자 아빠가 부드러운 목소리로 말했다.

"타타, 서두르지 않아도 돼. 천천히 가거라."

한참을 내려간 것 같았다. 언제까지 내려가야 하나 슬슬 지쳐갈 무렵 바닥이 보이기 시작했다. 방심했나 보다. 타타는 긴장이 풀려 그만 손을 놓치고 말았다. 1미터 정도 되는 높이에서 주르르 미끄러져 내려왔다. 다행히 다친 곳은 없었다. 타타는 얼른 툭툭 털고 일어나 희미한 빛이 새어 나오는 작은 틈새로 들어갔다. 천정이 낮고 넓은 방이 나왔다. 천정에 붙은 반투명 유리창 너머의 희미한 빛이 방 안을 밝히고 있었다. 종이 상자와 접이식 의자 등 물건들이 주변에 여기저기 쌓여 있었다. 방 한가운데를 차지하고 있는 낡은 그랜드피아노가 눈에 띄었다.

마른 쥐는 바닥에 벌러덩 드러눕더니 양쪽 앞발로 얼굴을 문지르며 말했다.

"이곳이라면 안심해도 돼. 인간들이 이 방에 들어오는 일은 고작 일 년에 서너 번밖에는 되지 않거든."

"이곳이 대체 어딥니까?"

"반지하 창고야. 참으로 신기한 방이지. 대체 저 큰 피아노를 어떻게 들여왔을까? 아마도 무척 힘든 작업이었을 거야. 그래서 저렇게 그냥 잊은 듯 놔두는 건지도 모르지."

그때 아빠가 조금 경계심이 풀린 목소리로 말했다.

"정말 고맙습니다. 아직까지 종이 상자 안에 있었다면 우리는 벌써 어떻게 되었을지도 모릅니다."

마른 쥐가 웃으면 말했다.

"그 종이 상자에서 나오기를 잘했어. 한 시간 후 트럭에 실려 쓰레기 처리장으로 보내질 것들이었거든."

"그렇지 않아도 종이 상자 안에 물이 들이차서 더는 있을 수 없었습니다. 고맙습니다. 정말로 큰 도움을 받았습니다. 그런데 이곳이 당신의 집입니까?"

"그렇다네."

"혼자서 사는 모양이군요?"

"그렇지."

아빠는 조금 안심이 되었다. '혹시 감쪽같이 자신들을 속여 흉악한 시궁쥐들이 있는 곳으로 유인해 가는 것은 아닐까'하고 아빠는 이곳으로 오는 내내 몇 번이나 불길한 상상을 했는지 모른다.

"이 도서관은 쥐가 살기에는 그다지 좋지 않아."

"도서관이라고 하셨습니까?"

"그렇다네. 이 시립도서관은 해충이나 해수 방제 작업을 철저하게 하거든. 일단 인간들의 눈에 띄면 아주 씨를 말려 버리지. 그래서 다른 무리들은 모두 죽거나 다른 곳으로 떠나 버렸다네. 결국 나 혼자 남았지. 하지만 나는 이곳이 마음에 들어. 게다가 혼자 사는 것도 나쁘지 않고."

마른 쥐는 그렇게 말하고 동그란 피아노 의자 위로 뛰어 올라갔다.

"내 이름은 그렌일세. 아침에 비바람이 심하게 불기에 잠시 바깥 동정을 살피려고 배수구로 나갔다가 자네들을 보았지. 그래서 이리로 데려온 거야."

그러는 사이에도 비바람이 세차게 몰아치며 창문을 시끄럽게 때리고 있었다. 네 마리의 쥐는 한동안 아무 말도 하지 않고 빗소리에 귀를 기울였다.

"비바람이 아까보다 더 거세졌군. 하지만 이제 슬슬 가라앉을 때가 됐어. 그나저나 자네들은 이 근처에 사는 쥐가 아니군."

"여행 중이었습니다. 말하자면 이야기가 길죠."

그때 칫치가 아빠의 배에 얼굴을 묻으며 뭐라고 웅얼거렸는데 잘 들리지가 않았다.

"칫치, 뭐라고 했니? 아빠가 알아들을 수 있도록 똑바로 말해 보렴."

그러자 칫치가 얼굴을 떼어 내며 작은 목소리로 울먹이듯 말했다.

"아빠, 배가 너무 고파요."

"이런, 미처 신경 써 주지 못해서 미안하네. 이쪽으로 따라오게."

그렌은 타타네 가족을 방 한편에 있는 찬장으로 데려갔다. 맨 아래 서랍이 조금 열려 있었다. 그렌은 자랑스러운 듯 말했다.

"이곳이 내 식량 창고일세."

굉장히 커다란 식량 창고였다. 그곳에는 나무 열매와 과자, 치즈 등 먹을거리가 풍부했다. 그렌이 마음껏 먹으라고 권하자, 타타네 가족은 허겁지겁 배를 채우기 시작했다. 타타는 비바람에도 끄떡없는 따뜻한 곳에서 음식을 마음껏 먹을 수 있다는 것이 얼마나 행복한 일인지 새삼 깨달았다.

웬만큼 배가 부르자, 아빠는 그렌에게 그동안 타타네 가족이 겪었던 일들을 들려주었다. 왜 대대로 내려오던 보금자리를 버리고 여행을 떠나게 되었으며 어떻게 해서 여기까지 왔는지를 간추려서 이야기해 주었다. 에노키다 다리 아래에서 시궁쥐들과 대결한 대목에서 그렌은 얼굴을 붉혔다. 그리고 죽은 새끼 쥐를 끌어안고 자장가를 부르던 가여운 엄마 쥐의 이야기를 들었을 때에는 얼굴에 핏기가 완전히 사라졌다. 묵묵히 듣고 있던 그렌은 아빠의 이야기가 끝나자 불쑥 한마디 내뱉었다.

"그 녀석들이 아직도 그런 몹쓸 짓을 하고 있었군."

"당신도 그 녀석들을 알고 있군요."

아빠는 조금 걱정스러운 목소리로 물었다. 그렌은 고개를 살짝 끄덕였다.

"그 무리는……."

아빠가 시궁쥐들에 대해 무언가 말하려고 하자 그렌은 아빠의 말을 자르며 말했다.

"자네들은 여기에서 잠시 쉬고 있게. 나는 다시 한 번 주변을 둘러보고 오겠네. 이런 날에는 곤경에 빠진 동물들이 또 있을지도 모르거든."

9

그날 그렌은 몇 차례나 바깥 동정을 살피기 위해 바쁘게 움직였다. 타타네 가족은 모처럼 근심걱정을 접고 느긋하게 휴식을 취했다. 해가 저물고 땅거미가 질 무렵이 되자 비바람의 기세가 한층 꺾였다. 비가 추적추적 땅을 적셨다. 한밤중이 되자 그렌이 말했다.

"이곳이 어떤 곳인지 구경시켜 주겠네. 따라오게."

그렌이 앞장서서 아까 지나왔던 배관용 단자함을 올라가 다른 틈새로 나오자 비상등이 희미하게 켜져 있는 계단이 나왔다.

"이곳은 1층과 2층 계단의 중간일세. 이 시간이 되면 인간들은 모두 집으로 돌아가고 이 넓은 도서관에는 나밖에 없지. 꼬마야, 마음 껏 당당하게 뛰어다녀도 된단다."

"그런데 도서관이 뭐예요?"

타타가 물었다.

"도서관이란 책이 있는 곳이야. 혹시 공원 벤치에서 무언가를 물끄 러미 보고 있는 인간들을 본 적이 있니? 이보게. 책이 무엇인지 정도 는 가르쳐 주었겠지? 책은 인간들의 언어를 기호로 바꿔 그것을 종이 에 물들이고 한데 묶어 놓은 거란다."

옆에서 아빠가 고개를 끄덕였다. 그렌은 계단을 뛰어오르며 말했다.

"이곳, 그러니까 도서관은 책을 많이 모아 놓은 창고란다. 보여 주마."

그렌을 따라 2층 방으로 들어간 타타와 칫치는 눈이 휘둥그레졌다. 아빠도 그 웅장함에 넋을 잃고 쳐다보았다. 비상등의 희미한 불빛 아 래 일정한 간격을 두고 서 있는 몇 십 줄의 책장은 마치 책으로 만들 어진 고층 건물 같았다. 옅은 어둠 속에 수천, 아니 수만 권의 책이 층 층마다 빽빽하게 줄을 맞춰 꽂혀 있었다. 타타는 이 책장 저 책장을 넘나들며 살펴보았다. 탄성이 절로 나왔다.

"우와! 정말 굉장하다."

"그래, 굉장하지?"

그렌의 목소리에서 자부심이 느껴졌다.

"여기 있는 책은 모두 다른 책이에요?"

"그럼, 모두 다르지."

"그렇다면 이곳에 어마어마한 양의 언어가 있는 셈이네요."

타타는 책이 너무 많아서 눈이 핑핑 돌아갈 지경이었다.

"인간은 책을 읽으러 이곳에 온단다."

"읽으러 온다고요? 읽는다는 게 뭔데요?"

"책 속의 기호를 다시 언어로 바꾸는 거지."

그렌이 친절하게 설명해 주었다. 그리고 이렇게 덧붙였다.

"언어를 기호로 바꾸는 행위를 '쓰다'라고 하고, 그것을 다시 언어로 바꾸는 행위를 '읽다'라고 말한단다."

"그렇군요. 그럼 이 많은 책 속에는 대체 어떤 글들이 쓰여 있어요?"

"글쎄다. 그건 나도 모르겠구나. 우리는 책은 읽을 수도 쓸 수도 없으니까."

그렌이 조금 쓸쓸한 표정을 지으며 말했다.

도서관 건물은 전체 3층이었다. 타타네 가족은 그렌의 안내를 받으며 도서관 안을 신나게 뛰어다녔다. 그렌은 이 광활하고 신비로운 공간을 독점하며 살고 있었다. 인적이 끊긴 심야의 도서관에는 차가운 침묵이 흘렀다. 무슨 소리가 나는 것 같았다. 깜짝 놀라 움직임을 멈추고 귀를 기울여 보았다. 멀리서 도서관 바닥을 달려가는 쥐들의 발소리가 들렸다.

타타는 인간들이 왜 책을 만들어 소중히 보관하는지 궁금했다.

'대체 이 책들 안에는 어떤 내용이 쓰여 있을까? 먹이를 찾는 방법? 아니면 도로를 만드는 방법? 나무를 자르는 방법? 강이나 고양이, 까마귀, 우리들 쥐에 대해서도 쓰여 있겠지? 그래봐야 아주 조금

이겠지만.'

수천, 수만 권의 책마다 글이 빽빽하게 쓰여 있다고 생각하자 타타는 현기증이 날 것 같았다.

"분식 코너로 가면 먹다 남은 음식이 제법 나와서 먹을거리를 구하는 데 전혀 불편함이 없단다. 하수도를 따라 자유롭게 이동할 수도 있지."

그렇게 말하고 그렌은 다시 타타네 가족을 데리고 반지하 창고로 돌아왔다.

"이렇게 넓은 곳에 혼자 살면 외롭지 않나요?"

아빠가 그렌에게 물었다.

"전혀 외롭지 않네. 나는 혼자가 좋거든."

"그럼 우리가 당신의 조용한 삶에 방해가 되겠군요."

"아닐세. 전혀 상관없어."

그렌은 재빨리 대답했다.

"그게 말일세. 때로는 말할 상대가 필요하거든. 자네들이라면 대환영일세. 다만 나는 혼자 있어도 지루해 하지 않는 성격이라는 뜻이었네. 다른 무리들은 여기서는 더 이상 살 수 없다고 생각하기 때문에 아예 가까이 오려고 하지 않거든. 아마 나를 기억하는 쥐들은 아무도 없을 거야. 뭐, 상관없어. 나도 그 녀석들을 다시 만나고 싶지는 않으니까."

그렌의 마지막 말에는 분노가 담겨 있었다. 아빠는 자세히 물었다.

"당신은 그들과 한패였습니까?"

"한패라……. 그래, 분명 한때는 그랬었지. 그 녀석들이 자네 가족과 젊은 쥐 부부에게 몹쓸 짓을 했다니, 정말 부끄러운 일이야."

"시궁쥐 중에는 당신 같은 쥐도 있군요."

"물론 있지. 아니, 있었다고 하는 편이 옳을까? 아마 이미 모두 추방되었거나 살해당했을 거야. 나에게는 동지가 있었지. 그때 그 대장 쥐 녀석을 쓰러뜨렸어야 했는데."

"방금 대장 쥐라고 했습니까?"

"그렇다네. 녀석은 아주 튼튼하고 날카로운 이빨을 가졌어. 털이 새까맣고 골격이 큰 녀석이지. 그 녀석이 다른 쥐들을 선동해서 시궁쥐 제국을 만들었지. 그러고 나서 시궁쥐를 제외한 모든 동물들을 모조리 쫓아내 버렸어. 같은 시궁쥐들 중에서도 혼자서는 먹이를 얻을 수 없는 늙고 병든 쥐들을 경계선 밖으로 쫓아냈어. 그러자 평소에는 평범하고 온순했던 쥐들까지도 눈에 핏발을 세우며 무섭게 변하더군. 완전히 다른 쥐가 되어 버렸어. 갓 태어난 물새의 새끼를 재미 삼아 죽이기도 했지. 녀석들이 몹쓸 짓을 하는 모습을 더는 참고 봐 줄 수가 없었어. 그래서 나는 동지들을 모아 대장 쥐와 그 측근들을 쓰러뜨리려고 했지. 그렇게만 되면 무서운 제국 따위는 한순간에 사라질 거라고 판단했거든. 그런데……."

그렌은 잠시 아무 말도 하지 않았다.

"일이 잘못되었군요."

"우리를 배신하고 계획을 밀고한 녀석이 있었지. 대장 쥐 밑으로 들어가 한자리 꿰어 차려고 했던 거야. 결국 결행을 하루 앞두고 아지트를 습격당하고 말았지. 그런 것을 두고 학살이라고 할 거야. 우리는 예기치 못한 습격에 제대로 싸워 보지도 못하고 피를 흘려야 했어. 수적으로도 열세여서 일방적으로 당했다고 할 수 있지."

그렌은 눈을 감고 몸을 부르르 떨었다.

"그런 일이 있었군요."

"다행히 목숨을 건진 나는 가까스로 그곳을 도망쳐 나왔어. 상처투성이인 몸으로 녀석들의 감시를 피하며 달리고 또 달려 굶어 죽기 직전에 이곳에 도착했지. 동지들 중에 무사히 도망친 자들이 있는지 모르겠군."

"이 주변도 녀석들의 영역이 아닙니까?"

아빠가 물었다.

"경계선 근처지. 내가 처음 이곳에 왔을 때 이미 몇 마리의 쥐가 시궁쥐 제국에 반감을 갖고 이곳에 숨어들어 와 있었어. 하지만 아까도 말했듯 이곳에서 살아간다는 것은 결코 쉬운 일이 아니야. 그래서 지금은 나 혼자만 남게 되었지."

"하지만 당신은……."

아빠가 무언가 말을 하려고 하자 그렌은 말을 끊으며 말했다.

"이제, 그만하세. 피곤해서 나는 자야겠어. 배가 고프면 아까 가르쳐 준 식량 창고에서 마음대로 꺼내 먹게."

그러고는 휙 돌아서서 그랜드피아노 위로 뛰어올라 가더니 덮개 틈새로 기어들었다. 그렌은 피아노 속에서 잠을 잤다. 그가 움직일 때마다 피아노 현의 희미한 음색이 흘러나왔다.

비가 완전히 그친 후에도 타타네 가족은 그렌의 도서관에 계속 머물렀다. 비바람이 거세게 부는 거리를 헤매다가 따뜻하고 먹을거리가 풍부한 이곳에 오니 마치 천국에 있는 것 같았다. 그렌은 고집불통에 괴팍하기는 했지만 천성은 친절한 쥐였다. 타타는 한밤중이 되어 조용해진 서고와 열람실을 신나게 뛰어다녔다. 엄청난 양의 책 속에 담긴 끝없는 언어의 소용돌이를 떠올리니 눈이 핑핑 도는 것 같았다.

책을 읽으려면 어떻게 해야 할까? 타타는 책장에 뛰어올라가 책을 살짝 깨물어 보았지만 종이 맛만 느껴질 뿐이었다. 그 모습을 본 그렌이 타타를 호되게 꾸짖었다. 쥐가 종이를 갉아 먹은 흔적이 인간에게 발각되면 전문업자들이 들이닥쳐 대대적으로 방제 작업이 이루어지기 때문이었다. 이전에도 방제 작업으로 도서관에서 같이 살았던 쥐들이 여럿 죽었다고 한다.

때로는 호되게 꾸지람을 들어도 타타는 그렌이 좋았다. 둘은 뭔가 통하는 것 같았다. 밤이 깊으면 자주 위층 도서관으로 올라가 책이나 글 등 다양한 이야기를 나누며 책장 사이를 돌아다녔다.

"그렌 아저씨, 인간들은 왜 글을 쓰고 읽는 거예요?"

타타가 혼자 말처럼 중얼거렸다.

"글쎄다."

그렌이 수염을 쓰다듬으며 대답했다.

"게다가 이렇게 거대한 도서관은 왜 만들었을까요?"

타타가 또 중얼거리듯 말했다.

"글쎄다."

그 말만 남기고 그렌은 입을 다물었다. 그리고 잠시 후 불쑥 이렇게 말했다.

"무서워서가 아닐까?"

"무서워서라고요? 뭐가 무서운 건데요?"

"아마도 죽는 것이 무서울 거야."

"저도 죽는 게 무서워요."

"으음. 다시 한 바퀴 둘러보고 오자꾸나. 직원실 개수대를 보러 가자. 뭔가 먹을 만한 것이 떨어져 있을지도 모르니까."

10

그 후로도 타타네 가족은 계속해서 도서관에 머물렀다. 그러던 어느 날 밤, 타타네 가족은 그렌의 뒤를 따라 하수구를 통해 도서관 뒤뜰로 나왔다. 오랜만에 맡아 보는 바깥 공기였다. 기분이 상쾌해졌다. 타타와 칫치는 오랜만에 술래잡기를 하며 신나게 뛰어 놀고 난 후, 바닥에 떨어져 있는 도토리를 입에 물고 식량 창고로 날랐다. 덕분에 식량 창고에는 먹을거리가 더욱 풍부해졌다.

또 며칠이 흘렀다. 그날 밤도 타타와 그렌은 서고 안을 돌아다니고 있었다. 창으로 달빛이 비추고 있었다. 때마침 보름이라 달빛이 무척 밝았다.

"그렌 아저씨, 뭐하세요?"

타타가 물었지만 그렌은 아무 소리도 들리지 않는 듯 창문 너머로 고고히 빛나는 보름달을 올려다보며 나직한 목소리로 무언가를 읊조리기 시작했다. 왠지 방해하면 안 될 것 같아서 타타는 조용히 그렌에게 다가가 살며시 옆에 앉았다. 그렌의 낮고 투명한 목소리가 서고 안에 울려 퍼졌다.

빛의 입자가 내 위로 내려앉는다.
빛의 강이 나를 밀어낸다.
아무리 멈추려고 애를 써도
강바닥의 모래만 무너져 내릴 뿐.
나는 강에 빠져 빛 속에 녹아
반짝이는 무수한 입자가 되어
저 보름달 속으로 돌아가련다.

그러고는 눈을 감고 아무 말도 하지 않았다. 무거운 정적이 타타의 숨통을 조여 왔다. 타타는 그렌과 보름달을 번갈아 보았다. 이 말은 무엇을 의미하는 걸까?

이윽고 그렌이 꿈에서 깨어나듯 눈을 떴다. 그리고 눈이 부신 듯 타타를 보며 말했다.

"자, 이제 돌아가자, 분명 아빠와 칫치가 걱정하고 있을 거야."

다시 며칠이 지난 어느 날 밤이었다. 그렌이 문득 생각났다는 듯이 말했다.

"자네들도 이곳에서 함께 살면 어떻겠는가? 이곳은 살기 좋은 곳이야. 고양이나 까마귀도 없고 시궁쥐에게 공격당할 걱정도 없지. 정기적으로 실시하는 방제 작업만 잘 피하면 되네. 그 방법이라면 내가 잘 알고 있지."

아빠와 타타는 서로의 얼굴을 쳐다보았다.

"글쎄요. 타타, 네 생각은 어떠니?"

여행을 하며 겪었던 많은 일들이 주마등처럼 스쳐 지나갔다. 또다시 바깥 세상으로 나갈 생각을 하니 두려웠다. 그래서 그렌의 제안이 더 매력적으로 느껴졌다.

"저도 잘 모르겠어요. 칫치, 넌 어떻게 생각해?"

"난 이곳이 좋아요. 따뜻하고 무엇보다 맛있는 것이 많잖아요."

칫치가 천진난만하게 말했다.

"그럼 어쩐다? 어쨌든 그렇게 말해 주셔서 고맙습니다. 하지만 강을 거슬러 올라가 상류 쪽에 새로운 보금자리를 마련하는 것이 이번 여행의 최종 목표였던 만큼 좀 더 신중히 생각해 봐야 할 것 같아요. 갑자기 머릿속이 복잡해지는군요."

"강에서 산다는 것이 얼마나 즐거운지는 나도 잘 알고 있지. 하지만 이 일대는 그 녀석들이 장악하고 있는데 과연 안전한 보금자리를 찾을 수 있을지 걱정이군. 게다가 이미 강에서 상당히 멀리 와서 굉장히 위험한 여행이 될 거야. 과연 그런 위험을 감수할 만큼 가치가 있는 일일까?"

그렌이 말했다.

"듣고 보니 그렇군요."

아빠는 난처한 표정을 지으며 말했다.

그렌이 잠을 자러 피아노 속으로 들어간 후, 타타네 가족은 작은 목소리로 앞으로의 계획을 의논했지만 결국 아무런 결정도 내리지 못했다.

"그렌은 마음이 아주 너그러운 쥐야. 이곳이라면 평화롭게 살 수 있을 것 같다. 타타, 어떻게 하면 좋겠니? 이곳에서 그렌과 함께 살까?"

아빠가 묻자 타타는 무심코 고개를 끄덕였다. 그렌의 말도 아빠의 말도 맞다. 하지만 뭔가 풀리지 않는 이 답답한 느낌은 무엇일까?

"저기, 아빠. 저는 아직 잘 모르겠어요."

그렌은 진중한 성격이어서 함께 있으면 지금껏 맛보지 못한 긴장감과 안도감을 동시에 느끼게 했다. 타타는 그렌과 헤어지고 싶지 않았다. 아마 그렌도 마찬가지일 터였다. 하지만 강을 거슬러 올라가 새로운 보금자리를 마련하겠다는 일념 하나로 온갖 힘든 일을 참아가며 꿋꿋이 견뎌 왔는데 이런 식으로 포기해도 되는 것일까?

타타와 그렌은 다음 달 밤에도 위층 서고로 올라가 함께 시간을 보냈다. 보름달이 조금 기울기는 했지만 달빛은 여전히 밝았다.

"그렌 아저씨도 죽는 게 무서워요?"

타타는 아무렇지도 않은 척하며 물었다.

"그야 물론이지."

"빗물에 젖은 종이 상자에서 나와 돌계단 위에서 아저씨를 처음 만나기 전까지 저는 이젠 정말 죽는구나 싶었어요."

"굉장히 무서웠나 보구나."

"무섭기도 했지만, 뭐랄까? 낯선 곳에서 무의미하게 죽는다고 생각하니 화가 났다고 해야 할까요?"

"그렇다면 너는 이곳에서라면 죽어도 좋겠다고 생각하는 장소가 있니?"

"글쎄요."

그때 갑자기 타타의 머릿속에 저녁 무렵 노을이 붉게 물든 강의 모습이 떠올랐다. 붉고 커다란 석양이 지평선 너머로 사라져 가는 동안에도 강은 졸졸졸 흐른다. 석양은 마치 할 말이 있다는 듯 잔물결 위에서 넘실넘실 춤을 추며 어둠 속으로 빨려 들어간다. 타타는 자신도 모르는 사이에 향수에 젖어 들었다. 그때 그렌의 목소리가 들려왔다.

산다는 것은 돌아간다는 것.
탄생의 근원으로 되돌아간다는 것.
잔잔한 강의 흐름을 거스르고
진흙투성이가 되고 피를 흘리며
적과 싸우다 쓰러지면 다시 일어나
어디까지라도, 어디까지라도
나는 계속 걸어가리라.
강의 빛을 찾아서!
강의 빛을 찾아서!

타타가 어깨를 들썩이며 울기 시작했다. 그렌은 타타의 어깨를 조용히 끌어안으며 머리를 부드럽게 쓰다듬어 주었다.

"그래, 네 마음 다 안다, 다 알아. 울지 마렴."

"그렌 아저씨, 흑흑!"

"그래, 그래. 넌 참 좋은 녀석이야."

그렌은 타타를 안아 주었다. 잠시 후 타타의 울음소리가 딸꾹거리는 소리로 바뀌자 그렌은 자리를 털고 일어나며 말했다.

"타타, 따라오렴. 지하실로 가자. 강으로 돌아가는 길을 가르쳐 주마."

그렌은 지하실에 가자마자 강으로 가는 방법을 설명하기 시작했다.

"여기에서 강으로 가는 길은 두 개가 있네."

아빠는 어리둥절하여 그렌과 타타의 표정을 살피고는 이내 그 이유를 알겠다는 듯 잠자코 그렌의 이야기에 귀를 기울였다.

"우선 자네들이 해 왔던 방법대로 인간들의 도로를 이용하는 방법이 있네. 하지만 이 방법은 너무 힘들고 위험해. 길이 복잡해서 나도 어디가 어딘지 잘 모르고, 아직 이 일대는 시궁쥐들의 영역과 가까우니 언제 녀석들에게 발각될지 모르지."

타타가 옆에서 고개를 끄덕였다.

"그리고 또 한 가지 방법은 이곳 지하에서 강으로 곧장 뻗어 있는 하수도관을 따라 가는 거야. 직선거리라 훨씬 가깝고 그다지 어렵지도 않지."

"그런 간단한 방법이 있었습니까?"

아빠가 조금 허무하다는 듯 묻자 그렌은 씨익 웃으며 말했다.

"그렇다네. 그런데 문제가 있네. 예전에 이곳에 살았던 쥐한테 들은 이야기일 뿐, 내가 직접 시도해 본 적은 없다는 거지. 나는 다시는 강에 가까이 가고 싶지 않거든. 하지만 이 정보를 준 쥐는 믿을 만한 녀석이라서 별 문제는 없을 거야. 시도해 볼 만한 가치가 충분하다고 생각하네."

"그렇다면 한번 해 보겠습니다. 그런데 그곳에도 흉악한 시궁쥐들이 진을 치고 있지는 않을까요?"

아빠가 조심스레 물었다.

"듣기로는 하수도 건너편 출구는 시궁쥐들의 세력권 밖이라서 녀석들이 하수도에 들어올 염려는 없다고 하더군."

"정말입니까?"

"글쎄, 단정하기는 어렵네. 내가 이야기를 들었을 때와는 상황이 바뀌었을 수도 있으니까. 하지만 만일 시궁쥐들이 하수도 안을 돌아다녔다면 이곳에도 나타날 법한데 지금껏 그런 적은 한 번도 없었거든."

네 마리 쥐는 저마다 생각에 잠겼다. 무거운 침묵의 시간이 흐르고 마침내 아빠가 입을 열었다.

"한번 시도해 보자! 만일 그렌의 말대로 하수도를 지나 강으로 이어지는 출구로 나가면 우리 여행의 최종 목적지에 도착할 수 있게 될 거야."

"좀 더 빨리 말하지 않은 것을 용서하게. 실은 자네들이 가 버리는 것이 왠지 섭섭해서 그만."

그렌이 겸연쩍은 듯 웃으며 말했다.

"아닙니다. 그 마음 충분히 이해합니다."

아빠도 웃으면 대답했다.

"실은 우리도 이곳에서 살고 싶다고 생각했으니까요."

"자네들이 결심한 후 말하려고 했네. 게다가 다시 한 번 말하지만 지금은 상황이 어떻게 바뀌었는지 나도 장담할 수 없어. 만일 좁은 굴 속에서 흉악한 시궁쥐들을 만나면 도망칠 수 없을 거야."

다시 침묵이 흘렀다. 아빠가 무거움을 날려버리려는 듯 밝은 목소리로 말했다.

"그때 일은 그때 가서 생각하겠습니다. 어떻게든 되겠죠. 지금껏 그래 왔으니까요."

타타와 칫치는 아빠의 말에 힘입어 기운을 냈다. 오늘 하루는 충분히 쉬고 내일 밤에 출발하기로 했다.

강으로 돌아간다! 다시 여행을 떠나려면 충분히 쉬어야 했지만 타타는 너무 흥분한 나머지 잠을 깊이 잘 수가 없었다. 강기슭에 피어 있는 꽃들의 향기를 맡는 꿈이나 하수도에서 시궁쥐들에게 둘러싸여 오도 가도 못하는 꿈을 꾸며 몇 번이나 눈을 떴는지 모른다. 문득 자신이 지금 도서관 지하에 있다는 것을 깨닫고 기분이 이상했다.

드디어 밤이 되었다. 그렌이 앞장서고 타타네 가족은 다시 먼지가 수북이 쌓인 지하 방을 나와 물기 하나 없이 바짝 말라 버린 세면대의 배수구 속으로 기어들어 갔다.

"떨어지지 않도록 천천히, 천천히 내려가렴."

그렌은 칫치를 목에 매달은 아빠가 타타에 이어 무사히 바닥에 도착한 것을 확인하고 하수도관 안을 걸어가기 시작했다. 갈림길이 여러 차례 나오고 내리막 경사가 급해지더니 얼마 되지 않아 직경 70센티미터 정도의 두꺼운 터널이 나타났다. 바닥에는 진흙이 두텁게 쌓여 있고 그 위를 흐르는 구정물에서 지독한 냄새가 났다.

"여기일세. 이제 이쪽으로 내려가면 되네."

그렌은 아빠와 칫치의 어깨에 손을 얹었다. 그리고 타타를 꽉 끌어안으며 말했다.

"이제 다시는 못 만나겠지? 너희가 가고 나면 쓸쓸할 것 같구나."

"그렌 아저씨!"

"타타, 쓰거나 읽지 못하는 것은 어쩌면 우리 쥐들에게는 행복한 일인지도 모르겠다. 난 그렇게 생각해."

11

타타네 가족은 서둘러 다시 길을 떠났다. 그렌과의 이별을 아쉬워할 겨를도 없었다. 도중에 식량을 구할 길이 없으므로 어떻게 해서든 최대한 빨리 하수구를 빠져나가야 했기 때문이다.

이번에는 타타가 선두에 섰다. 칫치가 그 뒤를 따랐고 아빠가 맨 뒤를 맡았다. 하수도관에는 구정물이 흐르고 있었다. 양쪽 가장자리의 난간을 따라 달렸지만 그것도 쉽지 않았다. 바닥이 미끄러워 몇 번이나 구정물에 처박혔는지 모른다. 타타네 가족은 금세 진흙투성이가 되었다.

"타타, 서두르지 마라."

뒤에서 아빠의 목소리가 들려왔다.

"이러다가는 계속 넘어져서 금방 지치고 말 거야. 천천히 차분하게 움직여라."

흥분을 가라앉히고 속도를 줄이자 넘어지지 않고 달릴 수 있었다. 하수도관 속은 칠흑같이 어두웠다. 뒤에서 칫치의 가쁜 숨소리와 물 밟는 소리가 들려왔다. 타타는 쉬지 않고 달리고, 또 달렸다. 얼마나 달렸을까?

"조금 쉬었다가 가자."

아빠가 말했다. 타타는 가쁜 숨을 몰아쉬며 그 자리에 털썩 주저앉았다. 참기 힘든 악취가 코를 찔렀다. 당장이라도 숨이 막혀 버릴 것 같았다. 공기의 흐름이라고는 전혀 느껴지지 않았지만, 계속 가려면 잠시라도 쉬어야 했다.

"여긴 정말 끔찍한 곳이에요."

칫치가 말했다.

"그래. 빨리 벗어나는 것이 좋겠다. 끝까지 가면 강이 나올 테니 모두 힘내자!"

"그런데, 아빠! 이렇게 더러운 물이 강으로 흘러드는 거예요?"

타타가 안타까운 듯 말했다.

"그렇단다. 하지만 강은 아무리 더러운 것도 깨끗하게 만드는 힘을 가졌단다. 무엇이든 맑은 물로 만들어 버리지. 그게 강의 위대한 힘이란다."

아빠는 숨소리가 가라앉기를 기다렸다가 다시 출발 신호를 보냈다.

"자, 가자!"

타타네 가족은 다시 달리기 시작했다. 때때로 정체를 알 수 없는 뭔가에 부딪히기도 했다. 털이 있는 것으로 보아 동물의 사체인 것 같았다. 타타는 깜짝 놀라 피하려다가 그만 오물 속에 처박히고 말았다. 하지만 다시 벌떡 일어나 달려 나갔다. 가슴이 저며 왔다. 무언가 갑자기 튀어나오는가 싶더니 재빨리 스치고 지나갔다. 뒤에 있던 칫치가 놀라 소리를 질렀다. 아마도 바퀴벌레인 모양이다.

쉬었다가 달리고 쉬었다가 달리는 사이에 타타는 완전히 시간 감각을 잃었다. 낮인지 밤인지도 알 수 없었다. 한참을 달린 것 같았지만 어쩌면 두세 시간밖에 지나지 않았을지도 모른다. 지금쯤이면 쉬었다가 가자고 해야 할 텐데 좀처럼 아빠의 신호가 떨어지지 않았다. 타타는 점점 지쳐갔다.

무거운 발걸음으로 달리던 타타는 뭔가 이상하다는 것을 깨달았다. 칫치의 숨소리도 발소리도 들리지 않았던 것이다. 재빨리 발걸음을 멈추고 귀를 기울여 보았다. 아무 소리도 들리지 않았다. 칫치의 가쁜 숨소리도, 물을 밟으며 달려오는 소리도, 심지어 물이 흐르는 소리도 들리지 않았다. 타타는 당황하여 발밑을 살펴보았다. 바닥은 여전히 축축했지만 숨이 막힐 정도로 악취를 풍기던 구정물은 더이상 없었다. 아빠와 칫치도 감쪽같이 사라지고 없었다. 대체 어떻게 된 거지?

"칫치! 아빠!"

타타가 뒤를 돌아보며 소리 높여 아빠와 칫치를 불렀지만 타타의 목소리는 메아리도 없이 무서울 정도로 무거운 정적 속으로 흡수되어 버렸다.

'내가 너무 빨리 달려서 칫치와 아빠가 뒤쳐진 모양이네. 잠깐 쉬고 있으면 곧 따라오겠지.'

타타는 그 자리에 멈춰 서서 아빠와 칫치를 기다렸다. 무거운 어둠과 침묵이 타타의 눈과 귀를 짓눌렀다. 하지만 아무리 기다려도 아빠와 칫치는 나타나지 않았다.

'뛰는 속도가 너무 빨라서 칫치가 다쳤나? 속도를 조절했어야 했는데 바보같이.'

타타는 무언가에 이끌리듯 멋대로 속도를 낸 자신을 자책했다. 다시 돌아가려던 타타는 등골이 오싹해지는 것을 느꼈다. 자신이 어디에서 와서 어디로 가고 있는지 전혀 알 수가 없었기 때문이었다. 발아래를 흐르던 물의 흐름이 끊어져 어디가 어디인지 판단할 방법이 없었다.

오로지 느낌을 따라 천천히 달려가던 타타는 지금 자신이 있는 터널의 폭이 이전보다 좁다는 사실을 깨달았다. 처음 지나온 터널의 반 정도밖에는 되지 않는다는 것을 알고 타타는 갈림길에서 아빠와 칫치를 잃었을 것이라고 생각했다.

'하지만 그렌은 터널이 곧장 강으로 연결되어 있다고 말했는데.'

이상한 일이었다. 혼자만 떨어졌다고 생각하니 머릿속이 하얗게 되어 아무 것도 생각할 수가 없었다. 마치 엉덩이에 불이라도 붙은 듯 앞으로 전력 질주하기 시작했다.

타타는 달리고 또 달렸다. 숨을 제대로 쉴 수가 없었다. 어둠 속에서 고약하고 참기 힘든 악취에 떠밀리듯 계속 달렸다. 얼마나 달렸을까? 갑자기 진흙에 발이 빠져 몸이 갸우뚱하더니 앞으로 엎어져 허리를 세게 박았다. 너무 아파서 한동안 일어서는 것조차 힘들었지만 타타는 다시 일어나 달리려고 했다. 하지만 이내 휘청거리며 주저앉고 말았다. 눈물이 날 것 같았다. 지금까지는 아무리 힘든 일이 있어도 믿음직한 아빠가 있고, 쉬지도 않고 떠들며 웃어 주는 칫치가 있었다. 그런데 지금 타타 곁에는 아무도 없었다. 타타 혼자뿐이었다.

타타는 자신을 질책하듯 입술을 깨물며 속으로 외쳤다.

'한가하게 울고 있을 때가 아니야. 돌아가야 해. 아빠와 칫치의 곁으로 반드시 돌아갈 거야. 분명 돌아갈 수 있을 거야.'

또 그렇게 얼마나 달렸을까? 좀처럼 아까 지난 갈림길이 나타나지 않았다.

'혹시 방향이 틀렸나? 어쩌면 더 멀리 와 버린 것일지도 몰라. 그렇다면 어떻게 하지? 일단 앞으로 더 가 보고 아니다 싶으면 다시 돌아오자. 좋아! 일단 그렇게 해 보는 거야.'

타타는 허리의 통증을 참으며 천천히 달렸다. 때때로 멈춰 서서 아빠와 칫치를 불러 보았지만 아무 소리도 들리지 않았다.

상당히 멀리까지 달려 왔지만 바닥에 물이 흐르지 않는 것을 보고 타타는 방향을 잘못 잡았다는 것을 깨달았다. 잠시 멈춰 서서 정신을 가다듬고 몸의 방향을 신중하게 반대로 돌렸다.

'그래, 이쪽이 틀림없어.'

타타는 다시 달리기 시작했다. 우선 길을 잃었다는 사실을 처음 깨달았던 지점으로 돌아가야 했다. 그곳으로 되돌아가면 아빠와 칫치를 찾을 수 있을 것이다. 무언가 흔적이 남아 있기를 바라며 타타는 자신의 숨소리와 발소리밖에 들리지 않는 어둠 속을 달렸다. 한참을 달리자 발자국 소리가 달라졌다.

'뭐지?'

의아하게 생각하며 타타는 그 자리에 멈춰 섰다. 축축한 진흙으로 덮여 있어야 할 바닥이 바짝 말라 있었다.

'이런 곳은 지나 온 기억이 없는데. 이곳은 분명 처음 온 곳이다. 도대체 어떻게 된 거지? 대체 여기는 어디야?'

타타는 두려운 마음에 다시 몸을 돌려 무턱대고 달리기 시작했다.

한편 아빠와 칫치는 입을 모아 타타의 이름을 불러 보았지만 대답이 없었다. 아빠는 칫치에게 꼼짝 말고 기다리라는 말을 남기고 혼자서 타타를 찾으러 갔다. 큰 소리로 타타의 이름을 부르며 앞으로 한참을 가 보았지만 타타는 어디에도 없었다. 칫치에게 돌아온 아빠가 조용히 말했다.

"네 형을 놓친 것 같다."

"그럼 형은 어떻게 되는 거예요?"

"글쎄다."

아빠는 곰곰이 생각해 보았다.

'타타가 아무리 멀리까지 갔다고 해도 우리가 뒤따라오지 않는다는 것을 눈치 채지 못할 정도로 어리석지는 않아. 분명 갈림길이 있었을 거야. 우리와 다른 길로 간 모양이군.'

"아빠, 이제 어떻게 해요?"

칫치가 울먹이며 말했다. 아빠는 생각에 잠겼다. 칫치는 체력적으로나 정신적으로나 이미 지쳐 있었다. 갈림길로 되돌아가려면 칠흑같이 깜깜한 어둠 속을 천천히 더듬어 가야한다. 어린 칫치에게 그것은 견디기 힘든 일이다. 그렇다고 칫치를 혼자 이곳에 놔 두고 갔다가는 자칫 세 마리 모두 뿔뿔이 흩어질지도 모른다. 게다가 아빠가 없는 동안 칫치에게 무슨 일이 생길지 알 수 없는 노릇이었다.

마침내 아빠가 무거운 침묵을 깨고 입을 열었다.

"이곳에서 타타를 기다리자. 네 형도 지금쯤이면 무언가 잘못되었다는 것을 깨닫고 우리를 찾아 되돌아오려고 애쓰고 있을 거야. 네 형을 믿고 기다려 보자."

아빠가 털썩 주저앉으며 말했다.

"형도 걱정하고 있겠죠?"

칫치가 아빠에게 몸을 기대며 말했다. 어둠 속에서 혼자 떨어져 떨고 있을 형을 생각하니 마음이 아팠다.

"타타는 괜찮을 거야. 이번 여행으로 네 형은 많이 어른스러워졌거든."

말은 그렇게 했지만 아빠도 타타가 무사히 돌아올 수 있을지 걱정이 되기는 마찬가지였다.

12

그 무렵 완전히 이성을 잃은 타타는 무작정 하수도관 속을 달리고 있었다. 몇 번을 넘어졌다 일어나기를 반복했는지 모른다. 그러는 사이 타타의 몸은 상처투성이가 되었다. 다시 한 번 멈춰 서서 바닥을 살펴보았다. 바닥은 물 한 방울 없이 바짝 말라 있었다. 이 길이 아니다. 어서 빨리 아빠와 칫치가 있는 곳으로 가는 길을 찾아야 했다. 하지만 마치 미로 속에 길을 잃은 것처럼 도무지 어디가 어디인지 알 수가 없었다. 터널이 꺾이는가 싶으면 흙더미로 막힌 이상한 굴이 나오기도 하고, 막다른 곳에 가기도 하고 샛길로 빠지기도 했다. 갑자기 뒤에서 물이 흘러나왔다. 허둥지둥 물살을 피한 타타는 물살을 따라가면 길을 찾을 수 있을지도 모른다는 생각이 들었다. 서둘러 물살이 지나간 방향으로 따라 뛰었지만 물살은 순식간에 사라져 버렸다.

몇 시간을 달린 것 같았다. 발이 자꾸 꼬이고 걸음이 더뎌지더니 기력이 다한 타타는 결국 바닥에 풀썩 쓰러지고 말았다. 좀처럼 숨이 가라앉지 않았다. 아빠와 칫치에게서 점점 멀어지고 있다는 생각이 들자 타타의 눈에서 눈물이 주르르 흘렀다. 어딘가에 얼굴이 베었는지 눈물에서 피 맛이 났다. 절망적이었다. 타타는 그대로 드러누웠다. 더는 꼼짝도 할 수 없었다. 그때 무언가 반짝이는 빛을 본 것 같은 느낌이 들었다. 고개를 들어 보니 희미한 불빛이 보였다. 기분 탓일까? 타타는 눈물을 닦고 다시 앞을 주시했다. 희미하지만 분명 빛이 들어오고 있었다. 빛을 보자 지금껏 어둠에 짓눌렸던 눈동자가 되살아나는 것 같았다.

타타는 젖 먹던 힘까지 끌어내 일어섰다. 그리고 빛을 향해 천천히 걸어갔다. 불빛은 위쪽에서 새어 들어오고 있었다. 더는 어두운 미로 속을 헤매고 싶지 않았다. 지금껏 타타의 머릿속을 지배하고 있던 아빠와 칫치에 대한 생각이 한순간에 사라지고 어떻게 해서든 밝은 곳으로 나가고 싶다는 욕망이 강하게 타타를 휘감았다. 타타는 무언가에 홀린 듯 터널을 올라갔다.

몇 미터 걸어가자 막다른 곳이 나왔다. 하수도관이 위쪽으로 뻗어 있었다. 1미터 정도 위에서 철로 된 격자 사이로 부드러운 햇살이 터널 안으로 떨어지고 있었다. 얼마나 그리웠던 햇살인가! 타타는 마지막 힘을 짜내 위로 올라갔다. 콘크리트로 만들어진 물웅덩이가 나왔다. 그 위로 가로세로 20센티미터 정도의 격자가 끼워져 있었다.

'여기로 빠져나갈 수 없을까?'

온몸에서 기운이 빠져나가는 것 같았다. 하지만 다음 순간 타타는 격자에 녹이 슬어 작은 구멍이 나 있는 것을 발견했다. 간신히 빠져나갈 수 있을 것 같았다. 날카로운 단면에 베어 상처가 나긴 했지만 타타는 마침내 터널 밖으로 나올 수 있었다. 그대로 바닥에 쓰러진 타타는 숨을 크게 들이마시고 내쉬기를 반복했다. 풀과 나무 냄새가 이렇게 향기로운지 예전에는 미처 깨닫지 못했다. 해가 지고 있었다. 어디선가 가을벌레가 우는 소리가 들려왔다. 볼을 어루만지는 달콤한 공기와 수염을 간질이는 시원한 산들바람이 타타의 몸을 감싸 안았다. 아빠와 칫치가 걱정되기는 했지만 이 순간만큼은 마음이 평화롭고 행복했다. 타타는 그대로 눈을 감았다.

얼마나 지났을까? 눈을 뜬 타타는 깜짝 놀랐다. 고양이 한 마리가 타타 바로 옆에 앉아 내려다보고 있는 것이 아닌가. 타타는 움직일 수가 없었다. 조금이라도 움직이면 고양이가 달려들 것 같았다. 고양이도 타타가 튀어 오르기를 기다리는지, 미동도 하지 않고 앉아 있었다.

타타와 고양이의 눈이 마주쳤다. 몇 초, 아니 몇 십 초는 흐른 것 같았다. 고양이의 눈을 보던 타타는 무심코 고양이의 눈동자가 아름답다고 느꼈다. 고양이의 눈동자는 에메랄드빛이었다. 너무 아름다워서 보고 있으면 빨려들 것 같았다. 고양이는 귀가 크고 다리가 길며 아름다운 털을 가졌다. 푸른빛이 도는 회색 털이 황혼에 은빛으로 물결치고 있었다. 타타의 몸은 공포로 굳어 버렸고 심장이 방망이질하는 소리가 머릿속을 울렸다. 그런데도 타타의 머릿속에는 감탄사가 떠올랐다.

'저렇게 아름다운 눈동자를 가진 동물도 있구나!'

너무 힘들고 지쳐서 몽상적이 된 걸까? 그때 고양이가 갑자기 고개를 들었다. 타타는 최면에서 깨어난 듯 깜짝 놀랐다. 고양이는 타타가 움직이기도 전에 꼴사납게 누워 있는 진흙투성이의 쥐를 무시하듯 곁눈질하며 말했다.

"아이 지저분해."

고양이는 중얼거리고는 뒤로 돌아 터덜터덜 걸어갔다.

타타가 꼼지락거리며 몸을 일으켰다. 타타가 누워 있는 곳은 돌보는 손길이 없어 황폐해진 넓은 정원이었다. 타타가 올라온 곳은 정원에 물을 주기 위해 만들어 놓은 수돗가 배수구였다. 오랫동안 사용하지 않았는지 수도꼭지는 녹슬어 있었다.

불과 몇 미터 앞에서 고양이가 멈춰 서서 한쪽 다리를 들고 겨드랑이 아래를 정성껏 핥고 있었다. 타타는 고양이가 자신에게 시선을 주지는 않지만 자신의 일거수일투족을 흥미롭게 살피고 있다는 것을 알 수 있었다.

"당신은……."

타타는 고양이에게 말을 걸려다가 잠시 망설였다. 고양이와 이야기를 나눈다는 것 자체가 굉장히 어색하게 느껴졌기 때문이었다.

'너라고 하는 편이 나을까? 고양이한테 높임말을 쓸 필요는 없잖아. 아니, 내가 대체 지금 무슨 생각을 하고 있는 거지? 빨리 도망가는 편이 좋지 않을까?'

머릿속이 복잡했다. 마침내 타타는 자포자기하는 심정으로 고양이에게 말을 걸었다.

"당신은 날 안 잡아먹을 건가요?"

고양이는 못 들은 척하며 계속 겨드랑이 아래를 핥았다.

"당신은 정말 아름다운 눈을 가졌어요."

타타가 말했다. 듣기 좋으라고 하는 소리가 아니었다. 타타는 조금 전 고양이의 눈을 보고 느낀 것을 솔직히 말했을 뿐이었다.

"어머, 그래?"

그때서야 고양이가 다리를 내리고 천천히 타타를 돌아보며 말했다.

"네. 정말 아름다워요. 그런데 쥐를 보고도 잡으려 하지 않는 고양이는 처음 봤어요."

"넌 진흙투성이인데다가 피까지 흘려서 너무 지저분하거든."

"하지만 쥐는 고양이들이 굉장히 좋아하는 먹이잖아요?"

"나는 생선만 먹어."

고양이가 단호하게 말했다.

"생선에는 DHA가 들어 있거든."

"DHA? 그게 뭔데요?"

"DHA를 먹으면 머리가 좋아져. 하지만 쥐는 왠지 몸에 해로울 것 같아. 무엇보다 맛이 별로야."

고양이가 타타를 물끄러미 쳐다보며 말했다. 타타는 이 상황에서 화를 내야 할지 말아야 할지 갈피를 잡을 수가 없었다. 잠시 망설이던 타타가 먼저 자신을 소개했다.

"내 이름은 타타예요."

"내 이름은 블루. 러시안 블루라서 블루라고 해. 그런데 너, 배고프지 않니? 하암."

고양이가 하품하며 물었다.

13

블루는 타타가 대답도 하기 전에 몸을 돌려 걸어가기 시작했다. 타타는 무언가에 홀린 듯 블루의 뒤를 비틀거리며 따라갔다. 그러다가 문득 이상하다는 생각이 들었다.

'어라? 내가 고양이 뒤를 따라가다니. 이게 대체 어떻게 된 일이지?'

하지만 그것도 잠시, 손질을 하지 않아 무성해진 잔디밭이 발바닥을 간질이는 감촉이 너무 좋았다.

블루는 낡은 목조 건물 집 옆을 돌아 문틈 사이로 들어갔다. 타타도 블루의 뒤를 따라 재빨리 안으로 뛰어 들어갔다. 현관 시멘트 바닥을 한 계단 오르자 부엌이 나왔다. 냉장고 옆 바닥에 있는 접시에서 맛있는 냄새가 풍겼다.

"참치 조각이야. 먹어."

블루가 말했다. 그리고 이렇게 덧붙였다.

"이 통조림은 내 입맛에 안 맞아. 왠지 싸구려 같거든. 주인 할머니가 이것만 사 줘서 어쩔 수 없이 먹기는 하지만."

타타는 쭈뼛쭈뼛 망설이며 접시 옆으로 다가가 정말 먹어도 되냐는 표정으로 블루를 쳐다보았다. 블루는 조금 떨어진 곳에 몸을 눕히고 앞발을 정성껏 핥고 있었다. 타타는 접시 속에 거의 몸을 담그다시피하고 블루가 준 참치 조각을 단숨에 먹어 치웠다.

먹고, 먹고 또 먹어서 더 이상 들어갈 수 없을 정도로 배가 불러 포만감으로 머리가 멍해졌을 때였다. 블루가 갑자기 나직이 울며 소리쳤다.

"야옹. 주인 할머니가 온다. 빨리 숨어, 어서!"

그때 어디선가 슬리퍼를 끄는 소리가 들렸다. 소리는 점점 가까워졌다. 타타는 당황하여 이리저리 둘러보며 숨을 곳을 찾았다.

'이런, 어디에 숨지? 대체 어디에 숨으란 말이야?'

숨을 곳을 찾지 못해 우왕좌왕하고 있는 타타를 보고 블루는 혀를 차며 말했다.

"하는 수 없군. 잠깐만 움직이지 말고 가만히 있어."

블루는 타타에게 다가가더니 타타 위에 앉아 버렸다. 바로 그때였다.

"어머나, 블루. 깨끗이 다 먹었구나. 잘했다. 정말 잘했어."

인간의 목소리였다. 슬리퍼 소리가 점점 가까워지더니 바로 옆에서 멈추었다.

"블루, 아주 착하구나. 넌 많이 먹고 살쪄야 해."

타타의 등에 찰싹 붙어 있던 블루의 배가 위아래로 흔들렸다. 주인 할머니가 블루의 등을 두드려 주었던 것이다. 슬리퍼 소리가 다시 멀어졌다.

블루의 배 아래에 납작하게 붙어 있던 타타가 슬며시 머리를 내밀어 보니 집 안에서도 목도리를 감고 있는 몸집이 아담한 인간 할머니가 부엌을 나가는 뒷모습이 언뜻 보였다. 타타가 느릿느릿 기어 나오자 블루가 중얼거렸다.

"이런, 먹는 시늉만 할 생각이었는데 정말로 먹어 버렸잖아. 값싼 참치는 기름 냄새가 나서 싫단 말이야."

"고마워요. 아줌마."

타타가 뒷발로 서서 얼굴을 블루의 얼굴에 바짝 들이대며 말했다. 그 순간 타타는 블루의 발길질에 몸이 붕 떠올랐다가 나가떨어지고 말았다.

블루가 무서운 목소리로 말했다.

"날 아줌마라고 부르지 마!"

"네."

"너는 어째서 혼자서 숨지도 못하는 거니? 명색이 고양인데 내 주변에 쥐가 어슬렁거리면 내 체면이 뭐가 되니?"

"죄송해요."

"아무튼 골치 아픈 녀석이라니까. 앞으로 성가시게 굴지 마."

"네. 그리고 고마……"

타타는 잠시 머뭇거리다가 말했다.

"……웠어요."

타타는 블루에게 인사를 마치고 현관 시멘트 바닥으로 걸어갔다. 그런데 하수도관에서 길을 헤매다가 다친 뒷다리가 너무 아파서 그만 털썩 주저앉고 말았다.

"왜 그러니?"

"저기, 다리가 아파서요. 그래도 가야 해요."

"어디로 가는데?"

"칫치와 아빠한테요."

"칫치? 그게 누군데?"

"동생이에요. 아빠와 칫치가 엄청 걱정하고 있을 거예요. 서둘러야 해요."

"그래? 아빠와 동생이 어디에 있는데?"

타타는 잠시 생각에 잠겼다. 아빠와 칫치는 하수도 안에 있다. 하지만 정확히 어디에 있는지는 타타도 잘 몰랐다.

"글쎄요. 잘 모르겠어요."

"모르는데 어떻게 가니?"

블루의 말이 옳았다. 어디 있는지도 모르면서 찾아간다는 것은 불가능한 일이었다. 그래도 타타는 가야 했다. 저 깜깜한 미로 속으로 돌아가 다시 길을 헤맬 생각을 하니 암담했지만 어떻게 해서든 아빠와 칫치를 찾아야 한다고 생각했다. 타타는 어깨를 쫙 펴고 씩씩하게 일어섰다. 그때 블루가 부드러운 목소리로 물었다.

"어쩌다가 아빠와 헤어졌니?"

타타는 깊은 한숨을 내쉬었다. 발에 힘이 빠져서 서 있을 수가 없었다. 결국 타타는 그 자리에 주저앉고 말았다.

"그게 말이에요."

타타는 가족들과 함께 하수도관을 통해 하룻밤 사이에 재빨리 강으로 빠져나가려고 했으나 도중에 헤어지게 된 사연을 열심히 설명했다.

타타의 이야기를 듣고 블루는 단호하게 말했다.

"그렇다면 네 가족들을 찾는 것은 무리야. 하수도관으로 가서 아빠와 동생을 잃어버린 곳까지 돌아간다는 것은 불가능해. 기적이 일어나지 않는 한 힘들어."

"그래도 전 가야 해요."

타타가 힘없이 말했다.

"길을 헤매다가 저 깜깜한 하수도관 안에서 죽고 말거야. 뭐, 그래도 좋다면야 말리지는 않겠지만. 아함."

블루는 크게 하품을 하며 옆으로 누워 무표정한 에메랄드빛 눈동자로 타타를 물끄러미 쳐다보았다. 기다란 꼬리의 끝이 경쾌하게 흔들리고 있었다.

"하지만, 하지만."

타타는 결국 울음을 터트렸다. 하염없이 눈물이 쏟아졌다. 그 모습을 가만히 지켜보고 있던 블루가 마침내 입을 열었다.

"그런데 너희 가족은 대체 왜 하수도 속으로 들어갔던 거니?"

타타는 훌쩍거리며 자신들이 강 위쪽으로 올라가게 된 이유부터 설명하기 시작했다. 순서가 뒤죽박죽 엉망이었지만, 블루는 한 번도 타타의 말을 자르지 않고 귀를 기울였다. 이야기를 끝냈을 무렵에는 타타의 눈물도 멈추고 기분도 조금은 안정되었다. 블루와 타타가 있는 부엌 바닥 위에 잠시 침묵이 흘렀다. 블루는 일어섰다가 자세를 고쳐 앉고 고개를 숙이며 타타의 눈을 가만히 들여다보았다.

"좋아. 네 이야기는 잘 들었어. 네가 아빠와 떨어진 지는 이미 한참 지난 것 같구나. 아빠와 동생은 아마 처음에는 네가 돌아오기를 기다렸을 거야. 하지만 그대로 하수도관 안에서 기다리고 있을 수만은 없었겠지. 그러기에는 배가 너무 고팠을 테니까. 아빠와 동생도 분명 밖으로 나와 먹을 것을 찾으려고 하지 않았을까? 그게 아니라면 아마 곧바로 강을 향해 계속 전진하고 있을 거야."

"저 혼자 버려 두고요?"

타타에 눈에는 다시 눈물이 고이기 시작했다.

"바보처럼 울기는. 강으로 가는 것이 너희들의 최종 목표였잖아. 거기에서 다시 만나면 되지. 너희 아빠도 분명 같은 생각이었을 거야. 너는 혼자서도 잘 찾아올 테니 그곳에서 다시 만나면 될 거라고 믿고 있을 거야."

"정말 그럴까요?"

타타의 마음속에 작은 희망의 불이 켜졌다.

"틀림없이 그럴 거야."

블루는 확신에 찬 목소리로 대답하고 아름다운 에메랄드빛 눈동자를 천천히 두세 번 깜박였다. 희망의 불씨가 점점 커지더니 타타의 몸과 마음을 따뜻하게 녹여 주었다.

"강에서 다시 만난다고요?"

"그래. 성가시기는 하지만 우선 이 집에서 며칠 쉬도록 해. 다리도 아프고 여기저기 상처투성이잖아. 서두를 필요 없어."

블루가 그렇게 말하자 타타는 갑자기 마음이 편안해지는 것을 느꼈다.

'그래, 우리 여행의 최종 목적지는 강이니까 그곳으로 가기만 하면 돼. 아빠와 칫치는 틀림없이 햇살이 밝게 비추는 따뜻하고 평화로운 강가에서 나를 기다리고 있을 거야.'

그렇게 생각을 고치자 갑자기 졸음이 몰려왔다. 결국 타타는 이틀 내내 냉장고와 벽 사이에 몸을 숨기고 죽은 듯이 잠만 잤다. 식사 때가 되면 블루가 먹이를 나누어 주었다. 이 커다란 집에는 의지할 데 없는 주인 할머니가 블루와 함께 외롭게 살고 있었다.

"주인 할머니는 눈이 나빠서 네가 돌아다녀도 아마 보이지 않을 거야. 하지만 조심해서 나쁠 건 없으니까."

블루는 항상 신경질적으로 자신의 몸을 핥아 몸단장을 하는 고양이었다. 어느 날 타타가 블루의 접시에 올라가 여느 때처럼 주인 할머니가 주신 저렴한 참치를 먹고 있을 때였다. 갑자기 까슬까슬하고 따뜻한 무언가가 등을 쓱 스치고 지나갔다. 깜짝 놀라 펄쩍 뛰어오르며 뒤를 돌아보니 블루의 혀였다.

"괜찮아, 진정해. 잠깐만 가만히 있어 봐. 네 몸에 피랑 진흙이 여기 저기 묻어 있어서 보기 안 좋단 말이야."

"괜찮아요. 전 괜찮으니까 그만하세요."

타타가 도망치려고 하자 블루가 재빨리 앞발을 들어 타타의 꼬리를 눌러 버렸다. 블루는 타타를 꼼짝달싹 못하게 만들어 놓고 타타의 몸이 완전히 깨끗해질 때까지 핥고 또 핥았다.

"아, 아파요. 아줌마의 혀가 까슬까슬해서 아프단 말이에요. 이러다가 털이 다 빠지겠어요."

"이 녀석이 또 아줌마라고 하네."

"그게 왜요? 뭐 잘못되었어요?"

"이런, 요 버릇없는 녀석 봐라. 움직이지 말고 가만히 좀 있어. 자꾸 움직이면 잡아먹어 버린다."

"절 잡아먹으면 쥐 독이 올라서 아줌마도 죽고 말걸요."

"아이 참. 이 녀석, 정말 시끄럽네."

블루는 타타의 꼬리를 누르고 있던 다리를 떼어 내며 타타의 머리를 한 대 툭 치며 말했다.

"자, 다시 벽 사이로 숨어서 좀 더 자렴."

14

아빠는 칠흑처럼 깜깜한 하수구 속에서 칫치를 끌어안고 생각에 잠겨 있었다.

시간이 한참 지났는데도 타타는 돌아오지 않았다. 대체 무슨 일이 생긴 것일까? 달리다가 미끄러져 다친 것은 아닐까? 생각이 거기에까지 미치자 등골이 오싹해진 아빠는 몸을 부르르 떨었다. 타타는 어쩌면 샛길로 빠졌는지도 모른다. 하지만 대체 샛길이 몇 개나 더 있을지 아빠는 전혀 가늠할 수가 없었다.

아빠는 어떻게 해야 좋을지 몰랐다. 칫치는 이미 지칠 대로 지쳐 있었다. 배가 고팠지만 무엇보다 갈증으로 목이 타들어 가는 것 같았다. 그렇다고 하수도관에 흐르는 구정물을 마실 수도 없었다. 타타가 무사히 강까지 찾아와 주기를 기도하며 칫치를 데리고 강으로 갈까도 생각했지만 깜깜한 어둠 속 어딘가에서 부상을 당해 쓰러져 혼자서 끙끙거리고 있을 타타를 생각하니 섣불리 결정을 내릴 수가 없었다.

그러는 사이 발목이 얼어붙을 듯 차갑고 마비가 되어 찌릿찌릿 저리기 시작했다. 어느 사이엔가 다리가 물에 잠길 정도로 물의 양이 늘어 있었다. 아빠는 잠시 상황을 지켜보았다. 미세하지만 조금 전보다 분명 수위가 높아졌다. 최악의 상황이었다.

"칫치, 가자!"

"하지만 형은요?"

"물이 늘고 있어. 이대로라면 이곳에서는 더 이상 있을 수 없어."

"하지만 형이 아직 오지 않았잖아요."

"네 형은 분명 혼자서도 어떻게든 빠져나와 강으로 올 거야. 어쩌면 벌써 먼저 강에 도착해서 우리를 기다리고 있을지도 몰라."

"싫어요. 형을 기다렸다가 같이 갈래요."

"어리석은 소리 마라."

아빠가 화를 내며 칫치를 꾸짖었다.

"이대로 있다가는 우리가 먼저 물에 빠져 죽고 말거야. 어서 뛰어!"

서슬이 퍼런 아빠의 성난 목소리에 놀란 칫치가 달리기 시작했다. 마음이 내키지 않은 듯 천천히 달리던 칫치는 발목이 물살에 완전히 잠겨 버렸다는 사실을 깨닫고 전속력으로 달렸다.

"칫치, 천천히 가거라. 그렇게 빨리 달리면 금방 지치고 말거야. 절대로 서두르지 말고 차분히 속도를 유지하면서 달려라."

점점 빠른 속도로 수위가 높아지고 있었다. 물의 흐름도 아까보다 눈에 띄게 빨라졌다. 아빠와 칫치는 필사적으로 달렸다. 칫치는 물살에 떠내려가지 않도록 속도를 줄어야 했다. 하수구관 속에는 구정물이 흘러가는 소리가 불안하게 울려 퍼지고 있었다. 칫치가 고개를 돌려 아빠에게 소리쳤다.

"아빠! 숨이 차서…… 더는…… 못 가겠어요."

하지만 칫치의 목소리는 물이 흘러가는 소리에 묻혀 아빠에게 전달되지 않았다. 실은 아빠에게는 더 큰 걱정거리가 있었다. 아빠의 귀에는 점점 높아지는 물소리와는 또 다른 낮고 불길한 울림이 전해졌던 것이다. 멀리서 전해지던 울림이 마치 아빠와 칫치를 쫓듯 점점 가까워졌다.

"칫치, 서둘러!"

아빠가 큰 소리로 외쳤다. 칫치가 그 소리에 놀라 전속력으로 튕겨 나갔지만 몸이 말을 듣지 않는지 점점 느려졌다. 뒤에서는 불길한 울림이 한층 빨라진 속도로 무섭게 쫓아오고 있었다. 아빠는 칫치를 격려하며 계속 달렸다. 앞에 빛이 보이기 시작했다. 곧장 달려가니 여러 명의 어른 인간이 작업할 수 있는 넓은 터널이 나왔다. 양쪽으로 플랫폼이 있고, 벽에 걸린 어두운 전등이 주변을 희미하게 비추고 있었다.

"저쪽이다. 저기로 올라가자!"

아빠가 다급한 목소리로 외쳤다. 칫치는 아빠가 플랫폼을 말한다는 것을 직감적으로 알아차렸다. 몇 미터나 되는 터널을 지나 플랫폼으로 연결되는 돌계단까지는 무사히 올라갔지만 다리의 힘이 풀려 더는 갈 수가 없었다. 칫치는 털썩 주저앉고 말았다.

"칫치, 어서 올라가!"

아빠의 목소리가 바로 옆에서 들렸다.

"더는 못 가겠어요."

칫치가 메마른 목소리로 말했지만 아빠의 귀에는 들리지 않았다.

"칫치! 아빠 목을 잡아!"

아빠가 다시 소리쳤다. 칫치는 재빨리 아빠의 목을 잡았다. 아빠는 필사적으로 발을 딛을 곳을 찾아 돌계단을 올라갔다. 숨이 턱까지 차올랐다. 칫치의 무게가 아빠를 짓눌렀다. 힘겹게 한 계단을 올랐다. 또

한 계단, 그리고 또 한 계단 있는 힘을 다해 계단을 올랐다. 다시 한 발을 딛고 올라서려고 하다가 뒷발을 헛디디는 바람에 주르르 미끄러져 굴러 떨어지고 말았다. 아빠는 무서운 기세로 계단 아래를 쓸고 가는 구정물 속으로 떨어지기 직전 가까스로 멈춰 섰다. 아빠가 걱정스러운 목소리로 칫치에게 물었다.

"칫치, 괜찮니? 다친 데는 없니?"

"네."

칫치가 등 뒤에서 작은 목소리로 대답했다.

처음부터 다시 시작하는 거다. 계단 모서리에 앞발을 걸치고 조금씩 몸을 끌어 올렸다.

'조금만 더! 그래, 좋아. 하지만 더는 못 가겠어.'

아빠는 결국 녹초가 되어 쓰러지고 말았다. 잠시 후 아빠는 살며시 눈을 떴다. 그곳은 플랫폼 위였다. 결국 해냈다. 아빠는 칫치를 등에 업은 채 마지막 계단을 올랐던 것이다. 바로 직후, 뒤쫓아 오던 구정물이 황량한 울림을 내며 두 마리 쥐의 바로 옆을 지나쳐 갔다. 물보라가 거세게 일었다. 만약 하수구관 속을 빠져나오지 못했다면 아빠와 칫치는 구정물에 빠져 그대로 죽고 말았을 것이다.

칫치는 여전히 눈을 꼬옥 감은 채 아빠의 목을 힘껏 끌어안고 있었다. 내려오라고 말하려고 했지만 숨이 막혀 목소리가 잘 나오지 않았다.

"칫치…… 이제 좀 놔 줄래? 이러다 아빠 숨 막혀 죽겠다. 켁켁!"

그때서야 칫치는 아빠의 목을 끌어안고 있던 앞발의 힘을 풀고 바닥으로 내려왔다. 아빠와 칫치는 앉아서 가쁜 숨을 몰아쉬었다. 움직일 기운도 없었다.

"후유, 다행이다. 정말 위험천만한 순간이었어."

"맞아요. 정말 무서워 죽는 줄 알았어요."

잠시 숨을 돌린 아빠가 주변을 살펴보았다. 벽에 수직으로 붙어 있는 철제 사다리와 그 위에 달려 있는 동그란 해치에서 희미한 전등 빛이 주위를 비추고 있었다. 인간들은 천정에 달린 해치를 통해 이곳으로 드나드는 모양이었다. 물살은 조금 전 지나 온 넓은 하수도관에서 넓어졌다가 출구에서 다시 좁아져 하수도관 속으로 빨려 들어갔다. 달리 빠져나갈 구멍이 보이지 않았다. 플랫폼 위에는 구정물에 떠밀려 온 쓰레기 더미에서 떠오른 콜라병, 플라스틱 도시락통, 너덜너덜해진 잡지 등과 함께 악취를 풍기는 각종 오물들이 산을 이루고 있었다.

다행히 이번 구정물의 급류는 무사히 피했지만 물의 높이는 아빠가 기대한 만큼은 내려가지 않았다. 물살을 따라간다는 것은 불가능한 일이었다. 물살이 빨라서 자칫 빠졌다가는 물살에 휩쓸려 목숨을 잃을 게 빤했다.

"아빠, 여기에서 기다리면 다시 물이 줄어들겠죠?"

칫치가 확인하듯 물었다. 아빠는 구정물이 빠져나가는 출구를 쳐다보며 생각했다.

'물의 양이 날짜나 시간대별로 달라지는 걸까? 그렇다면 칫치의 말대로 여기에서 기다리고 있으면 될 거야. 하지만 과연 수위가 낮아지기는 하는 걸까?'

아빠와 칫치는 지금껏 물살을 따라 왔다. 이는 다시 말하면 점점 낮은 곳으로 이동하고 있다는 것을 의미한다. 앞으로 나아갈수록 다른 통로를 통해 흘러나오는 구정물까지 가세하여 점점 수위가 높아질 것이다. 그렇다면 기다린다고 해서 해결된 문제가 아니었다. 일단 아빠와 칫치는 휴식을 취하며 기다려 보기로 했다. 한참을 기다렸지만 물의 높이는 높아지지도 낮아지지도 않았다. 천장에 달려 있는 해치도 굳게 닫혀 있어서 도저히 빠져나갈 방법이 없었다. 아빠와 칫치는 이곳에 갇히고 만 것이다.

'타타는 어떻게 하고 있을까? 구정물이 휩쓸고 지나갔을 때 타타는 어디에 있었을까?'

아빠는 타타가 걱정이 되었지만 달리 방법이 없었으므로 애써 머릿속에서 타타의 생각을 떨쳐 내려고 노력했다. 그저 타타가 혼자서도 무사히 빠져나갔기를 기도하는 수밖에 없었다. 지금은 칫치를 데리고 여기에서 무사히 탈출하는 것이 급선무였다. 아빠는 주위를 꼼꼼히 살펴보았지만 빠져나갈 구멍은 어디에도 없었다.

15

어떻게 하면 이곳에서 벗어날 수 있을까? 아빠는 온통 그 생각뿐이었다. 태어나서 지금껏 강가에서 살아왔으므로 수영을 할 수는 있었지만 잔잔한 수면 위로 머리를 내밀고 발을 휘저으며 천천히 움직이는 하찮은 정도의 실력밖에 되지 않았다. 게다가 칫치는 헤엄을 못 친다. 그런 칫치를 업고 저 거센 물살에 몸을 던진다는 것은 자살행위나 다름없었다.

아빠는 쓰레기 더미로 올라가 먹을 만한 것이 있는지 찾아보았지만 코가 썩어 문드러질 듯한 악취를 참지 못하고 서둘러 내려왔다. 목이 마르고 배도 고팠다. 이러다가 하수구 안에서 굶어 죽을지도 모른다는 생각이 들자 분노가 치밀었다. 햇살이 반짝이는 밝고 투명한 강물을 보기 위해 여기까지 달려오지 않았던가! 그때 쓰레기 더미 속에 묻혀 있는 물체가 눈에 들어왔다.

"칫치, 아빠 좀 도와줄래? 이걸 꺼내야겠다."

진흙이 잔뜩 묻은 컵라면 용기였다.

아빠는 칫치에게 앞으로의 계획을 들려주었다. 틀림없이 무섭다며 싫어할 줄 알았던 칫치가 의외로 환호성을 지르며 기뻐했다.

"우와! 배다, 배!"

칫치는 신이 나서 컵라면 용기에 올라탔다가 내려왔다를 반복했다.

얇은 스티로폼으로 만들어진 컵라면 용기는 가볍고 약해서 물에는 뜨겠지만 물살이 조금만 세져도 뒤집힐 위험이 컸다. 하지만 두 마리가 같이 타면 서로의 무게 때문에 안정적이지 않을까 하는 기대를 걸어 보는 수밖에 없었다. 바보 같고 비현실적인 생각이었지만 달리 방법이 없었다.

'만일 타타가 옆에 있었다면 좀 더 좋은 방법을 찾아내지 않았을까?'

아빠는 타타가 옆에 없다는 것이 무척이나 아쉬웠다. 요즘 부쩍 어른스러워진 타타는 자신의 의견을 똑 부러지게 말하곤 했다. 타타라면 과연 이런 상황에서 어떤 방법을 생각해 냈을지 아빠는 궁금했다. 하지만 타타는 옆에 없었다. 아마 어딘가에서 홀로 고독한 싸움을 하고 있을 것이다. 그런 타타를 위해서 아빠는 무슨 수를 써서라도 칫치를 데리고 강까지 무사히 가야 했다.

일단 좀 더 기다려 보기로 했다. 한 시간쯤 지났을까? 어쩌면 몇 시간이 지났을지도 모르겠다. 이미 시간 감각을 잃은 지 오래였다. 다리에 좀처럼 힘을 줄 수가 없었다. 잠을 자고 싶었다. 아빠의 눈이 스르르 감겼다. 신이 나서 뛰어다니던 칫치도 어느새 기운이 떨어졌는지 몸을 동그랗게 말고 잠들어 있었다. 흰색에 가까운 칫치의 털은 진흙이 묻어 알아보기 힘들 정도로 더러워져 있었다. 끊임없이 몸을 떠는 것은 털이 흠뻑 젖었기 때문일 것이라고 아빠는 생각했다. 아빠도 몹시 추웠다. 얼굴만이라도 닦아 줄 요량으로 칫치의 볼과 이마를 혀로 핥아 흙탕물을 닦아 주었지만 칫치는 너무 피곤했는지 눈조차 뜨지 않았다. 그러는 사이에 아빠도 꾸벅꾸벅 졸기 시작했다.

얼마나 잤을까? 잠에서 깬 아빠가 주위를 둘러보았다. 상황은 조금도 달라지지 않았다. 물의 양은 전혀 줄어들지 않았다. 그나마 잠시라도 눈을 붙인 덕분에 조금은 기운을 되찾을 수 있었다. 그걸로 충분했다.

아빠는 칫치를 깨워 컵라면 용기의 가장자리를 입에 물고 조심조심 돌계단까지 끌고 갔다. 실수로 떨어뜨리면 모든 계획이 수포로 돌아간다. 신중에 신중을 기해 돌계단을 내려갔다. 5센티미터 아래에 물이 흐르고 있었다. 아빠는 컵라면 배를 돌계단 가장자리 가까이에 내려놓았다.

아빠의 신호를 기다리지도 않고 칫치가 재빨리 컵라면 배에 올라 탔다. 아까와는 달리 두려움에 떨고 있었다. 비로소 이번 계획이 얼마나 위험한지 눈치 챈 모양이었다. 아무렇지도 않다는 듯 애써 태연한 표정을 짓고 있는 모습을 보니 가슴이 아팠다.

아빠가 배에 올라타며 말했다.

"칫치, 출발한다!"

칫치는 말없이 고개를 끄덕였다.

아빠가 컵라면 용기의 가장자리를 이빨로 물고 양쪽 앞발을 사용하여 흔들었지만 컵라면 배는 꼼짝도 하지 않았다. 다시 한 번 힘을 주어 흔들자 조금씩 움직이기 시작했다. 이번에는 젖 먹던 힘까지 다 해 세게 흔들었다. 컵라면 배가 크게 흔들리며 뒤집어지려고 했다. 설상가상으로 이빨에 힘을 너무 줬는지 스티로폼의 가장자리가 잘려나가고 말았다. 아빠는 가까스로 자세를 바로잡고 다시 한 번 다른 쪽을 물고 조심스레 흔들어 장소를 옮겼다. 돌계단 가장자리 바로 옆에서 컵라면 배가 물 위로 떨어졌다. 컵이 크게 기울면서 물이 들어왔다. 이대로 뒤집히면 모든 것이 끝장이다.

"칫치, 움직이지 말고 가만히 있어."

아빠가 소리치며 재빨리 각도를 가늠하여 중심을 잡았다. 배는 균형이 잡히는 듯 싶더니 때마침 밀려든 거대한 파도에 부딪혀 반대쪽으로 크게 기울어졌다. 아빠와 칫치는 구정물을 뒤집어썼다. 잠시 후 컵라면 용기가 빙글빙글 돌며 물살을 타기 시작했다. 시계추 마냥 좌우로 흔들리며 빙글빙글 회전을 멈추지 않아 정신을 차릴 수는 없었지만 어쨌든 분명히 움직이고 있었다.

하지만 그것도 잠시, 쿵 하는 충격과 함께 컵라면 배가 멈춰 섰다. 어떻게 된 일인지 살펴보니 반대쪽 플랫폼 돌계단에 걸려 부딪힌 것이었다. 아빠는 다시 물살을 타기 위해 균형이 깨지지 않도록 조심조심 이동하여 앞발을 뻗어 돌계단을 밀어냈다. 컵라면 배가 기울어지는 바람에 밖으로 굴러 떨어질 뻔했지만 아빠는 가까스로 몸을 뒤로 당겨 바닥에 엉덩이를 붙이고 앉았다. 컵라면 배가 다시 움직이기 시작했다. 하지만 이번에도 순조롭지 않았다. 출구 쪽으로 가지 못하고 한쪽 구석에 처박혀 버렸던 것이다.

"칫치, 균형을 잡을 수 있도록 저쪽으로 가서 힘을 힘껏 실어 주렴. 할 수 있겠니?"

칫치가 자리를 잡자 아빠는 다시 조심조심 앞발을 뻗고 벽을 옆으로 밀어 컵라면 용기를 움직여 보려고 애썼다. 이번에도 물이 배 안으로 들어왔지만 다행히 조금 움직였다. 아빠는 용기를 내어 좀 더 세게 흔들어 보았다. 아빠와 칫치를 태운 컵라면 배가 다시 움직이더니 물살을 타고 하수도관 어둠 속으로 빨려 들어갔다.

칫치의 머리 위로 흰색 나비가 날고 있었다. 칫치는 나비를 쫓아갔다. 눈앞에 노란색 꽃밭이 펼쳐졌다. 칫치는 꽃밭 위를 깡충깡충 뛰어다녔다. 그리고는 앞으로 푹 고꾸라지는가 싶더니 몸을 돌려 벌러덩 드러누웠다. 꽃향기가 코끝을 간질였다. 하늘을 올려다보니 나비가 날고 있었다. 따스한 햇살이 기분 좋았다.

"칫치, 칫치!"

어디에선가 자신을 부르는 아빠의 목소리가 들렸다. 벌써 밥 먹을 때가 됐나?

"칫치, 괜찮니?"

아빠가 칫치의 수염을 잡고 흔들고 있었다.

"자면 안 돼. 언제 무슨 일이 일어날지 모르니까. 주위를 잘 살피고 언제라도 뛰어내릴 준비를 하고 있어야 해."

자신도 모르게 잠이 들었던 모양이다. 정신을 차려보니 여전히 컵라면 배를 타고 급류를 따라 하수도관을 이동하고 있었다. 아무리 눈을 크게 뜨고 둘러봐도 칠흑같이 깜깜한 어둠 속에서 바로 옆에 있는 아빠의 얼굴조차 보이지 않았다.

배가 이러저리 심하게 흔들리고 빙글빙글 돌아서 속이 매슥거렸다. 칫치는 밀려오는 구토를 억누르려고 애썼다. 물살이 점점 빨라지는 듯했다. 지금쯤이면 상당히 멀리 왔겠지? 그때 갑자기 배가 무언가와 세게 충돌하는가 싶더니 몸이 붕 떠올라 물속으로 떨어졌다. 악취가 진동하는 구정물이 입안으로 들어왔다. 칫치는 구정물을 토해 내며 머리를 수면 위로 쳐들고 아빠를 애타게 불렀다.

"아빠! 아빠!"

잠시 후 저 멀리에서 아빠의 목소리가 들려왔다.

"칫치! 배가 어딘가에 부딪혀서 뒤집혔단다. 이쪽으로 올 수 있겠

니?"

아빠의 목소리가 들려오는 방향으로 미루어 보아 아빠는 칫치보다 앞쪽에 있는 모양이었다. 칫치는 열심히 발을 허우적거리며 앞으로 가려고 했지만 머리가 물속에 잠겨 구정물이 계속 입으로 들어왔다.

"켁켁! 안 되겠어요. 물살이 너무 빨라요. 켁켁! 자꾸 가라앉아요."

"칫치, 힘내라!"

아빠의 목소리가 점점 멀어졌다.

"이제 곧 출구가 나올……"

아빠의 목소리가 도중에 끊겼다.

칫치는 점점 빨라지는 물살과 뒤에서 몰아치는 물결 탓에 연거푸 구정물을 들이마셨다. 숨을 쉴 수가 없었다. 거의 정신을 잃은 칫치의 몸이 급류를 타고 떠내려가고 있었다.

16

주인 할머니는 일찍 자는 편이었다. 블루는 밤이 되면 긴장된 표정으로 집안 구석구석과 정원을 천천히 순찰하고 다녔다. 그 뒤를 졸졸 따라 다니는 작은 동물이 있었다. 생쥐 타타였다. 통통하게 살이 찐 얼룩고양이가 산울타리로 몰래 숨어들어 오는 것을 발견한 블루가 재빨리 달려가 매섭게 울부짖으며 상대를 위협했다. 얼룩고양이도 지지 않고 으르렁거리며 블루를 위협했지만 결국 블루의 카리스마에 압도되어 꽁무니를 내뺐다.

"우와, 아줌마 굉장히 카리스마 넘치네요."

"아줌마라고 하지 말랬지? 저 얼룩고양이는 꼭 이 정원을 가로질러 가려고 한단 말이야. 조금만 눈을 떼면 몰래 들어오려고 해서 항상 잘 지켜봐야 해."

"그냥 지나가게 해 주면 안 돼요?"

"말도 안 돼. 이곳은 내 영역이야."

타타는 문득 주택가 울타리 위에서 얼룩고양이와 점박이고양이 두 마리가 사이 좋게 이야기를 나누던 모습이 떠올랐다.

"아줌마는 친구 없어요?"

"그딴 거 없어."

"형제나 가족은요?"

"거참, 되게 성가시게 구네. 난 식사를 챙겨 주는 주인 할머니만 있으면 충분해."

"쓸쓸하지 않아요?"

타타는 칫치와 아빠를 떠올리며 말했다.

"아니, 별로. 자, 이제 그만 돌아가자."

블루는 말은 그렇게 했지만 잔디 위에 앉아 꼼짝도 하지 않고 하늘을 올려다보았다. 맑게 갠 밤하늘에는 별이 총총 빛나고 있었다.

블루는 불쑥 말을 내뱉었다.

"주인 할머니가 죽으면 나도 살고 싶지 않아."

"주인 할머니가 죽어요?"

"요즘 갑자기 많이 약해지셨어. 건망증이 심해졌는지 가끔 먹이를 주는 것도 까먹고, 하루에 세 번이고 네 번이고 캔을 열었다가 버리기도 해. 얼마 살지 못할 것 같아."

"함께 죽겠다는 것을 보니 아줌마는 주인할머니를 무척 좋아하나 봐요."

"그런 게 아니야."

블루는 톡 쏘아붙이고는 타타의 눈을 물끄러미 쳐다보았다. 어둠속에서 블루의 두 눈동자가 은은하게 반짝이고 있었다. 타타는 블루의 요염한 에메랄드빛 눈 속으로 빨려 들어갈 것 같았다.

"주인 할머니가 죽으면 나는 다른 인간의 보살핌을 받아야 해. 새로운 사람에게 가야 한다는 것이 싫을 뿐이야."

마침내 타타가 출발해야 할 때가 왔다. 타타는 블루에게 강으로 가는 길을 물었다.

"강이라면 몇 번 놀러 간 적이 있어. 그리 멀지 않아. 집 앞의 길을 곧장 가다가 오른쪽에 있는 노란색 집의 개집 옆에 있는 블록 울타리로 올라가. 울타리 위를 쭉 따라가면 세 번째 집 지붕이 길게 늘어져 있는 곳이 있는데, 거기로 넘어가. 미끄러지지 않게 조심해야 해. 지붕을 돌면 그 아래 아파트 뒤뜰이 보일거야. 그리로 내려가 담장을 따라가다 보면 덮개가 떨어져 나간 곳이 있어. 그리로 빠져나오면 좁은 골목이 뻗어 있어. 아참! 그 주변에는 심술궂은 검은 고양이가 돌아다니니까 조심해야 해. 골목에서 도로로 나와 오른쪽으로 돌면 바로 왼쪽에 키가 작은 나무로 울타리를 쳐 놓은 커다란 집이 있을 거야. 그 집 정원을 가로질러 막다른 곳에 있는 종가시나무 가지를 딛고 다시 블록 울타리로 올라가."

넋을 놓고 듣고 있던 타타가 블루의 이야기를 자르며 말했다.

"잠깐, 잠깐만요. 나는 울타리나 지붕에는 올라갈 수 없어요. 도로 가장자리를 따라 가야 해요."

"그래? 하지만 그러면 재미없잖아."

"그래도 하는 수 없어요. 도로로 가는 길을 가르쳐 주세요."

"그럼 하는 수 없지. 이리로 곧바로 가서 첫 번째 십자로에서 오른

쪽으로 돌아."

"그리고요?"

"그곳을 곧바로 지나."

"그 다음은요?"

"그걸로 끝이야. 곧바로 가면 강이야."

"네? 굉장히 간단하네요."

"그래, 너무 재미없지?"

"재미없어도 괜찮아요. 아, 다행이다."

타타와 블루는 어두운 부엌에서 이야기를 나누고 있었다. 주인 할머니는 일찌감치 잠자리에 들었다. 다음 날 밤, 타타는 마음이 급해 어두워지자마자 곧바로 길을 떠나려고 했으나, 인적이 끊기기를 기다리라는 블루의 충고를 듣고 밤이 깊어지기를 초조하게 기다렸다. 마침내 출발할 때가 되었다.

타타와 블루는 정원으로 나왔다. 산울타리까지 앞장서서 가던 블루가 멈춰 섰다.

"자, 도로를 따라 이쪽으로 곧장 가다가 첫 번째 십자로에서 오른쪽으로 도는 거야. 알았지?"

"네. 알겠어요."

"내가 나가면 인간들이 다가와 쓰다듬으려고 해서 같이 가면 발각될 위험이 커. 그러니 혼자서 가는 게 좋겠다."

"아줌마, 그동안 정말 고마웠어요."

블루는 에메랄드빛 눈동자를 깜박이며 고개를 숙여 타타의 등을 혀로 핥았다. 까슬까슬한 혀가 등을 훑고 가자 타타는 깜짝 놀라 그만 털썩 주저앉고 말았다. 타타는 엉덩이를 툭툭 털고 일어나 블루의 커다란 눈동자를 보며 다시 한 번 정중히 감사의 마음을 전했다.

"여러 가지로 정말 감사했습니다."

타타는 마음속으로 파이팅을 외치며 산울타리 틈을 지나 도로로 나왔다. 눈앞에 조용한 주택가의 도로가 펼쳐져 있었다. 앞뒤를 살펴보았다. 멀리서 인간들의 모습이 가물거렸다. 지금이다! 타타는 블루가 가르쳐 준 방향으로 달리기 시작했다. 몸이 가벼웠다. 이틀 전 통증이 심했던 오른쪽 뒷다리도 이제 거의 회복되었다. 타타는 점점 속도를 높였다. 칫치와 아빠가 기다리고 있을 강을 향해 달려가는 것이다!

십자로 근처까지 왔을 때 느닷없이 고양이 울음소리가 들렸다. 타타는 깜짝 놀라 펄쩍 뛰어 올랐다.

'이크, 고양이다! 숨을까? 아니면 전속력으로 도망칠까? 어떻게 하지? 아, 숨을 만한 곳이 어디에 있지?'

우왕좌왕하고 있는 타타 앞으로 블루가 우아하게 내려왔다.

"너 말이야. 여전히 둔하구나."

"아, 아줌마!"

"쭉 지켜봤는데 전혀 주위를 살펴보지 않고 앞만 보고 달리고 있잖아."

"그게, 지금까지는 아빠 뒤만 계속 따라다녔거든요."

"이쪽저쪽 잘 살피고 달려야지. 뒤나 위도 가끔 보고, 때로는 달리

는 것을 멈추고 주변 소리에 귀를 기울여야 해. 알겠니? 위험이 곳곳
에 도사리고 있다는 것을 명심해."

"네."

"자, 여기에서 보고 있을 테니까 어서 가. 지금은 곧장 달려가도 괜
찮아. 도로 건너편으로 건너서 오른쪽으로 도는 거야. 알았지?"

타타는 바짝 긴장해서 고개를 끄덕이고는 블루의 지시에 따라 십
자로 모퉁이를 돌아 곧장 내달렸다. 한참을 달린 후에 뒤를 돌아보니
멀리 도로 가장자리에 앉아 등을 핥으며 몸단장을 하고 있는 블루의
모습이 보였다. 타타가 돌아보는 것을 느꼈는지 고개를 들고 고개를
한 번 끄덕였다. 그리고 몸을 일으켜 도로 옆 블록 울타리 위로 우아
하게 뛰어오르더니 반대쪽 숲 속으로 모습을 감추었다.

타타는 다시 달리기 시작했다. 이번에는 블루가 가르쳐준 대로 주
변을 살피며 조심스럽게 이동했다. 밤이 깊어 인적이 끊긴 지 오래였
으므로 고양이가 나타나지 않는지만 주의하면 됐다. 얼마나 달렸을
까? 아직도 강은 보이지 않았다. 블루 아줌마는 분명 강까지 그다지
멀지 않다고 말했다. 어떻게 된 것일까? 타타는 달리면서는 이유를
생각해 보았다. 블루와 타타는 몸 크기가 전혀 달랐다. 몸집이 큰 고
양이에게는 멀지 않은 거리도 몸집이 작은 쥐에게는 한참이 걸리는
게 당연했다.

쉬엄쉬엄 벌써 몇 시간째 달렸는지 모르겠다. 마침내 강둑이 보이
기 시작했다.

'저기다!'

타타는 속도를 높였다. 마음이 급한 나머지 마지막 십자로는 미처 안전한지 확인도 하지 않고 정신없이 빠져나왔다. 쥐의 냄새를 맡았는지, 어딘가에서 개 짖는 소리가 요란스럽게 들렸지만 타타는 멈추지 않았다. 달리고 또 달렸다. 이윽고 강둑 아래에 있는 도로에 도착한 타타는 기진맥진한 상태였지만 경계심을 되살려 전후좌우를 꼼꼼히 살피며 천천히 길을 건넜다. 이쪽을 향해 달려오는 자동차 헤드라이트가 멀리서 보였다.

'건널 수 있겠다.'

재빨리 길을 건넌 타타는 강둑으로 올라갔다. 얼마나 그리워하던 흙의 감촉과 물 냄새였던가! 강둑 위에 올라서자 때마침 아침 햇살이 동쪽 하늘을 붉게 물들이며 눈부시게 기지개를 펴고 있었다.

강이 보였다. 눈물이 솟았다. 마침내 강으로 돌아온 것이다. 타타가 태어나 자란 곳과 매우 흡사한 풍경이 친밀감을 불러일으켰다. 나무를 벤 흔적도, 불도저로 강바닥을 갈아엎은 흔적도 보이지 않았다. 강기슭의 풀숲 사이로 날개에 얼굴을 묻고 자고 있는 물새의 모습이 간간이 보였다. 여기저기 크고 작은 소용돌이가 치는 강물 위로 아침 햇살이 반짝반짝 비추기 시작했다. 그토록 그리워하던 강으로 마침내 돌아온 것이다.

하지만 아직 방심하기에는 이르다. 시궁쥐가 언제 어디서 나타날지도 모르기 때문이다. 타타는 조심스럽게 주위를 살폈다. 적어도 강둑 위로 뻗어 있는 산책로에는 시궁쥐가 없는 듯했다. 커다란 개를 데리고 자전거를 타는 인간의 모습이 눈에 들어왔다. 타타는 재빨리 풀숲으로 숨었다. 자전거가 지나가기를 기다렸다가, 귀를 쫑긋 세우고 코 끝으로 주변의 냄새를 확인하며 강을 향해 천천히 강둑을 내려왔다. 강 아래쪽을 보니 콘크리트 다리가 보였다. 에노키다 다리가 틀림없 었다. 반대쪽으로 고개를 돌린 타타는 강 양쪽으로 나무가 우거져 커 다란 숲을 이루고 있는 모습을 넋을 잃고 보고 있었다.

17

다행히 시궁쥐들이 나타나 타타를 공격하는 일은 일어나지 않았 다. 시궁쥐들의 영역을 무사히 벗어난 타타는 비로소 안심했다.

'최종 목적지에 무사히 도착했어. 그런데 아빠와 칫치는 어디 있지? 나처럼 길을 헤매지 않았다면 먼저 도착했을 텐데.'

주위를 살펴봤지만 아빠와 칫치의 모습은 보이지 않았다. 타타는 일단 풀숲과 커다란 바위 사이를 비집고 들어가 잠시 쉬기로 했다. 몹 시 피곤했던 타타는 곧 잠이 들었지만 인간의 발소리가 들려 금세 잠 에서 깨어났다. 이야기 소리가 가까이에서 들렸다. 타타는 숨을 죽이 고 인간들이 지나가기를 기다렸다. 하지만 그 뒤로도 인간들의 왕래 는 끊이지 않았다. 이곳은 타타의 집이 있던 곳에 비해 인간들의 왕 래가 잦은 편이었다.

어두워지자 타타는 본격적으로 주변 탐색에 들어갔다. 아빠와 칫 치의 이름을 부르며 강기슭을 찾아다녔지만 대답이 없었다. 다행히 인간이 많아 먹을거리를 구하기는 쉬웠다. 타타는 여기저기 떨어진 비스킷과 주먹밥을 주워 먹으며 배를 채웠다. 하지만 아빠와 칫치의 모습은 어디에도 보이지 않았다.

'아빠와 칫치가 어두운 하수도관 속에서 아직도 나를 찾고 있는 것은 아닐까? 설마 아니겠지.'

하지만 아무리 억누르려고 해도 막막한 불안감이 뭉글뭉글 피어올랐다. 풀이 죽어 풀숲으로 돌아오던 타타는 물가에 있는 바위 사이에서 희미하게 움직이는 생물체를 발견하고 칫치일지도 모른다는 생각에 한달음에 달려가 보았다. 칫치가 아니었다. 작은 새끼 새가 눈을 감고 솜털이 난 작고 연약한 날개를 약하게 퍼덕이며 누워 있었다. 아직 완전히 자라지 않은 날개털이 물에 흠뻑 젖어 있었다. 불쌍했지만 타타는 뒤로 돌아 풀숲으로 향했다.

"쩍쩍쩍!"

등 뒤에서 새끼 새의 나직한 울음소리가 들렸다. 아직 살아 있지만 저대로 놔두면 곧 죽을 것 같았다. 풀숲으로 돌아와 눈을 감고 잠을 청했다. 간신히 하수도관을 벗어나 바깥 세상으로 나왔을 때 자신에게 먹을 것을 주며 돌봐 주었던 블루 아줌마가 불현듯 떠올랐다.

'블루 아줌마가 숨겨 주고 먹이를 나눠 주지 않았다면 나는 죽었을지도 몰라. 감사하다는 말로 그 은혜를 갚기에는 뭔가 부족해.'

타타는 자신이 블루에게 받은 은혜를 또 다른 누군가의 생명을 구하는 것으로 보답해야겠다고 생각했다. 자신에게 도움을 받은 동물이 다른 동물을 돕고, 그 동물이 또 다른 동물을 도우며 더불어 살아

가겠다고 말이다.

만일 물결이 거세게 일면 새끼 새는 물에 빠져 죽고 말 것이다. 타타는 벌떡 일어나 서둘러 물가로 가 보았다. 새끼 새는 미동도 하지 않았다. 몸집이 타타의 3분의 2정도 되는 새끼 참새를 과연 들어 올릴 수 있을지 걱정이 되었지만 타타는 새끼 참새의 목덜미를 물고 당겨 보았다. 움직였다. 새끼 새가 살짝 눈을 뜨고 놀란 표정으로 짹짹거리며 날개를 퍼덕였지만 힘이 없는지 이내 날갯짓을 멈추고 미동도 하지 않았다.

타타는 일단 물이 들이치지 않는 곳으로 새끼 새를 옮겨 보기로 했다. 물 밖으로 나오자 새끼 새의 무게는 한결 가벼워졌지만 강바닥에 깔려 있는 돌에 긁혀 상처가 나지 않을까 걱정이 되었다. 일단 풀숲으로 들어가자 그나마 바닥이 부드러워 운반하기가 한결 수월했다. 날이 밝아 인간들이 돌아다니기 전에 안전한 곳에 숨겨야 했다. 결국 타타는 오랜 시간을 들여 임시로 머물고 있는 풀숲 보금자리로 새끼 새를 무사히 끌고 왔다. 새끼 새를 눕히고 그 옆에 나란히 누워 잠시 숨을 돌렸다. 타타도 아직 완전히 기력을 회복한 게 아니어서 뒷다리가 욱신거렸다.

다행히 상처는 없는 것 같았다. 하지만 여전히 눈을 굳게 감고 있었다. 대체 무슨 일이 있었기에 아직 날지도 못하는 새끼 새가 물에 빠진 것일까? 어쩌면 조금 위쪽에서 물에 빠져 이곳까지 떠내려온 것인지도 모르겠다. 저대로 깨어나지 못할지도 모르지만 아직은 숨을 쉬고 있었다. 날이 밝으면 기온이 올라가 털의 물기가 마를 것이다. 새끼 새가 깨어나면 블루가 그랬던 것처럼 먹이를 줘야겠다고 생각했다. 하지만 새끼 참새에게 무엇을 먹어야 할지 생쥐인 타타는 알리가 없었다.

새끼 새는 하루 종일 자다 깨기를 반복하며 타타의 마음을 졸였다. 가끔 눈을 가늘게 뜨고 나직이 쩍쩍거렸지만 그것도 점점 잦아들었다.

해가 뉘엿뉘엿 서쪽으로 넘어갈 무렵 하늘에서 무언가 퍼드덕하며 날아와 타타를 깜짝 놀라게 했다. 그리고 순식간에 타타의 머리를 쪼며 날카롭게 소리쳤다.

"이 못된 쥐 녀석 같으니라고!"

"아야, 대체 누구야?"

타타는 몸을 동그랗게 말아 주변을 데구르르 구르며 정체 모를 생물체의 공격을 피했다.

"내 아기에게 대체 무슨 짓을 한 거야? 네가 내 아기를 죽였지?"

커다란 참새가 타타를 부리로 쪼며 공격했다.

"아야, 아아. 잠깐만요. 아니에요! 아니란 말이에요! 나는 저 아이를 도와주었을 뿐이에요. 그리고 아직 살아 있단 말이에요."

"뭐? 살아 있다고?"

뒤늦게 날아온 몸집이 조금 작은 참새가 새끼 참새에게 다가가며 물었다.

"따뜻하게 해 줘야 해요!"

타타는 참새에게 소리쳤다. 그리고 이렇게 덧붙였다.

"전 물에 빠져 강기슭에 쓰러져 있는 아이를 여기까지 데리고 왔을 뿐이에요. 물기는 말랐지만 몸이 아직 차갑고 아마 배도 고플 거예요."

타타의 말이 끝나기가 무섭게 타타를 부리로 공격했던 참새가 재빨리 날아올랐다. 아빠 참새였다. 새끼에게 줄 먹이를 찾으러 가는 모양이었다. 엄마 참새는 그곳에 남아 날개를 펴고 새끼 참새를 품에 안으며 울먹이는 목소리로 말했다.

"찾아서 정말 다행이야."

"처음 발견했을 때보다 상태가 안 좋아진 것 같아요. 하지만 어떻게 해야 할지 잘 몰라서요."

엄마 참새가 타타를 물끄러미 쳐다보았다.

"너는 이상한 아이로구나. 쥐가 새끼 참새를 구해 주었다는 이야기는 지금껏 들어 본 적이 없어."

타타는 아무런 말도 하지 않았다. 그때 엄마 참새 날개 아래에서 쩍쩍거리며 우는 소리가 들려왔다. 목소리를 들어 보니 어느 정도 기운을 차린 듯했다.

"엄마를 찾아서 기쁜가 봐요."

타타가 말했다.

"그래, 이렇게 찾아서 정말 다행이야."

엄마 참새가 안도의 한숨을 내쉬며 말했다.

"오늘 이른 아침에 못된 인간 아이들이 여기에서 조금 위쪽에 있는 떡갈나무 위에 만들어 놓은 우리 집을 작대기로 휘저어 떨어뜨렸단다."

"못된 녀석들이네요."

"남편과 나는 가까스로 도망쳐 나왔지만 새끼들까지는 미처 손쓸 방법이 없었어. 네 마리 모두 이제 겨우 날갯짓을 하기 시작했는데, 흑흑! 이제 막 날갯짓을 시작한 어린 새끼들이었는데. 흑흑!"

혼잣말처럼 중얼거리던 엄마 참새는 끝내 오열을 하며 말을 잇지 못했다.

"아이들이 간 후에야 집을 살펴보니 새끼 한 마리가 땅에 떨어져 죽어 있었어. 집에 새끼가 한 마리도 남아 있지 않아서 아이들이 데리고 가 버린 줄 알았지."

엄마 참새는 머리를 흔들어 눈물을 닦고는 이야기를 계속했다.

"그때 남편이 네 마리 중에서 가장 튼튼해서 조금 날기 시작한 새끼 한 마리가 집에서 떨어지자마자 강 쪽으로 뛰어가는 것을 얼핏 본 것 같다고 말하는 거야."

"그게 저 아이인가요?"

타타가 묻자 엄마 참새가 고개를 끄덕였다.

"하지만 확신할 수는 없었어. 우리도 도망치느라 제정신이 아니었거든. 어쨌든 찾아 보기로 했지. 그래서 하루 종일 계속 찾아 헤맸어. 분명히 물에 빠져 떠내려갔을 거라고 생각하고 강 아래쪽으로 한참을 내려가 근처를 샅샅이 뒤졌지. 그런데 설마 이렇게 가까운 곳에, 그곳도 풀숲에 있으리라고는 생각도 못했어."

"제가 이곳으로 끌고 오는 바람에 오히려 찾는 데 방해가 되었군요."

타타가 풀이 죽은 목소리로 말했다.

"아니야. 그렇지 않아. 거기 그대로 있었다면 분명 죽고 말았을 거야."

"하지만, 저 때문에 이렇게 늦어진 거잖아요."

그때 아빠 참새가 커다란 지렁이를 물고 돌아왔다. 퍼드덕퍼드덕 힘찬 날갯짓 소리를 내며 기세 좋게 내려앉았다. 그리고 새끼 참새 앞에 먹잇감을 던져 놓았다.

"먹을 것을 잡아 왔다. 어서 먹으렴."

살이 통통하게 오른 지렁이가 바로 눈앞에서 기세 좋게 꿈틀거리는 모습에 타타는 깜짝 놀라 뒤로 물러섰다.

"당신, 바보 아니에요?"

엄마 참새가 쏘아붙였다.

"이 아이는 강물을 많이 들이마셔서 아직 정신도 못 차렸는데 이렇게 커다란 지렁이를 어떻게 먹으라는 말이에요?"

"아, 그런가? 그러고 보니 그렇군. 당신 말이 맞아."

새끼를 먹이기 위해 커다란 먹이를 잡아 왔다고 들떠 있던 아빠 참새는 금세 의기소침해졌다.

"지금은 기운이 없어서 아무것도 삼키지 못할 거예요. 아무튼 먹잇감을 씹어서 내게 건네요. 그보다 먼저 이 착하고 용감한 쥐에게 고맙다는 인사부터 해요. 이 쥐가 아니었다면 우리 아이는 죽었을 거예요. 그런데 그렇게 무례하게 굴었으니, 어서 사과해요."

18

아빠 참새는 멋쩍은 듯이 헛기침을 한 번 하고는 타타에게 말했다.

"이거, 정말 큰 실례를 했구나. 아프게 쪼아 대서 미안하다. 어디 다친 데는 없니? 그게 말이다. 아까는 정말."

"어서 고맙다는 말이나 해요."

엄마 참새가 꾸짖듯 말했다.

"아니, 그게. 아무튼 정말 고맙다. 덕분에 이 아이만은 살아남을 수 있었어."

"도움이 되었다니 다행이에요."

타타가 말했다.

"여기가 너희 집이니? 이곳에서 이 아이의 상태가 괜찮아질 때까지 보살펴 줘도 되겠니? 폐를 끼쳐서 미안하구나."

"아니에요. 전 신경 쓰지 마세요. 저희 집도 아닌 걸요. 저도 이곳에서 임시로 머물고 있었어요."

타타는 참새 부부가 새끼 참새의 몸을 따뜻하게 해 주고 먹을 것을 잘게 씹어 입에 넣어 주는 모습이 무척 부러웠다. 아빠와 칫치가 보고 싶었다. 하루라도 빨리 아빠와 칫치를 찾고 싶었다.

해가 지고 주변이 점점 어두워졌다. 참새 부부는 날개를 펼쳐 새끼 참새의 몸을 감싸 안았다. 아빠 참새가 안절부절 못하며 뭐라고 중얼거리자 엄마 참새가 꾸짖었다.

"시끄러워요! 좀 가만히 있어요."

밤이 깊어지자 타타가 마음을 정한 듯이 참새 부부에게 말했다.

"저는 잠깐 나갔다 올게요. 새끼 참새는 좀 어때요?"

"심장박동이 정상으로 돌아온 것 같아. 아까 먹이도 조금 먹었으니까 오늘 밤만 푹 쉬면 회복될 거야."

엄마 참새가 대답했다.

타타는 오늘밤 강 아래쪽을 살펴볼 생각이었다. 다시는 떠올리고 싶지 않은 시궁쥐들과 마주치게 될까 봐 지금껏 애써 외면해 왔지만 더는 망설일 수 없었다.

"아래로 내려가면 다리가 있나요?"

"그래, 강을 따라 조금만 내려가면 사코무라 다리가 나와."

"사코무라 다리라. 그럼 위로 올라가면 나무가 울창한 숲이 있나요?"

"그쪽으로 가면 푸른 공원이 나오는데 굉장히 넓단다."

엄마 참새가 친절하게 가르쳐 주었다.

"그럼 혹시 그곳이 시궁쥐의 영역인지도 알고 계세요?"

"아니, 우리도 잘 몰라. 지금껏 쥐 따위와는, 어머 미안! 이야기를 나눠 본 적이 없었거든."

엄마 참새가 미안하다는 표정으로 말했다.

타타는 일단 사코무라 다리 근처까지 가 보기로 했다. 풀숲이나 나무뿌리 아래 굴이란 굴은 죄다 확인하며 아빠와 칫치를 불러 봤지만 사코무라 다리에 가까이 갈수록 목소리가 작아졌다. 에노키다 다리 아래에 있는 터널을 지나려다 시궁쥐들에게 호되게 당했던 기억이 선명하게 떠올랐기 때문이었다.

사코무라 다리는 에노키다 다리보다 폭이 훨씬 좁았다. 발소리를 죽이고 조심조심 다가가 다리 밑을 살펴보았다. 다리 위에 놓인 가로 등이 그 일대를 환하게 비추고 있었지만 다리 밑은 그림자가 드리워져 캄캄하고 고요했다.

타타는 좀 더 가까이 가보고 싶었지만 선뜻 용기가 나지 않았다. 그때 타타가 우려했던 일이 벌어졌다. 몸집이 커다란 동물 여러 마리가 재빨리 달려오는 기척이 들렸다.

"멈춰!"

시궁쥐의 쩌렁쩌렁한 목소리가 울려 퍼졌다. 타타는 그 자리에 멈춰 섰다. 아니, 멈춰 섰다기 보다는 발이 얼어붙어 꼼짝도 할 수가 없었다.

"이 꼬마 녀석은 뭐야? 어서 돌아가! 이곳은 너 따위 꼬마 녀석이 올 곳이 아니야."

근골이 장대하고 털이 새까만 시궁쥐가 비웃듯 말했다.

"저기……."

"뭐야?"

'비굴해지지 말자. 저런 녀석들한테는 존댓말을 쓸 필요도 없어. 아빠라면 틀림없이 당당하게 맞섰을 거야.'

"난 가족을 찾는 중이야. 그래서 다리 건너편을 살펴보고 싶은데."

냉정하고 차분한 목소리로 말하고 싶었지만 자신도 모르게 목소리가 떨렸다.

"가족을 찾는다고? 이곳엔 없어. 다리 너머는 우리 고귀한 시궁쥐
님들의 영토다. 너 따위 녀석은 들어올 수 없어."

"이 근처 어딘가에서 나를 기다리고 있을 거야."

"그래? 흥! 너 이 녀석, 맛 좀 보고 싶은가 보지?"

시궁쥐가 한 발 다가오자 타타는 자신도 모르게 주춤주춤 뒤로 물
러났다. 하지만 다시 한 번 용기를 내어 멈췄다. 갑자기 가슴속에서
뜨거운 분노가 치밀어 올랐다.

"강은 모두의 것이야!"

타타가 소리치자 시궁쥐는 입가의 비웃음을 거두고 다가왔다. 그
뒤로 시궁쥐 몇 마리가 모습을 드러냈다. 타타는 입술을 깨물며 뒤로
한 발 물러섰다.

'젠장. 내가 무슨 짓을 한 거지? 녀석들한테 둘러싸여 흠씬 두들겨
맞을지도 몰라. 아니, 어쩌면 죽을지도 몰라.'

그때 타타의 귓가에 그렌의 목소리가 들리는 듯했다.

'적과 싸우다 쓰러지면 다시 일어나 어디까지라도, 어디까지라도
나는 계속 걸어가리라. 강의 빛을 찾아서, 강의 빛을 찾아서!'

도서관의 고독한 쥐 그렌은 낮고 확신에 찬 목소리로 그렇게 말했
었다.

"어디까지라도 나는 계속 걸어가리라."

타타는 그렌의 시를 나직이 따라 읊고 크게 심호흡했다. 그러자 극
심한 공포심이 사라지고 시궁쥐들에게 당당하게 맞설 용기가 솟구쳤
다. 타타는 어깨를 쫙 펴고 시궁쥐들을 똑바로 노려보았다. 돌변한 타

타의 행동에 당황한 쪽은 오히려 시궁쥐들이었다. 타타는 맨 앞에 서 있는 시궁쥐의 눈을 똑바로 쳐다보며 말했다.

"강의 빛을 찾아서!"

"뭐라고? 너 이 녀석 방금 뭐라고 했어?"

"강의 빛을 찾아서!"

타타는 다시 한 번 크게 외치고 재빨리 몸을 돌려 쏜살같이 도망쳤다. 전속력으로 달려 순식간에 강둑 풀숲으로 몸을 숨겼다. 예기치 못한 상황에 시궁쥐들은 우왕좌왕하기 시작했다. 한 마리가 화를 내며 뒤쫓아 가려는 것을 책임자 쥐가 저지했다. 조그마한 쥐를 놓친 것은 분하고 불쾌하기까지 했지만 대충 넘어가는 것이 좋겠다고 생각했기 때문이었다.

"저 녀석은 뭐야? 머리가 어떻게 된 거 아니야? 강이 모두의 것이라고? 흥! 웃기는 군. 강은 우리 시궁쥐님들의 것이라고."

시궁쥐들은 타타를 비웃으며 다시 다리 밑 어둠 속으로 사라졌다. 하지만 그들 중 유독 한 마리만 굳은 표정으로 무언가를 곰곰이 생각하는 것처럼 보였다.

한편 타타는 어두운 길을 따라 되도록 쉬지 않고 달렸다. 겨우 풀숲 보금자리로 돌아왔지만, 네 발이 후들거리고 심장이 쿵쾅거려 숨을 제대로 쉴 수가 없었다.

"왔니? 어서 오렴. 우리 아기가 잠깐이었지만 일어나서 먹을 것도 먹고 네가 도와줬다고 말해 주었단다. 어머나, 너 지금 떨고 있는 거니? 대체 무슨 일이야?"

"무서워서요. 하지만 곧 괜찮아질 거예요. 아마 여기까지는 쫓아오지 않을 테니까요."

앞으로 어떻게 해야 할지 막막했지만 일단 자고 일어나서 생각하는 것이 좋을 것 같았다. 타타는 조금 전 시궁쥐들과의 실랑이로 몸도 마음도 많이 지친 상태였다. 풀숲 그늘로 들어가 몸을 둥글게 말고 잠을 청했다. 한밤중이 되자 누군가 풀잎을 가르며 다가오는 소리가 잠결에 들렸다. 눈을 떠보니 누군가가 다가오고 있었다. 아빠일까?

"누구세요?"

타타가 조심스레 물었다. 그 소리에 잠에서 깨어난 참새 부부도 잔뜩 겁을 먹고 새끼 참새에게서 떨어지려고 하지 않았다.

"겁먹지 마."

아빠가 아니었다.

"누구신데요?"

대답이 없었다. 풀잎을 가르는 소리가 바로 코앞에서 들리더니 마침내 그것이 모습을 드러냈다. 털이 새까맣고 몸집이 큰 시궁쥐였다.

'여기까지 따라왔단 말이야?'

깜짝 놀라 도망치려고 하는 타타의 발목을 붙잡은 것은 시궁쥐의 나직한 목소리였다.

"강의 빛을 찾아서! 너 아까 그렇게 말했지? 그렌의 시를 읊은 게 맞니?"

"그, 그래. 당신은 누구야? 그렌 아저씨를 알아?"

"그럼, 잘 알고말고. 그런데 너 혹시 그렌을 만난 적이 있니? 그렌이 아직 살아 있어?"

시궁쥐가 타타의 옆에 털썩 앉았다. 그렌을 안다면 두려워하지 않아도 될 것 같았다.

"그렌은 지금 도서관 지하에 살고 있어요."

"도서관? 도서관이라는 것이 뭐지?"

"도서관은 책을 많이 모아 둔 곳이에요. 그것보다 아저씨는 누구세요?"

"나? 나는 생존자야."

시궁쥐의 목소리에는 고해의 분위기가 느껴졌다.

"나는 그렌의 동지였지. 우리에게는 대장 쥐와 그 측근들을 한꺼번에 몰아 내고 새로운 나라를 만들겠다는 장대한 꿈이 있었어."

"그 이야기라면 들었어요. 실행에 옮기기 바로 전날 밤에 역습을 당해 혁명이 실패했다면서요?"

"그래? 그렌이 말해 줬군. 그때 나는 가까스로 목숨을 구했단다. 하지만 그 대가로 대장 쥐에게 충성을 맹세하고, 지금은 그 더러운 녀석들의 시중을 들고 있지."

어딘가 그렌을 닮았다. 특히 체념한 듯한 말투가 꼭 닮았다.

"참! 가족을 찾는다고 했지? 혹이 털이 하얀 칫치라는 꼬맹이가 네 가족이니?"

"맞아요. 칫치는 제 동생이에요. 칫치를 봤어요? 아빠도 함께 있을 텐데."

"그들이 맞나 보군."

털이 밝은 회색빛의 그렌과 달리 여느 시궁쥐처럼 검은 색에 가까운 짙은 털의 시궁쥐는 야윈 구도자 같은 모습이 그렌과 비슷했다. 시궁쥐는 잠시 눈을 감고 깊은 생각에 잠겨 있는 듯 했다. 잠시 후 눈을 뜬 시궁쥐는 타타를 물끄러미 쳐다보더니 조용히 입을 열었다.

"칫치와 아빠를 만나게 해 줄게."

19

칫치는 몸에 달라붙으려는 끈적끈적하고 차가운 물체를 뿌리치려고 필사적으로 발을 허우적거리며 위로 올라갔다. 숨이 막혔다. 어떻게든 공기가 있는 곳으로 올라가야 했다. 서서히 의식이 돌아오기 시작했다. 꿈이었다.

눈이 부셨다. 꼭 감은 눈꺼풀 너머로 밝고 따뜻한 빛이 눈과 머리 그리고 몸 전체를 비추었다. 칫치는 잠시 그대로 누워 있었다. 아, 따뜻하고 기분 좋은 이 느낌, 혹시 이것도 꿈은 아닐까? 칫치는 살며시 눈을 떠 보았다. 강렬한 빛이 넓게 퍼지며 두 눈을 관통하는 것 같이 아렸다. 칫치는 다시 눈을 감아 버렸다. 잠시 후 천천히 눈을 떠 보았다. 점점 빛에 익숙해지는 것을 느낄 수 있었다. 풀 냄새가 코끝을 간질였다. 점심때가 조금 지났는지 강렬한 태양이 머리 위에서 내리쬐고 있었다. 시원한 강바람이 볼을 스치듯 지나갔다.

'강이다. 강으로 돌아왔다!'

칫치는 몸을 일으키려고 했지만 다리에 힘이 들어가지 않았다. 천천히 느릿느릿 상반신을 일으키고 앉아 주변을 살펴보았다. 칫치의 하반신은 흙탕물 속에 잠겨 있었다. 칫치는 부르르 몸을 흔들어 물기를 털어 냈다. 얼어붙을 듯이 추웠지만 가슴속 깊은 곳에서 기쁨이 넘쳐흘렀다. 그토록 찾아 헤매던 그리운 강이 바로 눈앞에 있었다.

'마침내 돌아왔다. 그런데 아빠는 어디에 계시지? 타타 형은 어떻게 되었을까? 어라? 저 앞에 회색 털 뭉치는 뭐지?'

칫치는 회색 털 뭉치가 있는 곳으로 가기 위해 천천히 몸을 일으켰다. 그 순간 울컥하더니 뜨거운 것이 목구멍을 타고 올라왔다. 한바탕 더러운 물을 뱉어 낸 칫치는 참기 힘든 구토증을 달래 가며 몸을 끌어 천천히 회색 털 뭉치가 있는 곳으로 다가갔다. 아빠였다. 칫치는 젖먹던 힘을 다해 아빠에게 달려갔다.

"아빠!"

아빠를 부르며 몸을 흔들어 보았지만 반응이 없었다. 순간 칫치는 등골이 오싹했다. 혹시나 하는 마음에 자세히 살펴보니 아빠의 몸이 희미하지만 규칙적으로 움직이는 것이 보였다.

'후유, 다행이다. 아빠가 살아 계셔.'

칫치는 아빠의 몸을 열심히 문질렀다. 얼굴을 혀로 핥고 큰 소리로 아빠를 불렀다. 그러자 잠시 후 아빠가 눈을 살짝 떴다.

"칫치."

칫치는 결국 큰 소리를 내며 울음을 터트렸다.

"아빠, 정신이 들어요? 다행이에요. 엉엉! 정말 다행이에요. 난 아빠가 죽는 줄만 알고, 엉엉!"

그때 칫치와 아빠 위로 검은 그림자가 드리워졌다. 아빠가 눈을 들었다. 칫치도 아빠의 시선을 따라 고개를 돌렸다. 언제 나타났는지 몸집이 큰 시궁쥐 세 마리가 아빠와 칫치를 에워싸고 있었다.

"이 녀석들 대체 뭐야?"

몸집이 가장 큰 시궁쥐가 거만하게 말했다.

"어디에서 왔을까요? 아마도 보초병들의 감시를 피해 사코무라 다리를 빠져나온 것 같습니다. 대체 보초병들은 뭐하고 있는 거야?"

옆에 있던 시궁쥐 한 마리가 굽실거리며 말했다.

"저것 좀 보십시오. 큰 녀석의 털이 젖어 있는 것 같습니다."

또 다른 시궁쥐가 말했다.

"어쩌면 강 위쪽에서 떠내려 왔는지도 모르겠습니다. 이 녀석 죽었나?"

말을 마친 시궁쥐가 다가와 칫치의 옆구리를 세게 걷어찼다. 아직 기력을 되찾지 못한 칫치는 바닥에 나동그라졌다. 시궁쥐가 둥글게 몸을 말고 있는 아빠의 머리 위로 몸을 구부리더니 아빠의 수염을 확 잡아당겼다. 아빠의 머리가 수염과 함께 위로 들려 올라갔다. 가늘게 눈을 뜨고 있는 것으로 보아 의식이 돌아온 듯했지만, 시궁쥐의 괴롭힘에도 아빠는 몸을 쭉 늘어뜨리고 꼼짝도 하지 않았다.

"뭐야? 살아 있잖아. 물에 빠트려 처치할까요?"

"잠깐 기다려."

우두머리로 보이는 시궁쥐가 말했다.

"우선 어디에서 왔는지 확인한 다음 보초병에게 책임을 묻겠다. 강물에 떠내려왔다는 것도 이상하잖아? 쥐가 어떻게 강을 헤엄쳐서 올 수 있지? 그것도 아니면 강둑을 넘어서 온 것이 아닌지 확인해 봐야겠다."

그 사이 정신이 돌아온 칫치는 10미터 정도 떨어진 낮은 둑 아래에 물이 흘러나오고 있는 동그란 하수도관을 발견했다. 아빠와 칫치는 저곳으로 나온 것이 틀림없었다. 죽을 만큼 힘들었지만 어쨌든 강으로 돌아온 것이다.

'위험을 무릅쓰고 고생 끝에 멀리 돌아서 왔건만 또 다시 시궁쥐들의 영역이라니.'

칫치는 크게 실망하여 다시 눈을 질끈 감았다. 모든 노력이 부질없는 짓이라니 믿고 싶지 않았다. 그때 시궁쥐가 칫치의 수염을 당기며 다그쳤다.

"이봐, 꼬맹이! 어디에서 왔는지 묻고 있잖아. 어서 대답 안 해? 이 녀석이!"

칫치는 너무 아파서 눈을 번쩍 뜨며 비명을 질렀다. 인상을 쓰고 날카로운 이빨을 드러낸 시궁쥐가 얼굴을 바짝 들이대고 칫치를 노려보고 있었다. 이빨 사이로 침이 잔뜩 고여 있었다.

그런데 어떻게 된 것일까? 전혀 무섭지가 않았다. 실망이 너무 커서 공포심 따위가 들어올 틈이 없었던 것인지도 모르겠다.

"어이, 이봐! 어이, 어이!"

시궁쥐가 칫치의 수염을 흔들며 다그쳤다.

'강으로 돌아오려고 얼마나 고생했는데. 죽을 힘을 다해 폭풍우 속을 달리고, 어두운 지하도에서 빙글빙글 돌아가는 컵라면 배를 타고 물에 빠져 죽을 위험을 무릅쓰고 힘들게 여기까지 왔는데, 이젠 다 끝났어.'

지금껏 겪었던 일들이 떠올랐다.

"이봐, 어디에서 왔어? 어서 말해! 어디에서 왔어?"

'아, 시끄러워. 어디서 왔냐고?'

귀도 따갑고 수염도 아팠다. 살짝 고개를 돌리자 하수도관 출구가 보였다. 칫치는 자포자기한 심정으로 앞발을 들어 하수도관을 가리키려 했다. 그때 얼핏 옆에 쓰러져 있는 아빠가 보였다. 아빠는 고개를 살짝 들어 눈을 가늘게 뜨고 칫치의 눈을 쳐다보며 살짝, 하지만 분명하게 고개를 가로젓는 것이 보였다.

'말하지 말라는 건가? 하지만 이러다가는 내 수염이 몽땅 빠져 버릴 텐데 어떻게 하지?'

다음 순간 칫치가 작은 목소리로 말했다.

"그만둬. 아프잖아."

"그야 당연하지. 아프라고 당기는 거니까."

시궁쥐가 비웃으며 말했다.

"말 안 하면 더 아프게 해 줄 테니 어서 말해!"

"시끄러워."

"뭐라고? 이 꼬마 녀석이!"

약이 바짝 오른 시궁쥐는 잡고 있던 칫치의 수염을 놓고 칫치의 옆구리를 세게 걷어찼다.

"기껏, 흑흑! 그렇게 힘들게 왔는데, 흑흑!"

칫치는 결국 눈물을 흘리며 속에 담고 있어야 할 말들을 내뱉고 말았다.

"꼬맹이! 방금 뭐라고 했어? 기껏, 뭐가 어쨌다고?"

"기껏, 그렇게 힘들게 돌아왔는데. 괜찮을 거라고, 틀림없이 괜찮을 거라고 했는데. 흑흑! 분명 그렌 아저씨가 그렇게 말했는데. 흑흑!"

그 순간 시궁쥐 세 마리의 얼굴빛이 변하며 날카로운 긴장감이 맴돌았다. 잠시 무거운 침묵이 흐른 후 우두머리 쥐가 다가왔다.

"꼬맹이! 방금 그렌 아저씨라고 했나?"

우두머리 쥐는 날카로운 목소리로 물으며 기운이 떨어져 눈을 감고 있는 칫치의 수염을 잡아당겼다.

"그렌을 만났나? 그렌이 살아 있단 말이지? 그곳이 어디냐?"

하지만 아무리 수염을 흔들며 다그쳐 봐도 칫치는 대답을 하지 않았다. 아니, 할 수가 없었다. 칫치는 이미 정신을 잃고 말았던 것이다.

위병 시궁쥐가 칫치를 다그치는 내내 아빠는 가슴이 조마조마했다. 그렌은 하수도관만 빠져나가면 시궁쥐들의 영역을 벗어날 수 있을 것이라고 말했다. 하지만 그의 말은 틀렸다. 아니, 예전에는 분명 그의 말이 맞았을 것이다. 하지만 그렌이 도서관에 머무는 동안 시궁쥐들이 세력을 확장시켜 이 일대까지 제압한 모양이었다.

그나마 다행히 녀석들은 아빠와 칫치가 하수도관을 통해 나왔을 것이라고는 생각하지 못하고 있는 것 같았다. 온통 진흙투성이인 채로 강기슭을 돌아다닌다면 한 번쯤 하수도관을 의심해 볼 만한데도 그럴 가능성은 상상조차 하지 않는 듯했다. 아마도 끊임없이 구정물이 흘러나오는 하수도관이 이동 통로가 될 수 있으리라고 생각하지 않았을 것이다. 시궁쥐들에게는 애초에 그럴 필요가 없었기 때문인지도 모르겠다.

그렇다면 굳이 알려 줄 필요는 없었다. 저 하수도관은 그렌이 살고 있는 도서관으로 통한다. 도서관은 그렌이 대장 쥐와의 싸움에서 패해 부상을 입고 도주한 끝에 찾은 평화로운 영역이다. 시궁쥐들은 아직 그렌을 기억하고 있었다. 반란을 꿈꾸는 다른 쥐들에게 본보기를 보이기 위해서라도 반란군의 리더를 찾고 싶어 혈안이 되어 있을 것이다. 그러니 하수도관에 대해서는 비밀로 해야 한다. 그러려면 그렌이 죽었다고, 혹은 적어도 생사를 알 수 없다고 생각하게끔 만들어야 했다. 하지만 칫치가 그 사실을 알까?

아빠는 칫치와 눈을 마주치고 시궁쥐들이 눈치 채지 못하도록 고개를 살짝 가로저었다. 컵라면 배가 전복되자 아빠는 칫치를 끌어안고 칫치가 숨을 쉴 수 있도록 머리를 수면 위로 내밀고 물살에 몸을 맡겼다. 그 과정에서 아빠의 체력은 바닥났다. 게다가 하수도관 벽과 급류에 떠밀려 오는 오물에 부딪히며 온몸에 멍이 들었다. 고개를 살짝 가로젓는 것 외에는 전혀 몸을 움직일 수가 없었다.

다행히 칫치는 아빠의 신호를 이해하는 것 같았다. 하지만 시궁쥐에게 걷어차이자 감정이 격해져 울먹이며 그만 그렌의 이름을 말하고 말았던 것이다. 아니나 다를까 시궁쥐들이 술렁거리기 시작했다. 시궁쥐들은 칫치를 추궁하기 위해 더 험한 짓을 할지도 몰랐다. 일어서서 맞서 싸워야 했다. 하지만 마음과 달리 아빠는 머릿속이 새하얗게 변해가는 것을 느끼며 정신을 잃고 말았다.

20

시간이 얼마나 흘렀을까? 아빠는 정신을 차리고 눈을 떴다. 칫치의 숨소리가 가까이에서 들렸다. 다행히 숨소리가 안정적이었다. 아빠는 앞발을 뻗어 상체를 일으키고 뒷다리에 힘을 주어 천천히 몸을 일으켰다. 머리가 천정에 닿았다. 굴 창고에 갇힌 모양이었다. 창고 안에는 먼지가 수북이 쌓여 있었다. 멀리 희미한 빛이 보였다. 가까이 다가가 보니 작은 구멍에서 빛이 새어 들어오고 있었다. 그쪽으로 머리를 내밀려고 하자 기척을 느꼈는지, 시커먼 그림자가 비린내 나는 숨을 토해 내며 호통을 쳤다.

"들어가!"

아빠는 깜짝 놀라 뒤로 물러섰다. 아직은 녀석들과 싸워 봐야 승산이 없었다. 그때 등 뒤에서 칫치의 가냘픈 목소리가 들렸다.

"아빠!"

"칫치, 깨어났니?"

"네, 여긴 어디에요?"

"아마 시궁쥐들의 굴속인 것 같다. 정신을 잃고 있는 동안 끌려온 모양이야."

아빠는 곰곰이 생각해 보았다. 칫치가 실수로 그렌의 이름을 말해 오히려 다행일지도 모른다. 일단 위급한 상황은 피했으니 말이다. 녀석들은 그렌의 행방을 알아내기 위해 아빠와 칫치를 죽이지 않고 일단 굴에 가둬 두었는데 이것은 아직 도망칠 기회가 있음을 의미하기도 했다. 그렌의 이름을 들은 녀석들은 당황하는 기색이 역력했다. 아직도 그를 두려워하고 있는 것이 틀림없었다.

"녀석들은 그렌에 대해 알고 싶어 하는 것 같다."

"그렌 아저씨에 대해서요?"

"그래, 칫치! 우리가 그렌을 만났다는 이야기는 절대로 하면 안 돼!"

보이지는 않았지만 어둠 속으로 칫치가 고개를 끄덕이는 기척이 느껴졌다.

"말할 때까지 집요하게 추궁하겠지만 딱 잡아떼야 한다. 어떻게 해서든 버티다 보면 반드시 탈출할 기회가 올 거야."

"형은 어떻게 되었을까요?"

타타 생각에 둘은 잠시 아무 말도 하지 못했다.

"형도 잡혔을까요?"

아빠는 그럴지도 모르겠다고 생각했다. 좀 더 나쁜 일이 벌어졌을 수도 있지만 그럴 가능성은 지워 버리려고 애썼다. 어차피 지금은 타타를 위해 아무것도 해 줄 수가 없었다. 그보다는 칫치와 이곳에서 빠져나갈 방법을 찾아야 했다. 아빠는 빛이 새어 들어오는 곳으로 가서 보초를 서고 있는 시궁쥐에게 말했다.

"이것 보게. 배가 고파서 죽을 지경이니 먹을 것을 좀 주게."

시간이 지나자 아빠는 기운을 되찾았고, 칫치도 덩달아 기운이 나는 듯 기분이 한결 좋아졌다. 여전히 칠흑같이 깜깜한 굴속에 갇혀 있었지만 구정물이 언제 밀려올지 모르는 하수도관에서 무작정 달리는 것보다는 훨씬 견딜 만했다. 그런 의미에서 이곳은 하수도관보다 안전했다. 비록 흉악한 시궁쥐에게 잡혀 갇혀 있는 신세지만 녀석들이 알고 싶어 하는 정보를 주기 전까지는 적어도 목숨을 유지할 수 있을 것이다. 아빠와 칫치에게는 그렌이라는 히든카드가 있으니까.

그 때문인지 녀석들은 먹을 것을 요구하면 야채나 비스킷 부스러기 등을 군말 없이 구멍으로 던져 주었다. 아빠와 칫치는 가만히 앉아서 먹을 것을 꼬박꼬박 챙겨 먹고 기력을 회복했다. 또한 먹이를 넣어 주는 동안 아주 잠깐이지만 눈부신 햇살을 볼 수 있어서 좋았다. 굴속에 갇히기는 했지만 어쨌든 꿈에 그리던 강으로 돌아왔다. 자장가를 불러주는 엄마와 같은 포근한 강이 아빠와 칫치가 있는 굴 바로 옆을 흐르고 있었다. 왠지 포근하게 느껴졌다.

입구 앞에는 위병 시궁쥐들이 24시간 교대로 보초를 서고 있었다. 아빠와 칫치를 이 굴 창고에 가둔 후 위병들이 보초를 서고 있는 작은 입구만 남기고 다른 쪽 입구는 봉쇄한 모양이었다. 밤이 되자 입구로 들어오던 희미한 빛마저 사라지고 칠흑 같은 어둠이 내렸다. 그러기를 며칠, 아빠와 칫치를 끌어내 추궁할 줄 알았는데 아무 일도 일어나지 않았다. 뭔가 이상했다. 대체 무슨 일이 벌어진 걸까? 이상하게 생각한 아빠가 보초를 서고 있는 위병 시궁쥐에게 물었다.

"이것 봐! 대체 우리를 언제까지 가둬 둘 셈이야?"

그때였다. 갑자기 입구 주변에 있던 흙이 무너져 내리더니 문이 열렸다.

"나와!"

으르렁거리는 듯한 낮은 목소리가 들렸다. 아빠가 망설이자 다시 한 번 걸음을 재촉하는 소리가 들려왔다.

"나와! 끌려 나오고 싶지 않으면 말이야."

"기다려! 우리 스스로 나갈 테니까 기다리라고."

아빠가 짐짓 밝은 목소리로 말했다.

아빠와 칫치는 광장으로 끌려갔다. 그곳에 녀석이 있었다. 산같이 거대한 녀석. 그 뒤로 몸집이 커다란 시궁쥐들이 서 있었는데 그 녀석 덩치에 눌려 외소하게 느껴졌다. 그만큼 녀석은 거대했다. 토끼만 한 몸집에 털이 새까맣고 반쯤 뜬 눈에는 흉악한 광기가 어려 있었다. 게다가 목소리도 무시무시했다. 큰 편은 아니었지만 목 안 깊은 곳에서 끌어내는 듯한 깊은 으르렁거림과 이빨을 갈은 것 같은 불쾌한 울림이 한데 어우러져, 듣는 이가 긴장하게 만들었다. 길게 난 송곳니는 두껍고 날카로웠다.

"너희들, 그렌을 만난 적이 있나?"

"당신이 대장 쥐인가?"

아빠는 마치 친구에게 아침 인사라도 하는 양 밝은 목소리로 물었다.

"묻는 말에만 대답해라. 다시 한 번 묻겠다. 그렌을 만난 적이 있나?"

"그렌? 아! 그 쥐라면 소문을 들은 적이 있지. 너희와 같은 시궁쥐잖아?”

“그렇지 않다. 그는 비겁한 겁쟁이야. 자만심과 지배욕에 사로잡혀 부질없는 반란을 도모했지. 하지만 계획이 들통 나자 자신의 동지들을 버리고 혼자서만 살겠다고 달아난 치사한 녀석이야. 지금쯤 어딘가에 몰래 숨어 벌벌 떨고 있겠지.”

그 소리에 아빠 뒤에 있던 칫치가 주먹을 불끈 쥐었다. 하지만 녀석을 자극하면 안 된다. 아빠는 앞발을 뒤로 돌려 칫치의 몸을 지그시 누르며 잠자코 있으라는 신호를 보냈다. 아빠가 보낸 신호를 알아차렸는지 칫치는 아무 말도 하지 않았지만, 대장 쥐는 칫치의 움직임을 예리하게 포착하고 있었다.

“어이, 거기 꼬맹이! 뭔가 하고 싶은 말이 있는 것 같은데 이리로 나와!”

“칫치에게 손대지 마!”

아빠가 날카롭게 소리쳤다.

“오, 그래. 네 이름이 칫치구나?”

대장 쥐가 낮은 음성으로 기분 나쁘게 칫치의 이름을 불렀다.

“이봐, 아빠 뒤에서 나와. 너도 이제 어린애가 아니잖아. 어엿한 어른이라고.”

그렇게 말하고 대장 쥐가 앞으로 한 발자국 나갔다.

“칫치는 건드리지 마!”

대장 쥐가 작은 신호를 보내자 뒤에 있던 시궁쥐 여러 마리가 재빨리 튀어나와 아빠의 앞발을 잡아 비틀어 꼼짝도 못하게 저지하고 칫치를 대장 쥐 앞으로 끌고 나왔다.

"그렌은 진작에 죽었어야 했어."

대장 쥐가 우레 같은 목소리로 소리쳤다. 아빠는 깜짝 놀라 자신도 모르게 펄쩍 뛰어오를 뻔했다. 어린 칫치는 너무 놀라 비명도 지르지 못하고 그 자리에 털썩 주저앉고 말았다. 대장 쥐는 칫치에게 다가가 칫치를 어르듯 간지러운 목소리로 말했다.

"칫치, 어서 말해 봐. 그렌을 어디에서 만났지? 아저씨한테 가르쳐 주렴."

칫치는 벌벌 떨기만 할 뿐 아무 말도 하지 않았다. 아빠는 칫치가 너무 겁이 나서 목소리가 안 나오는 모양이라고 생각했다.

"그렌이 이 일대는 안전할 거라고 했다지? 그렇지?"

"……."

"그런데 그렌의 말과는 달리 이곳은 안전하지 않았지. 이렇게 붙잡혔으니 말이야. 그렇지, 칫치? 가여운 칫치. 거짓 정보를 주다니 그렌은 아주 나쁜 거짓말쟁이야. 자, 칫치."

대장 쥐는 몸을 숙여 칫치의 얼굴에 자신의 얼굴을 바짝 들이밀며 말했다. 썩은 고기에서나 날 법한 지독한 입 냄새가 칫치의 얼굴을 덮쳤다.

"이 아저씨가 그 거짓말쟁이를 혼내 줄게. 그렌은 어디에 있지?"

칫치가 아무 말 없이 고개를 돌리자 대장 쥐가 갑자기 소리치기 시작했다.

"어디야? 어서 말해! 어서!"

아빠는 물론이고 옆에 있던 시궁쥐들도 깜짝 놀랐지만, 아빠는 그 순간 칫치의 떨림이 멈춘 것을 깨달았다. 너무 무서워서 정신을 잃은 걸까?

그때였다.

"저기요, 아저씨."

"그래? 뭐냐? 어서 말해 봐."

"아저씨 말이에요. 입 냄새가 너무 지독해요. 얼굴 좀 저리 치워요."

'잘했어, 칫치!'

아빠는 쾌재를 불렀지만, 잠시 후 화가 난 대장 쥐가 칫치의 꼬리를 잡아 거꾸로 들어 올리자 아빠의 얼굴은 새파랗게 질려 버렸다.

"아아! 아파요! 아파!"

칫치는 네 발을 버둥거리며 아프다고 고래고래 소리를 질렀다.

"잠깐, 잠깐만 기다려!"

자신의 몸을 누르고 있는 위병 시궁쥐들의 앞발을 뿌리치며 아빠가 말했다.

"내가 다 말할 테니 진정하라고. 일단 그 아이부터 놔 줘."

대장 쥐는 여전히 칫치를 거꾸로 매단 채 아빠를 힐끔 돌아보았다.

"이 아이는 어른들이 하는 이야기를 듣고 멋대로 떠든 것뿐이야. 우리는 '그렌'이라는 쥐를 만난 적도 없어."

21

"아까도 말했지만 이 아이는 떠도는 소문을 주워들었을 뿐이야. 이러쿵저러쿵 있는 말 없는 말 다 떠벌이고……. 원래 소문이라는 것이 다 그렇지 않은가? 믿을 만한 것이 못 되지. 그러고 보니 자네들에 대해서 들은 것도 같은데."

대장 쥐에게 꼬리를 붙잡힌 칫치가 거꾸로 대롱대롱 매달려 있었다. 대장 쥐는 인상을 쓰며 으르렁거리고 있었다. 자신도 모르게 말이 빨라지고 있다는 것을 느낀 아빠는 크게 심호흡을 하며 흥분을 가라앉히려고 애썼다. 입 안이 바짝바짝 타들어 가는 것 같았다.

"이웃에 사는 고란 영감님한테서 들은 것 같은데. 그렇지, 칫치?"

"맞아요. 고란 할아버지가 그렇게 말했어요."

칫치가 네 발을 허우적거리며 소리쳤다.

"그래, 맞아. 고란 영감한테서 그렌의 이야기를, 아니 그린의 이야기를……. 아니 뭐였더라? 당신네 종족인, 그 누구야? 어쨌든 고란 영감님이 그란인가 그렌인가 하는 시궁쥐가 쓸데없는 짓을 저질렀다고 말했어. 아마 자네들이 고란 할아버지를 그렌 아저씨로 잘못 들은 모양이야. 이렇게 말하기에 좀 죄송스럽긴 하지만 사실 고란 영감님은 노망이 나서 요즘 들어 이상한 소리를 부쩍 많이 했거든."

"이상한 건 너겠지."

대장 쥐가 차갑게 말했다.

"그게 아니면, 뭐 그럴 가능성이 훨씬 높지만 얼빠진 척하며 이상한 이야기를 떠벌여서 나를 헷갈리게 할 심산이겠지."

대장 쥐는 부하들 중 한 마리를 지목했다.

"이봐, 너!"

"옙!"

지목받은 부하 쥐가 고개를 끄덕이고는 앞으로 걸어 나왔다.

"내가 이 꼬마 녀석을 잡고 있을 테니 몇 대 때려 봐!"

부하 쥐가 음흉하게 웃으며 칫치에게 다가섰다.

"준비됐나? 너무 빨리 정신을 잃으면 재미없으니까 처음에는 꼬리가 끊어지지 않을 정도로 가볍게 시작하라고. 우선 갈비뼈부터 몇 개 부러뜨리고 점점 강도를 높여 가는 거야."

대장 쥐는 아빠가 들으라는 듯 크게 말했다.

"이봐, 잠깐만! 제발 기다려!"

"이 녀석이 난동을 부리겠지만 치고 빠지고 치고 빠지면 좋은 복싱 연습이 될 거야."

"제발 그만둬! 어서 칫치를 놔 줘!"

"흥! 이제 말할 준비가 됐나?"

대장 쥐가 아빠를 힐끗 돌아보며 거만하게 말했다.

결국 모든 사실을 실토하는 수밖에 없었다. 녀석은 아빠가 얕잡아 볼 만만한 상대가 아니었다.

대장 쥐가 어서 이야기해 보라는 듯이 음흉하게 웃으며 아빠를 쳐 다보고 있었다. 아빠는 모든 것을 체념하고 입을 열었다. 그때였다. 위 병 시궁쥐 한 마리가 대장 쥐를 둘러싸고 있는 근위병 쥐들 사이를 뚫고 대장 쥐에게 다가갔다.

"대장! 죄송하지만 시급을 다투는 일입니다."

대장 쥐는 여전히 칫치를 거꾸로 든 채 위병 쥐와 심각하게 이야기를 나누고 있었다. 아빠는 귀를 쫑긋 세우고 그들의 이야기에 귀를 기울였다.

"흉악한 족제비가 또 나타나서……, 이번 싸움으로 두 마리가 다쳤습니다. 네…… 하지만 녀석의 거처를 발견했습니다. 이번이야말로 일제히 공격해서……, 부디 출전하셔서 ……."

위병 쥐의 이야기를 전해 들은 대장 쥐는 잠시 생각에 잠겼다. 그런 후 칫치의 꼬리를 잡고 있던 앞발을 한 번 크게 흔들어 반동을 줘서 칫치를 저 멀리 던져 버렸다. 칫치는 벽에 부딪혀 바닥으로 떨어졌지만, 이내 벌떡 일어나 아빠에게 달려가 뒤로 숨었다.

"칫치, 괜찮니?"

"네. 끄떡없어요."

대장 쥐가 아빠를 돌아보며 말했다.

"급하게 처리해야 할 일이 생겼다. 안타깝게도 지금은 너희와 놀아 줄 시간이 없어. 어쨌든 너희는 수상한 점이 한두 가지가 아니니 내일 다시 천천히 이야기를 들어보도록 하지."

"별로 할 말도 없는데."

대장 쥐는 크게 한숨을 내쉬며 말했다.

"이런, 이런. 처음부터 다시 하자는 건가? 뭐, 아무래도 상관없어. 그건 그렇고 아직도 새끼를 데리고 다니다니 한심하군. 우리 시궁쥐들은 새끼를 낳으면 바로 집단생활을 시키지. 엄격한 규율과 혹독한 훈련을 이겨 낸 자만이 우수한 병사가 될 수 있거든. 이 꼬마 녀석이 '아빠, 아빠'하며 응석 부리는 꼴은 정말 못 봐주겠어."

"칫치는 내 소중한 아이야. 건드리지 마!"

"그런 나약한 생각으로는 제대로 된 조직을 만들 수 없어."

"나는 당신과 자녀교육에 대해 논쟁을 벌일 생각이 없어."

"이 녀석이!"

순간 대장 쥐의 눈빛이 험악해졌다. 아빠에게 다가가 한 방 먹이려는 듯 했지만 이내 생각을 고쳐먹었는지 뒤로 돌아서며 말했다.

"이봐! 이 녀석들을 다시 굴 창고에 처넣어. 먹을 것은 일체 주지 말고 물도 주지 마!"

아빠와 칫치는 다시 좁은 굴 창고에 갇혔다. 시간이 느릿느릿 지나갔다. 작은 감시용 창문 너머로 빛이 들어왔다. 하지만 한 줄기의 빛마저 점점 희미해지더니 어느새 완전히 어둠에 덮였다.

'저 녀석들이 잡느라 소동을 벌이고 있는 게 언제가 우리를 덮치려고 했던 그 늙은 족제비일지도 몰라.'

아빠는 상황을 정리해 보았다. 족제비에게 시궁쥐들의 영역은 사냥하기 좋은 장소일 것이다. 하지만 시궁쥐가 군사를 조직해 여러 마리가 한꺼번에 공격을 하면 제아무리 족제비라고 해도 이기기 어렵다. 대장 쥐라면 족제비와 일대일로 붙어 멋진 승부를 겨룰 수 있을지도 모르겠다. 칫치는 피곤했는지 곤히 잠들어 있었다. 하지만 아빠는 마음이 심란하여 도무지 잠을 이룰 수가 없었다. 언제 끌려갈지 모르는 일이었다.

'이번에 끌려가면 모든 것을 말하게 되겠지? 결국 그렌을 배반해야 하는 것인가? 그렌이 있는 곳을 알려 주면 과연 우리를 풀어 줄까? 아니, 그냥 놓아줄 리가 없어.'

생각이 꼬리에 꼬리를 물었다. 그렇게 또 다시 시간이 흘러갔다. 어디에선가 삭삭거리는 소리가 들리더니, 점점 소리가 가까워졌다. 소리는 감시용 창과 정반대 쪽 벽에서 들려왔다.

아빠는 의아해 하며 벽에 귀를 대 보았다. 삭삭거리는 소리가 커지더니 가까이에서 갑자기 멈춰 버렸다. 아빠는 숨을 멈추고 귀를 기울였다. 잠시 후 벽이 스르르 무너져 내리더니 구멍이 뚫렸다.

"누구요?"

깜짝 놀란 아빠가 묻자 건너편에서 작은 목소리로 대답했다.

"쉿! 위병들에게 들키면 안 되니 조용히 하시오."

"당신은 누구요?"

"당신 편입니다. 친구라고 해 두죠. 하하! 친구라는 말을 오랜만에 쓰려니 조금 어색하군요. 어쨌든 나는 당신의 친구입니다. 당신이 그렌의 친구라면 나에게도 친구입니다."

"그렌 말이오?"

"그렇습니다. 그리고 당신을 만나고 싶어 하는 쥐도 데리고 왔습니다."

그때 작지만 흥분된 목소리로 아빠를 부르는 소리가 들려왔다.

"아빠!"

타타의 목소리였다. 아빠는 타타의 목소리를 듣고 벌떡 일어난 칫치를 진정시키느라 진땀을 빼야 했다. 하지만 제법 어른스러워진 칫치는 곧 상황을 이해하고 목소리를 죽였다.

"이제 믿으시겠습니까? 어서 이곳을 빠져나가야 합니다. 여기에서 발각되면 모든 것이 수포로 돌아갑니다. 이제 곧 대장 쥐가 돌아올 시간이니 서둘러야 합니다. 아마 병사들만 잃고 족제비는 결국 잡지 못했을 겁니다. 대장 쥐가 돌아오면 곧바로 당신들을 다시 심문할 겁니다."

"알겠소."

아빠가 대답했다.

"빠져나올 수 있도록 큰 구멍을 파야 하니, 밖에서 낌새를 차리지 못하도록 보초병을 잘 따돌려 주십시오."

"한번 해 보겠소."

소리가 나지 않도록 조심스럽게 작업이 진행되었다. 구멍이 점점 커졌다. 그때 무슨 낌새를 차렸는지 보초를 서고 있던 시궁쥐가 창문 너머로 소리쳤다.

"이봐, 뭐하는 거야?"

"몸을 좀 풀고 있었소."

아빠는 펄쩍펄쩍 뛰어오르며 덧붙였다.

"이렇게 비좁은 곳에 갇혀 있으니 답답해서 죽을 지경이오. 그 기분이 어떤 건지 아시오?"

"흥, 웃기는군. 어디서 흙을 파는 소리가 들린 것 같은데, 미리 말해두지만 쓸데없는 짓은 하지 않은 게 좋을 거야. 이 벽은 굉장히 단단

하거든. 네 녀석 이빨로는 어림없어. 가만히 있는 게 좋을 거야. 이제
곧 너희들은 답답할 사이도 없이 즐거운, 아주 즐거운 시간을 갖게 될
테니까 말이야."

그러고 나서 멀어지는 기척이 들렸다.

"이제 됐소."

아빠가 고개를 뒤로 돌려 나직이 속삭였다. 얼마 되지 않아 어른
쥐가 가까스로 기어 나갈 수 있을 정도의 큰 구멍이 뚫렸다. 구멍 안
으로 친구라고 말하던 쥐의 목소리가 들려왔다.

"나와 타타 군이 뒤로 물러나 공간을 확보해 줄 테니 잠시만 기다
리십시오. 우리는 밖에서 기다리겠습니다."

아빠는 칫치를 먼저 들여보내고, 그 뒤를 따라갔다. 굴 안에는 갓
파낸 신선한 흙냄새가 풍겨 왔다. 1미터 정도 기어 가자 마른 먼지 냄
새가 났다. 만들어진 지 오래된 듯한 조금 넓은 공간이 나왔다. 그곳
에서 아빠와 칫치는 타타를 다시 만날 수 있었다. 타타네 가족은 서
로를 꽉 끌어안았다. 꿈만 같았다. 이제 아무것도 두렵지 않았다. 타
타와 칫치는 아무 말도 하지 못하고 그저 눈물만 뚝뚝 흘렸다.

"방해해서 미안하지만 꾸물거릴 시간이 없습니다."

아까 그 쥐가 걱정스런 목소리로 말했다.

22

조금 떨어진 곳에서 시궁쥐 세 마리가 타타네 가족을 지켜보고 있었다.

쥐 한 마리가 말했다.

"내 이름은 도라무. 이쪽은 간쓰. 간쓰는 굴 파기의 달인이죠. 하지만 오늘만큼 힘든 작업은 간쓰도 태어나서 처음이었을 겁니다."

"그러게 말이야. 이 벽은 정말 단단해."

간쓰라고 소개받은 어깨가 굉장히 넓고 몸집이 큰 쥐가 밝고 까랑까랑한 목소리로 대답했다.

"아, 힘들다. 앞발이 마비되어서 잘 올라가지도 않아."

"짧은 시간에 승부를 내야 하는 일이었어. 간쓰, 정말 잘해 주었네. 그리고 이쪽은 사라."

조금 전 굴을 빠져나올 때 칫치를 부드럽게 안아 바닥에 내려 주던 호리호리한 암컷 쥐가 아빠에게 우아한 몸짓으로 고개를 숙이며 인사했다.

"사라는 그렌의…… 음, 아무튼 각별한 사람입니다."

"타타가 그렌에 대해 알려 주었어요. 그렌의 소식을 듣게 되어서 정말 기뻐요. 우리는 이곳을 탈출해서 그렌에게 갈 생각이랍니다. 하지만 그 전에 당신들이 도망칠 수 있도록 돕겠어요."

사라가 말했다.

그러고 보니 간쓰뿐만 아니라 도라무와 사라, 타타 모두 흙투성이였다. 게다가 간쓰의 양쪽 앞발은 보기만 해도 아플 정도로 피가 흥건히 맺혀 있었다.

"정말로 고맙소. 하룻밤 사이에 이렇게 멋진 탈출구를 만들다니 정말 대단합니다."

그러자 도라무가 호탕하게 웃으며 말했다.

"물론 굴파기의 달인 간쓰가 가장 애쓰기는 했지만 간쓰가 파낸 흙을 처분하는 일도 쉽지 않았습니다. 밖으로 내보내면 발각될 것이 빤하니까요. 다행히 타타 군도 잘 따라 주어서 큰 도움이 되었답니다."

"그렇군요. 그런데 이곳은 어디입니까?"

"이곳은 오래전에 버려진 낡은 굴입니다. 사라가 당신들이 갇혀 있었던 참모 본부의 굴 창고가 이 굴 뒤쪽에 있다고 해서 여기에서부터 굴을 파내려 가기는 했지만, 방향을 제대로 잡은 건지 걱정이 되어서 혼났습니다. 제대로 파내서 정말 다행입니다."

"그러게 나한테 맡기라고 했잖아. 오랜 세월 단련된 감각을 우습게 보면 안 된다고."

간쓰가 끼어들었다.

"정말 대단하네. 아까는 걱정이 되어서 이러쿵저러쿵 말이 많았지만 사실은 자네를 믿고 있었다네. 자, 이야기는 이쯤 하고 갑시다."

도라무가 빠르게 말을 마치고 길을 재촉했다.

"이제 곧 날이 밝을 거요. 그러면 인간들이 돌아다니기 시작할 테고, 우리가 없어진 것도 언제 발각될지 모르니 서둘러야 합니다."

그렇게 해서 곰쥐 세 마리와 시궁쥐 세 마리의 탈출이 시작되었다.

몸에 묻은 흙을 털어 낼 시간도 없었다. 게다가 언제나 그렇듯 털이 하얀 칫치는 밤에도 눈에 쉽게 띄었다. 과연 여섯 마리의 쥐는 무사히 시궁쥐들에게서 벗어날 수 있을까?

"일단 사코무라 다리 건너편으로 갑시다."

도라무가 말했다.

"우리 시궁쥐들은 영역 의식이 강하기 때문에 경계선을 벗어나면 쫓아오지는 않을 겁니다. 다만 이번만큼은 그렌 문제가 걸려 있어서 조금 걱정이 됩니다. 녀석들은 아직도 그렌을 잡으려고 혈안이 되어 있으니까요. 아직까지도 그렌을 잡으면 즉시 죽이라는 명령이 내려진 상태입니다. 허세를 부리며 강한 척, 아무렇지도 않은 척하고 있지만 녀석은 내심 그렌을 두려워하고 있습니다. 그렌이 자신에게는 없는 지도자의 자질을 갖고 있다는 것을 그도 잘 알고 있거든요."

"자네는 너무 걱정이 많아서 탈이야."

간쓰가 도라무에게 말했다.

"될 대로 되라지. 하지만 녀석들하고는 이제 한시도 더 같이 지내고 싶지 않아. 그렌 대장을 다시 만나기 위서해라면 나는 목숨을 걸어도 좋아. 그가 어디에 있든 끝까지 그를 찾아갈 거야. 강의 빛을 찾아서! 강의 빛을 찾아서!"

"쉿! 간쓰, 목소리를 좀 낮춰! 이러다 들키겠어."

도라무에 이어 간쓰가 굴 밖으로 나왔다. 타타네 가족과 사라는 먼저 굴 밖으로 나와 그들을 기다리고 있었다.

"알고 계시겠지만 '강의 빛'은 우리 반란군의 암호입니다. 그런데 타타 군이 사코무라 다리 아래에서 우리만의 암호를 외치는 모습을 보고 깜짝 놀랐죠. 자, 이쪽으로 따라오십시오."

작은 목소리로 빠르게 설명을 마친 도라무가 앞장서서 강둑으로 올라갔다. 간쓰와 타타네 가족이 그 뒤를 따라 올라가고, 사라가 후방을 맡았다.

"강둑으로 올라가려는 겁니까?"

아빠가 물었다.

"그렇습니다. 강둑 윗길로 가려고 합니다."

"그 길은 눈에 쉽게 띄지 않을까요?"

"그렇겠죠. 하지만 바로 그것이 이번 탈출의 전략입니다."

"탈출 전략이라고요?"

"곧 알게 될 겁니다. 사라와 함께 세운 작전이죠."

날이 밝기 시작했다. 아빠는 뒤를 돌아 강물을 내려다보았다. 동쪽 하늘에서 아침 햇살이 고개를 내밀 준비를 하며 강물 위로 은색 베일을 드리우고 있었다. 바람이 불자 베일이 살짝 흔들리며 주름이 잡혔다. 잔물결이 반짝거렸다. 마침내 그리워하던 강으로 돌아왔다고 생각하니 아빠는 가슴이 벅차오르며 눈가에 눈물이 맺혔다. 하지만 이내 마음을 추스르고 타타와 칫치에게 주의를 기울이며 도라무와 간쓰의 뒤를 따라 강둑으로 오르는 경사면을 재빨리 뛰어올라 갔다.

강둑 위에 오르자 도라무가 일행을 돌아보며 말했다.

"분명 녀석들 눈에 띌 겁니다. 하지만 이 산책로에는 가로등이 있어서 밤이 깊어도 가끔 인간들이 돌아다니죠. 그래서 녀석들이 경비를 서기도 어렵습니다. 잘만 하면 다리까지 아무에게도 들키지 않고 갈 수 있을 겁니다. 그러니 당당히 걸어갑시다. 다만, 조금 있으면 인간들이 자전거를 타거나 개를 산책시킬 시간이니 조심하세요. 여러 마리나 되는 쥐가 뭉쳐 다니면 개들이 냄새를 맡을 게 분명하니까요."

"하여간에 자네는 너무 걱정이 많아서 탈이라니까. 자네 이야기를 듣고 있으면 자꾸 불안해진단 말이야. 너무 걱정하지 말게. 무슨 일이 생기면 그때 가서 생각하면 되지 않나?"

"하긴, 자네 말이 맞네. 나중 일은 나중에 가서 생각하도록 하지. 후후."

도라무가 기분 좋게 웃으며 말했다. 그의 웃음소리가 일행의 긴장을 풀어 주었다. 아빠는 그런 도라무가 무척 마음에 들었다.

"친애하는 간쓰! 자네 같은 낙천적인 친구가 옆에 있어서 정말 고맙네. 하지만 자네도 아무 일도 일어나지 않을 거라고는 장담하지 못하는군."

강둑으로 올라온 시궁쥐 한 마리가 풀숲에서 산책로로 나오려다가 쥐 여섯 마리가 일렬종대로 자신을 향해 엄숙하게 다가오는 모습을 보고 눈이 휘둥그레졌다.

"타타 군 가족은 아무 말도 하지 말고 고개를 숙여 주십시오. 풀이 죽어 있는 포로 역할을 하면 됩니다. 혹시라도 실랑이가 벌어지면 우리에게 맡기고 가만히 계십시오."

도라무는 재빨리 말을 마쳤다.

"머, 멈춰라! 이봐, 뭣들 하는 거야? 아니, 자네들은 도라무와 간쓰잖아?"

"대장의 명령을 받아 이 녀석들을 추방시키러 다리 건너편으로 가는 길일세."

도라무가 설명했다.

"그래? 나는 그런 이야기를 들은 적이 없는데."

"그러니까 우리가 지금 말해 주잖아. 멍청한 녀석!"

이번에는 간쓰가 말했다.

"그런데 너희들, 온통 진흙투성이잖아. 게다가 간쓰, 네 앞발은 피투성이고."

"족제비 소탕 작전 때문에 이 지경이 되었지. 그 이야기도 못 들었나?"

"아! 그 이야기라면 들었지만."

"이봐, 이쪽 감시를 철저히 하게. 이 녀석들의 동족인 곰쥐들이 쳐들어온다는 소문이 있어."

도라무는 일부러 목소리를 낮추고 비밀을 말해 주듯이 조용히 말했다.

"그래? 그렇다면 큰일이군."

"우리가 다리에 도착하면 이리로 지원군을 보낼 테니 자네는 풀숲에 숨어서 이곳을 잘 지켜 주게. 잘할 수 있겠지?"

"알겠네. 곰쥐 녀석들이 쳐들어온단 말이지?"

위병 시궁쥐가 혼잣말로 중얼거리며 풀숲 안으로 돌아가자, 잠자코 앞장서서 걷던 도라무가 다시 한 번 안전을 확인하고 나서야 입을 열었다.

"아까 그 녀석은 어리바리해서 무사히 넘어갔습니다만 앞으로가 문제입니다. 만일의 경우를 대비하여 집결 장소를 정해 두는 것이 좋겠습니다. 타타 군! 참새 가족과 함께 머물렀던 곳이 있지?"

간쓰도 내심 불안했는지 이번에는 도라무를 비웃지 않았다.

"형이 참새랑 같이 있었다고?"

칫치가 깜짝 놀라 타타에게 물었다.

"나중에 이야기해 줄게. 도라무 아저씨, 말씀 계속하세요."

"거기에서 강 위쪽으로 한 10미터 정도만 더 올라가면 강둑 주변에 커다란 느릅나무가 있을 거야."

"네, 그 나무라면 알고 있어요. 지난번에 칫치와 아빠가 있지 않을까 해서 뿌리 아래까지 살펴봤거든요."

"그래, 그 구멍은 눈에 띄어 위험하지만 뒤쪽으로 돌아가서 낙엽을 치우면 작은 굴이 나올 거야. 입구가 조금 작기는 하지만 안으로 들어가면 제법 넓은 공간이 나오지. 아까 우리가 있었던 곳처럼 오래 전에 버려진 굴인데, 아는 자들이 없어서 안전하단다. 만일 일이 생겨 뿔뿔이 흩어지게 되면 그곳에서 다시 만나기로 합시다. 다들 아셨죠?"

모두 알았다는 듯 고개를 끄덕였다.

"좋습니다. 저기가 사코무라 다리입니다. 그곳에서 누군가 우리를 보고 있을지도 모르니, 이제 입을 다물겠습니다. 다정하게 이야기하고 있는 모습이 발각되면 곤란하니까요."

그 뒤로 여섯 마리의 쥐 중 아무도 입을 열지 않았다. 드디어 사코무라 다리에 도착했다. 사코무라 다리는 자동차 한 대가 가까스로 지나갈 수 있을 정도로 좁은 다리였다. 아직 이른 시간이라 인간도 자동차의 왕래도 없었다.

여섯 마리의 행렬을 보고 깜짝 놀란 시궁쥐 두 마리가 다가왔다.

"누구냐? 너희들은 도라무와 간쓰잖아? 사라도 있었네? 그런데 이 녀석들은 대체 누구야?"

"감금되어 있던 포로들의 취조가 끝나서 추방하라는 명령을 받고 가는 길일세."

"그래? 그런 이야기는 듣지 못했는데."

"이런, 이번에도 명령이 제대로 전달되지 않은 건가? 요즘 규율이 형편없이 무너졌군."

도라무가 갑자기 목소리를 높여 호통치기 시작했다.

23

평소 조용하던 도라무가 갑자기 무섭게 호통을 치자 위병 시궁쥐들은 그의 위력에 압도되어 잠시 주춤거리더니 그를 달래듯 말했다.

"족제비 때문에 어수선해서 그랬나 보네. 뭔가 착오가 있었을 거야."

"아무튼 우리는 이 녀석들을 다리 건너편으로 추방시키라는 명령을 받았으니 지나가겠네."

도라무는 머리 끝까지 화가 난 목소리로 말했다.

"기다려! 잠깐 기다리게. 만일을 위해 확인해 봐야겠으니, 미안하지만 잠시만 기다려 주게."

"그럴 필요 없어. 적당히 해 두게. 오늘밤은 정말 힘든 밤이었어. 우리는 이 녀석들을 추방시키고 빨리 돌아가서 자고 싶은 생각뿐이라고."

뒤에 있던 간쓰가 거들었다.

"그래그래, 무슨 말인지 알겠네. 하지만 잠깐이면 되니 잠시만 기다려 주게. 이봐, 자네가 가서 어서 확인하고 와!"

다른 시궁쥐 한 마리가 고개를 끄덕이고 서둘러 강둑을 뛰어 내려갔다. 우두머리 쥐는 아마 다리 밑에 있을 것이다. 도라무와 간쓰가 눈빛을 교환했다. 이 녀석을 해치우고 도망칠까? 아니면 조금 기다렸다가 우두머리 쥐도 거짓말로 구슬려 볼까? 두 마리가 주저하고 있는 사이 위병 시궁쥐가 세 마리의 포로를 유심히 살펴보더니 중얼거렸다.

"어라? 이 녀석은 어제 다리 밑을 어슬렁거리던 꼬마 녀석이잖아? 가족을 찾는다나 뭐라나 하면서 잘도 도망쳤겠다. 참! 도라무, 자네도 그때 있었지 않았는가? 이 녀석이 언제 잡혔지?"

"여기까지다. 해치우자!"

도라무가 고개를 숙인 채 낮은 목소리로 말했다.

"좋아!"

도라무의 신호를 받고 간쓰가 위병 시궁쥐에게 달려들었다. 느닷없이 공격을 당한 위병 시궁쥐는 미처 피하지 못하고 강둑 아래로 굴러 떨어졌다.

"좋아! 정면 돌파한다! 모두 길을 건너!"

때마침 길 건너편에서 사색이 된 시궁쥐 여러 마리가 허둥지둥 달려오고 있었다. 선두에 선 시궁쥐가 소리쳤다.

"저 녀석들이다. 탈주범을 잡아라!"

타타네 가족은 전투력이 없을 뿐더러 도라무와 간쓰, 사라도 밤을 새워 굴을 파느라 이미 기력이 소진된 상태였다. 이들이 엄청난 살기를 뿜으며 달려오는 혈기왕성한 시궁쥐 군대를 이길 수는 없었다. 일행은 모두 이젠 틀렸다고 생각하고 있었다. 그때였다. 다리 건너편에서 쿵쿵 하는 소리와 함께 무언가가 땅을 차고 뛰어오르는 소리가 들리는가 싶더니 거대한 생물체가 달려들었다. 타타 일행은 물론이고 시궁쥐들도 깜짝 놀라 혼비백산이 되어 흩어졌다. 몸집이 커다란 셰퍼드 한 마리가 십여 마리의 쥐들이 풍기는 냄새를 맡고 미친 듯이 달려든 것이었다. 자전거를 타고 있던 개 주인이 목줄을 당기며 셰퍼드의 질주를 막으려고 했지만 이미 극도로 흥분한 셰퍼드를 막을 수는 없었다. 셰퍼드는 전속력으로 돌진했고, 개 주인은 자전거가 기우뚱거리자 줄을 놓아 버렸다.

쥐들은 순식간에 엄청난 혼란에 빠지고 말았다. 재빨리 도망치는 쥐가 있는가 하면 그 자리에 얼어붙은 듯 꼼짝도 하지 않고 서 있는 쥐도 있었다. 셰퍼드가 공포에 질려 꼼짝달싹 못하고 있는 쥐를 덥석 물어 올렸다. 다행이 위병 시궁쥐였다. 그 순간 정신이 번뜩 든 도라무가 재빨리 소리쳤다.

"지금이 기회다! 다들 도망쳐!"

아빠와 타타, 칫치는 곧장 앞으로 달려갔다. 도로를 건너 사코무라 다리 위로 나 있는 산책로를 달려갔다. 시궁쥐 몇 마리가 앞서 달려가고 있었다. 녀석들은 곧 길에서 벗어나 강둑에 있는 풀숲으로 뛰어들었다. 아빠도 풀숲으로 뛰어들고 싶은 마음은 굴뚝 같았으나, 간신히 억누르며 산책로 위를 달렸다. 위험을 느끼면 재빨리 어두운 곳으로 몸을 숨기는 것이 쥐의 본능이다. 아빠는 그것을 역이용하여 일부러 눈에 띄는 곳을 선택했던 것이다. 녀석들을 따돌리려면 이 방법밖에 없다는 것을 아빠는 잘 알고 있었다. 칫치 때문에 빨리 달릴 수 없기도 했지만 아빠도 아직 완전히 회복된 상태가 아니었다. 시궁쥐 군단이 작정하고 달려들면 절대 도망칠 수 없다는 것을 알고 있었던 아빠는 혼란스러운 틈을 노려 탈출하는 방법을 선택했던 것이다.

얼마나 달렸을까? 아빠는 힐끗 뒤를 돌아보며 아이들이 잘 따라오는지 살폈다. 칫치의 모습이 보였다. 잘 따라오고 있었다. 그 뒤로 칫치를 호위하듯 타타가 따라오고 있었다. 하지만 아이들이 지쳐 있다는 것을 한눈에 알 수 있었다. 아빠는 타타 뒤쪽으로 시선을 돌렸다. 환해지기 시작한 아침 산책로의 평화로운 풍경이 펼쳐졌다. 시궁쥐들의 모습은 보이지 않았다. 위병 시궁쥐도 없었지만 도라무와 간쓰, 사라의 모습도 보이지 않았다. 그들은 어떻게 되었을까? "멍멍! 멍멍!" 흥분한 셰퍼드가 짓는 소리가 멀리서 들려왔다.

"칫치! 타타!"

아빠는 고개를 돌려 힐떡이는 목소리를 쥐어짜듯 칫치와 타타를 불렀다. 그러고 나서 갑자기 방향을 틀더니 속도를 늦추지 않고 풀숲을 향해 강둑을 뛰어내려 갔다. 칫치와 타타도 아빠의 뒤를 따라 강둑으로 뛰어내려 갔다. 그 다음부터는 타타가 앞장서서 길을 안내했다. 도라무와 약속한 아지트에 가기 전까지는 안심할 수 없었다. 이번에는 아빠가 맨 뒤에서 칫치가 낙오되지 않도록 호위하며 주위를 살폈다. 시궁쥐의 기척은 느껴지지 않았다. 어느새 날이 밝아 주변이 밝아졌다. 타타가 임시로 머물렀던 풀숲을 지나왔지만 참새 가족의 모습은 보이지 않았다. 새끼 참새는 어떻게 되었을까? 그 와중에도 타타는 새끼 참새가 걱정되었다.

커다란 느릅나무가 보였다. 타타는 도라무가 가르쳐 준 대로 뒤로 돌아 수북이 쌓여 있는 낙엽을 재빨리 파헤쳤다. 도라무가 말한 대로 작은 구멍이 보였다.

곧장 들어가려는 타타를 말리며 아빠가 말했다.

"타타, 잠깐만! 내가 먼저 들어가 보마."

아빠는 구멍 속으로 기어들어 갔다. 잠시 후 아빠의 목소리가 안에서 울려 나왔다.

"이상 없다. 이제 들어와도 돼. 우선 칫치부터 들여보내렴."

굴 안은 제법 넓었다. 도라무가 말한 그대로였다. 버려진 지 한참된 듯 여기저기 흙이 무너져 내렸고 벌레의 사체가 널려 있었다. 풀잎의 썩은 냄새가 코를 찔렀지만 안전하게 몸을 숨길 수 있다는 것 하나만으로도 충분했다. 타타 가족은 어둠 속에 몸을 맞대고 다시 만나게 된 것을 기뻐했다. 타타는 고양이 블루와 참새 가족을 만난 이야기를 들려주었다. 칫치는 흥분해서 컵라면 배에 올라타 급물살을 타고 떠내려온 경험을 떠들어 댔다. 아빠는 아이들의 이야기를 듣고 있는 것만으로도 너무나 행복했다. 나머지 일행은 어떻게 되었을까? 슬슬 걱정이 되기 시작했다.

한 시간쯤 지났을까? 위장을 위해 입구에 쌓아 둔 낙엽을 치우는 소리가 들렸다. 타타네 가족은 긴장된 얼굴로 입구를 주시했다. 사라와 도라무가 모습을 드러냈다.

"다들 무사하십니까? 정말 다행입니다. 그런데 간쓰는 아직 오지 않았습니까?"

도라무가 물었다.

"네, 아직 오지 않았습니다."

아빠가 대답하자 도라무가 어두운 표정으로 말했다.

"그렇습니까? 나와 사라는 강기슭으로 뛰어가다가 위병 시궁쥐들에게 포위되어 오도 가도 못하고 있었습니다. 그때 간쓰가 옆에서 뛰어나와 사라를 지켜 주고 도망치라고 소리쳤습니다. 곁에 남아서 같이 싸웠어야 했는데."

후회하고 있는 도라무를 달래듯 사라가 단호하게 말했다.

"간쓰라면 무사할 거예요. 분명 아무 일도 없을 거예요."

사라의 말이 맞았다. 간쓰는 저녁 무렵이 되어서 위풍당당하게 모습을 드러냈다. 털이 흠뻑 젖고 배와 등에 심한 부상을 입었지만 여전히 유쾌하게 웃으며 큰 소리로 떠들어 댔다.

"한 번이라도 좋으니 녀석들을 혼내 줄 기회가 오기만을 기다렸는데 마침내 기회가 온 거야. 아마 나한테 물린 상처가 심해서 앞으로 몇 달은 걷지 못할걸. 야호! 이렇게 상쾌한 기분은 태어나서 처음이야."

"자네 혼자 남겨 두고 와서 정말 미안하네."

도라무가 말했다.

"괜찮아. 잠시 녀석들과 놀아 주고 재빨리 강으로 뛰어들었지."

"강으로 뛰어들었다고?"

모두의 눈이 휘둥그레졌다.

"두세 마리가 내 뒤를 따라 뛰어들었지만 아마 물살을 이기지 못
하고 빠져 죽었을 거야. 멍청한 녀석들. 나는 강을 가로질러 건너편으
로 가 숲에 숨었지. 그러고 나서는 흥분이 가라앉기를 기다렸어. 뒤
쫓아 올 줄 알았는데 아무도 없어서 조금은 김이 새더군. 하하! 어쨌
든 정말 힘든 하루였어. 완연한 가을이야. 날씨도 좋고 해서 오후에
는 내내 낮잠을 잤지. 잠이 부족했었는데 잘됐지. 한숨 푹 자고는 녀
석들의 기척이 없다는 것을 확인하고 다시 강을 헤엄쳐 이쪽으로 돌
아온 거야."

"흐음. 다시 말하지만 간쓰, 자네는 정말 대단해."

모두의 마음을 대변하듯 도라무가 말했다.

"하지만 상처가 심하니 며칠은 꼼짝 말고 쉬는 편이 좋겠네. 출혈은
멈췄지만 조심하는 게 좋아."

"뭐, 이까짓 상처를 가지고 호들갑이야? 하하!"

간쓰는 이렇게 말하고 다시 호탕하게 웃었다. 칫치는 간쓰의 모습
을 넋 놓고 쳐다보고 있었다. 타타는 그런 칫치의 모습을 보고 있는
게 무척이나 기뻤다.

마침내 무사히 사코무라 다리를 넘어 시궁쥐 제국을 벗어날 수 있었다.

"여러분 덕분에 무사히 탈출할 수 있었습니다. 정말로 신세를 많이 졌습니다. 도라무 씨, 간쓰 씨, 그리고 사라 씨, 위험을 무릅쓰고 우리 가족을 구해 주셔서 진심으로 감사드립니다."

아빠가 정중하게 인사했다.

"천만에요. 우리도 더는 참을 수 없었는걸요. 언젠가는 일어날 일이 었어요. 타타네 가족이 그 계기를 만들어 주었어요. 시궁쥐 제국도 오래 가지는 못할 거예요. 어쨌든 칫치 군이 무사해서 정말 다행이에요."

제 2 부

고난을 넘어서

1

그 후로도 맑고 아름다운 가을 날씨가 계속되었다. 높고 푸른 가을의 하늘빛에 눈이 부셨다. 해가 점점 짧아지고 아침저녁으로 찬바람이 불었지만 낮에는 아직 따뜻한 햇살이 나무와 풀, 강을 부드럽게 감싸고 있었다.

낙엽이 지기 시작했다. 푸르던 나뭇잎들이 빨강, 노랑 색색 옷으로 갈아입고 불어오는 바람을 따라 바스락 소리를 냈다. 가을을 알리는 높고 날카로운 직박구리의 울음소리도 들려왔다.

타타와 칫치는 강가로 내려가 넓적한 돌 위에 나란히 엎드려 강물이 흘러가는 모습을 지켜보고 있었다.

"형! 강도 잠을 자?"

"강물이 멈출 때도 있냐고 물어보고 싶은 거니?"

"응, 우리가 잘 때 강도 잠을 자?"

"아니, 강은 잠을 자지 않아. 언제나 지금처럼 변함없이 흘러가는 걸."

"그러면 힘들지 않을까?"

"강은 결코 지치지 않아. 강은 끊임없이 흐르고 있을 때 기쁨을 느끼거든. 저길 봐!"

타타는 물 위로 솟아 있는 커다란 바위에 부딪혀 하얗게 부서지는 물살을 가리켰다.

"저것 봐! 강이 웃고 있잖아."

"우와, 정말이네. 형, 정말 강이 웃고 있어."

"강은 멈추지 않고 달리는 것이 좋아서 웃고 있는 게 틀림없어."

"우리도 지금껏 멈추지 않고 달려왔지?"

"그래, 우리도 강처럼 힘껏 달려왔어."

지난 일을 떠올리며 타타는 벌러덩 드러누워 하늘을 올려다보았다. 가을 햇살이 눈이 부셔 눈을 뜰 수가 없었다.

"칫치, 나처럼 하늘을 보고 누워서 눈을 감아 봐."

칫치가 바스락거리며 드러눕는 소리가 들렸다.

"눈꺼풀 너머로 붉은 빛이 보이지?"

"응, 보여. 아, 따뜻해."

"그래, 참 따뜻하다."

타타와 칫치는 눈을 감고 가만히 누워 있었다. 그때 갑자기 퍼드덕 퍼드덕 날갯짓 소리가 들렸다. 깜짝 놀란 타타가 벌떡 일어나 눈을 껌벅거려 보았지만 눈이 부셔서 아무것도 보이지 않았다.

"이봐, 너희들! 이런 곳에서 느긋하게 누워 있다니, 너무 태평한 거 아니야?"

타타는 엄마 참새의 목소리라는 것을 단번에 알아차렸다.

"아, 아줌마! 새끼 참새는 괜찮아요?"

"응, 이제 다 나았어."

엄마 참새가 대답했다.

"이제 조금은 날 수 있어. 다 네가 도와준 덕분이야."

"그래요? 정말 다행이에요."

"그런데 너도 그 사이 동생을 만났구나."

"네. 아빠도 만났어요."

"그럼 모두 여기에서 사는 거니?"

"글쎄요. 아직 어떻게 될지 모르겠어요."

아빠는 좀 더 위로 올라가는 게 좋겠다고 말했다. 이곳은 시궁쥐 영역과 너무 가까웠기 때문이다. 아직까지는 녀석들의 모습이 보이지 않았지만, 언제 이 주변에 나타날지 모르는 일이었다. 또 장기적으로 봤을 때 시궁쥐들이 제국을 점점 확장하면 이 주변도 언젠가 그들의 수중으로 넘어갈지도 모른다. 안전한 보금자리를 마련하려면 적어도 강을 수백 미터 더 거슬러 올라가야 한다는 것이 아빠의 의견이었다. 하지만 타타와 칫치는 많이 지쳐서 더 이상 여행을 하고 싶지 않았다.

"어쩌면 좀 더 위쪽으로 올라가야 할지도 모르겠어요. 어쨌든 지금은 좀 쉬어야 할 것 같아요."

"위로 더 가면 공원이야. 굉장히 넓고 쾌적하단다."

"그 위로는 뭐가 있어요?"

"공원을 벗어나면 역이 있는 시끌벅적한 번화가가 나와."

"그래요? 그럼 공원 근처에서 사는 게 좋을지도 모르겠네요."

"글쎄. 아무튼 겨울이 오기 전에 빨리 정착해서 따뜻한 집을 만들어야 할 거야."

"그렇겠네요."

"그러니까 아까처럼 인간들 눈에 띄는 곳에서 느긋하게 낮잠이나 자면 안 돼요."

"잔 거 아니에요. 그냥 누워서 눈을 감고 있었던 것뿐이에요."

"저기, 형! 겨울이 뭐야?"

옆에 있던 칫치가 물었다. 칫치가 태어나서 처음으로 맞게 될 겨울이었다.

"겨울은 추워지는 거야. 추워서 먹이를 찾기도 힘들어지지. 참! 내 정신 좀 봐. 어서 먹이를 찾아서 돌아가야 해. 우리 아기가 배고파 하고 있을 거야. 자, 그럼 나중에 또 보자. 몸조심하렴."

빠르게 말을 마친 엄마 참새는 타타와 칫치의 대답도 기다리지 않고 횡 날아가 버렸다.

어린 곰쥐 두 마리는 엄마 참새의 이야기를 듣고 조금 걱정이 되었지만 그것도 잠시, 오후 내내 강기슭에서 술래잡기와 숨바꼭질을 하며 즐거운 시간을 보냈다. 간혹 인간이 지나가면 재빨리 풀숲에 숨어 숨을 죽이고 몸을 웅크렸다. 신나게 놀고 나니 해가 뉘엿뉘엿 서쪽으로 넘어갔고 어느새 공기가 차가워지기 시작했다.

타타와 칫치가 굴로 돌아와 보니 아빠와 도라무가 얼굴을 맞대고 진지하게 이야기를 나누고 있었다. 옆에는 간쓰가 잠들어 있었다.

"타타 군, 마침 잘 왔네. 네 이야기를 다시 한 번 제대로 듣고 싶었거든. 그렌이 살고 있다는 도서관으로 가는 방법을 자세히 가르쳐 주겠니?"

도라무가 도서관으로 가는 길을 물었지만 타타는 아무 말도 할 수가 없었다. 블루의 집으로 가는 길이라면 설명할 수 있었지만, 그곳에서 도서관으로 가는 길은 타타도 알지 못했다.

"흐음."

도라무의 신음 소리가 들렸다.

"어쨌든 타타네 가족이 빠져나온 하수도관으로는 갈 수 없겠어. 길을 헤맬 가능성도 있고 급류에 휩쓸릴 우려도 있으니까. 그렇다면 도로를 따라가는 수밖에 없는데, 그 방법도 위험하단 말이야."

"자네는 너무 부정적이야."

옆에서 자고 있던 간쓰가 벌떡 일어나 까랑까랑한 목소리로 말했다.

"자네 이야기를 듣고 있으면 기분이 침체된단 말이야. 괜찮을 거야. 어떻게든 되게 되어 있어."

"하지만 이번에 위병 시궁쥐들에게 발각되면 지난번 일도 있고 해서 결코 쉽게 넘어 갈 수 없을 거야."

"하여간 못 말린다니까. 또 부정적으로 말하고 있잖아. 그러다가 귀에 딱지가 앉겠어."

간쓰는 그렇게 말하며 귀를 후벼 파는 시늉을 했다.

"어쨌든 자칫 우리 때문에 그렌의 위치가 발각될 위험은 있어요. 그렌이 있는 곳이 알려지면 절대 안 돼요."

사라가 말했다.

"으흠."

간쓰도 문제의 심각성을 느꼈는지 팔짱을 끼며 낮은 신음을 토했다.

"녀석들에게 우리의 모습을 조금이라도 들키면 안 된다는 말이지."

"조심조심 천천히 움직이세. 자세한 길은 모르지만 대략적인 방향은 알았으니 일단 가 보는 수밖에 없지 않은가. 어떻게든 되겠지. 후후! 간쓰에게 옮았나 보군."

도라무가 겸연쩍은 듯 웃으며 말했다. 그러자 간쓰가 큰 소리로 웃으며 도라무의 등을 툭툭 두드렸다.

"그래, 어떻게든 될 거야. 아니 어떻게든 할 거야, 걱정 말게. 이 간쓰 님이 계시지 않은가. 하하하!"

밤이 깊어지자, 곰쥐 세 마리와 시궁쥐 세 마리는 서로를 끌어안으며 작별 인사를 나누었다. 아빠는 다시 한 번 가족을 구해 줘서 고맙다고 말했다. 그러자 도라무가 이렇게 말했다.

"감사한 건 오히려 우립니다. 그렌이 살아 있다는 기쁜 소식을 전해 주었으니까요. 우리에게 희망을 가져다주었죠. 그렌을 잃은 후 희망이나 친구라는 단어는 잊고 살았는데 그런 우리에게 새로운 생명을 불어넣어 주었습니다."

옆에서 조용히 듣고 있던 타타가 나직한 목소리로 중얼거렸다.

"강의 빛을 찾아서!"

"맞습니다! 우리는 그렌을 잃고, 살아 있어도 죽은 것과 다름없었습니다. 그런데 강의 빛을 찾아서 앞으로, 앞으로 나아가자는 용기를 되살려 주었습니다. 이제 다시 싸움이 시작되었습니다. 머지않아 강에 다시 빛이 돌아올 겁니다."

도라무는 밝게 웃으며 말했다. 그리고 무언가를 생각하듯 잠시 입을 꾹 다물고 있더니 스스로에게 다짐하듯 단호하게 말했다.

"반드시 그렇게 될 겁니다. 아니, 그렇게 해 보이겠습니다."

도라무의 이야기에 크게 감동을 받은 아빠는 그의 말을 가슴 깊이 새겨 두었다.

도라무와 간쓰, 사라가 그렌을 찾아 길을 떠나자 다시 타타네 가족만 남게 되었다. 다시 만나게 된 것을 기뻐하며 서로의 몸을 맞대고 앞으로의 계획을 의논했다. 세 마리가 다시 모이게 되었고, 그렇게 찾아 헤매던 강으로 돌아왔다. 게다가 버려진 지 오래되어 여기저기 손볼 데가 많기는 하지만, 넓고 따뜻한 보금자리도 있었다. 아빠는 이대로 겨울을 맞이할까도 생각했지만 아무래도 좀 더 안전한 곳으로 옮기는 게 좋다는 결정을 내렸다.

"아무래도 조금 더 올라가는 게 좋을 것 같다. 이곳은 녀석들의 제국과 너무 가까워. 녀석들한테 들킬까 봐 벌벌 떨면서 사는 것은 너희들도 싫겠지?"

하지만 그날만 해도 타타와 칫치는 벌벌 떨기는커녕 강기슭에 있는 바위 위에 느긋하게 누워 있거나 이리저리 뛰어다니며 정신없이 놀았다. 하지만 말해 봐야 꾸지람만 들을 것 같아 타타와 칫치는 입을 꾹 다물었다.

"서두르는 편이 좋겠다. 제법 쌀쌀해졌어. 내일 하루만 더 쉬고 밤에 출발하자!"

좀 더 안전한 보금자리를 찾아 떠나기로 결정한 타타네 가족은 서로에게 얼굴을 묻고 마치 하나의 커다란 털 뭉치처럼 잠이 들었다.

새벽 무렵 타타는 뭔가 울리는 느낌이 들어 눈을 떴다. 칫치가 콜록콜록 작은 기침을 하고 있었다.

"칫치, 왜 그래? 감기라도 걸린 거야?"

"잘 모르겠어. 목이 따끔따끔 아파."

칫치는 졸린 목소리로 대답하고는 이내 다시 잠이 들었다. 잠시 후 타타도 다시 잠이 들었는데 잠이 들기 직전 왠지 목이 따끔거려서 자신도 모르게 침을 삼켰다.

2

다음 날 밤이 되어 주위가 어두워지자 타타네 가족은 길을 나섰다. 강을 따라 위로 올라갔다. 아빠가 앞에 서고 그 뒤를 칫치와 타타 순으로 따라갔다. 타타는 이번에도 칫치가 낙오되지 않도록 호위하는 역할을 맡았다. 한 발 한 발 침착하게 이동했다.

처음 여행을 떠났을 때 느꼈던 흥분과 불안은 이미 사라지고 없었다. 시궁쥐들 제국으로부터 멀리 돌아가기 위해 이와미 도로를 따라 북상했을 때의 절망감과 비장함도 없었다. 그 사이 타타는 훌쩍 자라 어른이 되었고, 칫치도 이제 어리광 부리는 꼬맹이가 아니었다. 게다가 예기치 못한 이별의 아픔을 겪은 후라서 가족의 사랑은 더욱 강해졌다. 셋이 함께라면 어떠한 역경도 견뎌 낼 수 있을 것 같았다.

이제 곧 목적지에 도착할 것이다. 하루 이틀이면 이 고생도 끝이 나고 안락한 보금자리를 찾을 수 있을 것이다. 일단 안전한 곳을 발견하면 조금 좁더라도 그곳에 머물 생각이다. 기나긴 겨울 동안 굴을 조금씩 넓히며 겨우내 먹을 식량을 저장하고 차근차근 집 모양을 갖추면 된다. 타타 가족은 말을 아끼고 묵묵히 달려 나갔다.

얼마나 달렸을까? 조금 전과는 사뭇 다른 분위기가 느껴졌다. 우선 공기부터 달랐다. 엄마 참새가 가르쳐 준 기하라 공원에 들어선 게 틀림없었다. 조금 강해진 바람이 나무 사이로 불자 흙냄새가 한가득 실려 왔다. 칫치가 기침을 심하게 하자 아빠는 잠시 쉬었다 가기로 했다.

"이곳에서 쉬기로 하자. 오늘 밤은 이 정도로도 충분할 것 같구나. 이제 곧 날이 밝으면 인간들의 왕래가 많아질 거야. 아침 일찍부터 개를 데리고 산책하러 나오는 인간들도 있을 테고, 낮에는 되도록 눈에 띄지 않는 곳에 숨어서 꼼짝 말고 쉬는 게 좋겠다."

"풀숲이 우거진 곳이 좋겠죠? 아빠는 칫치와 여기에서 잠깐 기다리세요. 제가 숨을 만한 곳을 찾아보고 올게요."

말을 마친 타타는 재빨리 앞으로 달려 나갔다. 하지만 마음이 급했던 타타는 누군가 천천히 자신을 향해 다가오고 있는 것을 눈치 채지 못했다.

늙은 족제비에게는 매일같이 되풀이되는 시궁쥐와의 전투가 그리 나쁘지만은 않았다. 힘들고 고되기는 했지만 먹이 걱정을 할 필요는 없었으니까. 고 깜찍한 곰쥐 세 마리가 감쪽같이 도망쳐 버린 날 밤은 정말 분했지만 정신을 차리고 강을 따라 위쪽으로 달려가 다리를 하나 건너니, 그곳에는 곰쥐보다 몸집이 큰 시궁쥐들이 바글거리고 있었다. 그날 이후로 족제비는 시궁쥐를 잡아먹으며 매일 든든하게 배를 채울 수 있었다. 하지만 그것도 잠시, 쥐들이 전략을 바꿔 여러 마리가 함께 몰려다니기 시작하더니 교대로 보초를 서며 빈틈을 보이지 않아 좀처럼 접근하기가 어려웠다. 간신히 기회를 잡아 공격해도 몸집이 큰 시궁쥐 여러 마리가 잘 훈련된 연계 작전으로 반격해, 오히려 족제비가 상처를 입고 빈손으로 도망치는 날이 늘어났다. 그러던 어느 날, 녀석들도 제법 머리를 써서 미끼로 족제비를 덫으로 유인하는 등 굉장히 치밀한 전략을 펼치는 것을 보고 족제비는 적잖이 놀랐다. 통통하게 살이 오른 시궁쥐가 무방비 상태로 돌아다니는 것을 보고 옳다구나 싶어서 족제비가 재빨리 뛰어들면 시궁쥐는 어느새 쏜살같이 도망쳐 버렸다. 시궁쥐를 뒤쫓는 데 정신이 팔려 녀석들이 놓은 가시덤불 덫을 미처 발견하지 못하고 그대로 뛰어들고 말았다. 어떻게 해서든 빠져나오려고 발버둥 치고 있는데 열 마리가 넘는 시궁쥐들이 몰려와 급소를 노리고 달려들었다. 시궁쥐들의 치밀한 전략에 오히려 족제비가 당할 뻔한 위기의 순간이었다. 족제비는 죽을 힘을 다해 시궁쥐들의 공격을 뿌리치고 가까스로 탈출했다. 그 후로 족제비도 사냥감을 신중히 고르게 되었다. 먹이를 구하기가 힘들어졌지만 어떤 의미에서는 사냥에 대한 흥분과 쾌락이 고조되었다고 할 수 있었다. 거의 매일 새로운 상처가 생겼지만 천성적으로 호전적이고 먹이를 사냥할 때 느끼는 잔혹한 흥분을 즐기는 족제비에게 시궁쥐와의 피비린내 나는 전투는 굉장히 흥분되는 일이었다.

하지만 시궁쥐들은 족제비의 습성을 연구하며 점점 거세게 반격하기 시작했다. 족제비가 자고 있는 나무 구멍으로 많은 군사를 이끌고 쳐들어오기도 했다. 족제비도 이제는 나이가 들어 몸이 많이 둔해져서인지 몸집이 크고 난폭한 시궁쥐들이 머릿수로 밀어붙이는 것을 막아 낼 재간이 없었다.

날이면 날마다 밤이면 밤마다 되풀이되는 싸움에 지친 족제비는 이제 떠날 때가 되었음을 직감했다. 그리고 시궁쥐들의 공격을 받고 가까스로 도망쳐 나오던 날 밤, 그곳을 떠나기로 결심했다. 다음 날 마침내 늙은 족제비는 새로운 먹잇감을 찾아 강 위쪽으로 올라가기로 했다. 그런데 길을 떠난 지 얼마 되지 않아 생각지도 못했던 사냥감을 발견했다. 다리를 건너 잠시 걷다 보니 근처에서 쥐 냄새가 나기 시작했다. 발소리를 죽이고 조심조심 냄새가 나는 곳으로 가 보니, 언젠가 감쪽같이 도망쳤던 곰쥐 가족 세 마리가 달려가고 있었다. 족제비는 조그마한 곰쥐 녀석들에게 당한 굴욕을 잊지 않고 있었다. 지금도 생각하면 분노가 치밀어 올랐다. 마침내 그때의 원한을 풀 기회가 찾아온 것이다. 그날은 세 마리를 모두 잡을 수 있을지도 모른다는 지나친 욕심에 한 마리도 잡지 못하는 참담한 패배를 맛봐야 했지만, 실수는 한 번으로 충분했다. 두 번 다시 실수를 되풀이하지는 않을 것이다.

'우선 한 마리부터 잡은 후에 나머지 두 마리도 끝까지 찾아내서 모조리 잡아먹어 버리겠다.'

족제비는 이를 부득부득 갈며 살금살금 타타에게 다가갔다. 사냥감에게 단숨에 달려들어 신음 소리를 토해 낼 새도 없이 한 입에 덥석 물어 숨통을 끊어 놓는 순간 맛볼 수 있는 황홀함을 생각하니 피가 용솟음쳤다. 족제비는 신중에 신중을 기해 타타네 가족 뒤를 쫓아갔다. 바람이 앞에서 뒤쪽으로 불고 있어 타타네 가족은 족제비의 냄새를 전혀 알아차리지 못했다.

족제비는 바람이 부는 방향을 따라 조금씩 옆으로 돌며 거리를 점점 좁혀 갔다. 세 마리의 쥐가 멈춰 서는 것이 보였다. 잠깐 쉬었다 갈 모양이었다. 드디어 사냥을 할 때가 되었다고 좋아하고 있는데, 때마침 쥐 한 마리가 홀로 뛰어나오는 것이 눈에 들어왔다.

'후후! 적당한 사냥감이군. 오늘은 녀석을 야식으로 먹어 주겠어.'

족제비는 살금살금 가까이 다가가 멈춰 섰다. 적당한 기회를 노려 타타의 뒷덜미를 향해 이빨을 세우고 크게 뛰어오르는 순간, 족제비는 강한 충격을 느끼며 바닥으로 굴러떨어졌다. 어찌된 영문인지 미처 깨닫기도 전에 족제비의 몸은 다시 공중으로 들려 올라가더니 좌우로 흔들렸다.

고양이 블루였다. 블루는 족제비의 등을 물어 좌우로 흔들더니 휙 하고 던져 버렸다. 족제비는 땅에 떨어진 충격보다 심리적인 충격에 정신을 잃고 말았다. 블루는 다시 족제비에게 재빨리 달려가더니 이 번에는 앞발로 족제비의 배를 꾹 눌렀다.

"어? 블루 아줌마!"

타타가 블루를 보고 소리쳤다. 족제비를 누르고 있던 블루가 타타 를 돌아보지도 않은 채 낮은 목소리로 신음하듯 말했다.

"아줌마라고 하지 말랬지?"

"블루 아줌마!"

타타는 소리를 지르며 달려와 블루의 등에 얼굴을 파묻었다.

"어어, 이봐. 잠깐만! 그렇게 하면 힘을 줄 수가 없잖아."

타타가 끌어안는 바람에 족제비를 누르고 있던 블루의 앞발이 조 금 들렸다. 때마침 정신을 차린 족제비가 블루의 발을 밀쳐 내고 벌떡 일어나 비틀거리며 죽을 힘을 다해 나무 그늘로 도망쳤지만 블루가 재빨리 뒤쫓아 가서 또다시 족제비를 보기 좋게 넘어뜨렸다.

"요기, 요 부드러운 뱃살을 한번 물어 볼까?"

블루가 혼잣말을 하듯 속삭였다. "윽!"하고 족제비의 신음 소리가 들려왔다.

"그리고 이 냄새나는 꼬리도."

"윽!"

족제비의 신음 소리가 다시 또 들려왔다. 그러자 이번에는 블루가 "야옹!"하고 날카롭게 울부짖더니 무섭게 소리쳤다.

"이 아이들에게 다시 한 번 손을 댔다가는 내가 널 가만두지 않겠어. 알아들었어? 앞으로도 지켜볼 거야. 또 이런 일이 생기면 그땐 숨통을 끊어 놓을 테다."

블루는 피가 얼어붙을 듯이 차가운 목소리로 말하고는 족제비를 놔주었다. 족제비는 조심조심 빠져나와 비틀거리는 걸음으로 강둑을 뛰어올라 갔다.

"블루 아줌마!"

타타가 소리치며 블루를 향해 달려왔다.

"너희들은 어쩜 그렇게 조심성이 없니? 저 족제비가 아까부터 너희를 따라왔단 말이야. 하지만 저 녀석도 내가 따라오고 있다는 걸 눈치 채지 못한 것을 보면 상당히 허술한 모양이야."

"저 족제비는 예전에도 만난 적이 있어요. 아직까지 우릴 노리고 있다니, 굉장히 집요한 녀석인 것 같아요."

"하지만 내가 혼내 줬으니까 앞으로는 안 그럴 거야."

"그랬으면 좋겠어요. 이번에도 제가 신세를 졌네요."

"가끔 이렇게 멀리 나올 때도 있는데 어디선가 족제비 냄새가 나잖아. 그래서 잠깐 데리고 놀까 하고 쫓아와 보니 그 앞에 네가 있어서 깜짝 놀랐어."

그때 아빠와 칫치가 쭈뼛거리며 다가왔다. 블루는 신비하고 아름다운 에메랄드빛 눈동자로 아빠와 칫치의 얼굴을 차례로 한참 동안 유심히 들여다보더니 타타를 돌아보며 말했다.

"아빠와 동생을 찾았구나?"

3

"저기……."

그때 칫치가 머뭇거리며 도저히 믿을 수 없다는 듯 떨리는 목소리로 물었다.

"형, 이거 고양이네?"

"고양이 블루야. 내가 전에 말해 줬지? 블루 아줌마는 굉장히 친절한 고양이야. 나를 숨겨 주고 먹이도 줬어."

블루는 사뿐사뿐 우아한 발걸음으로 칫치에게 다가가더니 바로 앞에 멈췄다. 그리고 고개를 숙여 칫치의 눈을 물끄러미 쳐다보았다.

"요 녀석 봐라. 작고 동글동글한 것이 정말……."

블루는 말을 하다 말고 칫치를 혀로 날름 핥고는 "맛있어 보이는 걸."하고 덧붙였다. 아까 족제비를 물었을 때 묻은 시뻘건 족제비의 피가 블루의 이빨을 빨갛게 물들이고 있는 모습이 칫치의 눈에 선명하게 들어왔다. 칫치는 놀라서 헉 소리와 함께 얼어붙었다. 다음 순간 온몸에 힘이 쭉 빠져 버린 듯 비틀거리며 그 자리에 주저앉고 말았다.

"아줌마, 장난 그만 쳐요. 칫치는 아직 어려서 정말인줄 안단 말이에요."

타타가 블루를 말리자 블루가 혼잣말처럼 대꾸했다.

"나를 '이거'라고 한 대가야. 호호!"

블루는 살며시 웃으며 하늘을 올려다보았다.

"슬슬 날이 밝아 오네. 이제 가 봐야겠어. 집까지 가려면 한참 걸리거든."

이렇게 말하고 나서 블루는 천천히 자신의 등과 배를 핥으며 정성
껏 털을 손질했다. 칫치가 주춤주춤 다가가 블루의 꼬리를 살짝 만지
자 블루는 꼬리를 살짝 흔들었다. 그러자 칫치는 크게 당황하며 재빨
리 아빠의 등 뒤로 숨었다. 그리고 작은 목소리로 자랑스럽게 말했다.

"아빠, 아빠! 내가 고양이를 만졌어요."

블루는 타타의 머리를 한 번 핥고는 말했다.

"타타! 아빠와 동생을 만나서 다행이다."

"네. 아줌마."

"아줌마도⋯⋯. 이런, 나도 모르게 그만. 콜록콜록."

말실수를 한 블루는 헛기침을 하고는 재빨리 이렇게 덧붙였다.

"나도 한 번쯤은 새끼를 낳았으면 좋았을 텐데."

그러자 타타가 어른스러운 표정으로 대답했다.

"새끼가 있으면 힘든 일도 많아요."

옆에서 듣고 있던 아빠는 자신도 모르게 풋! 하고 웃음이 터져 나
왔다.

"바보!"

블루가 나직이 중얼거리고는 타타의 머리를 다시 한 번 부드럽게
핥았다.

"자, 이제 주인 할머니가 걱정하실 테니 집으로 돌아가야겠어."

블루가 일어서며 아빠를 향해 말했다.

"착한 아이들이에요."

아빠는 아무 말 없이 고개를 끄덕였다. 블루는 타타의 얼굴을 다시
한 번 오랫동안 가만히 들여다보더니 갑자기 몸을 돌려 강둑으로 뛰
어 올라갔다.

타타네 가족은 낮에는 풀숲에서 잠을 자고 어두워지자 다시 서둘
러 길을 나섰다. 이번에는 족제비가 다시 따라붙지 않을까 경계하는
것도 잊지 않았다. 다행히 아무 일도 일어나지 않았다. 아빠는 달리는
속도를 서서히 늦췄다. 잠시 멈춰 서서 주변을 둘러보며 코를 킁킁거
려 공기의 냄새를 맡고는 다시 달리기를 여러 번 되풀이했다. 새벽녘
이 되자 달리기를 멈추고 걷는가 싶더니 점점 천천히 걸었다. 그리고
마침내 아빠는 멈춰 서서 움직이지 않았다.

"바로 여기다!"

아빠가 주위를 둘러보며 작은 목소리로 부드럽게 중얼거렸다. 아빠
의 목소리에는 긴장감이나 압박감이 전혀 느껴지지 않았다. 여행을
떠난 이래 이렇게 편안하고 조용한 목소리는 처음이었다. 타타와 칫
치는 아빠의 말이 무엇을 의미하는지 금방 알 수 있었다.

아빠가 멈춰 선 곳은 풀과 나무가 많아서 여차할 때 몸을 숨기기에
안성맞춤이었다. 근처에 좁지만 나무다리가 놓여 있어서 건너편으로
건너갈 수도 있었다. 다리 너머로 음료수 자판기가 보였다.

"저쪽 자판기 옆에 있는 쓰레기통이 보이니? 쓰레기통 옆에는 먹을
게 떨어져 있기 마련이란다. 일단 먹을거리를 구할 걱정은 없을 것 같
다. 주택가에서 멀리 떨어져 있는 공원 한가운데라서 먹을거리를 구

하러 가기가 어려웠는데 마침 자판기가 있으니 얼마나 다행이니? 게다가 이곳은 나무 열매도 많아."

"하지만 어디에서 살아요? 여기는 몹시 추운걸요. 콜록콜록."

타타가 기침을 하며 물었다. 꽤 쌀쌀해져서 낮에도 세 마리가 함께 끌어안고 자야했다.

"우선 몸을 따뜻하게 할 수 있을 정도로 작은 굴을 파기로 하자. 어디가 좋을까?"

아빠는 강둑을 조금 올라간 지점에 자라고 있는, 그 주변에서 가장 두꺼운 느티나무의 뿌리로 다가가 주위를 살펴보았다.

"좋아. 여기로 하자! 봄이 되면 강물이 많아져 위험할 수 있는데 이 주변이라면 괜찮을……. 어어?"

갑자기 발아래가 울퉁불퉁 솟아오르더니 갈색의 작은 생물체가 불쑥 튀어나왔다. 아빠는 깜짝 놀라 펄쩍 뛰어올랐다. 다시 땅이 울퉁불퉁 솟아오르더니 또 다른 갈색 생물체가 얼굴을 내밀었다. 여기서 불쑥, 저기서 불쑥! 어느새 타타네 가족은 뾰족한 코를 실룩거리고 있는 작은 동물 다섯 마리에게 둘러싸여 있었다. 다섯 마리가 일제히 떠들어 대기 시작했다.

"저게 뭐야?"

"바보, 그것도 몰라? 쥐잖아."

"쥐가 뭔데?"

"야! 밀지 마. 아프잖아."

"내가 민 거 아니야."

"쥐는 우리들의 친척이야."

"우리보다 큰데?"

"이빨 좀 봐! 굉장하다."

"꼬리도 길어."

"저길 봐! 작은 녀석들도 있어."

"우리보다 훨씬 큰데 작은 녀석들이라니."

"저 녀석들 위험하지 않을까?"

"분명 위험할거야."

"나 배고파."

"야! 밀지 말라고 했지?"

"내가 민 거 아니라니까."

"에헴. 너희들은."

아빠가 큰 기침을 한 번 하고 말을 꺼내자 다섯 마리의 동물들은 이야기를 멈추고 일제히 아빠를 주시했다.

"그러니까, 너희들은 아마도 두더지 새끼들인 것 같구나."

"엄마!"

그 순간 다섯 마리의 동물들은 마치 구령이라도 붙인 듯이 목소리를 맞춰 엄마를 불러 댔다. 그러자 다시 아빠 발아래의 흙이 들썩이더니 날카로운 발톱을 가진 앞발이 불쑥 튀어나왔다. 그리고 아빠보다 조금 큰 어른 두더지가 나왔다. 두더지는 눈을 깜박이며 아빠를 쳐다보았다. 그리고 조금 떨어진 곳에서 멍하니 서 있는 타타와 칫치를 보더니 후다닥 달려가 앞발을 뻗으며 두 마리 쥐를 꽉 끌어당겼다.

"어머나, 세상에!"

두더지의 앞 발톱이 너무 날카로워서 타타와 칫치는 순간 움찔했다. 아빠도 깜짝 놀라 소리를 질렀지만 엄마 두더지의 쩌렁쩌렁한 목소리에 묻히고 말았다.

"어머, 어머! 너희들 정말 귀엽구나. 한 마리는 털이 회색이고 한 마리는 흰색이네. 어머나, 눈도 동글동글하고, 요 귀여운 수염 좀 봐. 너희들 이름이 뭐니?"

"저는 타타고 이쪽은 동생 칫치예요."

타타는 엄마 두더지의 행동에 조금 당황했지만 침착하게 대답했다.

"타타와 칫치. 그다지 귀여운 이름은 아니네. 이쪽은 내 아이들이야. 첫째부터 모라, 모리, 모루, 모레, 모로. 모두 다섯 마리지."

엄마 두더지가 이름을 부를 때마다 작은 두더지 새끼들이 한 마리씩 살짝 고개를 끄덕였다.

"너희한테도 좀 더 귀여운 이름을 붙여 줄게. 음, 그래. 모라리노와 모리스카야 어때? 어머나, 정말 멋지다. 그렇지 않니? 너는 모라리노, 그리고 너는 모리스카야."

엄마 두더지는 타타와 칫치를 차례로 가리키며 말했다. 그러자 옆에서 이 광경을 지켜보고 있던 아빠가 단호하게 말했다.

"안 됩니다. 이 아이들에게는 엄연히 타타와 칫치라는 이름이 있어요."

4

"당신이 모라리노와 모리스카야의 아빠로군요? 애들 엄마는 어디 있죠? 당신 부인 말이에요."

엄마 두더지가 아빠에게 얼굴을 바짝 들이밀며 물었다.

"아내는 죽었소."

아빠는 비틀거리며 조금 뒤로 물러났다. 그러자 엄마 두더지의 목소리가 갑자기 나긋나긋해지더니 이렇게 물었다.

"어머나, 그럼 당신은 지금 혼자겠네요?"

"뭐, 그렇소."

"어머나, 나도 혼자인데. 어머머, 이건 분명 운명의 만남일거야. 호호!"

엄마 두더지는 얼굴을 붉히며 조금 전과는 달리 작고 요염한 목소리로 말하고는 살포시 고개를 숙였다.

"운명적인 만남이라니 무슨 당치도 않는 말입니까?"

아빠가 크게 당황하며 소리쳤지만 새끼 두더지들은 일제히 아빠에게 달려와 "아빠!"라고 부르며 매달렸다.

일단 새끼 두더지들을 진정시키고 엄마 두더지와 이야기를 나눠 보니 엄마 두더지가 다소 독선적이기는 해도 총명하다는 것을 알 수 있었다.

"그러니까 당신은 모라리노와 모리스카야를 데리고 이곳에 집을 지을 생각이지만 아직 마땅한 곳을 찾지 못했다는 이야기죠?"

아빠가 모라리노와 모리스카야가 아니라 타타와 칫치라고 말했지만 엄마 두더지는 전혀 귀담아듣지 않았다.

"그렇습니다."

"좋아요. 그 문제라면 나에게 맡겨요. 해결책은 아주 간단해요. 우리 두더지 굴을 같이 쓰세요."

"하지만, 그건."

"괜찮아요. 넓어서 걱정 없어요. 힘들게 만들어 놓고 쓰지 않는 방이 여러 개 되거든요. 일단 안착하고 나중에 방을 새로 만들든 넓히든 마음대로 하세요."

타타네 가족은 엄마 두더지를 따라 느티나무 뿌리 아래 숨겨진 입구를 통해 두더지 굴로 들어갔다. 엄마 두더지가 말한 대로 굴은 넓고 따뜻해서 겨울을 나기에 이상적인 곳이었다.

"어때요, 좋죠?"

"네. 하지만 너무 폐를 끼치는 게 아닐까요?"

"어머나, 괜찮다니까요."

"염치도 없이 이렇게 얹혀 살아도 되는지 모르겠습니다."

"모라리노와 모리스카야 덕분에 사랑스런 아이들이 둘이나 늘었는 걸요. 게다가 당신과……. 호호!"

엄마 두더지는 이번에도 타타와 칫치라고 정정하는 아빠의 말에 전혀 신경 쓰지 않고 요염한 눈으로 아빠를 힐끗 쳐다보며 말했다.

"게다가 뭐요?"

"게다가……. 호호호! 당신과 함께 산다는 것도 왠지 로맨틱하고 짜릿짜릿하잖아요. 길고 긴 겨울을 같이 보내면서 점점 허물없이 지내다 보면 사랑이 싹틀 테고. 호호."

엄마 두더지는 몸을 비틀며 즐거운 비명을 질렀다.

"에헴. 그게, 음 그러니까."

아빠는 큰 기침으로 엄마 두더지의 말을 자르고 큰 목소리로 말했다.

"어쨌든 호의를 감사히 받아들이겠습니다. 실은 겨울도 가까워지고 해서 굴을 새로 파기 힘들지 않을까 걱정하고 있었던 참이거든요."

이렇게 빨리 꿈에도 그리던 강가에 멋진 보금자리를 마련하리라고는 생각지도 못했다. 두더지 가족과 함께 산다고는 하지만 출입구가 따로 있어서 생활하는 데 전혀 불편하지 않았다.

"자자, 우리 귀여운 꼬마 쥐들 배고프지 않니? 맛있는 벌레나 지렁이, 아니면 살이 통통하게 오른 번데기를 잡아 줄까? 아직 꼬물꼬물 움직이는 신선한 녀석으로 말이야."

엄마 두더지는 무슨 일이 있을 때 마다 아이들을 끌어안으며 다소 거칠게 말했지만 타타와 칫치는 싫지 않았다. 게다가 마음이 따뜻하고 호탕한 성격이라서 타타네 가족은 금방 엄마 두더지를 좋아하게 되었다.

칫치는 두더지 오 형제 모라, 모리, 모루, 모레, 모로와 금방 친해져서 어느새 어리광쟁이 막내의 모습을 벗고 완전히 달라진 모습으로 골목대장의 재능을 발휘하기 시작했다. 두더지 오 형제를 일렬횡대로 세워 놓고 그 앞을 왔다 갔다 하며 크게 호통쳤다.

"요즘 규율이 형편없이 무너졌군. 대체 어떻게 된 건가? 그렌은 진작 죽었어야 했어."

일명 '대장 쥐 놀이'였다. 새끼 두더지들은 영문도 모르면서 칫치와 함께 노는 것이 무척 즐거운 모양이었다. 옆에서 보고 있던 타타가 보다 못해 한마디 던졌다.

"칫치, 그렌 아저씨를 죽이면 안 돼. 아저씨는 우리 편이잖아."

"그런가? 헤헤헤"

칫치는 머리를 갸웃거리며 겸연쩍은 듯 웃고는 그렌을 대장 쥐로 바꿔 "대장 쥐는 진작 죽었어야 했어."라고 외쳐 댔다.

그렇게 열병식이 끝나면 선두에 서서 호령을 붙이며 두더지 오 형제를 일렬종대로 행진하게 했다. 그러다가 갑자기 칫치가 뛰면 뒤를 따라오던 두더지 다섯 마리도 똑같이 뛰어야 했다. 늦게 뛰거나 방향이 틀리면 칫치에게 호되게 꾸지람을 들었다. 대장 쥐 놀이가 질리면 칫치는 새끼 두더지들과 씨름을 했다. 일대일로 겨루어 상대를 넘어뜨리면 이기는 간단한 게임이었다. 승자끼리 겨루어 결승전에서 승리한 최후의 우승자에게는 커다란 도토리 열매를 부상으로 줬다. 새끼 두더지들에 비해 몸집이 큰 칫치가 항상 우승을 거머쥐었지만.

"칫치, 승!"

칫치는 크게 외치고 자신에게 도토리를 선물했다. 그리고 새끼 두더지들에게는 박수를 치게 했다.

칫치가 두더지 오 형제를 부하들처럼 따르게 하고 여러 가지 새로운 놀이를 만들어 함께 노는 모습에 아빠와 타타는 내심 크게 놀랐다. 칫치에게 저런 재능이 있는 줄은 미처 몰랐기 때문이었다. 칫치가 만든 놀이 중에는 도토리를 이용한 축구 게임도 있었는데, 칫치와 두 더지 오 형제가 각각 세 마리씩 팀을 나누어 도토리 한 개를 빼앗는 게임이었다. 뒷발을 사용하여 도토리를 상대편 골에 먼저 넣는 쪽이 승리한다. 칫치가 속해 있는 팀이 유리했으므로 칫치는 일부러 넘어 지는 척하며 상대팀이 이기도록 배려해 주기도 했다.

솔방울 두 개를 세 마리가 교대로 굴려 결승점에 먼저 도착하는 팀 이 이기는 솔방울 굴리기 경주도 만들었다. 칫치가 속한 팀에게는 핸 디캡을 적용하여 상대팀보다 큰 솔방울을 사용하기도 했는데 솔방울 이 너무 크고 무거워서 칫치를 제외한 두더지 두 마리는 좀처럼 굴릴 수가 없었다.

두더지 오 형제 중에서도 막내인 모로는 몸이 약하고 운동신경이 둔한 편이라 씨름만 했다하면 넘어지고, 도토리 축구를 할 때도 나름 열심히 달렸지만 공은 만져 보지도 못하고 끝나기 일쑤였다. 그런 모 로에게 칫치는 일부러 공을 패스하기도 하고, 공이 엉뚱한 방향으로 날아가도 잊지 않고 따뜻하게 격려해 주기도 했다.

"우와, 모로! 잘했어. 정말 멋진 슛이야."

골목대장이랍시고 어깨에 힘을 주고 다니는 것처럼 보여도 새끼 두 더지들이 모두 즐겁게 놀 수 있도록 배려해 주었으므로, 두더지 오 형 제는 금방 칫치를 형이라고 부르며 잘 따랐다. 엄마 두더지는 크게 기 뻐하며 칫치를 큰 아들처럼 생각하고 무척 아꼈다.

참고로 아빠가 진땀을 흘리며 설득한 끝에 엄마 두더지는 모라리 노와 모리스카야라는 이름을 포기하고 타타와 칫치라는 이름을 불러 주었다.

"알았어요. 모라리노와 모리스카야라는 이름이 훨씬 귀엽지만 타타와 칫치라는 이름도 뭐, 그럭저럭 나쁘지는 않네요. 앞으로는 그렇게 부르도록 하죠."

엄마 두더지의 말에 타타네 가족은 안도의 한숨을 크게 내쉬었다.

칫치가 두더지 오 형제들과 신나게 노는 동안 아빠와 타타는 겨울 식량을 준비하는 데 한창이었다. 나무 열매를 비롯하여 공원에 놀러 온 인간들이 떨어뜨리고 간 비스킷이나 초콜릿 부스러기를 부지런히 주워 모으자 제법 많은 양의 식량이 쌓였다.

하루는 참새 부부가 새끼들을 데리고 타타네 집으로 놀러 왔다. 타타가 살린 새끼 참새는 아직 멀리 날지는 못하지만 공원 나무들 사이는 쉬엄쉬엄 날 수 있게 되었다. 참새 부부는 타타네 가족이 새로운 보금자리를 마련하게 된 것을 마치 자신들의 일인 양 진심으로 기뻐해 주었다. 그렇게 모든 일이 순조롭게 진행되는 듯했다.

5

불행의 징후는 이미 오래 전부터 나타나고 있었다. 타타와 칫치의 기침이 계속되었던 것이었다. 새로운 둥지에 살기 시작하면서 기침이 잦아지더니 콧물, 눈물, 두통에 미열까지 좀처럼 수그러들지 않았다.

"아빠, 감기가 왜 이렇게 오래갈까요?"

아빠도 대답하기 어려운 듯 잠자코 있었다. 실은 아빠도 며칠 전부터 목이 아프고 컨디션이 좋지 않았다. 타타와 칫치처럼 심하지는 않았지만 몸이 무거운 게 좀처럼 나아질 기미가 보이지 않았다.

"어쩌면 감기가 아닐지도 모르겠다."

아빠가 말을 꺼냈다.

"이곳에 문제가 있는지도 몰라."

"그럼 이곳에 뭔가 몸에 해로운 게 있을지도 모른다는 말씀이세요? 하지만 이곳은 지금껏 우리가 살았던 곳과 비슷하잖아요."

"강가인 것은 맞지만 우리가 살던 곳보다는 훨씬 위쪽이니 뭔가 다른 것이 있을지도 몰라. 우린 아직 이곳에 대해 잘 모르고 있잖니. 게다가 이 주변에는 쥐가 한 마리도 없단다. 알고 있었니?"

"그러고 보니 정말 그러네요."

두더지와 물새, 그리고 오소리를 얼핏 본 적이 있지만 아빠의 말대로 쥐는 한 번도 본 적이 없었다. 시궁쥐 군단과 있었던 일만 생각하면 긴장했던 터라 다른 쥐를 만나지 않은 게 내심 잘 된 일이라고 생각하고 있었다. 하지만 시궁쥐는 물론 곰쥐의 그림자도 보이지 않는다는 것은 쥐가 살기에 부적합한 무언가가 있다는 의미가 아닐까?

그러던 어느 날, 새끼 두더지들이 함께 놀자며 칫치를 불렀다. 마침 칫치가 하루 종일 굴 안에 틀어박혀 꼼짝도 안 하고 있어 걱정이 되었던 아빠는 나가서 바깥 공기를 쐬고 오라고 권했다. 칫치는 고개를 끄덕이고는 그다지 내키지 않는 듯 심드렁한 표정으로 어깨를 구부린 채 느릿느릿 걸어 나갔다. 잠시 후 두고두고 후회할 일이 벌어졌다.

무슨 불길한 예감이 들었는지 타타가 칫치의 뒤를 따라 굴 밖으로 나왔다. 굴에서 나온 칫치는 풀숲 사이로 쪼르르 달려 나갔다. 한 발 뒤에서 타타가 그 뒤를 따라갔다. 그때였다.

퍼드덕 하는 날갯짓 소리가 나더니 흙먼지가 일었다. 갑자기 불어 닥친 돌풍 때문에 타타의 몸이 휘청거렸지만 발톱을 땅에 박고 있어서 간신히 날아가는 것을 피할 수 있었다. 한 차례 거센 돌풍이 지나간 후 타타는 눈을 깜박거리며 칫치를 찾았다. 그런데 바로 앞에 있어야 할 칫치의 모습이 감쪽같이 사라지고 없는 게 아닌가! 그때 머리 위에서 "아악!"하는 칫치의 비명소리가 희미하게 들리더니 금세 멀어졌다.

타타가 재빨리 소리 나는 쪽으로 고개를 들었지만 햇빛에 눈이 부셔 앞을 제대로 볼 수가 없었다. 하지만 얼핏 커다란 새 그림자가 재빨리 하늘로 올라가 빙그르르 반원을 그리고 나서 강 건너편 숲으로 날아가는 것이 보였다. 타타는 불길한 마음에 주위를 살폈지만 칫치의 모습은 어디에도 보이지 않았다. 날갯짓이 일으키는 바람에 실려 날아가 버린 것이 아닐까? 당장에라도 풀숲 사이에서 빼꼼히 고개를 내밀고 놀란 눈으로 "형, 방금 정말 굉장했지? 어떻게 된 일이야?"라고 물어볼 것 같았지만 칫치는 끝내 보이지 않았다.

그때 굴 안에 남아 있던 아빠가 밖에서 일이 벌어졌다는 것을 직감하고 달려 나왔다. 아빠는 망연자실하여 땅에 털썩 주저앉아 있던 타타에게 다급한 목소리로 물었다.

"무슨 일이니? 칫치는 어디에 있어?"

타타는 아빠의 얼굴을 멍하니 돌아볼 뿐, 한동안 아무 말도 하지 못했다.

"칫치는? 칫치는 어디에 있냐고?"

아빠는 시뻘겋게 핏발이 선 눈으로 주위를 둘러보았다. 조금 떨어진 곳에서 두더지 오 형제가 몸을 맞대고 부들부들 떨고 있었다. 아빠는 한달음에 그곳으로 달려가 같은 질문을 몇 번이고 되풀이했다. 새끼 두더지들 중 두세 마리가 쭈뼛거리며 하늘을 가리켰다.

"뭐라고? 대체 무슨 일이 있었던 거야?"

"새요."

새끼 두더지 한 마리가 작은 목소리로 말했다. 그러자 새끼 두더지들이 일제히 떠들어 대기 시작했다.

"너무너무 무서웠어요."

"엄청나게 큰 새였어요."

"날개를 펴니까 순식간에 해가 가려졌어요."

"야! 밀지 마!"

"내가 안 밀었어."

아빠가 새끼 두더지들에게 다시 물었다.

"칫치는 어떻게 됐니?"

"커다란 새가 갑자기 나타나서 칫치 형을 데리고 가 버렸어요. 가여운 칫치 형."

아빠는 간절한 눈빛으로 타타를 돌아보았다. 타타는 주저앉아 엉엉 울고 있었다.

타타는 갑자기 일어난 흙먼지 때문에 멀어져 가는 새의 그림자밖에 보지 못했다. 조금 떨어진 곳에 있던 새끼 두더지들 중에는 말똥가리가 갑자기 날아들어 발톱으로 칫치를 낚아채 가는 무시무시한 순간을 선명하게 목격한 아이도 있었다. 하지만 너무 놀라고 무서운 나머지 눈을 질끈 감아 버려서 단편적인 영상만 남아 있을 뿐이었다.

때마침 타타네 가족을 보러 오는 길이었던 참새 부부가 칫치가 말똥가리에게 잡혀가는 모습을 처음부터 끝까지 하나도 빠짐없이 지켜보고 있었다. 그때 참새 부부는 두더지 굴이 있는 커다란 느티나무 가지 위에 앉아 있었다. 말똥가리가 산책로 위로 드리워진 전선에 앉아 음흉한 눈빛으로 이쪽을 보고 있는 것을 본 참새 부부는 타타네 둥지로 곧장 들어가지 않고 잠시 나뭇가지에 앉아 주위를 살피고 있었던 것이다. 말똥가리는 주로 쥐나 개구리, 곤충과 같은 작은 육지 동물을 먹지만 가끔은 참새와 같은 작은 새를 잡아먹기도 하므로 조심하는 것이 좋겠다고 판단했기 때문이었다.

잠시 후 말똥가리가 날개를 펼치며 이쪽을 향해 날아오기 시작했다. 참새 부부는 순간 멈칫했지만 말똥가리가 굴에서 막 뛰어나온 털이 하얀 새끼 쥐를 노리고 있다는 사실을 깨달았을 때에는 이미 경고를 해도 소용이 없었다. 털이 하얀 칫치는 날씨가 화창한 날에는 더욱 눈에 잘 띄었다. 말똥가리는 급히 하강하여 두껍고 날카로운 발톱으로 칫치를 홱 낚아채고는 재빨리 다시 날아올랐다.

아빠 참새가 말똥가리를 따라 서둘러 날아올랐다. 엄마 참새도 급히 날아올랐다. 날개를 펴면 1미터가 넘는 말똥가리와 싸워 칫치를 빼앗아 오겠다는 생각은 처음부터 없었다. 혹시라도 기회가 생기지 않을까 하는 실오라기 같은 희망을 품고 무작정 날아올랐다. 아니, 그런 생각도 미처 하지 못했다. 어느새 한 가족이 된 칫치에게 찾아온 엄청난 재앙을 보고 자신도 모르게 몸이 움직였을 뿐이었다.

말똥가리는 강 건너편 숲으로 곧장 날아갔다. 기분 때문이었는지 모르겠지만 멀리서 칫치가 필사적으로 버둥거리고 있는 것처럼 보였다. 아직 살아 있는 것일까? 참새 부부는 열심히 날갯짓을 하며 전속력으로 말똥가리의 뒤를 쫓았다. 하지만 따라잡기는커녕 거리는 점점 벌어지고 있었다.

한편 남겨진 타타는 여전히 울고 있었다. 몸 안에 이렇게 많은 물이 있을까 싶을 정도로 타타의 눈물은 그칠 줄 몰랐다. 너무나도 소중한, 둘도 없는 동생을 잃었다는 슬픔과 바로 눈앞에서 일이 벌어졌는데도 아무것도 하지 못했다는 자책감이 한꺼번에 밀려왔다. 말똥가리가 덮쳤을 때 칫치가 얼마나 무섭고 아팠을지 생각하니 가슴이 미어졌다.

"타타, 그 상황에서는 누구라도 칫치를 구할 수 없었을 거야. 슬프지만 어쩔 수 없는 일이란다."

큰 소리로 울고 싶은 것은 아빠도 마찬가지였다. 하지만 자신까지 무너질 수 없다고 아빠는 스스로를 타일렀다. 지금은 참아야 했다. 눈앞에서 동생을 잃고 슬퍼하는 어린 타타 앞에서 약한 모습을 보이면 안 된다고 아빠는 다짐하고 또 다짐했다.

"하지만, 하지만, 흑흑! 칫치는 아직 어리니까 제가 조심했어야 했어요. 흑흑! 언젠가 엄마 참새가 저와 칫치가 조심성이 없어서 큰일이라고 그랬었는데, 바보같이. 흑흑! 전 정말 바보 멍청이에요."

"네 잘못이 아니야. 다 이 아빠 잘못이란다. 나가서 놀고 오라며 칫치를 밖으로 내보낸 건 아빠니까. 컨디션이 좋지 않아서 빨리 도망칠 수 없는 아이를 밖으로 내보내다니, 아빠가 어리석었어. 모두 아빠 책임이란다."

"하지만 전 바로 뒤에 있었는걸요. 그런데도 칫치를 구하지 못했어요."

"그나마 너까지 잡혀가지 않은 게 천만다행이다."

"다행이라니요? 칫치가 아니라 제가 잡혀 갔어야 했어요. 흑흑! 그래야 했는데. 흑흑!"

아빠와 타타는 더 이상 아무 말도 하지 못했다.

항상 씩씩하던 엄마 두더지도 그 순간만큼은 아무 말도 하지 못했다. 그저 칫치와 아빠를 따뜻하게 안아 주고 새끼 두더지들을 데리고 조용히 굴 안으로 들어갔다.

타타는 엉엉 울었다. 몇 시간을 울고 나니 울 힘도 없는지 몸을 동그랗게 말고 꼼짝도 하지 않았다. 날이 저물고 밤이 깊어갈 무렵 밖에서 퍼드득퍼드득 날갯짓 소리와 함께 쩍쩍거리며 타타를 부르는 참새 소리가 들렸다. 아빠가 조심스럽게 밖을 살펴보니 참새 부부가 상기된 얼굴로 기다리고 있었다.

"어서 와요."

아빠가 힘없는 목소리로 말했다. 엄마 참새는 말이 끝나기가 무섭게 잔뜩 들뜬 목소리로 외쳤다.

"칫치가, 칫치가 살아 있어요!"

6

"칫치를 구할 수 있을 거라고 기대하지 않았지만 우린 일단 말똥가리 뒤를 쫓아 힘껏 날아갔어요. 순식간에 거리가 벌어지는 것을 보니 정말 절망스럽더군요. 그런데 그때였어요. 칫치를 잡아간 말똥가리가 숲 근처에 다다르자, 다른 말똥가리가 칫치를 빼앗으려고 달려드는 거예요."

엄마 참새는 조금 전 상황을 자세하게 설명하기 시작했다.

"어쩌면 말똥가리가 아니라 솔개였을지도 몰라."

옆에서 아빠 참새가 끼어들었다.

"그럴지도 몰라요. 우리도 정신이 없어서 자세히 보지 못했거든요. 어쨌든 그 새가 칫치를 가로채려고 했어요. 우리가 생각하기에는 처음 칫치를 잡아간 말똥가리에게 무언가 약점이 있었던 것 같아요. 칫치는 분명히 살아 있었거든요. 크게 다친 데 없이 거세게 저항하고 있는 것처럼 보였어요. 원래 그 정도로 커다란 새가 육지의 작은 동물을 덮칠 때는 대개 잡자마자 발톱으로 꽉 조여 숨통을 끊어 놓기 마련이죠."

"그런데 칫치가 살아 있다는 것은."

아빠 참새가 말을 이어받았다.

"그렇게 하지 않은, 혹은 그러지 못한 데는 말똥가리의 발에 상처가 있어 힘을 줄 수 없었거나 사냥에 서툴다거나 하는 이유가 있을 겁니다. 그래서 다른 말똥가리가 사냥감을 가로챌 수 있을 것이라고 생각한 게 틀림없습니다. 가까이로 날아가 한 방 먹이더군요. 예상대로 첫치는 맥없이 떨어지고 말았습니다. 원래 계획대로라면 떨어지는 첫치를 멋지게 낚아채야 했지만 첫치는 말똥가리인지 솔개인지 모를 맹수의 발톱 사이로 떨어지고 말았습니다."

타타와 아빠는 숨을 죽이고 참새 부부의 이야기를 듣고 있었다.

"두 마리의 맹수는 서로 첫치를 차지하려고 달려들었어요."

다시 엄마 참새가 말을 이어받았다.

"하지만 서로를 견제하느라 결국 어느 쪽도 잡지 못하고 첫치는 나뭇가지 사이를 뚫고 바닥으로 떨어졌어요. 만일 그대로 있었다면 두 마리 중 한 마리의 먹이가 되었을 거예요. 다행히 첫치는 때마침 수업을 마치고 집으로 돌아가던 초등학생 남자 아이 두 명 앞에 떨어졌어요. 그 아이들도 깜짝 놀랐을 거예요. 둘이서 떠들며 가고 있는데 하늘에서 쥐 한 마리가 눈앞에 떨어졌으니까요."

"우리가 서둘러 내려갔을 때에는 남자 아이 한 명이 첫치를 한 손으로 살짝 집어 다른 쪽 손바닥 위에 살며시 내려놓고 있었습니다."

이번에는 아빠 참새가 말했다.

"첫치는, 첫치는 어떻게 되었나요? 아직 살아 있던가요?"

아빠가 답답한 듯 아빠 참새에게 다그쳐 물었다.

"전혀 미동도 없이 축 늘어져 있었습니다. 이야기를 끝까지 들어보세요."

아빠 참새는 흥분한 아빠를 진정시키듯 날개를 들어 아빠의 등을 토닥거리며 말을 이었다.

"두 아이는 마주 보고 웅크리고 앉아서 칫치를 유심히 살펴보며 사뭇 진지한 표정으로 잠시 무언가 의논하는 것 같았습니다. 아내와 나는 칫치가 혹시 험한 꼴을 당하지 않을까 걱정이 되어 근처 나뭇 가지 위에 앉아서 안절부절 못하고 아이들을 지켜보고 있었습니다. 그 또래 남자 아이들은 천연덕스럽게 힘없는 동물들을 괴롭히기도 하니까요."

"꼬마 녀석들이 우리 집을 작대기로 쑤셔 엉망으로 만들어 놓았다는 이야기는 타타에게 들으셨죠?"

엄마 참새가 말을 이었다.

"그래서 우리는 이만저만 걱정이 아니었답니다. 그런데 곧 두 아이가 우리 둥지를 망가뜨린 녀석들과는 달리 굉장히 착한 아이들이라는 것을 알게 되었죠. 한 아이가 가방에서 플라스틱 필통을 꺼내더니 그 안에 있는 물건들을 전부 다른 곳에 옮겨 담기 시작했어요. 대체 무엇을 할 생각인가 싶어서 가만히 보고 있었죠. 아이는 텅 빈 필통 안에 손수건을 깔더니 그 위에 칫치를 눕혔어요. 그리고 뚜껑을 닫고 필통이 흔들리지 않도록 양손으로 쥐고 가슴 위로 받쳐 들고는 조심 조심 천천히 걸어갔어요. 다른 아이도 걱정스러운 표정으로 나란히 걸어가더군요."

"우리는 나뭇가지를 옮겨 가며 거리를 조금 두고 두 아이를 따라갔습니다."

아빠 참새가 말했다.

"숲 속 공터로 나와 하늘을 올려다보니 사냥감을 놓친 두 맹수가 아직 미련이 남았는지 칫치가 떨어진 곳 바로 위에서 천천히 원을 그리고 있는 것이 보였더군요. 정말 통쾌했습니다. 하지만 우리는 아무것도 안심할 수 없었습니다. 두 아이가 칫치를 어떻게 할 생각인지 도무지 짐작이 가지 않았거든요. 아내는 칫치를 묻어 버리려는 게 아닐까 걱정하더군요."

그 말을 듣자 타타의 얼굴이 하얗게 질렸다.

"하지만 다행히 칫치를 어딘가에 묻으러 가겠다는 이야기는 없었습니다. 기하라 공원에서 남서쪽에 나 있는 출구로 나와 주택가로 가면 동물병원이 있습니다. 동물병원이 어떤 곳인지 아십니까? 인간은 집에서 기르는 동물이 아프거나 상처가 나면 동물병원으로 데리고 가죠. 그곳에 있는 의사라는 인간이 약을 주거나 붕대를 감아 주는 등 병을 치료합니다. 참, 의사는 몸이 아픈 곳을 치료해 주는 인간을 말합니다. 인간을 치료하는 의사도 있고 동물들만 전문적으로 치료하는 의사도 있는데, 이들을 수의사라고 하죠. 어쨌든 아이들의 뒤를 계속 따라가 보니 동물병원으로 들어가는 게 아니겠습니까? 아내와 나는 정말 기뻤습니다. 비로소 마음을 놓을 수 있었죠."

"그 동물병원은 우리가 먹이를 먹으러 자주 가는 곳이에요. 작은 뜰에 새들을 위해 항상 신선한 과일과 곡물, 그리고 물을 준비해 주죠. 원장 선생님과 부인 그리고 간호사 한 명이 있는 작은 병원인데 모두 동물을 아끼는 친절한 인간들이죠. 그곳으로 데려간 이상 칫치는 안전할 거예요."

엄마 참새가 말을 이었다.

"하지만 그건 우리 생각이고 칫치가 살아 있는지는 아직 확실하지 않습니다. 말똥가리의 매서운 발톱에 잡혀 있었고, 높은 곳에서 떨어지기까지 했으니까요. 아이들은 15분도 채 지나지 않아서 밝은 표정으로 돌아갔습니다. 칫치를 담았던 필통을 신나게 흔들어 대며 달려가는 모습을 보고 처음에는 깜짝 놀랐지만 칫치를 병원에 두고 왔다는 것을 금방 알 수 있었죠."

아빠 참새가 말했다.

"그래서 우리는 지금껏 병원 안을 살피다가 왔어요."

엄마 참새가 말했다.

"남편과 교대로 창가로 다가가 유리 너머로 안을 들여다보았지만 도무지 칫치의 생사를 확인할 수가 없었어요. 그다지 손님이 많은 병원이 아니라서 오늘도 손님이 두 명 정도밖에 오지 않았죠. 수의사 선생님은 거실에서 지루한 듯 신문을 읽고 있었고 선생님의 부인은 정원에서 화단 손질을 하고 있더군요. 그러다가 마침내 조금 전에서야 칫치의 모습을 확인할 수 있었어요."

엄마 참새를 뚫어져라 쳐다보고 있던 아빠와 타타의 주먹에는 자신도 모르게 힘이 들어갔다.

"진찰실 옆에는 창고로 사용하는 작은 방이 있어요. 그곳도 이미 창문 너머로 여러 번 들여다 보았지만 칫치를 발견할 수 없었죠. 그런데 혹시나 하는 마음에 조금 전에 다시 한 번 들여다보니 구석 선반 위에 아까까지는 없었던 동물용 우리가 놓여 있는 거예요. 칫치가 그 안에 들어 있더군요. 그런데 칫치가……. 칫치가 과연 어떻게 되었을 것 같아요?"

이 길고 긴 이야기를 시작한 이래 엄마 참새의 얼굴에는 처음으로 만족스러운 웃음이 떠올랐다.

"칫치는 양쪽 앞발로 사과 조각을 들고 먹고 있었어요. 몹시 힘이 드는지 천천히, 아주 천천히, 하지만 분명히 사과를 먹고 있었어요."

타타와 아빠는 만세를 외치며 서로를 끌어안았다.

"잠깐만요. 아직 이야기가 다 끝나지 않았어요. 그런데 우리가 창문 너머로 열심히 날개를 퍼드득거리며 소리도 질러 봤지만 전혀 눈치 채지 못했어요. 분명 굉장히 지쳐 있는 것 같았어요. 어쨌든 칫치가 무사한 것을 확인했고 조금이라도 빨리 이 소식을 전해 줘야 할 것 같아서 서둘러 이곳으로 돌아온 거예요."

"정말 고맙습니다."

아빠가 크게 기뻐하며 말했다.

"하지만 앞으로 어떻게 해야 하는지, 칫치를 다시 만날 수 있을지는 우리도 모르겠어요."

"음. 그건 이제부터 생각해 보죠. 틀림없이 뭔가 좋은 방법이 있을 겁니다."

아빠는 흥분해서 말했다.

"칫치가 살아 있다는 사실을 알게 된 것만으로도 우리는 너무나도 기쁩니다. 너무 기뻐서 하늘로 날아갈 것 같습니다. 우리는 조금 전까지 칫치가 무서운 말똥가리에게 잡혀 머리부터 우적우적 먹히는 끔찍한 상상을 하고 있었거든요. 아, 정말 견디기 힘든 시간들이었습니다. 동물병원이든 어디든 상관없습니다. 지금 이 순간 우리에게는 이 세상 어딘가에서 칫치가 살아 숨 쉬며 사과 조각을 먹고 있다는 것이 중요합니다. 두 분이 우리에게 세상에서 가장 기쁜 소식을 전해 주었습니다. 이 얼마나 멋진 일입니까?"

"그래요. 당신 말대로 정말 멋진 일이지만."

엄마 참새는 아빠가 술 취한 사람처럼 들떠서 떠들어 대는 것을 막으며 조금 불안한 듯 말했다.

"우리는 이제 가 봐야 해요. 오후 내내 아이가 둥지에서 우리가 돌아오기를 눈 빠지게 기다리고 있을 거예요. 지금쯤 배가 고파서 난리가 났을 거예요."

"아, 그렇군요!"

그때서야 아빠는 비로소 참새 부부가 밤 늦게까지 공원 건너편에 있는 동물병원을 살피는 데 얼마나 큰 희생을 감수했는지 깨달았다.

"칫치와 우리 때문에 이렇게까지 고생하게 해서 정말 미안합니다."

"괜찮아요."

엄마 참새가 시원시원하게 말했다.

"지금쯤 배가 고파서 목이 빠져라 기다리고 있을 제 아이는 타타가 구해 주지 않았다면 이미 이 세상에 없었을 거예요. 그것에 비하면 이 정도 일은 아무것도 아닌걸요. 자, 이제 가야겠어요. 여보, 이제 가요. 내일 아침 일찍 다시 올게요. 앞으로 어떻게 할지 함께 의논해 봐요. 자, 그럼 이만."

참새 부부는 고개를 살짝 숙여 인사를 하고 재빨리 날아올랐다.

타타와 아빠의 흥분은 좀처럼 가라앉지 않았다. 곧장 굴 안으로 들어가 엄마 두더지를 깨워 참새 부부에게 들은 이야기를 들려주었다. 잠을 깨워 조금 불쾌해 하던 엄마 두더지도 이야기를 듣는 사이 눈빛이 점점 살아나더니 이야기를 다 듣고 나서는 크게 환호성을 지르며 말했다.

"어머! 나의 사랑스러운 큰 아들이 살아 있었군요. 동물병원이라는 곳에서 사과를 먹으며 나를 기다리고 있을 거예요. 얼마나 멋진 일이에요? 자, 모두 일어나라. 어서 일어나! 점호한다! 모라, 모리, 모루, 모레, 모로!"

새끼 두더지들은 아직 잠이 덜 깬 목소리로 "네!"하고 대답하며 자리에서 일어났다.

"아니, 괜찮습니다. 두더지 부인."

아빠는 당황하며 엄마 두더지를 말렸다.

"모두 힘들었을 텐데 아이들까지 깨우지 않으셔도 됩니다."

"무슨 말을 하는 거예요? 자, 어서 갑시다!"

"가다니요? 어디를 가자는 겁니까?"

"당연히 동물병원이죠. 모두 대열을 갖추고 동물병원으로 쳐들어가 그곳을 때려 부수고 칫치를 데려와야죠.

"동물병원을 때려 부수겠다고요?"

"일명 '칫치 탈환 작전'이다. 피로 피를 씻는 거다. 자, 모두 준비되었나? 우리 모두 함께 살고 함께 죽는 거다!"

엄마 두더지가 우렁차게 명령을 내리자 두더지 오 형제는 칫치와 군대놀이를 하던 기억이 떠올랐는지 잠이 덜 깬 목소리로 "하나, 둘!" 하고 번호를 붙이며 일렬종대로 줄을 맞춰 좁은 굴 안을 행진하기 시작했다. 칫치와 함께하던 때처럼 갑자기 뛰어오르기도 하고 멈춰 서기도 하는 등 밤중에 난데없는 소동이 벌어졌다.

"일단 칫치는 지금 무사한 것 같으니 오늘 밤은 푹 쉬고 내일 천천히 계획을 짜는 게 좋겠습니다."

아빠가 진땀을 흘리며 엄마 두더지를 진정시키는 동안 타타는 옆에서 소리 죽여 자신의 뱃가죽을 꼬집어 보고 있었다. 아픈 것을 보니 꿈은 아니었다. 타타의 얼굴에는 행복한 미소가 활짝 피어났다.

7

다나카 선생님은 잠자리에 들기 전, 진찰실 옆 작은 방을 들여다보았다. 작은 우리 안에서 흰색에 가까운 연한 회색 새끼 쥐가 몸을 동그랗게 말고 깊이 잠들어 있었다. 가까이 다가가 우리에 얼굴을 바짝 들이대자 새끼는 간신히 눈을 뜨더니 깜짝 놀랐는지 벌떡 일어나 우리 안에 깔아 놓은 톱밥 속으로 기어들어 가 버렸다. 먹이통에 넣어 준 사과 조각에는 새끼 쥐의 이빨 자국이 선명하게 남아 있었다. 다나카 선생님은 새끼 쥐가 곧 괜찮아질 것이라고 확신했다.

희한한 일이었다. 오늘 오후 남자 아이 둘이 병원에 와서는 필통을 조심스럽게 내밀었다. 필통 안에는 흙과 피로 뒤섞인 작은 새끼 쥐가 몸을 동그랗게 말고 숨이 끊어질 듯 헐떡이며 사시나무 떨 듯 떨고 있었다.

"갑자기 나무 위에서 떨어졌어요."

분명 아이들은 그렇게 말했지만 부상당한 쥐가, 그것도 아직 어린 새끼 쥐가 나뭇가지 끝에서 대체 무엇을 하고 있었는지 도무지 짐작이 가지 않았다. 우선 탈지면으로 몸을 깨끗이 닦고 자세히 살펴보니 옆구리에 날카로운 것에 찢긴 듯한 깊은 상처가 두 군데나 있고, 그곳에서는 아직 피가 흐르고 있었다. 등과 배에도 가벼운 찰과상이 몇 군데 눈에 띄었지만 그리 심각한 상태는 아니었다. 하지만 옆구리에 난 상처는 상당히 심각했다. 일단 응급처치 후 상처부위를 꿰매 주었지만 내장까지 상처를 입었는지는 확실치 않아 보였다.

"입원시켜 상태를 지켜봐야 하니까, 오늘은 그만 돌아가거라."

다나카 선생님이 말했다. 그러자 아이들이 조심스럽게 물었다.

"저기, 얼마예요?"

"진료비 말이니? 글쎄다. 100만 원 정도?"

"네?"

깜짝 놀란 소년의 두 눈이 휘둥그레졌다.

"쥐를 치료하려면 100만 원은 받아야 해."

다나카 선생님은 농담을 좋아하지만 농담할 때에도 전혀 웃지 않으므로 그를 잘 알지 못하는 사람은 어떻게 반응해야 할지 당혹스러워하곤 했다.

"하지만 오늘은 다친 사람을, 아니 다친 쥐를 구해 주었으니 공짜로 해 주마."

"우와! 정말 다행이다. 실은 여기까지 오면서 저희들 용돈으로는 병원비가 부족하지 않을까 많이 걱정했거든요."

"그보다 너희들, 아까 손으로 이 새끼 쥐를 만졌지? 돌아가기 전에 저쪽에 있는 세면대에서 꼭 손을 깨끗이 씻고 가야 한다. 알았지?"

"네! 그런데 선생님. 이 새끼 쥐가 살 수 있을까요?"

"글쎄다. 아직은 장담할 수 없구나."

"살아났으면 좋겠어요."

"아직 어린 새끼 쥐라 골격도 완전히 만들어지지 않았고 체력도 약해진 상태에서 심한 상처를 입어서 걱정이지만 오늘 밤만 잘 견디면 아마 괜찮을 것 같구나."

"만일 다 나으면 저희 둘 중 한 명이 꼭 데리고 가서 키울 거니까 꼭 살려 주세요."

두 아이는 신신당부하며 집으로 돌아갔다.

엑스레이 사진을 찍어 보니 뼈에는 이상이 없었다. 다만 옆구리에 난 상처 두 곳과 병원까지 오는 동안 얼마나 많은 피를 많이 흘렸는지가 문제였다. 다나카 선생님은 링거를 놓아 새끼 쥐를 놀라게 하기보다는 잠시 그대로 상태를 지켜보기로 하고 탈지면에 물을 적셔 수분을 공급했다. 그리고 작은 우리에 넣어 휴식을 취하게 했다. 저녁 식사 때에는 새끼 쥐에게 사과 조각을 주고 우리를 작은 방 선반 위에 옮겨 두었다.

그리고 조금 전, 2층으로 자러 가는 길에 잠시 들러 새끼 쥐가 사과를 조금 베어 먹은 것을 보니 완쾌될 수 있으리라는 확신이 생겼다. 다행이다.

다나카 동물병원은 기하라 공원 옆에 위치하고 있었다. 그다지 손님이 많은 편은 아니었다. 아이러니하게 들릴지도 모르지만 원장인 다나카 선생님이 지나치게 뛰어난 실력의 소유자이기 때문인지도 모른다.

예를 들어 애완동물이 기운이 없어 깜짝 놀란 주인이 허둥지둥 병원을 찾으면 다나카 선생님은 "그냥 가벼운 감기입니다. 따뜻한 곳에서 푹 쉬게 하면 이삼일 안에 나을 겁니다."라며 아무렇지도 않다는 듯 말했다. 주사나 약을 처방해 주지 않고 진료비만 받고 돌려보낼 때도 있었다. 그러면 주인들은 고마워하기는커녕 돌팔이 의사가 아닌가 잔뜩 의심하며 다른 동물병원을 찾아가 혈액검사를 받고, 항생제를 잔뜩 받고서야 비로소 안심하며 집으로 돌아갔다.

그런가 하면 특별한 증상이 없는 애완동물을 입원시키기도 했다. 정밀검사를 통해 암을 초기에 발견하고 능숙한 솜씨로 암덩어리를 말끔히 제거했는데, 이 사실을 알 리 없는 사람들은 별거 아닌 일로 호들갑을 떨며 돈이나 벌려고 수작을 부리는 것이 아닐까 의심하기도 했다.

거기서 끝이 아니었다. 다나카 선생님의 무뚝뚝하고 쌀쌀맞은 말투 때문에 발길을 돌리는 사람도 적지 않았다. 하루는 야생 고양이에게 물린 상처가 곪아 병원을 찾은 주인을 호되게 꾸짖어 아연실색하게 만들기도 했다.

"어쩌자고 이 지경이 되도록 놔둔 거요? 동물이 말을 못해서 그렇지 그동안 얼마나 아프고 힘들었을지 알기나 하시오?"

다나카 선생님은 언제나 옳은 말만 하는 정직한 인물이었다. 사십 대의 다나카 선생님은 키가 크고 마른 체격에, 어깨는 조금 구부정했다. 평소에는 조용하고 무표정하지만, 가끔은 생각하지도 못한 농담을 던져 주변 사람들을 당혹시키기도 했다. 게다가 가끔 정말로 기쁜 일이 있으면 마치 어린아이처럼 환하게 웃는 모습이 매력적이었다.

사실 다나카 선생님은 수의사가 갖춰야 할 최고의 자질을 갖춘 몇 안 되는 수의사 중 한 명이었다. 최신 의학 지식이나 손님의 마음을 사로잡는 특별한 재주가 있는 것은 아니지만 동물과 교감을 나누는 능력과 약하고 아픈 이에 대한 깊은 연민을 갖고 있었다. 다나카 선생님은 주사를 놓거나 통증이 심한 치료를 할 때는 반드시 그 전에 동물들에게 작은 목소리로 양해를 구했다.

"미안, 조금 아플 거야."

동물들의 마음을 헤아리려고 노력하는 수의사가 있는가 하면 그렇지 않은 수의사도 있다. 동물들은 그런 수의사를 직감적으로 알 수 있다. 상처를 치유하는 가장 큰 힘은 항생제도, 첨단 장비도 아니다. 동물의 몸과 마음에 따뜻하게 스며드는 수의사의 연민과 정성이다.

다음 날 아침에도 새끼 쥐는 여전히 기운이 없는지 축 늘어져 있었지만 눈빛에는 생기가 돌기 시작했다.

"이제 괜찮은 것 같아요."

언제 왔는지 다나카 선생님의 부인이 말했다.

"그러게 말이오. 다행히 내장까지 다치지는 않은 모양이오. 이 녀석, 곧 완쾌될 것 같소."

다나카 선생님이 대답했다.

"그나저나 어쩌다가 이렇게 심한 상처를 입었을까요? 게다가 나무 위에서 떨어지다니, 대체 무슨 일이 있었던 걸까요?"

"커다란 새의 발톱에 잡혔었는지도 모르오. 이 녀석을 잡아서 둥지로 돌아가던 길에 놓쳐 버린 것인지도 모르지. 어떤 이유인지는 잘 모르겠지만."

"정말요?"

"나도 잘은 모르오. 하지만 만일 그렇다면 살아남은 게 기적이오. 이제 그만 진료 준비를 합시다."

다시 다나카 동물병원의 아침이 시작되었다. 다나카 부부는 아이 없이 둘이 사는데, 다나카 부인이 집안일을 하며 틈틈이 동물을 돌보거나 병원 경리 일을 맡고 있었다. 통근 간호사가 한 명 있기는 하지만 손님이 점점 줄고 있어 조만간 그만두게 해야 할 것 같았다.

다음 날도 새끼 쥐는 여전히 축 늘어져 있었지만 다나카 부인이 넣어준 치즈와 사과 조각을 조금씩 먹었고, 그 다음 날이 되자 우리 안을 천천히 돌아다니기 시작했다. 건강해진 새끼 쥐의 모습을 본 다나카 선생님과 부인은 크게 기뻐했다.

다음 날 아침이었다. 다나카 부인은 신문을 가지러 나가는 길에 현관 앞을 치우려고 문을 열었다. 그런데 눈앞에 신기한 광경이 펼쳐졌다. 현관 앞 타일 위에, 그것도 문을 열면 바로 보이는 곳에 털이 짙은 회색 쥐 두 마리가 앞뒤로 발을 뻗고 나란히 누워 있었다. 작은 녀석이 위에, 큰 녀석이 아래에 나란히 있는 폼이 마치 '二'자를 연상시켰다. 여자들 대부분이 쥐를 보면 기겁을 하고 도망치지만 다나카 부인은 수의사의 아내라는 특이한 이력 때문인지 쥐나 뱀을 봐도 꿈적도 하지 않았다. 다만 쥐의 습성상 이렇게 눈에 띄는 곳에서 마치 짠 것처럼 나란히 누워 있는 모습이 이상하게 여겨졌다.

누가 일부러 못된 장난을 친 게 아닐까 하는 생각을 하자 다나카 부인은 몹시 불쾌해졌다. 어쨌든 생사를 확인해 봐야 할 것 같아 웅크리고 앉아서 집게손가락 끝으로 큰 쥐의 옆구리를 꾹 찔러 보았다. 그러자 큰 쥐는 간지러운 듯 몸을 비틀었다. 그 바람에 다나카 부인은 깜짝 놀라 펄쩍 뛰어오를 뻔했다. 쥐는 살아 있었다. 하지만 몸을 살짝 뒤척이고는 다시 언제 그랬냐는 듯 꼼짝도 하지 않았다. 이번에는 작은 쥐를 만져 보았다. 역시 움직였다. 상반신을 일으키고 콜록콜록 잔기침을 하는가 싶더니 다시 옆으로 쓰러졌다. 그리고 큰 쥐와 마찬가지로 꼼짝도 하지 않았다.

다나카 부인은 오른손과 왼손으로 각각 큰 쥐와 작은 쥐를 살며시 집어 올렸다. 죽은 듯이 몸을 축 늘어뜨리고 있었지만 미세한 떨림이 전해졌다. 그 순간 큰 쥐가 살며시 눈을 뜨고 이쪽을 쳐다보는 느낌이 들었다.

다나카 부인이 선생님을 불렀다.

"여보! 이것 좀 봐요."

현관 앞으로 나온 다나카 선생님은 부인이 양손에 쥐 한 마리씩을 들고 난처하지만 조금은 재미있다는 표정으로 서 있는 모습을 보고 깜짝 놀랐다.

"이게 어떻게 된 거요?"

"주웠어요."

"주웠다고? 대체 이 쥐들을 어디에서 주웠단 말이오?"

"여기에서요. 이 문 바로 앞에서."

"죽은 건가?"

"아니요. 살아 있어요."

"살아 있다고 했소? 어디 좀 봅시다."

다나카 부인은 양손을 내밀었다. 다나카 선생님이 손가락으로 누르자 두 마리 모두 꿈틀거렸다. 작은 녀석은 콜록콜록 기침까지 하고 있었다.

"기운이 없나 보구려. 일단 진찰실로 데려갑시다. 요즘 이상하게 쥐와 얽히는 게 어찌된 영문인지 모르겠소."

8

다나카 선생님은 회색 쥐 두 마리를 진찰대에 올려놓고 청진기를 대 보았다. 심장박동 수가 조금 빠르기는 했지만 별 이상은 없었다.

상처도 없었다.

"먹이를 찾지 못해서 기운이 떨어졌던 모양이오."

"어머나, 가여워라."

다나카 선생님의 어깨 너머로 들여다보던 다나카 부인이 말했다.

"별 이상 없으니 공원에 버리고 오면 어떻겠소?"

"어머, 당신 지금 무슨 소릴 하는 거예요? 동물의 생명을 구하는 게 당신의 일이라는 걸 잊었어요?"

다나카 부인이 따끔하게 말했다.

"그거야 그렇지만 일부러 쥐를 돌봐 줄 필요가 있겠소?"

다나카 선생님은 조금 주눅이 든 목소리로 말했다.

"쥐는 동물 아니에요? 며칠 전에 초등학생 아이들이 데리고 온 저 흰색 새끼 쥐는 치료해 주었으면서 이 녀석들은 죽게 내버려 둔단 말이에요?"

"아니, 그건 아니오. 그건 아니지만. 하긴 이쪽 작은 녀석도 저 흰색 쥐보다 조금 크지만 아직 새끼요."

"어서 이 아이들에게 먹이와 물을 줘요."

다나카 부인은 단호하게 말하고 우리를 찾으러 밖으로 나갔다.

"음, 어디 있더라? 분명 어딘가에 햄스터용 우리가 있었는데."

진찰실을 나가는 부인의 뒷모습을 보며 다나카 선생님은 한숨을 내쉬었다. 아내는 일단 한번 말을 꺼내면 좀처럼 고집을 꺾지 않는 성격이었다.

잠시 후 다나카 부인은 어딘가에서 쳇바퀴가 달린 우리를 찾았다.

몇 년 전, 실력 있는 다나카 선생님도 손을 쓸 수 없을 정도로 상태가 좋지 않아 죽어 버린 햄스터 주인이 이제는 필요 없다며 두고 간 것이었다. 다나카 선생님은 우리 바닥에 톱밥을 깔고 그 위에 두 마리를 살며시 내려놓았다. 다나카 부인이 먹이통에 해바라기 씨와 당근 조각을 넣어 주고 물그릇에는 물을 가득 채워 주었다. 여전히 회색 쥐두 마리는 축 늘어져 있었다. 하지만 둘은 돌아가며 살짝 눈을 뜨고인간들이 무엇을 하는지 몰래 살피기도 했다.

"어두운 곳에 두고 상태를 지켜봅시다."

선생님의 지시에 따라 다나카 부인은 우리를 안고 안으로 들어갔다. 잠시 후 간호사가 출근하고 곧 진료가 시작될 무렵, 부인이 싱글벙글 웃으며 진료실로 돌아왔다.

"쥐들이 당신이 준 먹이를 열심히 먹고 있어요. 아무렇지도 않은 모습으로 우리 안을 신나서 돌아다니고 있어요. 그런데 아까는 왜 그렇게 축 늘어져 있었을까요?"

흰색 새끼 쥐는 날마다 조금씩 회복되고 있었다. 상처 부위의 실을 무사히 뽑았고, 상처가 났던 곳에는 새살이 돋아났다. 회색 쥐 두 마리는 굉장히 건강해서 그날 아침 현관 앞에서는 왜 그렇게 기운 없이축 늘어져 있었는지 이해가 가지 않을 정도였다.

"우리가 받아 줬으면 해서 당장이라도 죽을 것처럼 연기를 하고 있었는지도 모르겠소."

선생님이 농담을 던지자, 다나카 부인이 맞장구치며 말했다.

"맞아요. 정말 그럴지도 몰라요."

같이 두면 흥분해서 서로에게 좋지 않을지도 모른다는 다나카 선생님의 지시에 따라 회색 쥐 두 마리가 있는 우리는 거실 구석에 두고, 흰색 새끼 쥐가 있는 우리는 진찰실 옆 회복실에 두었다. 그런데 피임 수술을 한 고양이가 하룻밤 입원하는 바람에 회복실에 두었던 흰색 새끼 쥐의 우리를 거실로 들고 가 시험 삼아 회색 쥐의 우리 옆에 두었다. 그러자 아니나 다를까 쥐들은 몹시 흥분하며 우리 창살을 뚫고 나갈 기세로 서로를 쳐다보며 시끄럽게 울어 댔다.

"역시 안 되겠어요. 흰색 쥐는 부엌에 둘까요?"

다나카 부인이 흰색 쥐 우리를 들고 부엌으로 가려고 하자 세 마리는 더욱 흥분하며 소란을 피우기 시작했다. 회색 쥐 두 마리가 굉장한 기세로 우리 안을 빙글빙글 뛰어다녀서 우리가 덜컹덜컹 소리 나며 심하게 흔들렸다.

"잠깐만! 그 우리를 잠깐 이리로 줘 봐요."

다나카 선생님은 흰색 새끼 쥐가 있는 우리를 안고 거실로 돌아와 회색 쥐들이 있는 우리 옆에 바짝 가져다 댔다. 그러자 갑자기 소동이 그치고 우리 안이 조용해지더니 세 마리의 쥐가 창살 너머로 코를 내밀고 서로의 냄새를 맡기 시작했다.

"사이가 무척 좋은데 한 우리에 같이 넣어 보면 어떻겠소?"

"그만두는 게 좋겠어요. 흰색 새끼 쥐는 아직 상처가 다 나지 않았어요. 그러다가 저 회색 쥐 두 마리가 괴롭히면 어떻게 해요? 이 아인 아직 너무 어린 걸요."

다나카 부인이 반대했다.

"괜찮을 것 같소. 이걸 좀 봐요."

다나카 선생님이 손가락으로 가리킨 곳을 들여다보니 큰 회색 쥐가 흰색 새끼 쥐의 얼굴을 혀로 정성껏 핥고 있었다.

"어머나!"

"이 세 마리는 모두 곰쥐에 속하오. 쥐는 동족 의식이 강한 동물이니까 무리를 지어 사는 편이 훨씬 안심이 될 거요."

다나카 선생님이 우리 입구를 열고 손을 안으로 넣어 흰색 새끼 쥐를 잡으려고 하자, 흰색 새끼 쥐는 깜짝 놀라 도망치기 시작했다. 하지만 옆 우리에 있던 큰 회색 쥐가 소리를 높여 찍찍거리자 갑자기 동작을 멈추고 다나카 선생님에게 얌전히 몸을 맡겼다. 다나카 선생님은 회색 쥐 우리의 입구를 열고 흰색 쥐를 조심스럽게 밀어 넣었다. 세 마리의 쥐는 몸을 바짝 기대고 서로를 끌어안았다. 흥분이 가라앉고 잠시 조용해진 듯했으나 귀를 기울여 보니 뭔가 열심히 이야기를 나누는 것처럼 작은 소리로 찍찍거리고 있었다.

"어머나, 금방 친해졌네요."

다나카 부인이 기뻐하며 말했다.

다음 날은 토요일이었다. 흰색 새끼 쥐를 병원으로 데리고 온 게이치와 아라타가 점심 무렵 병원을 찾았다. 흰색 새끼 쥐의 안부를 묻는 아이들에게 토요일에는 오전 진료만 있으므로 진료 시간이 끝날 무렵에 오라고 일러두었기 때문이었다.

"와, 이제 완전히 기운을 차렸네요."

아이들은 환호성을 질렀다.

"그래. 하지만 아직 상처 난 곳이 아플 거야."

"그 옆에 있는 쥐 두 마리는 어떻게 된 거예요?"

"이 녀석들도 같이 돌보게 되었단다. 요즘 자꾸 쥐랑 얽히게 되니, 참 이상한 일이지?"

"그런데 선생님! 아라타네 부모님은 쥐는 더러운 동물이라고 절대 집에서 기를 수 없다고 하셨대요. 하지만 우리 부모님은 길러도 된다고 하셨어요."

게이치가 들뜬 목소리로 말했다.

"다람쥐나 햄스터는 괜찮지만 쥐는 안 된다고 하셨어요. 하지만 햄스터도 결국은 쥐잖아요. 그렇죠, 선생님?"

아라타가 볼멘 목소리로 말했다.

"그거야 그렇지만 햄스터나 기니피그는 귀엽지만 이런 보통 쥐는 좀 경우가 다르지. 보통 평범한 쥐를 집에서 기르지는 않으니까, 그래서 그러신 걸 거야."

"하지만 동물은 모두 귀여운 걸요. 선생님은 그렇게 생각하지 않으세요? 게다가 귀엽다, 귀엽지 않다는 판단은 사람이 멋대로 정한 것뿐이잖아요. 그건 너무해요."

아라타가 입을 삐쭉 내밀며 말했다.

"그건 네 말이 맞아. 선생님도 그렇게 생각한단다."

다나카 선생님이 고개를 끄덕이며 아라타의 말에 동감을 표시했다. 때마침 쟁반에 주스를 담아 들고 오던 다나카 부인이 그 모습을 보며 들으라는 듯이 중얼거렸다.

"어머나, 회색 쥐들을 공원에 버리려고 했던 사람이 누구였더라?"

"어! 아니, 그건. 그게 말이지."

다나카 선생님이 허둥대며 재빨리 말을 돌렸다.

"그나저나 이 회색 쥐들은 어떻게 하지?"

세 마리의 쥐가 서로의 배에 얼굴을 묻고 털 뭉치처럼 몸을 말고 있는 모습을 보며 게이치가 말했다.

"사이가 굉장히 좋은 것 같아요."

"그래. 혹시 너희 집에서 세 마리를 같이 키울 수는 없을까? 이미 검사해 봤는데 기생충도 없었단다."

"글쎄요. 엄마한테 한번 여쭤 볼게요."

"그러다가 새끼를 낳으면 어떻게 해요?"

아라타가 걱정스러운 듯 물었다.

"아니, 그건 걱정 하지 않아도 돼. 세 마리 모두 수컷이거든."

다나카 선생님이 대답했다.

"그런데 선생님! 이 작은 회색 쥐가 자꾸 기침을 하는 것 같은데 어떻게 된 거예요?"

"그게 말이다. 아무래도 알레르기인 것 같다."

"알레르기요?"

"기하라 공원에 가면 흔히 볼 수 있는 식물이 있는데, 벼 이삭처럼 줄기 하나에 연한 자주색 작은 꽃이 수십 송이 달려 있는 향유라는 식물을 본 적 있니?"

"네."

"주로 강가에 무리를 지어 자라는데 그 꽃의 향이 쥐에게 알레르기를 일으키는 것 같아. 기침을 하는 것도 알레르기 반응이 아닐까 싶구나. 언젠가 기하라 공원에 들쥐가 없는 이유가 이 식물 때문이라는 연구를 읽은 적이 있거든. 흰색 새끼 쥐도 처음 이곳에 왔을 때는 숨소리가 고르지 않아서 상처 때문인 줄 알았는데, 집 안에 들여다 놓고 바깥 공기를 차단한 지 일주일쯤 지나니까 훨씬 좋아진 걸로 봐서 그 식물 때문이었던 것 같구나. 그러니까 작은 회색 쥐의 기침도 곧 멈출 거야."

"그렇다면 더더욱 공원에 놓아 주면 안 되잖아요? 앞으로 겨울이 오면 더 추워질 텐데 분명 금방 죽고 말 거예요."

"제가 엄마한테 여쭤 볼게요."

게이치가 말했다.

두 아이는 주스를 다 마시고 집으로 돌아갔다. 다나카 선생님과 부인은 세 마리의 쥐를 유심히 살펴보았다. 큰 회색 쥐가 뒷발로 서서 마치 무언가 할 말이 있다는 듯 다나카 선생님의 눈을 똑바로 응시하고 있었다.

"너희는 어떻게 생각하니? 아무래도 게이치네 집에서 사는 게 좋겠지?"

다나카 선생님이 조심스럽게 말을 걸자, 큰 회색 쥐가 앞발로 자신의 얼굴을 쓱쓱 문질렀다. 그때 옆에서 다나카 부인의 작은 탄성이 들렸다.

"어!"

"왜 그러오?"

"내 귀걸이 한쪽이 없어졌어요. 어딘가에 떨어뜨린 모양이에요. 장금장치가 느슨해졌나 봐요."

9

다나카 선생님에게는 고민거리가 하나 있었다. 모교 대학에서 자리가 하나 있으니 돌아와 교직을 맡아 달라는 부탁을 받았던 것이다. 갈수록 손님은 줄고, 어쩌면 교육이나 연구가 자신의 적성에 맞는 것이 아닐까 하는 생각이 들 때도 가끔 있었다. 병원을 버리고 과감히 대학 연구자의 길을 걸어 볼까? 하지만 아직 구체적으로 결정된 것은 아무것도 없었다.

"당신은 어떻게 생각하오?"

다나카 선생님이 부인에게 의견을 물었지만 그저 웃으며 이렇게 말할 뿐이었다.

"그건 당신 스스로 결정해야 할 문제예요."

그날 점심 식사 시간에도 다나카 선생님은 여전히 고민 중이었다.

"나는 아무래도 손님을 대하는 일이 맞지 않는 것 같소. 역시 대학으로 돌아가는 편이 좋겠소."

"글쎄요. 과연 그럴까요?"

다나카 부인이 고개를 갸웃거리며 대답했다. 그리고 다나카 선생님의 두 눈을 똑바로 응시하며 조심스럽게 말을 꺼냈다.

"준, 당신은 그렇게 생각하지도 모르겠지만."

다나카 부인은 중요한 이야기를 할 때면 다나카 선생님을 '준'이라고 불렀다.

"그렇지만?"

"준은 진심으로 동물을 좋아하잖아요. 아픈 동물이나 상처 입은 동물을 보면 절대 그냥 지나치지 못하죠."

"그거야 그렇지만."

"아프거나 다쳐서 병원에 온 동물들이 다 나아서 건강을 되찾을 때면 당신 얼굴에는 기쁨이 가득해요. 내가 감기에 걸리든 말든 별로 신경도 쓰지 않으면서 말이에요."

"아니, 그건."

"어쨌든 모든 결정은 당신 혼자서 내려야 해요."

"하지만 손님이 계속 줄어서 지난 달에는 적자가 나지 않았소?"

"그런 건 상관없어요. 난 사람에게는 저마다 적성에 맞는 천직이 있다고 믿거든요. 평생을 천직에 종사한다는 것은 참으로 행복한 일이에요. 아참! 그보다 내 흑진주 귀걸이 한쪽이 어디에 떨어졌을까?"

"내가 인턴 시절에 쥐꼬리만 한 월급을 모아 당신에게 선물한 귀걸이 말이오? 그거 그리 보여도 상당히 고급 진주요."

"어머, 지금 생색내는 거예요? 나도 알고 있어요. 걱정 마요. 아마 어딘가에서 나올 거예요."

타타네 가족은 거실 한쪽 구석에 있는 우리 안에서 다나카 부부의 이야기에 가만히 귀를 기울이고 있었다.

그리고 다시 며칠이 지난 점심 무렵이었다.

"어머나, 또 참새들이 왔네."

다나카 부인이 말했다. 참새 두 마리가 거실 창살 위에 앉아 창문 너머로 방 안을 들여다보고 있었다.

"요즘 참새들이 자주 창가로 날아드네요. 매번 같은 참새들인 것 같은데 어째서 뜰에서 놀지 않는 걸까요? 먹이는 새 먹이용 그릇에 담아 뜰에 놓았는 데 참 이상한 일이에요."

"내 생각에는 집 안이 궁금해서 그러는 것 같소만."

그렇게 말하고 다나카 선생님이 천천히 창가로 다가가 창문을 살며시 열자 깜짝 놀란 참새들이 재빨리 하늘로 날아올랐다. 하지만 다나카 선생님이 해코지를 하지 않으리라는 것을 깨닫고는 한 마리가 먼저 창가에 내려앉고 잠시 후 다른 한 마리도 따라 내려앉았다. 다나카 선생님은 참새들이 겁내지 않도록 조심조심 창을 열었다. 참새들은 당장이라도 집 안으로 들어올 기세였지만 선뜻 용기가 나지 않는 모양이었다.

"쥐들을 보고 있는 것 같지 않아요?"

다나카 부인이 거실 한편에 두었던 쥐 우리와 창가에 있는 참새들을 번갈아 보며 말했다. 그녀의 말대로 참새들은 세 마리의 쥐를 향해 끊임없이 날갯짓을 하거나 찍찍거리며 울어 댔다. 쥐 세 마리도 참새들과 이야기하듯 나란히 뒷발로 서서 우리 창살 사이로 얼굴을 내밀고 참새들을 향해 흥분된 목소리로 찍찍거렸다.

"어? 또 한 마리가 날아들었소."

먼저 날아든 참새 두 마리보다 훨씬 작은 참새가 날아와 두 마리 사이에 가볍게 내려앉았다.

"어머나, 참새 부부와 그 새끼인가 봐요."

다나카 부인이 말했다.

"그럴지도 모르겠소. 하지만 조금 춥군. 참새들아, 미안하지만 창문을 닫아야겠다."

창문이 닫힌 후에도 참새 세 마리는 잠시 주저하는 듯이 창가를 떠나지 않았으나 곧 어딘가로 날아가 버렸다.

"흰색 새끼 쥐는 이제 거의 다 나은 것 같아요."

"그렇소. 이제 며칠만 더 있으면 퇴원시켜도 될 것 같소."

"어머, 저것 좀 봐요."

다나카 부인이 기쁜 듯이 말했다. 흰색 새끼 쥐가 우리 안에 있는 쳇바퀴를 돌고 있었다.

"이제 다 나았나 봐요. 정말 다행이에요."

다나카 부인이 선생님을 돌아보았다. 다나카 선생님은 아무 말도 하지 않고 그저 미소를 지으며 눈을 가늘게 뜨고, 빙글빙글 씩씩하게 쳇바퀴를 돌고 있는 흰색 새끼 쥐를 쳐다보았다.

며칠 후에 기쁜 소식이 들려왔다. 게이치가 쥐를 세 마리를 모두 기를 수 있게 되었다는 소식을 전화로 들려주었던 것이다.

"엄마, 아빠께서 집에서 쥐를 기르는 것을 탐탁하지 않게 생각하시기에 우리가 구한 생명이니 끝까지 책임져야 한다고 말씀드렸어요."

"음, 책임이라. 어린 녀석이 제법 맹랑한 소리를 했구나."

"네. 아빠도 그렇게 말씀하셨어요. 하지만 은근히 감동받으신 것 같았어요."

게이치가 자랑스럽게 말했다.

"그렇다면 다른 두 마리도 허락하신거니?"

"엄마께서 흰색 새끼 쥐는 귀여울 것 같지만 다른 두 마리는 보통 쥐라서 징그러울 것 같다며 얼굴을 찌푸리셨어요. 하지만 세 마리가 너무 사이가 좋아서 절대로 떼어 놓으면 안 된다고 말씀드렸더니 결국 좋다고 허락하셨어요."

"그래? 그거 잘 되었구나."

"하지만 전염병을 옮기는 게 아닌지 걱정하셨어요."

"그건 걱정 말아라. 철저하게 검사했으니까. 그럼 다음 주 중에는 언제든 상관없으니 데리러 오렴. 쥐를 기르는 법도 자세히 가르쳐 주마."

"네, 선생님. 정말 고맙습니다."

게이치는 감사하다는 말을 끝으로 전화를 끊었다.

'잘된 일이야.'

다나카 선생님은 쥐들의 우리로 가 보았다. 작은 회색 쥐가 열심히 쳇바퀴를 돌리고 있었다. 쥐들이 있는 우리는 상당히 오래된 것이라서 쳇바퀴도 요즘과는 달리 플라스틱이 아니라 철사로 세공한 것이었다. 오래되어서 나사가 느슨해졌는지 빙글빙글 돌 때마다 삐거덕삐거덕 소리가 났다. 다나카 선생님은 게이치에게 새 우리를 사는 것이 좋겠다고 말해야겠다고 생각했다.

"쳇바퀴를 돌리는 게 재미있니?"

다나카 선생님이 작은 회색 쥐에게 말을 건넸다.

"너희는 앞으로 좋은 집에서 살게 될 거야. 게이치라면 분명 너희를 잘 돌봐 줄 거야. 너희가 얼마나 행운아인줄 아니?"

오늘도 다나카 동물병원을 찾는 환자는 그리 많지 않았다. 잠시 손님의 발길이 끊기자 간호사는 진찰실에서 한가롭게 주간지를 보고 있었다. 다나카 선생님은 창가로 가서 하늘을 올려다보았다. 며칠째 쌀쌀한 날씨가 계속되고 있었다. 일기예보에 따르면 올겨울은 굉장히 추울 것이라고 한다. 추운 겨울날 따뜻한 집에서 배불리 먹으며 살 수 있게 되었으니, 이 녀석들은 정말로 운이 좋다고 다나카 선생님은 생각했다.

쥐들이 없었진 것은 다음 날 아침이었다.

이 층 침실에서 거실로 내려온 다나카 부인이 우리 문이 활짝 열린 채 텅 비어 있는 것을 발견했다. 뒤늦게 내려온 다나카 선생님도 망연자실해서 그 자리에 멈춰 서 있었다.

"어제 마지막으로 우리를 닫을 때 제대로 닫지 않은 거 아니오?"

"그럴 리가요. 분명히 닫았어요."

다나카 부인이 울컥하여 소리쳤다.

"저녁을 먹고 설거지를 한 후에 쥐들에게 먹이를 넣어 주기는 했지만 문을 닫고 구멍에 잠금 핀을 확실히 밀어 넣었어요. 똑똑히 기억해요. 우리가 낡아서 제대로 닫혔는지 흔들어서 확인까지 했다고요."

"그때는 세 마리 모두 우리 안에 있었소?"

"그럼요. 바닥에 깔아 놓은 톱밥 속에 웅크리고 있었지만 분명히 있었어요. 틀림없어요."

"으음. 그럼 어떻게 된 거지? 혹시 도둑고양이가 들어와서 발톱으로 문을 당긴 건 아닐까?"

"고양이가 어떻게 들어와요?"

다나카 부인이 쏘아붙였다.

"하긴 그렇군."

다나카 선생님은 우리를 꼼꼼히 살펴보았다. 쳇바퀴가 옆으로 쓰러져 있었다. 쳇바퀴를 지지하고 있던 축이 빠져 바퀴가 떨어져 나갔고, 그 탄력 때문인지 철사 바퀴살이 서너 개 빠져 톱밥 위에 떨어져 있었다.

"으음. 대체 무슨 일이 있었던 걸까?"

쥐들이 있던 우리는 문을 닫은 후 문에 있는 구멍과 우리에 있는 구멍을 맞추고, 문에 쇠사슬로 연결되어 있는 잠금 핀을 위에서 아래로 밀어 넣어 잠그도록 되어 있다. 그런데 어떻게 된 일인지 잠금 핀이 구멍에서 빠져 쇠사슬 끝에 매달려 늘어져 있었다.

"어쩌면……."

"어쩌면 뭐요?"

"바보 같은 생각일지도 모르겠지만, 잠금 핀 구멍에 쳇바퀴에서 빠진 바퀴살을 밀어 넣고 위로 들어 올려 문을 연 게 아니겠소?"

"대체 누가 그렇게 했다는 거죠?"

"쥐들이 안에서 철사 바퀴살로 연 게 아닌가 해서 말이오."

다나카 선생님이 수줍은 미소를 지으며 아내를 쳐다보았다. 농담은 그만두라고 말할 줄 알았는데 의외로 아내는 진지한 표정으로 뭔가를 생각하는가 싶더니 고개를 살짝 끄덕이고 말했다.

"틀림없이 게이치가 실망할 거예요."

"그렇겠구려. 기껏 어렵게 부모님을 설득했는데."

다나카 선생님의 얼굴이 어두워졌다. 대체 쥐들은 어디로 사라진 것일까? 아직 집 안 어딘가에 있을까? 아니면 벌써 밖으로 나가 버렸을까? 두 사람은 한동안 아무 말도 없이 고개를 갸웃거리며 생각에 빠져들었다.

"게이치에게는 사실대로 말하는 수밖에 없겠소. 어쨌든 이제 서둘러 진찰 준비를 해야지."

이윽고 다나카 선생님이 정신을 가다듬으려는 듯 중얼거리며 허둥지둥 진찰실로 들어갔다.

"여보, 잠깐 이리 와 봐요."

복도로 나간 다나카 선생님이 아내를 불렀다.

"왜 그래요?"

"글쎄 잠깐 이리 와 봐요."

다나카 선생님은 애써 웃음을 참으며 신기하다는 표정을 짓고 있었다. 다나카 부인이 진찰실로 들어가 선생님이 가리킨 곳을 보자, 진찰대 바로 위에 그렇게 찾던 흑진주 귀걸이 한쪽이 놓여 있는 게 아닌가!

"어머나, 이게 여기에 있었네."

"아니, 오늘 아침까지는 없었소. 적어도 어젯밤 늦게 내가 불을 끄고 나갈 때만 해도 이곳에는 아무것도 없었는데. 그것만은 확실하오."

"그럼 밤중에 누군가가 가져다 놓았다는 소리네요?"

"그 누군가가 누구라고 생각하오?"

"글쎄요."

다나카 선생님과 부인은 얼굴을 마주 보았다.

"준, 혹시 당신도 나랑 같은 생각을 하고 있는 거예요?"

다나카 부인이 조심스럽게 물었다.

"아마도 그럴 거요."

"설마, 그럴 리가요."

"잘은 모르겠지만 아마 맞을 거요."

"어머나! 설마요. 거짓말이죠?"

"고맙다는 답례가 아니겠소?"

다나카 선생님과 부인은 애써 웃음을 참았지만 잠시 후 두 사람은 거의 동시에 큰 소리로 웃고 말았다. 다나카 선생님은 호기심이 가득한 아이와 같은 천진난만한 얼굴을 하고 있었다.

"세상에는 신기한 일이 많지 않소. 하하! 참, 유코, 대학 교수직은 거절하기로 했소. 오늘 전화해서 내 의사를 밝힐 생각이오. 곰곰이 생각해 봤는데 역시 나는 동물을 치료하는 일이 더 좋소. 이곳에서 나이가 들 때까지 동물들을 고쳐 줄 거요. 지금보다 돈을 더 못 번다고 해도 곤란에 처한 동물이나 힘없는 동물을 돕는 것이 내 일이라고 생각하오. 당신도 도와주겠소?"

다나카 부인은 아무 말 없이 따뜻하게 웃어 주었다.

10

다나카 선생님과 부인이 이야기를 나누고 있는 동안에도 사실 타타네 가족은 다나카 동물병원 안에 있었다. 없어졌던 흑진주 귀걸이를 발견하고 어리둥절해 하다가 서로 마주 보며 유쾌하게 웃는 다나카 부부 바로 가까이에 있었다. 그들은 숨을 죽이고 쓰레기봉투 안에 숨어 있었다.

"이제 어떻게 집 밖으로 나가지?"

"어딘가에 창문이나 문이 열려 있는 곳이 있을지도 몰라요. 블루 아줌마네 집은 항상 문이 조금 열려 있어서 한밤중에도 언제든지 몰래 빠져나가서 주변을 산책하곤 했거든요."

타타가 말했다.

"그건 고양이가 있는 집이라 그런 거란다. 주인 할머니가 블루를 위해 일부러 그렇게 배려해 준 거야. 하지만 이곳은 어떨지 모르겠다. 설사 그렇다고 해도 집 안을 둘러볼 시간이 없어. 조금 있으면 다나카 선생님 부부가 일어날 거야. 이를 어쩐다. 그래, 저것을 좀 보렴."

아빠가 가리킨 것은 진찰이 끝난 후 간호사가 쓰레기를 담아 두는 비닐 봉투였다. 사용한 주사 바늘이나 감염 우려가 있는 피 묻은 탈지면 등 의료 쓰레기는 별도로 포장하여 철저하게 관리하고 전문 업체에 의뢰하여 처분하지만, 그 이외의 일반 쓰레기는 모두 비닐 봉투에 넣어 진찰실 한쪽 구석에 잘 봉해 두었다.

"인간들은 아침이 되면 이런 봉투를 도로변에 쌓아 둔단다."

"맞아요. 도로변 곳곳에서 본 적이 있어요."

"이 봉투에 우리의 운명을 걸어 보자. 이 안으로 들어가 봉투째 밖으로 운반되기를 기도하는 거야. 자, 아빠가 눈에 띄지 않도록 구멍을 뚫을 테니 잠깐만 기다려라."

아빠는 단호하게 말하고 비닐봉투와 벽 사이로 들어가 비닐봉투를 이빨로 물어뜯기 시작했다. 잠시 후 작은 구멍이 생기자 아빠는 앞발을 밀어 넣고 구멍을 넓혔다.

"구멍이 너무 크면 눈에 띌 테니 이 정도가 좋겠다. 칫치, 먼저 안으로 들어가거라. 가만히 있어야 한다. 알았지? 자, 타타도 들어가거라."

마지막으로 아빠가 비닐봉투 안으로 기어들어가자마자 타이밍도 절묘하게 다나카 선생님이 진찰실로 들어왔다.

다나카 선생님이 아내를 불러 텅 빈 우리를 보며 이야기를 나누는 내내 세 마리의 쥐는 비닐봉투 안에 몸을 숨기고 숨을 죽인 채 이야기를 듣고 있었다. 다나카 부부는 서로 마주 보며 유쾌하게 웃고 있었지만 타타네 가족은 비닐봉투째로 밖으로 나가겠다는 계획이 뜻대로 될지 걱정되어 전혀 웃을 상황이 아니었다. 불행인지 다행인지 그날은 쓰레기를 회수해 가는 날이 아니었다.

이야기는 그 전날 오후로 돌아간다. 타타가 쳇바퀴를 돌리고 있을 때였다. 다나카 선생님이 우리에 얼굴을 가까이 대며 말했다.

"쳇바퀴를 돌리는 게 재미있니? 너희는 앞으로 좋은 집에서 살게 될 거야. 게이치라면 분명 너희를 잘 돌봐 줄 거야."

다나카 선생님이 진찰실로 돌아간 후 세 마리의 쥐는 얼굴을 맞대고 심각하게 이야기를 나누었다.

"게이치가 누구예요?"

칫치가 물었다.

"아마 너를 주워서 이곳으로 데려다 준 아이일 거다. 네 상태를 보러 여러 번 왔었잖니."

아빠가 대답했다.

"그럼 우리 이번에는 그 아이 집으로 가는 거예요? 어떤 곳일까요?"

그때 타타가 다그치듯 물었다.

"앞으로 그곳에서 사는 거예요? 언제까지요?"

아빠는 대답하기 난처한 듯 잠자코 있었다.

"너무 오래 있는 것은 나도 별로예요. 이제는 이런 우리 안에 갇혀 있는 것도 질렸거든요. 엄마 두더지도 보고 싶고 새끼 두더지들이랑 신나게 놀고 싶어요."

"아빠, 언제까지 그곳에 머물 거냐고요?"

타타는 아빠를 매섭게 쳐다보며 따졌다.

"글쎄다. 아마도 쭉 그곳에서 살게 되겠지."

아빠가 느릿느릿 말했다.

"쭉 산다고요? 설마 죽을 때까지 평생 그곳에서 살아야 한다는 말씀이세요?"

"그래. 아마도 죽을 때까지 그곳에서 살아야 할 거다."

"싫어요. 그건 말도 안 돼요."

타타가 소리쳤다.

"으흠."

아빠는 난처한 듯 신음소리를 토해 냈다.

"그건, 그건⋯⋯."

"그래, 네가 무슨 말을 하고 싶어 하는지 잘 안다. 하지만 좋게 생각할 수도 있어. 우리가 이곳에 온 지 벌써 열흘이 지났단다. 이런 따뜻한 집에서 매일 맛있는 음식을 배불리 먹으면서 마음 편히 살 수 있잖니? 이곳에 있는 한 커다란 새나 족제비도 우리를 건드리지 못할 거야."

"하지만, 하지만……."

"잠깐만 아빠 이야기를 더 들어보렴. 지난번에 다나카 선생님이 한 말 기억하니? 기하라 공원에는 쥐에게 유해한 식물이 살고 있다고 하지 않았니? 너와 칫치의 기침이 멈추지 않았던 것도 그 때문이라고 했어. 실제로 이곳에 와서 며칠 지나자 기침이 저절로 멈추고 목이 아프던 것도 좋아졌어. 게다가 잘 먹고 잘 쉬어서 그동안 살도 많이 찌고 건강해졌잖니?"

그러자 타타가 벌떡 일어서며 소리쳤다.

"그럼 아빠는 철사로 만들어진 이 사각형 상자 안에서 쳇바퀴나 돌리면서 평생을 살아도 좋다는 말씀이세요? 그게 행복이라고 말씀하시는 거냐고요?"

"행복? 글쎄다. 그게 행복인지는 솔직히 잘 모르겠다. 다만 적어도 들에 사는 쥐들 중에는 우리를 부러워하는 이들이 분명 있을 거야."

"나는 쳇바퀴 돌리는 것이 재미있어요. 형도 재미있다면서 매일 쳇바퀴를 돌렸잖아. 그것도 엄청 오랫동안 돌렸으면서."

칫치는 그렇게 말하고 쳇바퀴를 돌리기 시작했다.

"그건 그렇지만. 후후."

타타는 겸연쩍은 뜻 피식 웃었다. 타타는 조금 안정되었는지 차분한 목소리로 아빠에게 물었다.

"아빠, 다른 무리가 부러워하든 말든 그건 상관없어요. 아빠는 어떻게 생각하세요?"

"글쎄다. 타타, 이곳에 잠입하기 위해 병든 척 연기한 것은 굉장히 위험한 모험이었단다. 하지만 그때는 칫치를 다시 만나려면 그게 최선이라고 생각했어. 참새 부부가 이곳 사람들이 상냥하다고 말해 주었기 때문에 모험을 결심할 수 있었지. 다행히 계획대로 척척 들어맞아서 우리 셋이 다시 함께할 수 있게 되었고 칫치도 이제 거의 회복되었단다. 우리는 지금 철조망으로 만들어진 사각 감옥 안에 갇혀 있고, 다음 주가 되면 또 다른 집으로 가게 될 거야. 하지만 칫치를 찾는 데 급급해서 이곳에서 어떻게 빠져나가 강으로 돌아갈지는 미처 생각해 두지 못했단다."

"그렇다면 지금부터라도 생각해 봐요."

"사실 아빠도 곰곰이 생각해 보았단다. 하지만 이 철조망은 굉장히 단단해서 우리 이빨로는 도저히 자를 수가 없어."

"그럼 어떻게 하죠?"

"가만히 기회를 기다리는 수밖에. 그러다 보면 분명 기회가 올 거야."

칫치와 타타는 혀를 차며 인상을 쓰고 대꾸도 하지 않은 채 톱밥 속으로 기어들어갔다.

'쯧쯧. 말은 저렇게 하지만 아빠는 따뜻한 곳에서 배불리 먹을 수 있는 이곳에서 살고 싶어 하는 게 틀림없어. 이건 바람직하지 못해. 아빠는 비겁한 겁쟁이야. 강에서 살자고 굳게 약속해 놓고서는.'

타타는 밤이 되어서도 여전히 마음속으로 혀를 차며 새로운 먹이가 들어와도 될 대로 되라는 듯 톱밥 속에 웅크린 채 나오려고 하지 않았다. 아빠는 타타의 기분을 충분히 이해하고 있었으므로 그냥 내버려 두었다.

어느새 잠이 들었던 모양이다. 문득 눈을 뜬 타타는 주위를 둘러보았다. 날이 밝아 오고 있었다. 아빠와 칫치는 몸을 맞대고 평화롭게 자고 있었다.

'흥! 다 소용없어. 아무도 내 기분을 이해 못해.'

타타는 생각했다. 그리고 자신도 모르게 마음을 진정시키려고 했는지 쳇바퀴를 돌리기 시작했다. 하지만 이내 쳇바퀴를 돌리고 있는 자신을 깨닫고 화가 치밀어 올랐다.

'이까짓 쳇바퀴 아무리 열심히 돌리면 뭐해? 나는 여전히 제자리걸음인걸. 앞으로 죽을 때까지 평생 쳇바퀴나 돌리며 살아야 하는 걸까? 동이 틀 무렵 은은한 햇살이 비추는 강가에서 신선한 공기를 한껏 들이마시는 순간에 느낄 수 있는 기분 좋은 긴장감과 칫치와 풀숲을 뛰어놀 때의 흥분, 황혼의 빛 속을 걸으며 아빠가 기다리고 있는 집으로 돌아갈 때의 포근함, 적당히 기분 좋은 피로감을 가슴속에 묻어 둔 채 이렇게 쳇바퀴나 굴리며 살아야 해? 젠장, 싫어! 정말 그렇게 살고 싶지는 않아!'

타타가 점점 속도를 높이자 쳇바퀴가 덜컹거리며 옆으로 흔들리기 시작했다.

'젠장! 싫어! 정말 싫어!'

타타는 달리고 또 달렸다. 하지만 여전히 제자리였다.

'이건 말도 안 돼. 에잇!'

그 순간 타타는 자신도 모르게 뒷발에 힘을 주어 앞으로 뛰어올랐다. 무슨 일이 벌어졌는지 알 수가 없었다. 빠직거리는 소리가 나며 무언가가 떨어져 나가는 소리가 들렸다고 생각하는 순간, 타타의 몸은 앞으로 튕겨 나가 철조망에 부딪혀 바닥으로 떨어졌다. 그 바람에 잠에서 깬 아빠와 칫치가 톱밥 위로 굴러떨어진 타타의 얼굴을 걱정스러운 듯이 내려다보고 있었다.

"타타, 괜찮니?"

아빠가 물었다.

"네."

타타는 천천히 몸을 일으키고 주위를 둘러보았다. 쳇바퀴가 축에서 빠져 옆으로 쓰러져 있었다.

"이런, 쳇바퀴가 망가졌네. 아빠, 다나카 선생님이 화내시겠죠?"

11

아빠는 아무 대꾸도 하지 않고 쳇바퀴를 유심히 살펴보았다. 이윽고 아빠가 들뜬 목소리로 타타를 불렀다.

"타타, 이리로 와 보렴."

"죄송해요. 일부러 망가뜨리려고 한 건 아니었는데."

"아니, 괜찮다. 어쩌면 네가 큰일을 해낸 걸지도 몰라."

아빠는 톱밥 속에서 찾아낸 5~6센티미터 정도 길이의 철사를 머리 위로 들어 올렸다.

"이거다. 바로 이거야!"

"네? 그게 뭐예요?"

"쳇바퀴의 부품인 것 같은데 조금 전 충격으로 떨어져 나왔단다. 타타, 네가 해냈구나."

"해내다니 무엇을요?"

"나는 지금껏 이렇게 생긴 것이 있으면 좋겠다고 생각했었단다. 됐다! 이젠 됐어!"

아빠는 당장 춤이라도 출 것처럼 흥분해 있었다. 타타와 칫치는 아빠가 왜 저렇게 기뻐하는지 도무지 이해가 되지 않았다.

"아까 아빠가 반드시 기회가 올 것이라고 말했던 거 기억하니? 그 기회가 이렇게 빨리 올 줄은 아빠도 몰랐단다."

"그 철사로 무엇을 하시려고요?"

"잘 보렴."

아빠는 우리 입구로 다가가 철사 한쪽 끝을 머리 위로 들어 올리고 다른 쪽 끝을 밖으로 밀어 넣은 다음 앞발을 가볍게 흔들어 댔다.

"이거 생각보다 어렵네. 어려워. 하지만……."

아빠는 연신 중얼거리며 열심히 철사를 움직이고 있었다.

"좋아, 들어갔다. 드디어 들어갔어. 하지만 이게……."

옆에서 아빠의 모습을 지켜보던 타타와 칫치도 마침내 아빠가 무엇을 하려고 하는지 알아차렸다.

우리의 문을 잠그는 잠금장치에는 위아래로 구멍이 두 개가 있는

데, 우리 본체와 연결된 잠금 핀을 구멍에 찔러 넣으면 문을 잠글 수 있었다. 아빠는 잠금 핀 끝에 뚫어 놓은 동그란 구멍 부분에 철사를 넣고 위로 들어 올리려 하고 있었다.

"이런, 아무래도 힘드려나?"

아빠는 힘껏 앞발을 뻗어 간신히 철사를 잠금 핀 구멍에 수평으로 끼워 넣을 수 있었지만 거기까지가 한계였다.

"아, 더는 못하겠다. 온몸이 뻣뻣해져서 움직이지 못하겠어."

아빠가 털썩 주저앉으며 말했다. 하지만 아빠는 곧바로 다시 일어섰다. 타타와 칫치는 숨을 죽이고 아빠를 지켜보았다.

"생각보다 기회가 빨리 왔단다. 하지만 이런 기회는 두 번 다시 오지 않아. 이번 기회를 놓치면 기회가 언제 또 올지 알 수 없단다. 만일 기회가 온다고 해도 겨울이 온 뒤에는 소용없어. 그때가 되면 너무 늦거든. 겨울에 집도 없는 강으로 간다는 건 죽겠다는 것과 다름없어."

그리고 아빠는 스스로에게 다짐하듯 말했다.

"지금 해야 해, 지금! 어떻게든 이 문을 열어야 하는데 어떻게 하면 좋지? 아침이 되어 인간들에게 발각되기 전에 어서 서둘러야 해."

아빠는 다시 한 번 앞발을 힘껏 뻗어 철사를 머리 위로 들어 올렸다. 하지만 역시 무리였다.

"아무래도 안 되겠어."

아빠는 입술을 지그시 깨물며 힘없이 어깨를 늘어뜨렸다. 그때 타타가 말했다.

"아빠, 잠깐만 그대로 움직이지 말고 있어 보세요."

타타는 재빨리 아빠의 어깨 위로 폴짝 뛰어올랐다. 그 충격에 아빠는 잠시 휘청거렸지만 쓰러지지 않으려고 안간힘을 다해 버텼다. 철사 한쪽 끝이 잠금 핀 구멍에 이미 걸려 있었다. 아빠는 타타를 어깨에 올린 채 힘겹게 버티고 있었다. 타타는 철사의 반대쪽을 잡고 아래로 힘껏 내리쳤다. 구멍에 걸려 있던 쪽이 올라가면서 잠금 핀이 위로 철컥거리며 움직이기 시작했다. 지렛대의 원리를 이용한 것이었다.

"좋아, 타타! 할 수 있겠니? 조금만 더, 조금만 더 힘내라."

말은 그렇게 했지만 아빠의 근육은 이미 비명을 지르고 있었다. 뒷다리가 심하게 흔들리고 앞발에 감각이 없어졌다.

'더는 못 버티겠어.'

아빠는 힐끗 위를 올려다보았다. 잠금 핀이 반 정도 올라가 있었다.

'이제 겨우 반밖에 못 올렸단 말인가!'

실망한 아빠는 눈을 꾹 감아 버렸다. 다리 근육이 점점 굳어지며 몸이 앞뒤로 크게 흔들렸다. 아빠는 마지막 힘을 짜내며 물었다.

"타타, 어떻게 됐니? 아직 멀었니?"

"이 이상은 아무래도 힘들겠어요."

'역시 안 되겠군.'

아빠가 포기하려는 순간 타타가 작게 중얼거리는 소리가 들렸다.

"그래, 이렇게 하면 되겠구나. 에잇!"

기합소리와 함께 아빠의 어깨를 짓누르고 있던 무게가 한순간에 사라졌다. 그와 동시에 철거덕 하는 소리와 함께 철사가 아빠의 손에서 날아갔다. 타타가 철사 한쪽 끝을 잡고 아빠의 어깨에서 뛰어내렸던 것이다.

아빠는 그 충격으로 비틀거리며 쓰러졌고 타타는 그 옆으로 굴러 떨어졌다. 아빠와 타타는 고개를 살짝 들어 걱정 반 기대 반으로 잠금장치를 올려다보았다.

어떻게 되었을까? 구멍에서 빠진 잠금 핀이 쇠사슬에 매달린 채 대롱대롱 흔들리고 있었다. 드디어 우리 문이 조금 열렸다.

"좋아, 우리가 해냈다!"

하지만 아빠의 목소리는 입 밖으로 나오지 않고 가쁜 숨소리만 새어 나왔다. 타타와 칫치가 환호성을 지르며 얼싸안았다. 아빠는 숨을 가라앉히고 힘겹게 일어서며 말했다.

"가자! 이제 곧 날이 밝을 거야. 사람들이 일어나기 전에 어떻게든 집 밖으로 빠져나가야 해."

우리 문을 밀었다. 문은 조금 삐걱거리기는 했지만 쉽게 열렸다. 여느 때처럼 아빠가 선두에 서고 칫치, 타타가 그 뒤를 따라 우리 밖으로 나왔다. 우리는 사물함 위에 놓여 있었다. 아빠는 선반을 잡아 떨어지는 속도를 늦추며 바닥에 내려섰다. 칫치와 타타도 아빠를 따라 조심조심 바닥으로 내려왔다.

"칫치, 괜찮아? 혹시 상처난 데가 아프지는 않니?"

타타가 걱정스러운 표정으로 묻자 칫치는 가슴을 펴며 씩씩하게 대답했다.

"난 괜찮아. 이제 거의 다 나았거든."

거실 창문은 굳게 닫혀 있었지만 대신 집 안쪽으로 연결되어 있는 미닫이문이 조금 열려 있었다. 그 틈을 통해 나오니 복도였다. 건물 구조를 알지는 못했지만 바로 앞에 보이는 문은 굳게 닫혀 있었고 왼쪽에 이 층으로 올라가는 계단이 있었다. 타타네 가족은 오른쪽으로 이동했다. 복도 끝에 있는 미닫이문이 조금 열려 있었다. 아빠는 한 치의 망설임도 없이 그 안으로 뛰어들어 갔다. 그곳은 진찰실이었다. 진찰실이라면 세 마리 모두 들어가 본 적이 있었다.

"이곳에서 선생님이 절 치료해 주었어요."

칫치가 말했다.

"우리도 처음에는 이곳으로 실려 왔단다. 이곳은 아마도 동물들을 치료하기 위한 방인 것 같다."

아빠가 말했다.

진찰실 안으로 들어선 아빠는 밖으로 나갈 구멍이 있는지 꼼꼼히 살펴보았다. 반투명 유리로 된 문은 굳게 닫혀 있었다. 그렇다면 창문은 어떨까? 의자에서 책상으로 뛰어 올라간 아빠는 다시 창가로 뛰어 올라 살펴봤지만 역시 무리였다.

"타타, 칫치! 너희도 어딘가에 빠져나갈 틈이나 구멍이 없는지 살펴보렴. 작은 것이라도 괜찮다."

"이 세면대는 어때요?"

타타의 목소리가 들리는 쪽을 보자, 타타와 칫치가 세면대 가장자리에 매달려 그 안을 들여다보고 있었다. 아빠도 일단 바닥으로 내려왔다가 다시 가장자리에 있는 선반을 타고 세면대 위로 올라갔다.

아빠는 배수구 위에 걸려 있는 세면대 마개를 빼고 배수관 안을 들여다보았다. 그렌의 도서관을 빠져나올 때처럼 이번에도 집 밖으로 나갈 수 있을까?

"너무 좁아서 도저히 안 되겠다. 칫치도 들어가기 힘들겠는걸."

아빠의 말이 끝나기가 무섭게 칫치는 말릴 틈도 없이 머리를 밀어 넣고 조금씩 안으로 기어들어 갔다.

"안 돼! 칫치, 너무 좁다니까. 그러다가 못 빠져나오면 어떻게 하려고 그러니?"

아빠는 크게 당황하며 칫치의 등을 잡았다. 아니나 다를까 상반신을 배수구에 억지로 밀어 넣던 칫치는 그대로 꽉 낀 채 뒷발을 버둥거리기 시작했다.

"이 이상은 못 들어가겠어요. 너무 좁아요."

칫치의 목소리가 울렸다. 아빠와 타타는 칫치의 몸을 힘껏 끌어당겼다. 간신히 빠져나온 칫치는 털썩 주저앉으며 크게 한숨을 내쉬었다. 칫치의 앞발에는 반짝이는 물건이 있었다.

"칫치, 그게 뭐니?"

"잘 모르겠어요. 하수도관이 구부러진 곳에 걸려 있던데, 아빠 이게 뭐예요?"

은색 고리에 검은색 광택이 나는 구슬이 끼워져 있었다.

"아! 이건 분명."

아빠와 타타는 짚이는 게 있었다. 다나카 부인이 한쪽이 없어졌다며 선생님께 보여 주었던 흑진주 귀걸이였던 것이다.

"여기에 걸려 있었구나. 찾아 드리면 틀림없이 기뻐할 거예요."

타타가 말했다.

"그럼 찾기 쉬운 곳에 두고 올까? 칫치, 그걸 이리 줘 보렴."

아빠는 칫치에게서 귀걸이를 입으로 받아 물고 세면대에서 바닥으로 뛰어내렸다. 그리고 다른 의자로 올라가 진찰실 한가운데에 있는 진찰대 위로 올라갔다. 그리고 귀걸이 한쪽을 살며시 올려 두었다. 다나카 선생님이 치료해 주지 않았다면 칫치는 이미 죽었을 것이다. 그리고 다나카 부인이 정성껏 돌봐 준 덕분에 위험과 고난으로 가득했던 여행의 피로를 풀 수 있었다. 그러니 답례를 하는 것이 좋겠다고 아빠는 생각했다.

아빠가 진찰대에서 내려와 바닥으로 내려서자, 그곳에는 아빠를 따라 세면대에서 뛰어내린 타타와 칫치가 기다리고 있었다.

빠져나갈 구멍을 찾아 진찰실 안을 돌아다니는 동안에도 무심한 시간은 계속 흘러갔다. 이제 곧 아침이 될 것이다. 인간에게 들키기 전에 어서 밖으로 빠져나가야 한다. 결국 아빠는 쓰레기봉투 안에 숨는 방법을 선택했다. 아까부터 이 층에서 인기척이 들리는 것으로 보아 다나카 선생님이 일어나 내려올 준비를 하는 모양이었다. 타타네 가족은 서둘러 쓰레기봉투에 몸을 숨겼다. 다나카 선생님이 진찰실로 들어온 것은 그 직후였다. 다나카 선생님은 아내를 불러 무언가 이야기를 나누었다.

"아빠, 선생님이 귀걸이를 발견했나 봐요."

칫치가 말했다.

"쉿! 소리 내면 안 돼."

아빠가 작은 목소리로 말했다.

잠시 후 두 사람은 함께 진찰실을 나갔다. 얼마 후 다나카 부인이 혼자 돌아와 타타네 가족이 숨어 있는 쓰레기봉투를 번쩍 들고 어딘가로 향했다. 구멍이 뚫려 있으리라고는 미처 생각하지 못하는 듯했다.

비닐봉투 너머로 갑자기 빛이 들어왔다. 드디어 밖으로 나온 것일까? 하지만 기뻐할 사이도 없이 몸이 붕 하고 날아오르더니 봉투째 어두운 통 속으로 떨어졌다. 그리고 뚜껑을 덮었는지 주변이 갑자기 어두워졌다. 다나카 부인의 발소리가 점점 멀어져갔다.

"어떻게 된 일이지?"

아빠가 알 수 없다는 듯 중얼거렸다.

사실 그날은 쓰레기봉투를 수거하는 날이 아니었다. 그래서 다나카 부인은 쓰레기봉투를 쓰레기통에 넣고 뚜껑을 닫았던 것이다.

들어갈 때 뚫었던 구멍을 통해 밖으로 빠져나가자 플라스틱제 쓰레기통 벽이 앞을 가로막았다. 타타네 가족은 쓰레기봉투를 밟고 간신히 밖으로 빠져나왔다. 자칫하면 쓰레기봉투를 수거하는 날까지 꼬박 이틀 동안 쓰레기통에 갇혀 있을 뻔했지만 다행히도 다나카 부인이 가스레인지 위에 물을 올려놓고 나온 것이 떠올라 대충 뚜껑을 닫고 서둘러 뛰어들어 간 덕분에 무사히 쓰레기통 밖으로 나올 수 있었다. 쓰레기통에는 타타네 가족이 있던 쓰레기봉투 외에도 몇 개가 더 들어 있어서 뚜껑이 살짝 들려 있었다. 타타네 가족은 그 틈으로 빠져나왔다.

"자, 어서 밖으로 나가자! 아빠를 잘 따라오렴."

아빠가 땅에 폴짝 뛰어내리며 말했다. 칫치와 타타도 아빠의 뒤를 따라 뛰어내렸다.

바람이 불어왔다. 오랜만에 느끼는 바깥 세상의 상쾌한 바람에 세 마리의 쥐는 전율했다. 흥분과 긴장, 그리고 말로는 표현할 수 없는 기쁨이 밀려왔다. 타타네 가족은 용기를 내어 다시 달려 나가기 시작했다.

12

강을 향해, 물을 향해, 그리고 강의 빛을 향해 타타, 칫치는 힘차게 달려 나갔다. 다시 힘겨운 여행이 시작되었지만 기분은 어느 때보다 상쾌했다. 다나카 동물병원에서 지낸 시간은 비록 짧았지만 지상낙원이 따로 없었다. 상처도 아물고 날마다 배불리 먹으며 실컷 잘 수 있었다. 평생을 그렇게 살 수 있을 것 같았다. 하지만 그렇게 살고 싶지 않다는 타타의 절규는 타타네 가족의 가슴속 깊은 곳에 숨겨 있던 마음을 대변하고 있었다. 아무리 편안하고 쾌적해도 사각 감옥에 갇혀 쳇바퀴를 돌리며 평생을 살 수는 없었다.

타타네 가족에게 살아 숨 쉰다는 것은 달리기 경주와 같아서, 계속 달릴 때 비로소 살아 있음을 느낄 수 있다. 깊은 밤, 그들은 얼굴과 몸으로 바람을 한껏 느끼며 가로등이 비추지 못하는 어둠 속을 달리고 있었다. 발꿈치로 땅을 디디며 앞으로, 앞으로 힘껏 달려 나갔다. 나무와 풀 냄새가 온몸을 휘어 감았다.

깊은 밤의 기하라 공원은 인적 하나 없이 스산했다. 바람이 나뭇잎 사이를 가르며 바스락거리는 소리만 간간이 들려올 뿐이었다.

타타네 가족이 다나카 동물병원을 빠져나온 것은 공교롭게도 아침 통근시간이었다. 기하라 공원까지 가는 길에는 사람들의 발길이 끊이지 않았으므로 경계를 늦추지 않고 달렸다가 숨기를 반복하며 마침내 공원 입구에 도착했다. 짧은 돌계단만 내려가면 공원 안으로 들어갈 수 있었지만 공원을 빠져나와 지하철역으로 향하는 사람들의 발길이 끊이지 않았다. 아빠는 이대로 계속 가는 것은 너무 위험하다고 판단했다. 때마침 타타가 돌계단 밑에 작은 틈새를 발견해 그곳에서 밤이 오기를 기다리기로 했다. 그리고 밤이 되자 타타네 가족은 다시 어둠을 따라 강을 향해 달려 나갔다.

"아빠, 어디로 가야 하는지 아세요? 대체 어디로 가고 있는 거예요?"

잠시 쉬기 위해 발걸음을 멈춘 아빠에게 타타가 물었다.

"글쎄다. 올 때는 비록 밤이었지만 참새들을 따라가면 되었고, 칫치를 다시 찾아야 한다는 생각에 경황이 없어서 미처 돌아가는 길을 표시해 둘 생각을 하지 못했구나. 하지만 방향은 대략 알고 있어. 강 근처에만 가면 알 수 있을 것 같으니 일단 강을 향해 가 보자. 강 냄새라면 멀리서도 맡을 수 있거든. 타타, 너도 한번 맡아 보렴."

아빠는 고개를 들고 코끝을 찡긋거리며 냄새를 맡았다.

"어디에선가 물 냄새가 나지 않니?"

"어? 정말 물 냄새가 나요. 그리고 물소리도 들리는 것 같아요."

타타는 눈을 감고 가만히 귀를 기울여 보았다. 나뭇잎이 바스락거리는 소리와 풀이 바람에 살랑거리는 소리 사이로 희미하지만 분명하게 귀에 익은 정겨운 소리가 들려왔다.

"물소리 아니, 강물이 흐르는 소리가 들려요."

"그래. 조금 전부터 들리기 시작했단다. 여기서 쉬었다가 가자꾸나. 이제 곧 아침이 될 텐데 공원 한가운데에서 또 하루를 보낼 수는 없지 않니? 위험하기도 하고 말이야. 이대로 조금만 더 기운을 내서 두더지네 집까지 오늘 중으로 가 보자."

"네, 좋아요. 조금만 더 가면 될 거예요. 어서 빨리 강으로 돌아가고 싶어요."

"칫치, 너는 어떠니? 아직 달릴 수 있겠니?"

"네, 하지만 어디에선가 기분 나쁜 냄새가 나요."

칫치가 코를 킁킁거리며 말했다.

"그래. 네 말대로 어디에선가 기분 나쁜 냄새가 나는구나. 코를 찌르는 이 이상한 냄새는 대체 어디서 나는 거지?"

주변을 둘러보던 아빠가 근처 나무 아래 피어있는 향유꽃을 발견하고 소리쳤다.

"저기 있다. 타타, 칫치! 저 식물 근처에 가면 안 된다. 다나카 선생님이 했던 말 기억하지? 이 공원에는 쥐에게 좋지 않은 식물이 자라고 있다고 했잖니. 아마 저 꽃인 것 같다. 너희가 계속 기침하고 기운이 없었던 것은 분명 저 꽃 때문이었을 거야."

아빠는 코가 간지러운 듯 크게 재채기를 하더니 발길을 재촉했다.

"이곳을 벗어나는 것이 좋겠다. 어서 가자!"

하지만 타타는 그 자리에 멈춰 선 채 움직이지 않았다. 이상하게 여긴 아빠가 타타를 돌아보며 물었다.

"왜 그러니, 타타?"

"아빠, 자주색 꽃이 그쪽에도 있어요. 이쪽에도, 그리고 저쪽에도 있는 걸요."

타타의 말을 듣고 다시 주위를 둘러보니 다나카 선생님이 말한 대로 기하라 공원 곳곳에 향유꽃이 피어 있었다. 타타네 가족은 얼어붙은 듯 멈춰 서서 꼼짝도 할 수 없었다.

아침이 되어 위험했지만 타타네 가족은 돌파하기로 마음먹고 아침 햇살 속을 달렸다. 다행히 타타네 가족이 선택한 길에는 인적이 드물었다. 이미 경험을 통해 육식성 새가 얼마나 무서운지 뼈저리게 느낀 그들은 교대로 하늘을 주시하며 경계를 늦추지 않았다. 진행 속도가 더디더라도 어렵게 다시 만난 칫치를 녀석들에게 또 빼앗길 수는 없었다. 커다란 나무숲을 벗어나자 철책이 나왔다. 그 사이로 강이 보였다.

"와! 드디어 도착했다!"

칫치가 소리쳤다.

"저 다리라면 본 적이 있다. 거의 다 온 것 같구나. 어서 가 보자."

신중하게 주변을 살피던 아빠가 오른쪽으로 50미터 정도 떨어진 나무다리를 가리키며 말했다. 타타네 가족은 나무다리가 시작되는 지점으로 가서 조심스럽게 주변을 살펴보았다. 인간이 없다는 것을 확인한 타타네 가족은 순조롭게 다리를 건너 음료수 자판기 앞을 지나 강기슭으로 내려갔다. 조용히 흘러가는 강물과 그 옆에 우뚝 서서 강물위로 시원한 그림자를 드리우는 커다란 나무들이 보였다. 마침내 다시 돌아온 것이다.

멀리서 새끼 두더지들이 타타네 가족을 발견하고 허둥지둥 달려오는 모습이 눈에 들어왔다.

"와! 칫치 형이 무사히 돌아왔다!"

칫치는 새끼 두더지들에게 이끌려 굴로 들어갔다. 엄마 두더지가 눈물로 범벅이 된 얼굴로 한달음에 달려 나와 칫치를 꽉 끌어안으며 말했다.

"어머나, 칫치!"

엄마 두더지는 감정이 북받쳤는지 더 이상 말을 잇지 못했다. 잠시 후 칫치가 엄마 두더지의 앞발을 뿌리치며 말했다.

"켁켁! 아줌마, 답답해요. 이러다 숨 막혀 죽겠어요."

엄마 두더지가 이번에는 말없이 타타와 아빠를 끌어안았다. 그리고 잠시 후 연거푸 질문을 퍼부었다.

"동물병원에서 칫치를 구해 오다니 정말 대단해요. 어떻게 쳐들어 갔어요? 적은 몇 명이나 되던가요? 그중에서 몇 명이나 해치웠죠?"

아빠는 피곤한 기색이 역력한 표정으로 대답했다.

"미안하지만 이야기는 나중에 천천히 합시다. 밤새 달려왔더니 몹시 피곤하군요. 특히 칫치는 아직 완쾌되지 않아서 무척 피곤할 겁니다."

그리고 탄식하듯 작은 목소리로 중얼거렸다.

"젠장. 고약한 냄새가 나는 자주색 꽃이 사방에 널려 있잖아."

소란스러운 가운데 아빠의 이야기를 들은 것은 타타뿐이었다. 잠시 후, 한차례 소동이 잠잠해지고 모두 굴로 들어가자 타타는 아빠의 말을 곱씹어 보았다. 그리고 모두가 잠든 깊은 밤이 되자 나직한 목소리로 아빠에게 물었다.

"아빠, 이곳에서는 살 수 없는 거예요?"

아빠는 잠시 물끄러미 타타의 얼굴을 보더니 이내 포기한 듯 조용히 대답했다.

"그래. 아무래도 이곳을 떠나야 할 것 같구나. 저 자주색 식물이 있는 한 우리는 머지않아 또 시름시름 앓게 될 거야."

"그럼 이제 어떻게 해야 하죠?"

아빠는 아무 말없이 조용히 머리를 흔들 뿐이었다.

13

다음 날 아침 일찍 참새 부부가 찾아왔다. 다나카 동물병원 정원에서 먹이를 얻어먹은 후 타타네 가족을 보러 갔다가 우리가 텅 비어 있는 것을 보고, 어쩌면 탈출에 성공했을지도 모른다는 생각에 이곳까지 한달음에 날아온 것이었다. 참새 부부는 마치 자신들의 일처럼 크게 기뻐했다. 아빠는 참새들에게 정중히 감사의 인사를 건네고 조심스럽게 물었다.

"정말 고마워요. 덕분에 칫치를 찾아올 수 있었습니다. 그런데 한 가지 물어볼 것이 있습니다. 이 강을 거슬러 좀 더 위로 올라가면 무엇이 나옵니까?"

"공원을 끝으로 강이 없어져요."

엄마 참새가 대답했다.

"강이 없어진다니요?"

"강이 지하로 흐르죠. 그리고 공원을 나가면 빌딩과 지하철역이 있는 제법 규모가 큰 번화가가 나와요."

"그렇다고 해도 강이 아주 없어지는 것은 아니지 않습니까?"

"역 건너편에서 다시 지상으로 나와요. 그곳에서부터는 강이 길게 뻗어 있는데 어디까지 이어지는지 우리도 잘 모르겠네요."

"또 한 가지 궁금한 것이 있습니다. 저기 자주색 꽃이 보이십니까? 저 식물이 이 근처 어디까지 퍼져 있는지 아십니까?"

아빠는 다나카 선생님에게 들은 이야기를 간략하게 들려주었다.

"저 식물이 강을 따라 쭉 자라고 있는지, 아니면 이 공원에만 있는지 알고 싶습니다."

참새 부부는 그것이 타타네 가족에게 얼마나 중대한 일인지 충분히 이해할 수 있었다.

"살펴보고 올 테니 잠깐만 기다려요. 금방 알 수 있을 거예요."

참새 부부는 재빨리 하늘로 날아올랐다. 두 시간 정도 지나자 참새 부부가 돌아왔다. 그들은 애석하다는 표정으로 말했다.

"타타네 가족의 생사가 걸린 문제인 만큼 꼼꼼히 살펴봤는데, 저 식물은 공원에서도 특히 이 강기슭에 많이 피어 있어요. 두더지 가족과 우리는 아무렇지도 않은데 당신들에게만 해롭다니 정말 이상한 일이에요. 저 식물만 없으면 이곳은 살기 좋은 곳인데 정말 안타깝네요."

"그렇다면 역 건너편 강기슭에는 없다는 말입니까?"

아빠가 확인하듯 물었다.

"그래요."

"그곳은 어떤 곳입니까?"

"역을 건너면 바로 다시 강이 흘러요. 강을 따라 길게 공원이 있고 그 옆은 일반 주택가예요."

"잘 알겠습니다. 정말 고맙습니다. 우리는 그곳으로 가겠습니다."

"그곳으로 가다니요, 말도 안 돼요."

참새 부부는 눈이 휘둥그레졌다.

"그곳으로 가려면 역을 건너야 해요. 인간들이 북적이는 거리, 버스 터미널, 지하철 선로, 건물이 가득해서 작은 동물이 가로질러 가기에는 너무 위험한 곳이에요. 자동차에 치여 죽거나 인간들에게 치여 죽고 말 거예요. 그건 불가능해요."

"하지만 그 방법밖에는 없습니다."

아빠가 나직이 말했다.

"하지만……."

"우리는 가야 합니다. 우리는 강에 사는 쥐니까요. 여행을 떠나기 전 반드시 강에서 살겠다고 아이들과 약속했습니다. 천신만고 끝에 이곳에 올 수 있었지만 우리의 생명을 위협하는 요소가 있는 한 새로운 곳을 찾아 떠나는 수밖에 없습니다. 그렇지, 타타? 칫치?"

타타와 칫치는 조금도 망설이지 않고 힘차게 고개를 끄덕였다.

"하지만 저곳으로 가는 길은 정말 힘든 여정이 될 겁니다. 한밤중이라면 어떻게든 빠져나갈 수 있을지도 모르겠지만 밤에도 사람들의 통행이 많은 편이라서 걱정이 되는군요."

아빠 참새가 말했다.

"어떻게든 되겠죠. 지금껏 그래 왔으니까. 가장 큰 문제는 아마도……."

아빠가 잠시 말을 끊자 모두 군침을 삼키며 아빠의 다음 말을 기다렸다.

"엄마 두더지가 우리를 가게 놔줄지가 걱정입니다."

이렇게 말하고 아빠가 빙긋 웃자 모두 유쾌하게 웃었다. 비장감마저 느껴지던 침울한 분위기가 순식간에 풀어지는 듯했다.

아빠의 예상대로 엄마 두더지는 타타네 가족을 쉽게 놔주려고 하지 않았다.

"이제 겨우 칫치가 기적적으로 살아 돌아왔는데 떠나다니요? 이곳에서 모두 함께 행복하게 살아요. 이곳에 있으면 겨울을 따뜻하게 보낼 수 있을 거예요. '거리'나 '역'이 뭔지는 모르겠지만 인간들이 북적이는 곳을 지나 먼 곳으로 가겠다니 도저히 믿을 수가 없어요. 난 절대 허락 못해요."

"하지만 이곳에 있으면 우린 모두 병에 걸려 죽고 말겁니다."

"병 때문에 그렇다면 걱정하지 말아요. 내가 쫓아 줄게요. 병마를 쫓아 내는 주술을 알고 있으니 겁낼 것 없어요. 그래도 안 되겠다면 우리도 함께 가겠어요. 모라! 모리! 모루! 모레! 모로! 두더지의 근성을 보여 주자."

엄마 두더지는 단호하게 말했다. 그녀의 말은 진심이었다. 아빠는 함께 가면 오히려 짐이 될 뿐이라는 말이 목구멍까지 올라왔다. 하지만 간신히 참으며 새끼 다섯 마리를 데리고 인간들 틈을 지나 길을 떠나는 것이 얼마나 비현실적인지 끈기 있게 설명했다. 아빠가 반나절 동안 진땀을 흘리며 설득한 끝에 결국 엄마 두더지는 타타네 가족을 보내 주기로 약속했다. 마침내 엄마 두더지가 상황을 이성적으로 받아들였던 것이다.

"더 추워지기 전에 겨울을 날 보금자리를 찾아야 합니다. 그러기 위해서는 한시라도 빨리 출발해야 하니, 부디 우리를 보내 주십시오."

그날 밤, 아빠와 타타, 칫치는 두더지 가족과 일일이 뜨겁게 포옹하며 인사했다.

"무슨 일이 생기면 언제든지 바로 돌아와야 해요. 이곳은 당신들의 집이라는 것을 잊지 말아요. 언제 돌아와도 살 수 있도록 매일 청소해 둘게요. 흑흑!"

엄마 두더지가 눈물을 뚝뚝 흘리며 말했다.

"두더지 아줌마! 엉엉!"

칫치도 눈물범벅이 되어 오랫동안 엄마 두더지의 품에 얼굴을 묻었다. 유독 칫치를 잘 따랐던 막내 모로가 칫치의 다리에 매달려 가지 말라며 떼를 쓰고 있었다. 칫치는 여러 가지로 조금 더딘 편인 모로를 친동생처럼 아끼고 보살펴 왔다. 비록 두더지 오 형제를 이끄는 골목대장이었지만 칫치도 막내였으므로 모로와는 잘 통했던 것이다. 반사신경과 운동신경이 둔한 모로는 형제들에게 바보 취급당하며 구박받기 일쑤였지만, 굴 파기만큼은 굉장히 좋아해서 타타네 가족이 집을 넓힐 때 도움을 주기도 했다. 칫치는 기회가 있을 때마다 모로를 격려했다.

"너는 굴 파는 데 소질이 있어. 정말 대단해."

그 덕분에 모로도 점점 자신감을 되찾아 당당히 네 형들과 어깨를 나란히 할 수 있게 되었다.

칫치는 엄마 두더지에게서 얼굴을 떼고 몸을 수그려 모로의 얼굴을 어루만지며 말했다.

"모로, 건강해야 해. 알았지?"

"형!"

"나중에 우리 꼭 다시 만나서 축구하자!"

"엉엉!"

"체력을 좀 더 단련시켜서 굴 파기의 달인이 되는 거다."

"엉엉!"

아빠가 어서 가자고 재촉하자 칫치는 크게 한숨을 내쉬고 고개를 숙인 채 앞으로 달려 나갔다. 새끼 두더지들이 칫치의 뒷모습을 향해 일제히 잘 가라고 소리를 질렀다.

"형, 잘 가! 건강해!"

모로의 울음 섞인 목소리가 귓가를 파고들었다.

아빠와 타타는 모두를 향해 고개를 한 번 크게 끄덕인 후, 칫치의 뒤를 따라 달려 나갔다. 어둠 속에 강물이 반짝이며 흐르고 있었다. 어둠이 내린 숲 위로 저 멀리 번화가의 조명이 희미하게 비추고 있었다.

14

타타네 가족은 하수도관 입구에 서 있었다.

하수도관 입구에서는 요란한 소리와 함께 강물이 흘러나오고 있었다. 참새 부부가 강물이 지하로 흘러들어 간다는 이야기를 했을 때 아빠는 그 하수도관을 따라가면 역 건너편으로 갈 수 있을 거라고 기대했었다. 하지만 터널 속을 들여다보는 순간 그 생각은 버려야 했다. 이곳 하수도관은 그렌의 도서관에서 강으로 연결되어 있는 작은 하수도관과 규모가 달랐다. 갑자기 물이 늘어나 물살에 휩쓸리기라도 하면 살아남지 못할 게 분명했다. 터널 양쪽으로 난간이 있었지만 그곳을 따라 물살을 거슬러 올라가는 것은 너무나도 위험해 보였다.

결국 하수도관은 포기하고 강둑으로 뛰어올라 갔다. 산책로가 나왔다. 하지만 그나마도 기하라 공원을 기점으로 끝이 났다. 더 이상의 길은 없었다. 이제 남은 것은 역을 정면 돌파하는 방법뿐이었다.

그러기 위해서는 우선 눈앞에 펼쳐진 자동차 도로를 건너야 했다. 아직 날이 밝지도 않은 이른 시간이었지만 자동차와 트럭이 쉴 새 없이 지나다녔다. 땅을 뒤흔드는 강한 진동이 느껴졌다. 날이 밝으면 자동차 통행량은 한층 늘어날 것이다.

"어차피 낮에는 이동할 수 없으니, 오늘 밤은 이 근처에서 쉴 만한 곳을 찾아 보자. 지금까지 달려오느라 힘들었을 테니 좀 쉬는 게 좋겠구나. 밤이 깊으면 자동차 통행량이 줄고 가게도 문을 닫을 테니 인적도 뜸해질 거야. 자, 다시 강둑으로 내려가 보자."

하수도관 입구 근처로 다시 돌아온 타타네 가족은 나무 그늘에서 쉬었다 가기로 했다. 칫치가 아직 어릴 때에는 아빠와 타타가 먹이를 찾으러 다녔지만 이제 칫치도 먹을 것을 혼자서도 찾을 수 있을 만큼 컸다. 세 마리는 함께 먹이를 찾아 공원 벤치나 쓰레기통 주변을 돌아다녔다.

아침이 밝고 긴 하루가 시작되었다. 시간은 느릿느릿 흘러갔다. 지금까지는 어두워지면 바로 길을 나섰지만, 이번에도 아빠는 해가 떨어진 후 몇 번이고 정찰하러 나갔다 고개를 가로저으며 돌아왔다. 거리는 여전히 자동차와 인간들로 북적거렸다. 그러는 사이 다시 밤이 깊었다. 타타네 가족은 인도에서 대기하며 자동차 도로를 건널 타이밍을 기다리고 있었다. 밤이 깊어지자 자동차의 왕래가 눈에 띄게 줄었다.

"좋아, 건너자!"

말을 마친 아빠가 앞장서서 도로로 달려 나갔다. 길을 절반 정도 건너갔을 때였다. 오토바이 한 대가 모퉁이를 돌아 무서운 속도로 달려오고 있었다. 아빠는 순간 망설였지만 충분히 건널 수 있다고 판단하고 전속력으로 달려 건너편 인도까지 무사히 올라갈 수 있었다. 뒤를 돌아보니 칫치가 도로 한복판에 멈춰 서서 이러지도 저러지도 못한 채 폭음을 내며 달려오는 오토바이를 쳐다보며 벌벌 떨고 있었다. 뒤쫓아 오던 타타가 크게 당황하며 칫치에게 뭐라고 소리치는 것 같았지만 칫치의 몸은 얼어붙은 듯 움직이지 않았다. 그러고 있는 사이 반대쪽 차선에서 자동차 한 대가 다가오는 것을 본 아빠는 너무 놀라 심장이 멎는 듯했다.

오토바이가 지나가고 나서야 칫치는 간신히 몸을 움직일 수 있었다.

"어서 달려!"

아빠가 소리쳤다. 타타와 칫치가 아빠 목소리를 들었는지는 모르겠지만 어쨌든 둘은 무사히 아빠가 기다리고 있는 인도로 뛰어올라갔다.

"아이고 무서워라. 죄송……."

칫치가 가쁜 숨을 내쉬며 무언가 말을 하려고 했지만 아빠는 칫치의 말을 자르듯 크게 외치며 달려 나갔다.

"달려!"

타타와 칫치도 한 박자 늦게 아빠 뒤를 따라 달려 나갔다. 인간들의 발길이 끊이질 않았다. 건물 그늘로 들어가서야 타타네 가족은 비로소 안도할 수 있었다.

"아빠, 아까는 죄송했어요. 오토바이 소리가 너무 커서 움직일 수가 없었어요."

"어쨌든 무사해서 다행이다. 그런데 어디까지 갈 수 있을지 모르겠구나. 일단 갈 수 있는 데까지 가 보자. 되도록 오늘 밤중에 이곳을 빠져나가는 게 좋겠다."

타타네 가족은 그늘을 따라 인도로 나아갔다. 한밤중인데도 이와미 도로와는 비교가 되지 않을 정도로 인간들의 왕래가 많았다. 그렇다고 좀 더 밤이 깊어지기를 기다리고 있을 수도 없었다. 위험을 감수하더라도 갈 수 있는 만큼 가서 오늘 밤에 되도록 이 번화가를 빠져나가야 한다는 것이 아빠의 생각이었다.

지금까지와 마찬가지로 강을 거슬러 올라가면 된다. 다만 이곳에서는 강이 땅속으로 흐르고 있었다. 그래도 강은 여전히 강이다. 발아래로 흐르는 그리운 강이 자신들을 인도해 줄 것이라고 생각하자 다시 용기가 생겼다.

"저기 보이는 큰 건물이 지하철역인 것 같구나."

아빠가 말했다.

타타네 가족은 영업이 끝난 레스토랑 옆 골목에 세워 놓은 간판 그늘에 숨어 있었다. 앞발을 들고 있는 흰색 토끼 모양의 간판이었다. 아빠는 조심조심 얼굴을 내밀며 저편으로 보이는 역사를 가리켰다. 타타와 칫치도 얼굴을 내밀고 아빠가 가리키는 대로 조명이 환하게 비추고 있는 건물을 쳐다보았다.

"저 건물 건너편으로 가는 거예요?"

"그래, 참새들 말로는 오른쪽으로 돌아가면 건너편으로 가는 길이 있다고 했으니 그리로 가 보자! 앗, 잠깐 기다려! 인간들이 몰려온다."

아빠는 달려 나가려다 말고 멈춰 섰다. 막차에서 내린 승객들이 우

르르 몰려나왔다. 기하라 공원을 지나 주택가로 가는 사람이 있는가
하면 줄을 서서 버스를 기다리는 사람도 있었다.

"인간들이 너무 많아서 지금 가는 것은 위험하니 좀 더 기다려 보
자."

타타네 가족은 간판 그늘에 몸을 숨기고 때를 기다렸다. 버스 여러
대가 줄줄이 들어와 인간들을 태우고 어딘가로 출발했다. 마침내 역
앞이 한산해지고 인간들의 통행도 줄어들었다.

"좋아. 타타, 칫치! 이제부터는 운에 맡기는 거다. 지금부터 우리가
가는 길에는 숨을 곳이 없을지도 몰라. 다른 데 한눈팔아서도 안 돼.
잠깐이라도 멈춰 서서 멍하니 있다가는 어떤 위험이 닥칠지 모르니
까. 쉬지 않고 달릴 테니 아빠 뒤를 잘 따라오렴. 갑자기 멈추거나 방
향을 바꿀지도 몰라. 절대 아빠한테서 떨어지지 마라. 이번에도 떨어
지면 다시는 못 만나게 될지도 몰라."

타타와 칫치는 긴장된 표정으로 고개를 끄덕였다.

이윽고 아빠가 달려 나갔다. 타타와 칫치도 달려 나갔다. 인도 끝까
지 달려가 길을 한 번 건넜다. 앞에서 남녀 한 쌍이 걸어오고 있었다.
아빠는 재빨리 옆으로 몸을 피해 인도와 차도의 경계선 블록으로 뛰
어올랐다. 뒤에서 인간들의 이야기 소리가 들려왔다.

"어머나, 방금."

"왜 그래?"

"방금 쥐를 본 것 같은데."

"설마 이런 곳에 쥐가 돌아다니겠어?"

"하지만 분명 무언가 움직이는 것이 보였는데 이상하네."

아빠는 멈추지 않고 계속 달렸다. 지하철역이 나왔다. 지하철역은 마치 대낮처럼 밝고 사람들로 북적였다. 광장 앞에는 악기를 연주하며 노래하는 한 무리의 사람들이 있고 그 주위는 인파로 북적였다. 아빠는 광장을 가로질러 가기로 결심했다. 마지막 버스가 사람들을 실어 출발하자 광장은 갑자기 한산해졌다. 사람들의 발길도 끊겼다.

물론 광장을 가로질러 가는 데는 굉장한 용기가 필요했다. 쥐는 좁은 굴에 웅크리고 있을 때 가장 안심이 되는 동물이므로 마땅히 몸을 숨길 데가 없는 공간에 스스로 뛰어드는 경우는 매우 드물다. 하지만 지금은 이것저것 가릴 때가 아니었다. 어떻게든 용기를 내어 이곳을 빠져나가야 했다.

"에잇!"

아빠는 기합을 넣고 방향을 틀어 광장을 향해 달려 나갔다. 아빠의 행동을 하나도 놓치지 않고 주시하고 있던 타타와 칫치도 재빨리 달려 나갔다. 세 마리의 쥐가 가로등 불빛에 완전히 노출되었지만 다행히 주위에 인간의 그림자는 보이지 않았다. 그때였다. 택시 한 대가 엄청난 속도로 달려오고 있었다. 낮에 있었던 일을 떠올리고 아빠는 멈추지 않고 고개만 돌려 칫치에게 소리쳤다.

"칫치, 멈추지 말고 계속 달려!"

칫치의 반응을 기다릴 여유도 없이 아빠는 곧장 달렸다. 무사히 택시 앞을 가로질러 갈 수 있었지만 앞에서 다가오는 검은 그림자까지는 미처 발견하지 못했다. 한 남자가 술에 취했는지 비틀거리며 걸어오고 있었다. 아빠는 서둘러 방향을 틀었다. 다행히 타타와 칫치도 잘 따라와 주었다.

"어라, 저게 뭐야? 쥐잖아?"

남자의 혀 꼬부라진 소리를 뒤로 하고 타타네 가족은 계속 달렸다.

마침내 건너편으로 인도가 보였다. 오른쪽에는 파출소가 있었다. 그렇다면 왼쪽으로 가야 한다. 젊은이들이 왁자지껄 떠들며 다가오고 있었다. 그때 파출소 옆으로 빛이 들지 않는 어두운 곳이 눈에 들어왔다. 아빠는 그곳으로 곧장 달려갔다.

타타와 칫치는 아빠를 따라 인도를 대각선으로 가로질러 그늘진 곳에 몸을 숨겼다. 인간들은 서로 잘났다며 목소리 높여 떠드느라 쥐 세 마리가 자신들 앞을 가로질러가는 것을 전혀 눈치 채지 못했다. 타타네 가족은 풀숲으로 뛰어 들어가 가쁜 숨을 몰아쉬었다. 심장이 쿵쾅거렸다. 전속력으로 달려서였기도 했지만 그보다는 너무 무서웠기 때문이었다. 아빠는 앞발을 뻗어 칫치와 타타의 등을 부드럽게 어루만져 주었다.

15

파출소와 옆 건물 사이에는 철조망으로 만들어진 울타리가 쳐져 있었다. 타타네 가족은 울타리를 따라 골목 안으로 들어갔다. 골목은 아치형의 지붕이 덮여 있는 상점가로 이어져 있었다. 늦은 시간이어서 인적이 드물었지만, 여전히 조명이 밝아서 타타네 가족은 빛에 완전히 노출되어 있었다.

아빠는 결연하게 발걸음을 옮겼다. 타타와 칫치도 묵묵히 따라나섰다. 다행히 대부분의 상점은 이미 영업시간이 지나 셔터가 내려져 있었다. 사람들 눈에 띄지 않기를 바라며 되도록 건물 옆에 몸을 바짝 붙이고 달렸다. 슈트 차림을 한 회사원들이 24시간 영업하는 우동 가게 앞에 무리를 지어 서 있었다. 그들이 눈치 채지 못하도록 멀찍이 돌아 앞에 있는 십자로로 달려갔다. 누군가 "저게 뭐지?"라고 외치는 소리가 들리는 것 같았지만 돌아보지 않고 재빨리 달려 나갔다.

십자로에서 옆으로 돌아 상점가를 빠져나오자 비로소 안심이 되었다. 하지만 안심하기에는 아직 일렀다. 아빠는 그곳이 술집이 밀집해 있는 유흥가 골목이라는 것을 깨닫고 난감해 했다. 곳곳에 네온사인이 자리하고 있는 좁은 골목길 사이로 술에 취한 사람들이 비틀거리고 있었다. 가게 입구에 무리를 지어 큰 소리로 고래고래 소리를 질러대는 사람들이 보였다. 하지만 다른 길을 찾을 여유가 없었다. 단숨에 돌파해야만 했다.

타타네 가족은 건물 가장자리를 따라 달렸다. 그런데 갑자기 눈앞이 깜깜해지더니 술집의 문을 열고 손님이 나왔다. 아빠는 깜짝 놀라 멈춰 섰다. 하마터면 문에 부딪힐 뻔했다. 뒤에 따라오던 칫치가 미처 멈춰 서지 못하고 아빠의 엉덩이에 머리를 박고 넘어졌지만 금세 벌떡 일어나 아빠 뒤에 멈춰 섰다. 타타네 가족은 문 뒤에 숨어 숨죽이고 문이 닫히기를 기다렸다. 손님이 상점가 쪽으로 걸어가자 가게 문도 닫혔다.

"좋아, 가자!"

다시 질주가 시작되었다.

여러 차례 아슬아슬한 고비가 있었지만 사람들 눈에 띄지 않고 유흥가 골목을 무사히 빠져나올 수 있었다. 하지만 골목길이 복잡하고 여러 번 방향을 트는 바람에 타타와 칫치는 완전히 방향 감각을 잃고 말았다. 다행히 아빠는 대략적이지만 어느 방향으로 가야 하는지 알고 있는 것 같았다. 그 후로도 느닷없이 인간이나 자전가가 나타나는 바람에 갑자기 멈춰 서거나 방향을 틀 때도 있었지만 아까의 일도 있고 해서 이번에는 칫치도 실수 없이 주의를 기울이며 잘 따라갔다.

"아마 저쪽에서 왼쪽으로 돌면 될 거다."

아빠가 가리키는 방향에 십자로가 보였다. 그렇게 돌고 도는 사이고가 선로를 따라 역 앞까지 뻗어 있는 길로 나왔다. 이제 앞에 보이는 십자로에서 왼쪽으로 돌아가면 선로를 지나 건너편으로 갈 수 있을 것이다. 아빠는 속도를 늦추지 않고 십자로를 향해 달렸다. 그런데 십자로에 가까이 갈수록 쿵쿵거리는 소리가 커지더니 무언가 심상치 않은 기운이 느껴졌다. 십자로에 도착한 타타네 가족은 두려움에 떨며 조심스럽게 주변을 살펴보았다. 아빠가 가려던 십자로 왼쪽 길에는 환한 조명이 길을 비추고 있었고, 안전모를 쓴 인간들이 바쁘게 움직이고 있었다. 굴삭기가 쿵쿵 하는 거대한 소리를 내며 아스팔트 바닥을 파헤치고 있었다.

가스 공사 중.
차량은 우회 도로를 이용해 주십시오.

공사 안내 표지판이 길 한복판에 떡하니 서 있었지만 타타네 가족
이 그 사실을 알 리 없었다.

공사 현장 너머로 가드레일이 설치되어 있었다. 그곳만 빠져나가면
역을 건널 수 있을 것이다. 하지만 과연 복잡한 공사 현장을 무사히
빠져나갈 수 있을까?

"아빠, 아침이 되기 전에 공사가 끝날까요?"

타타가 걱정스러운 표정으로 물었다.

"글쎄, 아빠도 잘 모르겠다."

아빠는 중얼거리듯 대답하고 곰곰이 생각에 빠졌다. 사람들이 안
내원의 안내를 받으며 공사 현장 주변에 설치된 안전선 옆으로 지나
다니는 것이 보였다. 하지만 저 많은 사람들 속을 뚫고 무사히 건널
수 있을지는 아빠도 알 수 없었다.

"도로를 파헤치는 것을 보니 도로 밑에서 무언가 작업하는 모양이
다. 작업이 끝나고 도로를 원상 복귀하려면 아무래도 아침까지는 끝
내기 힘들 거야."

아빠의 목소리가 굴삭기 소리에 묻혀 타타와 칫치에게 전달되지
않았다. 아빠는 몇 번이고 되풀이하여 아이들에게 상황을 설명해야
했다.

"그럼 어떻게 해요?"

"글쎄다. 운에 맡기는 수밖에."

아빠가 망설이듯 말했다. 오늘밤 내내 행운을 빌며 여기까지 달려왔다. 이번에도 운을 믿어 보는 수밖에 달리 방법이 없었다. 아빠는 선뜻 결정을 내릴 수가 없었다.

"어쩐다. 과연 갈 수 있을까? 그런데 칫치, 왜 그러니?"

문득 고개를 돌리니 칫치가 고개를 푹 숙이고 벌벌 떨고 있었다.

"칫치, 왜 그러니?"

아빠가 뒤돌아 서서 다시 한 번 부드러운 목소리로 묻자 칫치가 가날픈 목소리로 대답했다.

"쿵쿵거리는 소리가 너무 무서워요."

아스팔트 바닥을 파헤치는 굴삭기 소리는 칫치가 견디기에 너무 컸다. 소리만 시끄러운 것이 아니라, 진동도 위협적이어서 칫치는 물론이고 아빠와 타타의 몸도 미세하게 흔들렸다.

"아빠, 기분이 영 안 좋아요."

아빠는 칫치가 무서워하는 것도 무리는 아니라고 생각했다. 여기까지 오는 내내 긴장의 연속이었다. 이 이상 아슬아슬한 상황이 계속된다면 칫치는 견디지 못할 것이다. 아무래도 다른 길을 찾아야겠다고 아빠는 생각했다.

"꺅!"

한 여자의 날카로운 비명 소리가 들렸다. 역 쪽에서 걸어오던 젊은 여자 두 명이 타타네 가족을 발견하고 비명을 질렀던 것이다. 굴삭기 소리에 그만 정신을 빼앗겨 뒤를 살피지 못했던 것이 실수였다.

"가자!"

아빠가 앞으로 크게 뛰어올랐다. 아빠는 전속력으로 달리려던 생각을 고쳐먹고 속도를 늦추고 뒤를 돌아보았다. 타타의 격려를 받으며 칫치가 힘겹게 무거운 발걸음을 떼고 있었다. 하지만 일단 출발하자 칫치의 발걸음도 가벼워진 듯 점점 빨라졌다. 뒤에서는 아까 비명을 질렀던 여자들이 무서운 듯, 그러면서도 재미있다는 듯 호들갑을 떨며 소동을 벌이고 있었다. 타타와 칫치는 곧 아빠와의 거리를 좁히고 도로를 건너 역을 등지고 달려 나갔다.

아빠는 다른 길을 찾기로 했다. 조금 멀더라도 공사 현장을 우회하여 선로를 가로질러 가는 길을 찾으면 된다고 생각했다. 하지만 불행히도 타타네 가족이 접어든 도로는 복잡하게 얽혀 있어 한 바퀴 돌고 나니 아빠도 어디가 어딘지 도무지 알 수가 없었다. 결국 길을 헤매다 지친 타타네 가족은 일단 쓰레기통 뒤에 몸을 숨기고 쓰레기를 뒤져 배를 채웠다.

"이거 큰일 났구나. 방향을 잃었어."

아빠가 걱정스러운 듯 말했다.

"죄송해요. 저 때문에."

칫치가 힘없는 목소리로 말했다.

"아니, 너 때문이 아니야."

"이제 괜찮아졌어요. 아까 그 길로 갈 수 있을 것 같아요. 가 봐요."

"실은 그 길로 돌아가는 방법도 이제는 잘 모르겠다. 그리고 그 길은 너무 위험해서 역시 다른 길을 찾는 게 좋겠어."

"아까 그 기계는 괴물 같았어요. 요란한 소리를 내며 도로를 두드려 부수는 무서운 괴물 말이에요."

"인간들은 도로를 만들었다가 부수고, 또다시 만들었다가 부수기를 반복한단다. 도무지 이해할 수가 없어."

"강을 덮어 도로를 만들기도 하잖아요."

타타가 맞장구를 쳤다. 타타네 가족은 떠나온 집을 떠올리며 잠시 추억에 빠져 들었다.

"이제 다시 떠나 볼까?"

타타네 가족은 다시 길을 나섰다. 길을 헤매는 동안에도 시간은 덧없이 흘러갔다. 어디선가 풀 냄새가 났다. 아빠는 자신도 모르게 풀 냄새에 이끌려 발걸음을 옮겼다. 숲의 거대한 실루엣이 눈에 들어왔다.

"이곳은 기하라 공원? 공원으로 다시 돌아왔구나."

"힘들게 돌아서 결국 제자리로 돌아왔네요."

타타가 한숨을 내쉬며 말했다.

"저기를 좀 보렴. 우리가 나갔던 공원 입구가 보이니? 이제 곧 날이 밝을 테니 공원으로 들어가서 눈을 좀 붙이자. 그래도 공원에 있는 동안은 안심하고 잘 수 있을 거야."

타타네 가족은 하수도관 옆 나무 그늘에서 잠을 청했다. 그나마 강물 소리가 들리는 곳에서 쉴 수 있어서 다행이었다.

밤이 되자 타타네 가족은 다시 용기를 내어 길을 나섰다. 이번에는 다른 길로 가 보기로 했다. 아빠는 역을 향해 왼쪽 길로 들어섰다. 하지만 아무리 가 봐도 선로를 가로질러 가는 길은 찾을 수 없었다. 사람들에게 발각되어 발에 채이고 무서운 속도로 달려오는 자동차 헤드라이트의 위협을 받으며 허둥대는 사이, 결국 이번에도 길을 잃고 말았다. 아빠는 간신히 건물 옆 어두운 골목길에 몸을 숨길 만한 곳을 발견하고 그리로 곧장 달려갔다. 겨우 쿵쾅거리는 가슴을 진정시켰을 때 타타가 말했다.

"어, 이건? 아빠, 어제 본 간판이에요."

세 마리가 몸을 숨긴 곳은 토끼 모양의 네온사인 아래였다. 돌고 돌아 다시 역 앞으로 돌아왔던 것이다.

타타네 가족은 토끼 간판 그늘에 숨어 밤이 깊어지기를 기다렸다. 역 앞 광장 터미널에는 끊임없이 버스가 승객을 토해 냈다가 새로운 승객을 태우고 어디론가 가 버렸다.

이번에 아빠가 선택한 방법은 정면 돌파였다. 유심히 관찰한 결과, 역 건물에는 사람들이 드나드는 입구가 있다는 것을 알 수 있었다. '저 입구를 통해 건물로 들어가면 반대쪽으로 나가는 출구가 있지 않을까?'하고 아빠는 생각했다.

타타네 가족은 막차 승객이 다 나오기를 기다렸다가 역 건물 앞으로 달려 나갔다. 하필 그때 젊은이들이 나타나 연주를 시작했다. 놀란 타타네 가족이 우왕좌왕하는 사이 사람들이 모여들었다. 재빨리 가로수 아래에 굴러다니는 종이 상자 안으로 숨어들었지만 섣불리 움직일 수 없었다.

이윽고 연주가 끝나고 사람들이 뿔뿔이 흩어지자 세 마리는 조심조심 종이 상자를 빠져나와 역 건물로 달려갔다. 하지만 그 동안의 노력이 무색하게도 입구는 굳게 닫혀 있었다.

타타네 가족은 다시 맥없이 토끼 모양의 네온사인이 있는 골목으로 돌아왔다.

"이번에도 실패예요."

타타가 실망하며 말했다.

"형! 아까 너무 시끄럽지 않았어? 귀랑 머리가 너무 아파서 죽는 줄 알았어."

젊은이들의 연주가 마음에 들지 않았는지 칫치가 투덜거렸다.

"더는 무리일까요? 아빠, 우리 이대로 포기해야 하는 거예요?"

"글쎄다."

아빠는 고개를 숙이고 곰곰이 생각해 보았다. 이윽고 아빠가 망설이듯 말했다.

"좋은 생각이 있긴 하다만 너무 엉뚱해서 너희들이 비웃을지도 모르겠다."

"뭔데요? 어서 말해 보세요."

타타와 칫치가 입을 모아 말했다.

"하지만 아무래도 힘들 것 같은데."

"뭔데요, 네?"

"이렇게 된 이상 한번 시도해 보는 수밖에. 이번이야말로 운에 맡겨 보는 거다."

"무엇이든 해 봐요. 틀림없이 잘 될 거예요. 지금까지도 어떻게든 됐잖아요."

타타가 씩씩하게 말했다.

"그게 말이다."

아빠는 자신 없는 목소리로 말했다.

"인간들의 교통수단을 이용해 보는 거야."

16

토요일 오전 한때 사람들의 발길이 뜸해진 역 앞 광장에는 나른한 정적이 감돌았다. 버스 정거장에 버스 한 대가 들어와 승객을 토해 내고 다음 출발 시각을 기다리며 정차해 있었다. 운전기사가 버스에서 내려 기지개를 펴며 긴장과 피로로 딱딱하게 굳은 근육을 풀어 주고 차라도 한 잔 마실 생각으로 기사 사무실로 들어갔다.

물론 지나다니는 사람이 아주 없는 것은 아니었다. 하지만 가족이나 친구, 애인 등 옆에 있는 사람들과 이야기꽃을 피우거나 저마다 생각에 빠져 도로 위를 주의 깊게 살피는 사람은 아무도 없었다. 다행히 타타네 가족은 눈에 띄지 않았다. 타타네 가족은 차도 가장자리로 쪼르르 달려가 열려 있는 승강구 계단을 펄쩍 뛰어올라 재빨리 버스 안으로 들어갔다.

잠시 후 운전기사가 돌아와 시동을 걸고 출발 시각이 되기를 기다렸다. 하나둘 승객이 올라타고 이윽고 정각이 되자 버스는 천천히 출발했다. 늘 같은 생활이 되풀이되고 있었다. 버스 안 어딘가에 쥐 세 마리가 숨을 죽이고 웅크리고 있다는 것만 빼면 말이다.

"움직이면 안 된다. 알겠니? 여기까지 무사히 왔으니, 이제 조용히 상황을 지켜보면 돼. 절대 소리를 내면 안 된다. 인간들에게 발각되면 안 되니까. 이 버스가 어디로 가는지 알려면 어쨌든 이 방법밖에는 없어."

아빠가 속삭였다.

타타네 가족은 운전석 등받이 가장자리와 창 사이 틈에 숨어 있었다. 세 마리가 서로의 배에 머리를 파묻자 털 뭉치 같아 보여서 눈에 잘 띄지 않았다. 유심히 들여다보지 않는 한 절대 쥐라고 생각하지 못할 것이다. 버스는 몇 안 되는 승객을 태우고 정류소마다 멈추며 안정된 속도로 운행되고 있었다.

태어나서 처음 타 보는 버스는 굉장히 신기했다. 시끄러운 기계음이 몸에 그대로 전달되고 끊임없이 흔들거렸다.

"다음은 ○○ 역입니다. 내리실 분은 버스가 완전히 멈춘 후에 자리에서 일어나 주십시오."

안내 방송이 나오면 버스는 속도를 줄이고 정차 준비에 들어갔다. 정류소에 도착하여 버스가 완전히 멈추면 운전석 옆에 있는 문이 열리고 손님이 올라탔다. 내릴 때에는 뒤쪽에 있는 문을 이용하는 듯했다.

칫치는 출발하고 정지하고 감속하고 가속하고, 그때마다 이리저리 흔들리는 것이 무척 재미있었다. 아빠가 무서운 눈초리로 노려보지만 않았다면 아마 "야호!"하고 소리를 지르며 이리저리 뛰어다녔을 것이다.

"칫치, 가만히 있거라! 이 녀석, 움직이지 말라니까!"

아빠는 완전히 들뜬 칫치를 진정시키느라 진땀을 빼야 했다. 이리 저리 흔들리거나 눌리는 것은 전혀 문제가 되지 않았다. 다만 갑작스런 충격으로 튕겨 나가기라도 하면 인간들에게 발각되는 것은 시간문제였다. 마땅히 도망칠 곳도 없는 이 좁은 버스 안에서 발각된다면 그야말로 끝장이다.

그것 말고도 아빠의 걱정거리는 또 있었다. 대체 이 버스는 어디로 가는 걸까? 과연 역 건너편으로 데려다 줄까?

잠시 후 아빠는 조심조심 몸을 일으켰다. 몰래 의자 위로 올라간 아빠는 뒷발로 일어서서 몸을 힘껏 뻗었다. 그러자 앞 유리 너머로 바깥 풍경이 가까스로 눈에 들어왔다. 울창한 숲이 보였다. 버스는 기하라 공원을 따라 달리고 있다. 기껏 힘들게 여기까지 왔는데 다시 돌아가다니, 그럴 수는 없었다. 타타네 가족이 올라탄 버스는 역에서 남쪽으로 내려갔다가 동쪽으로 돌아 다시 남쪽으로 내려가 다른 지하철 역으로 가는 버스였다. 북쪽으로 올라가 역 건너편으로 넘어가는 노선과는 거리가 멀었다.

"이 버스는 실패야. 어딘지는 모르겠지만 엉뚱한 방향으로 가고 있어."

아빠는 타타와 칫치에게 몸을 기대며 탄식하듯 말했다. 타타는 낙담한 표정이었지만 칫치는 태어나서 처음 경험하는 버스 여행에 마냥 즐거워 보였다.

처음부터 엉뚱한 방향으로 가는 버스일지도 모른다는 것은 충분히 알고 있었다. 만일 그렇다고 해도 결국에는 다시 출발점으로 돌아올 것이라고 아빠는 생각했고 거기에 기대를 걸었던 것이다. 하루 종일 버스 터미널에서 버스가 드나드는 모습을 관찰하던 아빠는 같은 버스가 하루에도 몇 번씩 나갔다가 한참 후에 다시 돌아온다는 사실을 알아냈다.

"이렇게 된 이상 처음 출발했던 곳으로 되돌아갈 때까지 인간들에게 발각되지 않도록 되도록 몸을 동그랗게 말고 숨어 있는 수밖에 없구나."

타타네 가족은 고개를 숙이고 버스 진동에 몸을 맡겼다. 타타네 가족이 전속력으로 달려도 몇 시간, 아니 며칠이 걸릴지 모르는 먼 거리를 이 거대한 기계는 고작 몇 분 만에 돌파했다. 현기증이 날 정도로 신기한 경험이었다.

정류소를 알리는 안내 방송이 나오고 그때마다 정차와 발진이 반복되었다. 그렇게 상당한 시간이 흐른 후 이윽고 버스가 멈추며 시동이 꺼졌다. 버스 안에는 순간 긴장감이 풀리고 한 명도 빠짐없이 버스에서 내렸다. 운전기사도 크게 기지개를 펴며 쥐들의 존재는 까맣게 모른 채 계단을 내려갔다. 엔진 소리와 안내 방송이 멈춘 버스 안에는 정적만이 흘렀다. 그새 달리는 버스에 익숙해졌는지 오히려 정적이 이상하게 느껴질 정도였다.

"자, 돌아왔다. 오늘 내로 역 건너편으로 가려면 다른 버스를 타야 해."

아빠의 말이 끝나자마자 타타네 가족은 힘차게 일어섰다. 그때 승객 한 명이 열려 있는 앞문 계단으로 올라와 요금통에 동전을 넣었다. 깜짝 놀란 타타네 가족은 허둥지둥 몸을 숙였다. 그 짧은 순간에도 재빨리 바깥 풍경을 살핀 아빠는 가슴이 덜컥 내려앉았다. 출발했던 곳으로 되돌아 온 것이 아니었다. 출발했던 곳과 마찬가지로 광장이 있었지만 규모가 훨씬 작고 주변 건물도 낮았다.

"처음 출발했던 역이 아니야. 가만가만. 그래, 아마 이곳에서 잠시 정차했다가 다시 출발해서 같은 코스를 거꾸로 거슬러 올라가는 걸 거야. 분명해. 얘들아 힘들겠지만 좀 더 기운을 내렴."

타타와 칫치는 씩씩하게 고개를 끄덕였다.

버스를 타고 한참을 달렸다. 대체 얼마나 멀리 온 걸까? 조금 전 무심코 내렸다면 낭패를 볼 뻔했다. 낯선 곳에 떨어져 길을 잃고 헤맸을 생각을 하니 아찔했다. 두 번 다시 그리운 강으로 돌아가지 못할 뻔했다.

아빠의 말이 옳았다. 잠시 후 올 때와는 다른 운전기사가 올라타더니 온 길을 되돌아 처음 출발했던 역으로 돌아왔다.

처음 타는 버스에 지나치게 흥분한 탓인지 칫치는 돌아오는 도중 깊은 잠에 빠져들었다. 아빠는 칫치 때문에 조바심을 내지 않아도 되어서 한시름 놓았다.

다시 한참을 달려 처음 역으로 돌아왔을 무렵에는 제법 짧아진 초겨울 해가 기울며 노을을 만들고 있었다.

승객들은 뒤에 있는 출구로 내리고 운전기사는 앞쪽 출구로 내렸다. 모두 버스에서 내리자 타타네 가족은 서둘러 바닥으로 내려와 승강구 계단을 뛰어내렸다. 그리고 재빨리 인도 그늘에 몸을 숨겼다.

"기왕 시작한 김에 다른 버스도 타 보자."

"저기 다른 버스가 있어요."

타타가 버스 밑으로 건너편을 살펴보며 말했다. 그곳에는 다른 버스가 문을 활짝 열어 놓은 채 정차해 있었다. 엔진 소리는 들리지 않았다.

"다른 버스이기는 하지만 괜찮을까?"

"괜찮을 거예요. 아빠, 어서 가요."

타타는 말을 마치고 재빨리 달려 나갔다. 뒤에서 아빠가 기다리라고 소리쳤지만 타타는 주의를 기울이지 않고 버스 아래를 지나 건너편 버스 승강구 계단을 향해 곧장 달려갔다. 계단을 뛰어오르려던 타타는 깜짝 놀라 뒤로 나가떨어질 뻔했다.

운전석에는 이미 운전기사가 타고 있었다. 게다가 승객도 많았다. 사람들이 모두 자신을 보는 것 같아 타타는 꼼짝도 할 수 없었다.

그 순간 부르릉 하는 소리와 함께 시동이 걸리더니 앞문이 철컥 닫히며 버스가 출발했다. 타타는 길 위에 덩그러니 남겨진 채 꼼짝도 않고 서 있었다. 머릿속이 하얗게 되어 어떻게 해야 할지 알 수가 없었다.

"어서 돌아와!"

아빠가 외치는 소리가 뒤에서 들렸다. 그때서야 타타는 정신이 번쩍 들어 재빨리 뒤로 돌아 허둥지둥 돌아왔다. 아빠와 칫치가 정차해 있는 버스 앞바퀴 뒤에 숨어 타타를 기다리고 있었다.

"경솔하게 행동하면 안 된단다. 매사에 신중해야 해. 알겠니?"

아빠가 부드러운 목소리로 타타를 타일렀다.

"네. 바보 같은 짓을 해서 죄송해요."

"괜찮다. 그것보다 저길 보렴."

세 마리가 내린 버스 뒤에는 어느 새 다른 버스가 서 있었다.

"잠깐 살펴보고 오마."

버스 문이 열려 있고 운전기사는 내리고 없었다. 아빠는 계단을 올라가 조심스럽게 고개를 내밀고 찬찬히 버스 안을 살펴보았다. 아무도 없었다.

"이걸 타자!"

타타네 가족은 아까처럼 운전석 등받이에 몸을 숨겼다. 이제 기다리는 일만 남았다. 과연 이번 버스는 타타네 가족을 역 건너편으로 데려다 줄 수 있을까?

17

승객이 하나둘 버스에 오르고 운전기사도 돌아왔다. 잠시 후 엔진 소리와 함께 버스가 움직이기 시작했다. 아까보다 승객이 많았다.

아빠는 버스가 어느 방향으로 가고 있는지 주의 깊게 관찰했다. 버스는 역 앞 로터리를 빙 돌아갔다. 이번에도 기하라 공원을 따라 남쪽으로 내려가려는 걸까?

버스는 공원 바로 앞에서 오른쪽으로 방향을 틀어 철도 노선을 따라 서쪽으로 가고 있었다. 안내 방송이 흐르고 정류소에 멈춰 손님이 내리기를 얼마나 되풀이했을까? 아빠는 살며시 눈을 뜨고 주위를 살펴보았다. 그때 갑자기 운전기사가 오른손을 뒤로 돌려 더듬었다. 당장이라도 운전기사의 손이 닿을 것 같은 아슬아슬한 순간이었다. 손에 땀을 쥔 채 숨을 죽이고 기다렸다. 운전기사는 바로 옆에 있는 수건을 집어 들고 여전히 앞을 주시하며 얼굴을 닦은 후 옆으로 휙 집어 던졌다.

수건은 타타의 엉덩이에 떨어졌다. 깜짝 놀란 타타가 펄쩍 뛰어오를 뻔했지만 움직이지 말라는 듯 자신을 쳐다보고 있는 아빠의 시선을 느끼고 타타는 어떻게든 참아 보려고 애썼다.

앞 유리 너머로 붉은 저녁노을이 보였다. 버스는 계속 서쪽을 향해 달리고 있었다. 아빠는 이번에도 실패했다는 생각에 정신이 아득해졌다. 그때 운전기사가 갑자기 핸들을 오른쪽으로 꺾어 방향을 직각으로 틀었다. 버스는 북쪽을 향해 가고 있었다. 그렇다면? 아빠는 뒷발로 서서 최대한 몸을 뻗어 바깥을 살폈다.

'저 앞에 보이는 저것은 혹시 철길일까? 그렇다면 역 건너편으로 가고 있다는 이야기인데?'

아직 확신이 서지 않았지만 아빠는 인간들 눈에 띌까 봐 걱정이 되어 다시 몸을 숙여야 했다. 잠시 후 창밖이 어두워졌다.

'철로 밑으로 지나는 걸까? 제발 그래야 하는데. 아니, 틀림없이 그럴 거야.'

버스 위로 열차 달리는 소리가 들리더니 다시 창밖이 환해졌다. 선로를 건넌 모양이었다. 그렇다면 이제 다시 역 근처로 내려가기만 하면 된다. 선로를 건너 서쪽으로 한참을 달렸으니 이번에는 동쪽으로 달리면 된다.

'이 버스는 이제 어느 쪽으로 갈까? 역 근처로 갈까? 혹시 반대쪽으로 가는 것은 아닐까? 이 버스도 결국에는 처음 탔던 역으로 돌아갈 거야. 그러기 전에 이 버스에서 내려야 해. 하지만 언제 어떻게 내리지? 아무래도 문이 열렸을 때 재빨리 뛰어내리는 수밖에 없겠지?'

선로를 건넜지만 아빠의 머릿속은 여전히 복잡했다. 앞문 가까이에 있었지만 버스에 오르는 사람들 틈을 비집고 탈출하면 틀림없이 발각되고 말 것이다. 한 마리면 몰라도 쥐 세 마리가 줄을 지어 달려가는데 눈에 띄지 않고 도망친다는 것은 불가능했다. 자칫 사람들 발에 차일지도 모르고 심하면 밟힐지도 모른다. 생각만 해도 등골이 오싹했다.

상당히 복잡한 길에 접어들었는지 운전기사가 핸들을 바쁘게 움직이기 시작했다. 오른쪽으로 돌았다가 왼쪽으로 돌았다가 원을 그리기도 하고 샛길로 빠지기도 했다. 촉각을 바짝 세우고 방향을 가늠해 보려고 애를 썼지만 결국 아빠는 방향감각을 잃고 말았다. 그러고 있는 사이에 버스가 점점 역에서 멀어지고 있을지도 몰랐다. 우물쭈물하다가는 다시 선로를 되돌아갈지도, 아니면 빙빙 돌아 점점 강에 가까이 다가가고 있는지도 모른다. 빨리 내리는 게 좋을까? 아니면 조금 기다려야 할까? 이런저런 생각에 아빠는 선뜻 결정을 내리지 못했다.

'에잇! 아무리 고민해 봐야 결과는 알 수 없어. 운에 맡기는 수밖에.

분명 기회가 올 거야. 때를 기다리자.'

　그때 안내 방송이 나오고 버스가 서서히 속도를 줄였다.

　'내릴까? 아니면 좀 더 기다려야 하나? 어떻게 하지? 아, 어떻게 하면 좋아.'

　아빠는 일어서려다가 다시 주저앉았다. 타타가 아까부터 아빠의 눈을 주시하며 신호를 기다리고 있었다.

　'내릴까? 아니야. 너무 늦었어.'

　버스가 멈추고 문이 열리자 중학생으로 보이는 남자 아이들이 우르르 올라탔다. 그 기세를 보고 아빠는 여기에서 내리지 않길 잘했다며 가슴을 쓸어내렸다. 이번에 내리려고 했다면 분명 저들 중 누군가에게 차이고 말았을 것이다. 그 때문에 아빠의 걱정거리가 하나 더 늘었다. 다음 정류장에서도 똑같은 상황이 벌어지지 않으리라는 법은 없으니까 말이다. 그렇다고 언제까지 망설이고 있을 수만도 없었다. 다시 선로를 넘어 출발점으로 돌아가기 전에 어서 결정을 내려야 했다.

　다음 안내 방송이 흘러나왔다.

　'좋아, 여기에서 내리자.'

　드디어 결단이 선 아빠가 아이들에게 속삭였다.

　"이번에 버스가 멈추고 문이 열리면 뛰어내리는 거다. 알겠지? 타타, 칫치! 응? 칫치!"

　느긋한 칫치는 천하태평하게 자고 있었다. 칫치는 버스의 진동이 굉장히 기분 좋은 모양이었다. 게다가 난방이 틀어져 있어 따뜻하기도 했다.

"칫치, 일어나렴. 다음 문이 열리면 전속력으로 뛰어나가는 거다."

"아함. 웅얼웅얼."

칫치는 크게 하품을 하며 잠꼬대까지 해 댔다. 칫치를 흔들어 깨우는 동안 버스가 점점 속도를 늦추더니 완전히 멈춰 섰다.

'아, 또 늦었다. 이번에도 틀렸어.'

이번 정류소에서는 지팡이를 짚은 할머니가 올라탔다. 느릿느릿 계단을 오르는 할머니의 모습을 보며 아빠는 혀를 찼다. 문이 닫히고 버스가 다시 출발한 뒤, 절호의 기회를 놓친 것 같아 아쉬움을 감출 수가 없었다.

'칫치 녀석이 느긋하게 잠을 자는 바람에 좋은 기회를 놓쳤군. 좋아, 이번에는 반드시 내려야지.'

아빠는 다시 내릴 태세를 갖추고 타타에게 말했다.

"타타, 칫치를 깨워 달려 나갈 준비를 시켜라."

아빠는 다시 뒷발로 서서 몸을 최대한 뻗어 바깥 풍경을 살폈다. 주변 상황을 확인해 두려는 것이었다. 그런데 뜻밖에 생각지도 못한 광경이 펼쳐졌다.

'어라? 저게 도대체 뭐지?'

아빠는 순간 자신의 눈을 믿을 수가 없었다. 도로 옆에 가드레일이 설치되어 있고 그 너머로 물이 반짝이고 있었다. 강이었다. 버스는 강물을 따라 흐르고 있었다.

처음 보는 곳이었지만 틀림없는 강이었다. 아빠와 타타, 칫치가 마음 깊이 사랑하고 그리워하던 강이었다. 타타네 가족이 태어나 사계

절의 변화를 만끽하며 그 물을 마시고, 때로는 물놀이를 하며 놀던 그리운 강이었다. 마침내 강 위쪽으로 거슬러 올라온 것이다.

너무 기쁜 나머지 아빠는 자신도 모르게 소리쳤다.

"강이다! 강이 보인다! 마침내 역을 건너 강으로 돌아왔다! 우리가 해낸 거야!"

"야호!"

타타도 신이 나서 환호성을 지르며 자리에서 벌떡 일어났다. 그때까지도 자고 있던 칫치가 아빠와 타타의 목소리를 듣고 마침내 눈을 떴다. 그리고 생각지도 못한 끔찍한 일이 벌어졌다.

칫치는 깊이 잠들었다가 억지로 깨면 꿈과 현실을 구별하지 못하는 버릇이 있었다. 꿈속에서 칫치는 언덕을 오르고 있었다. 정상이 바로 눈앞에 보였지만 아무리 올라가도 좀처럼 정상에 다다를 수가 없었다. 오히려 올라갈수록 점점 정상에서 멀어지는 것 같았다. 아마 이번 여행의 고단함이 꿈으로 나타났던 모양이었다.

칫치는 꿈결에 "강이 보인다, 우리가 해냈어!"라고 외치는 아빠의 목소리를 듣고 깜짝 놀랐다.

"정말? 정말 강이 보여? 정상에 오르면 강을 볼 수 있는 거야?"

칫치는 잠에 취해 언덕으로 펄쩍 뛰어올랐다. 하지만 불행하게 그것은 언덕이 아니라 버스 운전기사의 등이었다.

아빠와 타타에게 버스 여행은 긴장되는 경험이었다. 그런데 유독 칫치만은 버스의 진동이 마음에 드는지 느긋했다. 그런 느낌의 차이가 이런 어처구니없는 결과를 가져올 줄은 꿈에도 생각하지 못했다. 원하던 목적지에 도착했으므로 조용히 내릴 준비를 하고, 버스가 완전히 정차한 후 재빨리 밖으로 달려 나가기만 하면 이번 버스 여행은 완벽하게 성공이었다. 그런데 갑자기 한바탕 소란이 벌어지고 말았다. 운전기사 등으로 달려 올라간 칫치가 그의 어깨에서 모자 위로 폴짝 뛰어올라가 뒷발로 선 채 창밖을 보며 이렇게 외쳤던 것이다.

"와, 정말이다. 강이다, 강이야. 드디어 정상에 올랐다!"

등 뒤로 작은 동물이 스멀스멀 올라가는 느낌이 들더니 갑자기 머리 위로 뛰어올라 찍찍거리는 바람에 운전기사는 기겁하고 말았다. 운전기사는 손을 핸들에서 뗄 수가 없었으므로 일단 머리를 세게 흔들어 보았다. 그러자 칫치는 떨어지지 않으려고 발톱을 세우고 모자에 매달렸다.

18

운전기사만 칫치의 소리를 들은 게 아니었다. 오른쪽 맨 앞좌석에 앉아 있던 여학생이 이상한 소리를 듣고 문득 고개를 들어 보니 운전기사 모자 위에 살아 있는 쥐가 버둥거리고 있었다.

여학생은 비명을 지르며 큰 소리로 외쳤다.

"꺅! 쥐, 쥐가 있어요!"

비명소리를 들은 운전기사가 급브레이크를 밟는 바람에 승객들이 앞으로 심하게 흔들렸다. 서둘러 버스를 정차시킨 운전기사는 핸드

브레이크를 당기고 손을 올려 모자 위를 더듬거렸다. 따뜻한 털 뭉치가 만져졌다. 깜짝 놀란 운전기사는 모자를 벗어 바닥에 냅다 던졌다. 모자에 매달려 바닥으로 떨어진 칫치는 잠에서 완전히 깨어나 허둥지둥 좌석 아래로 도망쳤다. 아빠와 타타도 재빨리 칫치의 뒤를 따라갔다.

"방금 쥐라고 했어요?"

"그래요. 버스 안에 쥐가 있대요."

"설마, 그럴 리가. 잘못 본 거 아니에요?"

여기저기 수군덕거리는 소리가 들려왔다.

"앗! 정말 쥐가 있잖아."

"저쪽으로 갔다."

"으악! 징그러워. 진짜 쥐잖아."

"에그머니! 이쪽으로 온다."

"이건 아까와 다른 색 쥐잖아."

"도대체 쥐가 몇 마리나 있는 거야?"

"버스 안에 쥐가 득실거리다니."

버스 안은 점점 비명 소리와 성난 목소리가 뒤섞여 그야말로 야단법석이었다. 겁먹은 승객들은 사색이 되어 발아래를 살폈다.

"내려 줘요. 여기서 내려야겠어요."

한 아주머니가 소리쳤다.

"무슨 버스가 이래? 청소를 제대로 하기는 하는 거야? 어느 운송회사인지 확 고소해 버리겠어."

무지 화가 나 고래고래 소리를 지르는 할아버지도 있었다. 운전기사는 하는 수 없이 뒷문을 열었다. 처음 칫치를 발견한 여학생을 비롯해 승객 몇몇이 서둘러 버스에서 내렸다.

아빠와 타타는 뒷좌석으로 도망친 칫치를 겨우 따라잡았다. 타타와 칫치는 겁먹은 표정으로 아빠를 쳐다보았다. 이것저것 생각할 겨를이 없었다. 어느 쪽으로 가든 인간들의 발이 쿵쿵거리며 세 마리의 쥐를 위협하고 있었다. 어찌할 바를 모르고 우왕좌왕하고 있는데 아빠가 누군가의 신발에 차여 붕 날아올랐다. 아빠가 뒤쪽 승강구 바로 앞에 떨어지자 타타가 재빨리 달려갔다. 혼란한 틈을 타 아빠와 타타는 계단을 뛰어내려 갈 수 있었다. 무사히 버스에서 내린 아빠와 타타는 뒤에 칫치가 없는 것을 보고 깜짝 놀랐다.

칫치는 승객들의 발에 둘러싸여 미처 아빠와 타타를 따라가지 못하고 다시 의자 아래로 기어들어 갔다. 어두운 구석에 몸을 숨기고 벌벌 떨고 있는데 한 남자가 바닥에 엎드려 의자 아래로 팔을 마구 휘저었다. 칫치는 하는 수 없이 통로로 쫓겨 나왔다. 아빠와 타타를 따라 뒷문으로 달려가려고 했지만 승객들의 발에 가로막혀 도무지 빠져나갈 틈이 없었다. 반대쪽도 상황은 마찬가지였다. 인간들은 칫치의 일거수일투족을 지켜보며 퇴로를 차단하고 서서히 포위망을 좁혀 왔다.

분노에 찬 승객들이 무서운 눈초리로 칫치를 노려보고 있었다. 더이상 도망칠 곳이 없어진 칫치는 너무 무서워 꼼짝도 할 수가 없었다. 머릿속은 새하얗게 되어 아무것도 떠오르지 않았다. 가여운 칫치는 몸을 잔뜩 웅크리고 부들부들 떨고 있었다.

"밟아 버려!"

누군가 화난 목소리로 소리쳤다.

"그러지 말아요. 지저분해 보이지는 않아요."

"누구 막대기 같은 것을 가진 사람 없소?"

승객들에게 청소 상태를 지적받은 운전기사는 화가 머리끝까지 나 있었다.

'버스 안에 쥐가 들어왔단 말이지. 한두 마리도 아니고 여러 마리가. 절대 용서 못해. 청소 담당은 대체 뭣들 하고 있는 거야? 회사로 돌아가면 따끔하게 혼내 주겠어. 그 전에 이 쥐 녀석부터 혼내 줘야겠군.'

"잠깐만 비켜 주십시오. 지금 당장 깔끔하게 처리할 테니 걱정들 마세요."

운전기사는 승객들 틈을 비집고 칫치 앞으로 성큼성큼 다가왔다. 요 조그마한 생쥐 녀석 때문에 운행 스케줄이 지연되고 있었다. 빨리 끝내고 버스를 출발시켜야 했다. 운전기사는 허리를 숙이고 부들부들 떨고 있는 칫치를 향해 종이 뭉치를 흔들었다.

그때였다.

"잠깐만요!"

뒷좌석 쪽에서 들려오는 날카로운 목소리에 운전기사는 멈춰 섰다. 야구 유니폼을 입은 한 초등학생이 승객들을 사이를 뚫고 다가왔다. 소년은 손에 든 어린이용 글러브와 배트를 바닥에 내려놓고 천천히 쭈그리고 앉아 쥐를 내려다보았다.

"꼬마야, 만지면 안 돼! 물지도 몰라!"

어른들의 만류에도 불구하고 소년은 오른쪽 집게손가락을 내밀어 손가락 끝으로 쥐의 등을 살며시 쓰다듬어 주었다. 그리고 쥐와 이야기를 나누듯 중얼거렸다.

"너, 하양이랑 닮았구나."

그 순간 칫치의 떨림이 거짓말처럼 멈췄다.

소년은 바로 말똥가리에게 잡혔다가 떨어진 칫치를 주워 다나카 동물병원으로 데리고 가 치료를 받게 해 준 게이치였다. 게이치는 시립 야구장에서 야구 연습을 마치고 버스를 타고 집으로 돌아가는 길이었다.

"꼬마야, 이 쥐 네가 데리고 탄 거니? 대체 무슨 생각으로 버스에 쥐를, 그것도 몇 마리씩이나 데리고 탄 거니?"

운전기사가 불같이 화를 냈다.

"제 쥐가 아니에요."

"하지만 하양이라고 불렀잖니?"

"동물병원에 있던 쥐를 말한 거예요."

"네가 가방에 몰래 쥐를 데리고 탄 건 아니고?"

"아니에요."

"이봐요. 쥐들은 앞쪽에서 나왔고, 이 아이는 맨 뒤에 앉아 있었다고요."

옆에서 지켜보고 있던 한 아주머니가 게이치의 편을 들어 주자, 여기저기에서 그렇다며 맞장구쳐 주었다.

"맞아요. 혹시 운전기사 양반이 데리고 온 거 아닙니까?"

오히려 운전기사를 의심하는 사람도 있었다. 운전기사는 난감한 듯 헛기침을 한 번 하고 게이치에게 물었다.

"그래? 그럼 네 쥐가 아니란 말이지? 그럼 이 녀석은 내가 치울 테니 비켜 주렴."

운전기사는 다시 종이 뭉치를 들어 올렸다.

"잠깐만요."

게이치는 오른손으로 칫치를 집어 왼손 위에 살며시 내려놓았다. 그리고 손바닥을 눈높이까지 들어 올려 칫치의 눈을 물끄러미 들여다보며 말했다.

"너, 설마 하양이는 아니겠지? 하지만 어쩌면 맞을지도 모르겠다는 생각이 들어."

첫치도 게이치의 눈을 바라보았다. 갈색 눈동자 속에 더러운 몰골로 뚫어져라 쳐다보고 있는 자신의 모습이 작게 비쳤다. 언젠가 비슷한 경험을 한 적이 있었던 것 같았다. 손바닥의 감촉이 낯설지 않았다. 말똥가리에게 잡혀가다가 떨어진 죽을 뻔한 자신의 생명을 구해 준 그 손바닥이었다.

게이치는 왼손을 눈 가까이에 들어 올리고 천천히 일어서더니 버스 뒷문으로 걸어갔다. 확신에 찬 태도에 압도된 듯 승객들이 길을 열어 주었다. 게이치는 버스에서 내려 인도로 올라섰다. 흰색 새끼 쥐가 손바닥 위에서 코를 킁킁거리며 몸을 빙그르 돌렸다. 그리고 원하는 것을 찾은 듯 시선을 고정시키고 뒷발로 서서 수염을 흔들었다. 흰색 새끼 쥐의 시선을 따라가 보니 몇 미터 떨어진 가로수 나무 아래 회색 쥐 두 마리가 이쪽을 주시하고 있었다. 게이치는 전혀 놀라지 않았다. 왠지 그곳에서 회색 쥐 두 마리가 흰색 새끼 쥐를 기다리고 있을 것 같았기 때문이었다.

게이치는 웅크려 앉아 손바닥을 땅에 대며 작은 목소리로 말했다.

"자, 어서 가!"

흰색 쥐는 잠시 머뭇거리더니 땅으로 폴짝 뛰어내려와 재빨리 회색 쥐들이 기다리고 있는 가로수로 달려갔다. 그러다가 문득 무언가 생각난 듯 멈춰 서서 게이치를 돌아보았다. 게이치가 어서 가라고 손을 가볍게 흔들어 주자 흰색 새끼 쥐는 다시 전속력으로 달려가 회색 쥐

들과 합류했다. 쥐 세 마리가 나란히 서서 게이치를 뚫어져라 쳐다보
았다.

게이치는 웅크리고 앉은 채 오른손을 흔들며 잘 가라고 인사해 주
었다. 타타네 가족은 잠시 게이치를 쳐다보고는 큰 회색 쥐를 선두로
재빨리 인도를 가로질러 강가에 있는 풀숲으로 자취를 감추었다.

게이치는 자리에서 일어서며 오른쪽 주먹으로 왼쪽 손바닥을 치고
마음속으로 외쳤다.

'잘했어!'

야구 연습이 생각대로 되지 않아 집으로 돌아오는 내내 우울했는데
쥐들 덕분에 기분이 좋아졌다. 왠지 마음이 따뜻해지는 것 같았다.

19

아빠와 칫치, 타타는 단숨에 강둑을 가로질러 강기슭으로 뛰어내
려 갔다. 그곳에는 산책로가 있고, 가장자리에는 추락 사고를 방지하
기 위한 콘크리트 벽이 있었다. 세 마리 쥐가 지금껏 봐 왔던 강 풍경
에 비하면 살벌했지만 그리운 강으로 돌아왔다는 것만으로도 가슴
이 벅차올랐다. 울타리 틈새로 목을 들이밀고 아무 말 없이 잔잔히
흐르는 투명한 강물 속으로 해초가 살랑거리는 모습을 넋을 놓고 한
동안 바라보았다.

"드디어 강으로 돌아왔어요."

타타가 감격스러운 목소리로 말했다.

아직 해가 저물지 않았지만 버스에서 인간들에게 발각되어 한바탕 소동을 벌인 타타네 가족은 모두 지칠 대로 지쳐 아무 것도 할 수 없었다. 일단 근처 나무 밑에 있는 커다란 바위 틈새로 기어들어 가 바람을 피하며 천천히 쉬기로 했다. 목적지에 무사히 도착했다는 안도감과 긴장감이 풀리면서 극심한 피로감이 물밀듯이 밀려왔다. 타타네 가족은 바위틈에서 하룻밤을 잤다. 다음 날 아침이 밝자, 일찍부터 개를 데리고 산책 나온 사람들과 출근하는 사람들로 산책로가 붐비기 시작하여 느긋하게 자고 있을 수가 없었다. 게다가 이미 본격적인 겨울이 시작되었는지 아침 저녁으로 기운이 크게 떨어져 바위나 풀숲에서 추위를 피할 수 없었다. 바짝 붙어 서로의 온기로 얼어붙은 몸을 녹여 봤지만 무심한 겨울바람에 이빨이 덜덜 떨렸다. 선잠에서 몇 번이나 눈을 떴는지 모른다. 되도록 빨리 추위를 막아줄 굴을 만들어야 했다.

출근 시간이 지나고 인적이 뜸해지자 주변 일대를 탐색하기 시작했다. 우선 강을 향해 남쪽으로 내려가 보기로 했다. 산책로에는 형형색색의 타일이 깔려 있고 깔끔하게 정리된 키 작은 나무가 녹지대를 이루고 있었다. 참새 부부가 역 건너편으로 가면 있다던 공원이 틀림없었다.

100미터 정도 더 내려가자 강물이 빨려 들어가는 거대한 하수도관이 나왔다. 강은 이곳에서부터 지하로 들어갔다가 기하라 공원에서 다시 지상으로 나오는 모양이었다. 하수도관 속으로 강물이 하얀 거

품을 일으키며 빨려 들어가는 모습을 지켜보던 타타네 가족은 마음
이 텅 빈 것 같았다.

강둑을 뛰어올라 가 보자 도로가 나왔다. 자동차들이 시끄럽게 달
리고 있었다.

"저기를 좀 보렴. 저 건물이 지하철역이란다. 우리가 마침내 역을 건
너 온 거야."

아빠가 건물을 가리키며 말했다.

버스 터미널이 있던 건너편 광장만큼 넓지는 않지만 이쪽 광장에
도 인간들과 자동차가 넘쳐 났다.

"힘든 일도 여러 차례 있었지만 결국 우리가 처음 약속했던 대로
강으로 다시 돌아왔구나. 이제부터는 겨울을 보낼 굴을 만들어야 한
단다. 한시가 급해."

"알겠어요. 우리 셋이 같이 파면 훨씬 쉬울 거예요. 그런데 아빠, 어
디에 굴을 팔 거예요?"

타타가 들뜬 목소리로 물었다.

"적당한 곳을 찾아보자. 참새 부부가 역을 건너면 공원이 나오고
그 맞은편에는 한적한 주택가가 나온다고 했으니 그리로 가 보는 게
좋을지도 모르겠다."

"지금 있는 이곳도 괜찮지 않을까요? 저랑 칫치는 이미 너무 지쳤
어요."

"하지만 이 공원은 역과 가깝고 사람들이 너무 많아."

"괜찮아요. 시끌벅적한 것도 그런대로 재미있는 걸요."

"하지만 이곳은 콘크리트 벽으로 막혀 있는데, 그래도 괜찮겠니?"

"그게 좀 아쉽기는 하지만."

타타는 망설이듯 말했다.

사실상 여행은 이미 끝났다. 이제 이곳에 그대로 안주할 것인가, 아니면 좀 더 살기 좋은 곳을 찾을 것인가 하는 선택만 남았을 뿐이다. 이곳은 나쁘지는 않았다. 마음의 여유가 생긴 타타네 가족은 다시 강둑으로 뛰어내려 가 산책로로 돌아왔다. 마침 사람들의 발길이 끊어져 느긋하게 강을 볼 수 있었다. 아빠가 말했다.

"저쪽에 있는 계단을 통해 강가로 내려가 보자."

벽 사이에 개폐식 문이 달려 있고 콘크리트 계단이 강기슭까지 뻗어 있었다. 무슨 이유에서인지 인간들의 출입을 막고 있었지만 타타네 가족은 문틈 사이로 쉽게 빠져나갈 수 있었다. 타타네 가족은 계단을 따라 강가로 내려갔다.

강을 따라 콘크리트 벽이 길게 이어져 있었다. 물이 얕아 강바닥이 드러난 곳이 있는가 하면 갈대와 부들이 가득한 곳도 있었다. 벽을 따라 아까 있던 곳으로 올라가던 아빠가 중얼거렸다.

"저게 뭐지?"

벽 가장자리에서 80센티미터쯤 들어간 지점에 직경 20센티미터 정도의 구멍이 뚫려 있었다. 아빠는 구멍을 살펴보기로 했다.

"이게 무슨 구멍이지? 하수도관 출구인가?"

아빠는 중얼거리며 구멍 속으로 들어갔다. 먼지가 수북이 쌓인 깜깜한 구멍 속을 1미터도 채 가지 못하고 아빠는 흙더미에 막혀 더 이상 안으로 들어가지 못했다.

"여기서 물이 나오는 거예요?"

칫치가 물었다.

"그래, 아마도 예전에는 그랬던 것 같구나. 여기에서 나온 물이 강으로 흘러들어 갔을 거야. 하지만 이미 사용하지 않은 지 상당히 오래 된 것 같아. 저기 흙더미가 쌓여 있는 게 보이지? 바짝 말라 있잖니?"

"정말 그러네요."

"이곳으로 할까?"

아빠가 흥분된 목소리로 불쑥 말했다.

"네? 무엇을요?"

"우리가 살 집 말이다. 여긴 최고의 장소야. 봐, 정말 따뜻하지 않니?"

그러고 보니 흙더미로 막혀 있어서 안쪽으로 들어가면 차가운 강바람이 거의 들어오지 않았다. 터널 안에는 따뜻한 기온마저 감돌았다.

"정말이네. 바깥쪽보다 훨씬 따뜻해요."

"먹이를 가져오는 일이 조금 불편하겠지만 그건 바꿔 말하면 사람들의 눈에 쉽게 띄지 않는다는 말이기도 하지. 이곳에서 겨울을 보내기로 하자. 이 흙더미를 다시 쌓아 입구 쪽을 좀 더 막으면 바깥 공기를 완벽하게 차단할 수 있을 거야."

"하지만 강물이 불어나면 이쪽까지 들이차지 않을까요?"

타타가 걱정스러운 듯 물었다.

"만약 그런 일이 생기면 이곳을 버리고 나가야겠지만 지대가 높아서 우선은 안심해도 될 것 같구나."

타타네 가족은 하루 종일 바쁘게 움직여 하수도관 안에 쌓여 있던 돌과 흙을 입구 쪽으로 옮겼다. 그리고 위쪽에 작은 구멍만 남기고 꼼꼼하게 막았다. 크게 고생하지 않고도 따뜻한 굴을 완성했다. 이 정도면 겨울을 따뜻하게 날 수 있을 것이다.

여행은 끝났다. 겨울을 보낼 쾌적한 보금자리도 마련되었으니 이제 새로운 삶이 시작될 것이다. 적어도 그때는 타타네 가족 모두 그렇게 기대했었다.

20

퍼드득퍼드득 날갯짓 소리가 가까이에서 들렸다. 타타와 칫치는 깜짝 놀라 몸을 웅크렸다. 말똥가리가 칫치를 덮치던 그날의 끔찍했던 기억을 두 아이는 똑똑히 기억하고 있었다. 새벽녘 희뿌연 하늘을 가로지르며 타타와 칫치 앞에 내려선 것은 엄마 참새였다.

"너희들 결국 해냈구나! 힘들 거라고 생각했는데 여기까지 오다니 정말 대단해."

엄마 참새가 기쁜 목소리로 외쳤다.

"네, 여러 번 고비가 있었지만 우리가 해냈어요."

"너희가 떠난 후 가끔 이 주변으로 너희를 찾아다녔단다. 지금껏

보이지 않아서 실패한 줄 알고 포기하고 있었는데 정말 잘 됐다. 다
행이야."

타타와 칫치는 레스토랑 뒤쪽에 떨어진 야채와 빵 조각을 배불리
먹고 새로운 집으로 돌아오는 길이었다. 번화가 가까이에 살면 먹을
거리를 쉽게 구할 수 있어서 좋았다. 사람들이 많이 있는 곳은 먹을
거리가 풍부하므로 눈에 띄지 않게 조심만 하면 얼마든지 배를 채울
수 있었다. 타타와 칫치도 인간의 시선을 피해 돌아다니는 기술이 크
게 늘어 이제는 제법 능숙하게 먹이를 물어 날랐다. 칫치는 처음에는
무서워서 인간의 발소리만 나도 벌벌 떨더니 익숙해지자 인간들의 발
옆을 아슬아슬하게 빠져나가며 스릴을 즐겼다. 타타가 위험하다고 여
러 차례 주의를 주었지만 듣는 둥 마는 둥 했다.

타타와 칫치는 신이 나서 엄마 참새에게 버스를 타고 이곳까지 오
게 된 이야기를 들려주며 새로운 집으로 돌아왔다. 아직 며칠밖에 되
지 않았지만 타타와 칫치는 왠지 이곳에 오랫동안 살았던 것처럼 푸
근하고 정이 갔다. 엄마 참새는 감격에 찬 눈으로 타타의 새로운 집을
둘러보았다. 강에서 태어나 강에서 자란 작은 쥐 가족이 고생 끝에
도착한 낯선 곳에서 짧은 시간 안에 이렇게 멋진 집을 얻다니, 엄마
참새는 마치 자신의 일처럼 기뻤다.

"엄마 두더지도 내내 너희를 걱정했단다. 어서 가서 이 기쁜 소식을
들려줘야겠어. 이렇게 멋진 보금자리를 찾았다고 하면 아마 자기 집
보다 좋으냐며 질투할지도 몰라."

투덜거릴 엄마 두더지의 얼굴이 떠올라 타타와 칫치는 한바탕 웃

음을 터트렸다.

그때 아빠가 돌아왔다. 지금까지는 셋이서 함께 먹이를 구하러 다녔지만 얼마 전부터 두 팀으로 나눠 행동하기 시작했다. 타타가 여행을 통해 제법 어른스러워졌고 세 마리가 몰려다니면 사람들의 눈에 띄기 쉽기 때문이었다. 둘로 나눠 움직이는 것이 정보를 구하기 쉽다는 이유도 있었다.

엄마 참새는 아빠와 기쁘게 인사를 주고받고 모두에게 기쁜 소식을 전하기 위해 서둘러 날아갔다.

아침 일찍부터 비가 내렸다. 많은 양은 아니었지만 빗방울이 차가운 바람을 타고 들이닥치자 바늘로 콕콕 찌르는 것처럼 살이 아렸다. 타타네 가족은 하루 종일 집 안에서 웅크리고 앉아 여행 도중에 일어난 일을 떠올리며 즐겁게 이야기를 나누었다.

"오, 그래. 네 이름이 칫치구나?"

아빠가 칫치의 꼬리를 잡아 올린 대장 쥐의 목소리를 흉내 내자 칫치는 배꼽을 잡고 웃어 댔다. 타타는 블루 아줌마를 다시 만나고 싶었다. 사라, 도라무, 간쓰는 도서관에 무사히 도착해서 그렌과 만났을까? 타타가 나직한 목소리로 그렌의 시를 읊조리자 아빠와 칫치는 조용히 귀를 기울였다.

궂은 날씨였지만 집 안은 따뜻했다. 아늑한 집에서 가족과 도란도란 이야기를 나누며 느긋한 시간을 보내는 것만큼 즐거운 일이 또 있을까? 밖을 내다보며 빗방울이 수면에 떨어져 동그라미를 그리는 모습을 지켜보는 것도 재미있었다.

밤이 되자 비가 그쳤다. 하루 종일 굴에만 있었더니 몸도 근질근질하고 배도 고파서 타타네 가족은 먹을거리를 찾아 다시 거리로 나갔다. 이번에도 타타와 칫치가 한 조가 되어 나가고 아빠는 혼자서 움직였다.

아빠는 새벽녘이 되어 집으로 돌아왔다. 아직 타타와 칫치는 돌아오지 않은 모양이었다.

'또 어딘가에서 놀고 있나 보군.'

아빠는 혀를 찼지만 이내 생각을 고쳐먹었다.

'이제 타타도 다 컸으니 걱정하지 않아도 될 거야.'

아빠는 몹시 지쳐 있었다. 거리에서 길을 잃어 한참을 헤맸기 때문이었다. 아빠는 벌러덩 드러누워 그대로 깊은 잠에 빠져들었다.

얼마나 잤을까? 인간들의 이야기 소리가 가까이에서 들려왔다. 아빠는 깜짝 놀라 벌떡 일어났다.

'대체 무슨 일이지?'

인간들은 큰 목소리로 시끄럽게 떠들며 다가오더니 하수도관 앞에서 멈춰 섰다. 아빠는 숨을 죽이고 그들이 무엇을 하는지 지켜보았다. 삐그덕 끽끽 기분 나쁜 소리가 들리더니 입구에 쌓아둔 흙더미가 조금 무너져 내렸다.

'인간들이 손을 밀어 넣으면 어떻게 하지? 그렇다면 도망칠 수 있는 길은 하나뿐인데, 과연 인간들을 뚫고 무사히 도망칠 수 있을까?'

아빠는 잔뜩 겁을 먹고 웅크리고 있었다. 하지만 아무 일도 일어나지 않았다. 다시 인간들의 이야기 소리가 멀어졌다.

'후유, 아무 일 없이 끝나서 다행이다.'

아빠는 놀란 가슴을 쓸어내리며 바깥 상황을 살피려고 입구로 다가가 쌓아 놓은 흙더미 위로 얼굴을 내밀었다. 콰당거리며 무언가에 부딪히는 느낌이 들었다. 입구에는 철조망이 쳐져 있었다. 당황한 아빠가 재빨리 흙더미를 파헤치고 입구를 살펴보았지만 철조망이 입구를 완전히 막고 있어 빠져나갈 구멍이 보이지 않았다. 아까 왔던 인간들이 설치해 놓고 간 모양이었다. 아빠는 꼼짝없이 갇히고 말았다.

타타네 가족이 이곳에 도착하기 며칠 전 가을 내내 떨어진 낙엽을 치우는 작업이 대대적으로 벌어졌다. 그때 이 낡은 하수도관 출구의 덮개가 벗겨진 것을 발견한 인간들은 미관상 보기 좋지 않다며 덮개를 고치기로 했다. 서두를 일이 아니므로 뒤로 미루자고 했다가 그날 아침 고치러 왔던 것이다. 몇 초면 끝나는 아주 간단한 작업이었다. 하지만 그것이 한 마리의 작은 동물과 그 가족들에게 얼마나 가혹한 일이었는지 인간들은 전혀 알지 못했다. 하수도관 출구에 쌓여 있던 흙더미 뒤로 쥐 한 마리가 숨어 있으리라고는 상상도 하지 못했을 테니까.

아빠는 신음하며 철조망을 힘껏 밀어 보았지만 꿈쩍도 하지 않았다. 이빨로 깨물어도 보았지만 너무 두꺼워서 소용없었다. 절망적이었다. 그때 타타와 칫치가 돌아왔다.

"아빠, 늦어서 미안해요. 칫치 녀석이…… 앗? 이게 뭐예요?"

"조금 전에 인간들이 쳐 놓고 갔단다. 벗겨 낼 수 있는지 한번 살펴봐 주겠니?"

꼼꼼히 살펴본 타타와 칫치는 끙, 신음 소리를 냈다. 콘크리트로 된 하수도관 바깥쪽 테두리에는 양 옆과 아래쪽에 철조망을 끼워 넣는 장치가 있었다. 조금 전까지만 해도 전혀 알지 못한 사실이었다. 아니, 신경 쓸 이유가 없었다.

철조망은 위에서 아래로 끼워져 있었다. 밖에서는 타타와 칫치가, 안에서는 아빠가 힘을 합쳐 흔들어도 보고 잡아당겨도 보았지만 철조망은 꿈적도 하지 않았다. 위로 밀어 올리면 벗겨 낼 수 있을 것 같았지만 세 마리의 쥐가 들어 올리기에는 너무 무거웠다.

"큰일이구나."

아빠가 나직이 말했다. 이번 여행을 통해 타타와 칫치는 아빠가 극한의 상황에 몰리면 오히려 목소리가 차분해진다는 것을 깨달았다.

"너무 무거워서 우리 힘으로는 도저히 벗겨 낼 수가 없구나. 그렇다면 방법은 하나! 좀 더 안쪽으로 들어가 봐야겠다."

"하지만 안쪽은 흙더미로 막혀 있잖아요."

"그걸 파 보는 수밖에 없어. 지금은 물이 흐르지 않지만 원래 이곳은 하수도관이었으니까 어디론가 연결되어 있을 거야. 그곳으로 나가야겠다. 이렇게 된 이상 거기에 기대를 걸어 보는 수밖에."

그렇게 말하고 아빠는 재빨리 흙더미를 파헤치기 시작했다. 타타와 칫치는 밖에서 걱정스럽게 지켜볼 뿐 아무 것도 도울 수가 없었다.

"인간들이 다시 올지 모르니 조심해라. 거기 있으면 강바람이 불어서 추우니 나무 그늘이라도 찾아서 바람을 피하는 게 좋겠다."

아빠가 잠시 하던 일을 멈추고 타타와 칫치를 돌아보며 말했다.

"아빠, 우린 괜찮으니까 걱정하지 마세요. 그러니까 아빠, 힘내세요. 아셨죠?"

타타가 걱정스러운 목소리로 말했다.

"그래, 알았다."

아빠는 아이들을 향해 빙긋 웃어 주고 다시 열심히 흙더미를 팠다. 파고, 파고 또 파내며 파낸 흙은 뒤로 밀어 냈다. 어느새 새로운 흙더미가 생겨 아빠의 모습이 보이지 않게 되었다.

아빠의 앞발에 피가 맺히기 시작했다.

'이럴 때 굴 파기의 달인 간쓰가 옆에 있었으면 좋을 텐데. 젠장, 이 자갈은 왜 이렇게 뾰족한 거야. 아, 발도 아프고, 등도 아프고. 대체 어디까지 파야 하는 걸까? 어라? 뭔가가 있다. 이게 뭐지?'

21

철조망이었다. 입구를 막고 있는 것과 똑같은 철조망이 이쪽에도 하수도관을 가로막듯 쳐져 있었다. 아빠는 흙더미를 파헤쳐 위아래로 오른쪽 왼쪽 구석구석 살펴보았지만 작은 구멍조차 발견할 수 없었다. 막다른 곳이었다.

'결국 여기도 안 되는 건가?'

아빠는 있는 힘껏 철조망을 밀어 보았다. 하지만 뒷다리가 스스로 미끄러져 내릴 뿐 철조망은 꿈쩍도 하지 않았다. 아빠는 포기하지 않고 몇 번이고 계속해서 밀어붙였다. 영차! 영차! 밀고, 밀고 또 밀었다. 여전히 철조망은 꿈적도 하지 않았다. 아빠는 힘이 빠져 철조망에 머리를 기대고 가만히 서 있었다. 절망감이 밀려왔다.

'제기랄! 이제 어떻게 하지?'

아빠는 철조망에 양쪽 앞 발가락을 걸고 힘껏 흔들어 보았다. 아주 조금 흔들리기는 했지만 그 정도로는 어림없었다.

엎친 데 덮친 격으로 다시 한 번 기운을 내서 철조망을 흔드는 순간 앞발이 미끄러지며 넘어지고 말았다. 그것뿐이었다면 다행이었을 것이다. 넘어지면서 건드렸는지 옆에 쌓여 있던 흙더미가 무너지며 커다란 돌이 아빠의 왼쪽 다리를 강타했다. 아빠는 극심한 통증에 몇 분 동안 거의 실신 상태로 누워 있었다.

아빠는 이를 악물고 간신히 몸을 일으켰다. 가끔씩 호흡을 가다듬으며 긴 시간을 들여 천천히 입구로 돌아왔다. 타타와 칫치가 철조망에 얼굴을 바짝 들이밀고 가슴을 졸이며 아빠를 기다리고 있었다.

"아빠, 어떻게 됐어요? 그쪽으로 나갈 수 있겠어요?"

"아니, 이쪽은 안 되겠다. 이 방법은 실패야."

"안 되다니요?"

"이쪽도 철조망으로 막혀 있어. 여기 있는 것하고 비슷해. 빠져나갈 구멍이 전혀 없어."

아빠는 다리를 다쳤다는 이야기는 하지 않았다. 더는 아이들을 걱정시킬 수 없었기 때문이었다.

"그럼, 이제 어떻게 해요?"

타타가 물었다. 칫치의 양쪽 눈에는 눈물이 가득했다.

포근했던 집이 한순간에 감옥이 되고 말았다. 동물병원에 있을 때처럼 따뜻하고 매일 배불리 먹을 수 있는 안전한 감옥이 아니라, 갑자기 나타나 아빠의 자유를 빼앗고 사랑스러운 아이들과 생이별을 하게 만든 가혹한 감옥이었다.

"여기저기 철조망이 쳐져 있어서 나갈 수가 없어. 이젠 너무 지쳤다."

아빠의 왼쪽 다리는 점점 부어올라 감각이 사라졌다. 묵직한 몽둥이로 두드려 맞는 것 같은 통증이 아빠를 괴롭혔다.

"어떻게 해요, 아빠? 이제 어떻게 해야 하죠?"

"글쎄다."

아빠는 애써 상처의 통증을 외면하며 탈출할 방법을 찾는 데 정신을 집중했다. 고개를 숙이고 곰곰이 생각해 보았다. 하지만 도무지 답이 나오지 않았다. 새로운 보금자리를 찾아 여행을 떠난 이래 여러 가지 힘든 일을 겪을 때마다 지혜롭게 문제를 해결해 온 아빠였지만, 이번만큼은 뾰족한 방법이 없었다. 절망적이었다.

"이 철조망은 우리의 힘으로는 절대 떼어 낼 수가 없다. 건너편 것도 마찬가지야. 이 철조망은 너무 단단해서 이빨로도 물어뜯을 수가 없어. 어떻게 하면 좋을까? 인간들이 특별한 이유로 철조망을 설치해 두었다면 언젠가는 다시 떼러 올지도 몰라."

아빠는 천천히 중얼거렸지만 설득력이 없는 주장이라는 사실을 스스로도 잘 알고 있었다.

"언제요? 인간들이 언제 이 철조망을 떼러 오는데요? 아빠?"

"그건 아빠도 잘 모르겠다. 아무튼 아빠는 지금 몹시 지쳤단다."

아빠는 철조망에 기대어 눈을 감았다. 잠시 후 살짝 눈을 뜨고 불안해서 못 견디겠다는 눈으로 자신을 빤히 쳐다보고 있는 아이들을 향해 살짝 웃어주었다.

"얘들아, 그렇게 철조망에 얼굴을 대고 있으면 얼굴에 자국이 남지 않니."

하지만 타타와 칫치는 웃기는커녕 눈물을 뚝뚝 흘리며 울고 있었다.

"아빠, 이제 어떻게 해요. 흑흑!"

"울지 마. 울지 마렴. 타타, 특히 너는 울면 안 돼. 넌 형이잖니? 네가 울면 칫치가 걱정하잖아."

철조망을 사이에 두고 타타네 가족은 하루 종일 꼼짝도 하지 않았다. 집에 들어가지 못하고 매서운 강바람에 몸이 얼어붙고 있는 타타와 칫치의 상황도 나쁘기는 마찬가지였다. 오후가 되자 하교길에 산책로 벽에 기대어 강을 내려다보던 아이들이 타타와 칫치를 발견하고 돌을 던지기 시작했던 것이다. 처음 던진 돌은 벽에 맞고 떨어졌지만 두 번째 던진 돌은 하수도관 철조망에 맞아 찌릿한 진동을 느끼게 했다.

"어서 도망쳐! 강둑으로 올라가서 몸을 숨기거라! 바람이 불지 않는 곳을 찾아! 그리고……."

아빠의 말이 채 끝나기도 전에 타타와 칫치는 전속력으로 달려가 이미 모습을 감추고 없었다. 소년은 쥐들을 놓치자 "쳇!"하며 혀를 차고는 가방을 다시 고쳐 메고 터덜터덜 걸어갔다.

한밤중이 다 되어 타타와 칫치가 돌아왔다. 아빠는 여전히 철조망에 기댄 채 꼼짝도 하지 않고 있었다. 왼쪽 다리가 너무 아팠기 때문이었다. 마비가 풀리자 극심한 통증이 밀려왔다. 다행히 뼈는 부러지지 않았지만 타박상이 심해서 도저히 일어설 수가 없었다. 타타가 당근 조각을 철조망 사이로 밀어 넣으며 말했다.

"아빠, 먹을 걸 좀 가져왔어요."

칫치도 작은 조각을 물고 와 타타를 따라 안으로 밀어 넣었다. 아빠는 고맙다고 말하고 당근을 먹었다. 타타와 칫치는 한동안 꿈적도 하지 않고 아빠의 옆을 지켰지만 너무 추워서 견디기 힘들었다.

"타타, 밤새 이곳은 더 추워질 거야. 따뜻한 곳을 찾아서 밤을 보내거라. 강둑 숲에서 바람을 피하기에는 너무 바람이 세니까 거리로 나가서 종이 상자나 플라스틱통 같은 것을 찾아 보렴. 아빠도 무너진 흙더미를 다시 쌓아 올려 바람을 막을 방법을 찾아야겠다."

"싫어요, 싫어! 아빠랑 같이 있을래요."

"여기에 있으면 얼어 죽고 말거야. 타타, 어리광 부리지 말고 어서 가거라."

아빠가 무서운 목소리로 호통쳤다.

"칫치를 얼어 죽게 할 셈이니? 만일 그렇다면 그건 네 책임이야. 차, 어서 가거라."

타타와 칫치는 울면서 달려 나갔다.

'내가 너무 심한 말을 했군. 잘못은 내게 있는데 아이들에게 책임을 강요하다니.'

미안한 마음에 아빠의 가슴이 아려 왔다.

타타와 칫치는 아빠가 말한 대로 거리로 나가 레스토랑 옆에 있는 플라스틱통에 숨어 바람을 피했다.

긴 밤이 지나고 드디어 날이 밝았다. 타타와 칫치는 통근하는 사람들의 발길이 뜸해지기를 기다렸다가 아빠께 드릴 쿠키 조각을 입에 물고 다시 하수도관 앞으로 돌아왔다. 흙더미를 다시 쌓아 추위를 막겠다던 아빠는 아무것도 하지 않은 채 굴 안쪽으로 조금 들어간 곳에 눈을 감고 누워 있었다. 아빠는 아이들이 온 것을 알고 일어서서 왼쪽 다리를 끌며 철조망이 있는 곳까지 천천히 걸어왔다.

"아빠, 다리가 왜 그래요?"

타타가 물었다.

"조금 다쳤단다. 뭐 심한 건 아니야. 어젯밤은 어땠니? 어디서 지냈어?"

"거리로 나가서 바람을 피할 만한 곳을 찾았어요. 우리는 걱정하지 마세요. 그런데 다리는 어떻게 된 거예요?"

"별 거 아니야."

아빠는 타타의 말을 끊듯 단호하게 말했다. 타타네 가족은 잠시 아무 말도 하지 않았다.

'이 좁은 굴에 갇혀 평생을 보내야 하나? 달리 방법이 없으니 아마도 그렇게 되겠지?'

애써 외면해 왔던 불길한 생각들이 다시 아빠의 머릿속을 치고 올라왔다.

그때 날갯짓 소리가 들렸다.

"타타, 칫치, 잘 지냈니? 어머나! 어떻게 된 거니?"

엄마 참새였다. 엄마 참새의 뒤를 이어 아빠 참새가 내려앉았다. 참새 부부는 굴에 갇힌 아빠를 보며 눈이 휘둥그레졌다.

대강 이야기를 들은 참새 부부는 지금 상황이 얼마나 절망적인지를 깨닫고 잠시 할 말을 잃었다.

"정말 곤란하게 되었구나. 이 철조망은 우리도 들어 올릴 수가 없어. 이를 어쩐다? 누구 도와줄 만한 친구가 없을까?"

그 이야기를 듣고 타타는 도와줄 친구가 없는지 곰곰이 생각해 보았다. 태풍에 휩쓸려 우왕좌왕하고 있는 타타네 가족을 보호해 준 것은 그렌이었다. 도라무, 사라, 간쓰는 시궁쥐에게 잡힌 아빠와 칫치를 구해 주었다. 다친 칫치를 주워 다나카 선생님의 동물 병원으로 데려다 준 것은 때마침 그곳을 지나가던 게이치였다. 과연 이번에 아빠를 구해 줄 친구로 누가 있을까? 무거운 철조망을 벗겨 낼 수 있을 만큼 크고 힘이 센 동물이 있을까?

'그래, 있다. 있어!'

타타는 마음속으로 환호성을 질렀지만 도움을 청하러 가기에는 갈 길이 너무나도 멀었다.

22

참새 부부는 재빨리 날아올랐다. 급상승하여 높은 고도까지 오른 참새 부부는 방향을 가늠하기 위해 한 바퀴 쭉 돌아보고, 남쪽을 향해 전속력으로 날아갔다. 역을 건너자 기하라 공원이 보였다. 강을 따라 곧장 날아 타타네 가족이 지금껏 헤치고 온 길을 되돌아갔다. 작은 나무다리가 보였다. 두더지 굴이 있는 곳이었다. 어제 새로운 보금자리를 찾았다는 소식을 전하자 엄마 두더지는 환하게 웃으며 자기 일처럼 기뻐해 주었는데, 또 다시 위험에 처한 것을 알면 얼마나 마음 아파할까? 하지만 지금은 그 소식을 전하려 갈 틈도 없었다.

좀 더 날아가자 타타와 처음 만났던 풀숲이 나왔다. 처음에 아빠 참새는 타타가 자신의 새끼를 괴롭히려는 줄 알고 타타를 위협하며 공격했다. 강물에 젖은 채 타타에게 구조된 새끼 참새는 어느새 훌쩍 커서 지금은 스스로 먹이를 찾을 수 있게 되었다.

"이번에는 우리가 타타네 가족을 구해요."

엄마 참새가 말하자 아빠 참새는 아무 말도 하지 않은 채 대답 대신 속도를 한층 높였다. 이윽고 사코무라 다리가 나왔다.

'이곳이 시궁쥐들의 영역이라고 했지?'

큰 쥐들은 간혹 약한 참새를 잡아 먹기도 했다. 아래로 내려가지 않는 편이 좋겠다고 판단한 참새 부부는 좀 더 고도를 높여 단숨에 사코무라 다리를 가로질러 갔다. 하지만 고도를 높일수록 공기의 저항이 거세져 비행이 쉽지 않았다. 하는 수 없이 속도를 조금 늦춰 마침내 에노키다 다리에 도착했다. 에노키다 다리는 콘크리트로 만들어진 멋진 다리였다. 이와미 도로에는 자동차들이 시끄럽게 달리고 있었다. 날개 근육이 비명을 지르기 시작했다. 에노키다 다리를 건너

강을 따라 산책로로 내려가 잠시 쉬었다가, 먹을거리를 찾아보기로 했다. 간신히 곡식 알갱이를 찾아 체력을 보충하고 다시 곧바로 날아올랐다. 고지가 코앞이었다. 이제 곧 목적지에 도착할 것이다.

나무가 모두 잘리고 불도저로 평편하게 고른 살풍경이 펼쳐졌다. 타타네 집이 있었던 곳이 틀림없었다. 붉은색 적토가 흉흉하게 모습을 드러내고 있는 것을 보니 타타네 가족이 새로운 보금자리를 찾기로 결심한 까닭을 이해할 수 있을 것 같았다. 타타네 집은 큰 느티나무 아래에 있다고 했다. 하지만 나무가 모두 잘려나가 어디가 어디인지 알 수 없었다.

'단서가 될 만한 것을 하나도 말해 주지 않았잖아. 나무가 모조리 잘렸는데 타타네 집이 있었던 느티나무가 어디 있는지 어떻게 알아? 바보 같은 타타! 강폭이 넓어지면서 물살이 조금 완만한 곳 근처라고 했던가? 그렇다면 이 근방인 것 같은데. 하지만 그런 곳이라면 저 앞에도 있잖아. 어떻게 하지? 어디인지 도통 모르겠어.'

엄마 참새는 초조해졌다.

한편 강 위쪽에 있는 타타네 가족은 사태에 아무런 진전도 없었다. 해가 저물고 밤이 찾아왔다. 한밤중이 되자 아빠는 다시 터널 안에 혼자 남겨졌다. 꾸짖듯이 타타와 칫치를 다시 거리로 보냈던 것이다. 아빠는 하수도관 안에 누워 조금 전 자신이 타타에게 한 말을 다시 떠올려 보았다.

"타타, 강둑에 적당한 곳을 찾아 굴을 파거라. 너도 이제 다 컸으니 분명 잘 할 수 있을 거야. 칫치도 형을 도와주렴. 겨울을 보낼 수 있도록 튼튼한 집을 만들어야 해."

"하지만 아빠는요? 아빠도 함께 파요."

타타가 응석을 부리듯 말했다.

"아빠는 여기에서 어떻게든 나갈 방법을 찾아볼게."

"그럼 매일 먹을 것을 가져 올게요."

"그래. 어쨌든 너는 이제 다 컸으니 혼자서도 살아갈 수 있어야 한다."

"그게 무슨 말씀이세요? 그럼 아빠는요? 아빠는 어떻게 하시려고요?"

"네가 혼자서 살아갈 수 있도록 돕는 것이 아빠의 역할이란다. 아빠는 이미 그 역할을 완수했어. 조금 이른 감이 없지 않지만 지금의 너라면 아빠는 걱정하지 않는다. 너라면 분명 잘할 수 있을 거야."

"무슨 말씀을 하시는 건지 모르겠어요."

"앞으로 네가 해야 할 일은 아빠처럼 너도 칫치가 혼자서 살아갈 수 있도록 돕는 거야. 그리고 멋진 암컷 쥐를 만나 새끼를 낳고, 그 아이들에게도 혼자 살아가는 법을 가르쳐 줘야 한단다. 너의 새끼들이 또 새끼를 낳고 그렇게 대를 이어 가는 거야. 강물처럼 앞으로도 쭉 이어 가는 거야. 아빠는 이제 해야 할 일을 다했다. 타타, 칫치! 아빠는 사랑스러운 너희들과 함께할 수 있어서 정말 행복했단다."

"지금 무슨 소릴 하시는 거예요. 칫치, 어서 가자! 아빠가 너무 힘들어서 머리가 어떻게 되신 모양이야. 아빠! 내일 아침에 먹을 것을 가지고 다시 올게요."

목소리 끝이 흔들렸지만 타타는 칫치가 눈치 채지 못하게 애써 눈물을 삼키며 앞장서서 달렸다. 칫치가 잠시 망설이며 괜찮겠냐는 눈빛으로 아빠를 쳐다보았다. 아빠가 어서 가라고 손을 흔들자 칫치는 몇 번이고 뒤를 돌아보며 타타의 뒤를 따라 달려갔다. 아빠는 눈을 감았다. 그리고 자신은 해야 할 일을 한 것뿐이라고 스스로를 달래듯 자신의 말을 곱씹어 보았다. 사실 타타가 독립하기에는 아직 이르다. 타타에게 너라면 할 수 있다고 말해 주었지만 아직은 칫치와 술래잡기나 하며 신나게 뛰어놀 나이다.

'가여운 타타. 하지만 타타는 영리한 아이니까 틀림없이 혼자서도 잘 해낼 수 있을 거야. 내가 어떤 의도로 그렇게 말했는지도 이해하고 있으니까.'

아빠는 눈을 뜨고 밤하늘을 올려다보았다. 별들이 아름답게 수놓아져 있었다.

'인간들은 별의 위치를 정하고 그것을 별자리라고 부른다고 그렌이 말했어. 인간들은 정말 이해할 수 없는 존재야. 그래도 별은 참 아름답구나. 정말 오랜만에 밤하늘을 보는 것 같군. 별이란 대체 무엇일까? 어째서 밤이 되면 나타나서 새까만 밤하늘을 수놓는 것일까? 대체 누가 밤이 외롭지 않도록, 어둡지 않도록 하늘 가득 반짝이는 고운 별을 뿌려 놓은 걸까? 저 반짝이는 별들을 보고 있으니 몸이 붕 뜨는 것 같아. 근심 걱정도, 다리의 통증도, 갈증도, 강물도, 아이들의 장래도 아무럼 어때? 이젠 나와 상관없어. 지금껏 열심히 살아왔다는

것만 중요할 뿐이야. 나머지는 타타와 칫치가 나를 대신해서 잘해 줄 거야. 그거면 충분해.'

하지만 그러기에 타타는 아직 어렸다. 낮에 먹이를 가져다주면서도 물을 가져다 줄 생각은 미처 하지 못했다. 아빠는 너무 목이 말랐지만 아무 말도 하지 않았다. 말해 봐야 아이들을 걱정시킬 뿐이라는 것을 잘 알고 있었기 때문이었다. 비라도 내리면 빗물을 조금 받아먹을 수 있을지도 모르지만, 오래 버티지는 못할 것이다. 아무리 먹을 것이 많아도 물을 마시지 않으면 살 수 없다. 아빠는 다시 한 번 밤하늘을 올려다보고, 천천히 눈을 감았다.

새벽녘이 되어 주변이 환해지기 시작할 무렵 타타와 칫치가 돌아왔다. 아직 새조차 울지 않은 이른 시간이었다. 타타네 가족은 잠시 아무 말도 하지 않고 서로를 쳐다보았다.

타타가 천천히 말을 꺼냈다.

"어젯밤에 아빠가 말씀하신 것에 대해 생각해 봤어요. 아빠 말씀대로 제가 칫치와 함께 새로운 굴을 만들게요. 하지만 아빠가, 아빠가……! 흑흑!"

타타는 눈물이 나서 말을 이을 수가 없었다. 아빠와 칫치의 눈에도 눈물이 그렁거렸다.

그때 멍멍, 개가 짖는 소리가 들리더니 첨벙첨벙 물을 건너는 소리가 들렸다.

"와, 물이 굉장히 차갑네. 아이고, 추워라. 그래도 기분은 좋은걸."

가까이에서 낯익은 목소리가 들려왔다. 타미였다.

23

타미가 뭍으로 뛰어올라 부르르 몸을 흔들며 물기를 털자 옆에 있던 타타네 가족 모두가 흠뻑 젖고 말았다.

"어이, 타타! 어이, 칫치! 잘 있었어? 오랜만이야."

타미가 밝은 목소리로 반갑게 인사했다.

"타미? 정말 타미잖아! 잘 왔어. 여기까지 와 줄 수 있을지 걱정했는데 이렇게 와 주다니 정말 고마워."

"어제 우리 집 정원에서 놀고 있는데 갑자기 참새 두 마리가 눈앞에 내려앉아서 깜짝 놀랐지 뭐야. 참새들한테 너희 가족이 위기에 빠졌다는 이야기를 듣고 또 한 번 놀랐어. 어쨌든 이야기는 나중에 하고, 타타와 칫치의 아빠신가요?"

아빠는 거대한 골드 레트리버가 갑자기 나타나 타타와 칫치와 다정하게 이야기를 주고받는 모습을 보고 황당했지만, 타미의 질문에 일단 그렇다며 고개를 끄덕였다.

"어디 보자. 이 철조망이구나. 이걸 벗겨 내면 되는 거지? 으음. 어떻게 하면 좋을까?"

"위로 들어 올리면 돼. 너라면 할 수 있을 거야. 분명 할 수 있어."

타타가 흥분해서 외쳤다.

타미는 뒷발로 일어서서 벽에 앞발을 짚고 서서 철조망 위쪽을 물으려고 했지만 철조망 테두리의 가장자리 폭이 너무 좁아서 좀처럼 이빨이 걸리지 않았다. 가까스로 이빨을 고정시켜 위로 당겨 보았다.

삐그덕 끽끽 소리를 내며 무거운 철조망이 조금씩 들렸다.

"그래, 좋아! 타미, 조금만 더 힘내!"

타타가 외치는 순간 철조망이 타미의 이빨에서 빠져나와 다시 철커덩하고 원래 있던 자리로 떨어졌다.

"잠깐 기다려. 아이쿠, 아파. 이거 이빨로 물기 굉장히 까다롭지만 괜찮아. 이젠 요령을 알 것 같아."

타타는 다시 한 번 철조망 가장자리를 꽉 물고 위로 들어 올렸다. 철조망 아래로 작은 틈새가 생겼다.

"지금이에요. 아빠, 어서 나와요."

타타의 말이 채 끝나기도 전에 아빠가 틈새로 재빨리 빠져나왔다.

"해냈다, 해냈어! 타미, 이제 내려놔도 돼. 네 덕분에 아빠가 무사히 빠져나왔어."

철조망이 다시 철커덩 요란스러운 소리를 내며 아래로 떨어졌다. 타타네 가족은 서로 얼싸안았다. 타타는 온몸에 따뜻한 기운이 퍼지는 것을 느꼈다. 아빠는 타타가 이제 다 컸으니 혼자서도 잘할 수 있을 거라고 말씀하셨지만, 타타는 아빠가 없으면 아무 것도 할 수 없을 것 같았다. 역시 셋이 함께 있을 때가 가장 행복하다고 타타는 생각했다.

세 마리가 서로 얼싸안고 등을 토닥이는 모습을 기분 좋게 지켜보고 있던 타미가 말했다.

"위로 올라가서 천천히 이야기하자."

타미가 앞장서서 콘크리트 벽 위로 올라갔다. 타타와 칫치가 그 뒤를 따라갔지만 아빠는 달리려다가 말고 인상을 쓰며 주저앉고 말았다. 타미가 재빨리 돌아와 아빠에게 말했다.

"제 목에 있는 줄을 잡으세요. 위까지 모셔다 드릴게요."

타미는 앉아서 턱이 땅에 닿을 정도로 고개를 숙였다. 아빠는 타미의 커다란 얼굴이 바로 코앞에 다가오자 자신도 모르게 뒷걸음쳤다. 하지만 타타와 칫치가 옆에서 힘차게 고개를 끄덕였으므로 용기를 내어 앞발을 뻗고 타미의 목줄에 매달렸다. 그리고 타미의 목 위에 올라탔다.

"자, 출발합니다."

타미는 곧장 콘크리트 벽 위로 달려 올라갔다. 너무 빨라서 아빠는 떨어지지 않도록 앞발에 힘을 꽉 주어 안간힘을 다해 매달려 있어야 했다. 타미는 단숨에 돌계단을 뛰어올라가 무서운 기세로 벽을 훌쩍 뛰어넘었다. 타미의 목줄을 필사적으로 잡고 있던 아빠의 몸이 이리저리 심하게 흔들렸다. 타미는 산책로를 가로질러 강둑으로 올라갔다. 절반쯤 올라가자 큰망초 숲이 나왔다. 타미가 갑자기 멈춰 서는 바람에 아빠는 그 반동으로 앞으로 날아갈 뻔했지만 가까스로 몸을 바로 잡았다.

"후유. 괜찮아요? 좀 흔들렸죠?"

타미는 자리에 엎드리며 크게 한숨을 내쉬고 아빠를 돌아보며 말했다.

"아니, 괜찮아. 후유."

아빠는 온몸이 후들거렸지만 가까스로 땅에 내려서며 안도의 한숨을 내쉬었다. 조금 있으니 참새 한 마리가 내려앉았다. 아빠 참새였다.

"아, 다행이다. 무사히 도착해서 철조망을 벗겨 냈구나."

아빠 참새는 환호성을 질렀다.

참새 부부는 타타의 이야기를 떠올리고 집집마다 일일이 돌아다니면서 타미를 찾았다. 원래 타타네 집이 있던 곳 건너편 쪽에 있다는 막연한 정보만 갖고 타미를 찾기란 쉬운 일이 아니었다. 줄에 묶여 있는 누런색 커다란 개 두 마리를 발견하고 가까이 다가가 이름을 불렀지만 크게 짖는 통에 놀란 가슴을 끌어안고 재빨리 날아올랐다. 다시 기억을 더듬어 보았다. 그러고 보니 타미는 묶여 있지 않고 자유롭게 돌아다닌다고 했던 타타의 말이 떠올랐다.

풀이 무성하게 자란 정원 위를 몇 번이고 지나쳤지만 개의 모습은 어디에도 보이지 않았다. 서서히 날이 저물어 거의 포기하고 있을 때였다. 으르렁거리며 축구공을 물어뜯고 있는 골드 레트리버가 보였다. 저기다! 참새 부부는 재빨리 아래로 내려갔다.

평소 같았으면 으르렁거리는 개 옆에 가까이 간다는 것은 생각도 못할 일이었다. 하지만 지금은 이것저것 따질 때가 아니었다. 타미가 분명했다. 아닐지도 모르지만 일단 가 보는 수밖에 없었다. 참새 부부는 타미가 맞길 바라는 마음으로 날아갔다.

급하강하는 바람에 참새 부부는 거의 구르다시피 가까스로 바닥에 내려앉았다. 누런색 커다란 개가 눈이 휘둥그레져서 참새들을 쳐다보고 있었다. 참새들을 보자마자 으르렁거리던 소리를 멈추고 고개를 갸웃거리며 호기심 가득한 눈을 깜박였다. 참새 부부는 타미의 커다랗고 부드러운 눈동자를 보자 마음이 놓였다. 타미가 틀림없다는 확신이 들었다.

"내가 타미예요."

타미는 축구공을 던져버리고 씩씩하게 대답했다.

"산책 나갔다가 방금 돌아왔어요. 혼자서 산책을 나갔다 왔거든요. 주인님한테는 비밀이에요. 절대 들킬 일은 없으니까 상관없지만 말이에요. 우리 주인님은 굉장히 어리숙한 사람이거든요. 저기 나는 암컷이에요. 그리고……."

참새 부부는 마음이 급했다.

"저기 타미! 타미라면 잠깐만 조용히 하고 내 말부터 들어."

엄마 참새가 소리쳤다.

"타타가, 타타 아빠가……. 흑흑!"

엄마 참새는 너무 흥분한 나머지 울음이 터져 나와 말을 계속 이을 수가 없었다.

"타타라면 새끼 쥐 말이에요? 타타와 칫치는 잘 있어요? 언제 돌아온대요?"

"타타네 가족한테 큰일이 생겼어."

엄마 참새를 대신해서 아빠 참새가 타타네 가족이 새로운 보금자리를 찾았지만 인간들이 쳐 놓은 철조망에 갇혀 꼼짝달싹 못하게 되었다는 이야기를 간략하게 해 주었다.

"철조망이라고요? 그래서 타타와 칫치의 아빠가 꼼짝없이 갇히고 말았다는 거예요?"

"그래. 다리도 다친 것 같고, 이대로 있다가 굶어 죽고 말거야."

"타타에게 가 봐야겠어요."

잠시 곰곰이 생각하던 타미는 말했다.

"반드시 가야 해요. 이곳에서 얼마나 되죠?"

"굉장히 멀어."

"그럼 지금 바로 출발해요. 길을 안내해 주세요."

"그거야 물론이지."

타미는 정원 구석으로 달려가 몸을 구부리고 울타리 아래에 파 놓은 구멍으로 엉금엉금 기어서 밖으로 나왔다. 집밖으로 나오자 부르르 몸을 털어 흙을 털어 내고 말했다.

"이제 됐어요. 어서 가요."

24

"참새들이 말한 대로 굉장히 멀더라. 여기까지 오는 데 꼬박 하룻밤이 걸렸어."

타미가 말했다.

"정말 힘들었어. 게다가 타미가 한가하게 강에서 물놀이를 하는 바람에 더 늦어졌지 뭐야."

아빠 참새가 말하자 타미가 얼른 대꾸했다.

"아, 그건 죄송해요. 하지만 공사하기 전에 타타와 뛰어놀던 강이랑 너무 비슷해서 문득 그때가 그리워졌거든요. 아저씨가 하도 빨리 가야 한다고 서두르는 바람에 마음 놓고 놀지도 못했다고요."

"그런데 참새 아줌마는 어디에 있어요?"

뒤늦게 칫치와 강둑으로 올라와 일행과 합류한 타타가 아빠 참새에게 물었다. 풀숲에는 이제 타타네 세 가족과 타미, 아빠 참새가 모두 모여 있었다.

"아내는 공원. 두더지 가족이 있는 굴 주변에서 더 이상 날 수 없으니 나에게 끝까지 길을 안내해 주라고 부탁하고 결국 주저앉고 말았어. 그 후로 충분히 쉬었을 테니 곧 올 거야."

참새 부부는 타타네 가족을 위해 먼 길을 마다하지 않고 타미를 안내해 주었던 것이다.

"그런데 기하라 공원을 나온 후 그만 타미를 놓치고 말았지."

아빠 참새가 말을 이었다.

"맞아. 문득 올려다보니 아빠 참새가 보이지 않는 거야."

타미가 아까 일을 떠올리며 아찔하다는 듯 고개를 저으며 말했다.

"갑자기 바람이 불어서 모래가 눈에 들어가는 바람에 앞을 볼 수가 있어야 말이지. 겨우 앞이 보이게 되었을 때는 이미 타미가 보이지 않았단다. 타미, 혼자서도 용케 역을 건너왔구나. 다행이야."

"네. 하지만 길을 찾느라 고생 좀 했죠. 게다가 수상한 사람이 잡으려고 해서 도망치고, 들개 녀석들에게 쫓기는 바람에 기진맥진해서 쓰러질 것 같아요."

"이런, 가장 어려운 곳에서 도움이 되지 못했다고 아내한테 혼나겠는걸."

아빠 참새가 난처하다는 듯 말했다.

"하지만 이렇게 무사히 왔잖아요. 이래 봬도 방향 감각이 뛰어나거든요."

타미가 가슴을 펴고 자랑스럽게 말했다.

"그리고 강이 이어지는 곳을 찾아 역을 건너야 한다는 말을 잊지 않고 있었어요. 역을 건넌 후 강을 따라 걸어오다 보니 건너편 강둑 울타리 사이로 타타네 가족이 보였어요. 그래서 재빨리 강을 건너왔죠."

"다들 우리 가족을 위해 이렇게 힘써 주다니 정말 고맙습니다."

타타네 가족은 먼 길을 한달음에 달려와 준 타미와 아빠 참새에게 진심으로 고맙다는 말을 전했다.

그렇게 한동안 풀숲에 앉아 이야기꽃을 피웠다. 타타와 칫치가 이곳에 오기까지 있었던 모험담을 들려주자 타미는 눈이 휘둥그레졌다. 타미는 타타네 가족의 굴이 있는 주변이 얼마나 살벌하게 바뀌었는지 설명하고 고개를 절레절레 흔들며 탄식했다. 타타네 가족이 살았던 굴도 무너졌을 거라는 이야기를 들었을 때에는 이미 예상했던 일이었음에도 불구하고 마음이 많이 아팠다.

여기까지 오는 동안 어려운 일도 많았지만 서둘러 떠난 덕분에 세 마리 모두 무사히 살아남을 수 있었다. 철조망에 갇혔던 아빠도 타미 덕분에 빠져나와 사랑하는 아이들과 다시 함께할 수 있게 되어 정말 다행이라며 모두 한마음으로 기뻐해 주었다. 이렇게 살아 숨 쉬는 것만으로도 얼마나 고맙고 행복한 일인지 다들 입을 모아 말했다.

시간이 얼마나 흘렀을까? 타미가 하늘을 올려다보며 말했다.

"어? 비다!"

빗방울이 떨어지기 시작했다.

"이제 그만 돌아가야겠어. 너희와 천천히 놀고 싶지만 밤새 집을 비워서 주인님이 걱정하고 계실 거야. 배도 슬슬 고프고. 나중에 다시 놀러 올게."

"밝을 때 돌아다니면 사람들이 잡아가지 않을까?"

"이게 있어서 괜찮아."

타미는 앞발로 목걸이에 붙어 있는 작은 원반을 자랑스럽게 가리켰다.

"이건 인식표야. 이게 있으면 언제든 주인에게 돌아갈 수 있어."

"어? 그런데 타미, 다리에 피가 나. 상처가 심한 것 같은데 괜찮아?"

타미가 앞발을 들자 겨드랑이에 난 상처가 보였다. 타타네 가족과 아빠 참새는 깜짝 놀라 걱정스러운 듯 물었다.

"아, 이거? 길을 잃고 헤매다가 들개 녀석들이 막아서서 성가시게 구는 바람에 이렇게 됐어."

"아직도 피가 계속 나. 타미, 많이 아프지?"

"응, 조금. 걱정하지 마. 녀석들과 싸우기 싫어서 배를 보이며 항복할 의사를 밝혔는데도 끈질기게 괴롭히잖아. 여러 마리가 한통속이 되어서 한꺼번에 공격하길래 그대로 당하고 있기도 억울해서 맞서 싸웠지. 난 싸움이라면 딱 질색인데 말이야."

타미의 상처를 보자 타타의 눈에는 어느새 눈물이 고였다.

"타미, 정말 고마워! 이렇게 먼 곳까지 단숨에 달려와 줘서. 나쁜 들개들과 싸우느라 이렇게 심한 상처를 입었는데도 우리를 위해 애쓰다니 정말 어떻게 고마움을 표시해야 할지……."

하지만 타미는 어리둥절한 표정으로 고개를 갸웃거리며 커다랗고 새까만 눈동자로 타타의 얼굴을 가만히 들여다보았다. 그리고 당연하다는 듯 말했다.

"괜찮아. 우린 친구잖아."

그 말을 듣는 순간 타타의 눈에서 눈물이 하염없이 흐르기 시작했다.

"타미, 너는 참 좋은 친구야. 엉엉!"

타타가 울먹이며 타미에게 달려가 작은 양쪽 앞발을 힘껏 뻗어 타미의 목을 끌어안았다. 이별을 아쉬워할 겨를이 없었다.

"이제 그만 가 볼게. 그럼 타타, 칫치 안녕!"

타미는 짧은 작별 인사를 남기고 단숨에 언덕을 뛰어내려 갔다. 그리고 타타를 돌아보며 무언가를 생각하는 것 같더니 다시 재빨리 타타에게 돌아왔다.

"왜 그래? 타미?"

"타타, 나를 향해 '빵!'하고 외쳐 봐."

"응? 왜?"

"이유는 묻지 말고 '빵!'하고 외치는 거야."

타타는 영문을 알 수 없어 어리둥절한 표정으로 못 기다리겠다는 듯이 하악하악 가쁜 숨을 내쉬고 있는 타미를 향해 앞발을 내밀며

'빵!'하고 작은 목소리로 말했다. 그러자 타미는 혀를 내밀고 양쪽 귀를 종긋 세워 몸을 경직시키더니 철퍼덕 옆으로 쓰러졌다.

"타미, 왜 그래?"

잠시 쓰러져 있던 타미가 벌떡 일어나 다시 가쁜 숨을 몰아쉬며 물었다.

"타타, 어땠어? 나 멋졌어?"

타미가 대답을 기다리듯 모두를 둘러보았다.

"멋지다니 뭐가?"

"방금 내 연기 어땠냐고. '빵!'하면 죽는 시늉하는 연기를 얼마 전에 배웠거든. 이렇게 하면 주인님이 굉장히 좋아하면서 칭찬해 줘."

"아, 그래? 그렇구나, 멋지다."

타타는 타미의 말을 이해할 수 없었지만 일단 멋지다고 말해 주었다.

"멋져? 정말? 나 정말 멋진 개지?"

"응. 그래 멋져. 넌 정말 멋진 개야."

조금 당혹스러웠지만 타타는 확실하게 대답했다. 타미는 기분 좋은 듯 껑충껑충 뛰면서 그 자리에서 한 바퀴 돌고는 다시 재빨리 강둑으로 뛰어내려 갔다. 잠시 멈춰 서서 타타를 돌아보며 "멍멍!" 두 번 크게 짖고는 역 쪽으로 달려갔다.

"저러다가 또 길을 잃고 말겠군. 참새 씨! 타미를……"

아빠의 말이 끝나기도 전에 아빠 참새가 날아올라 타미의 뒤를 쫓아갔다.

덩그러니 남은 타타네 가족은 한동안 아무 말도 하지 않고 그 자리에 서 있었다.

"타미는 좋은 개야."

아빠가 불쑥 말했다.

"네, 우리의 친구예요."

"친구가 있다는 것은 참 좋은 것 같아요."

타타가 말하자 칫치도 한마디 거들었다.

"응. 친구가 있다는 것은 좋은 거야."

25

아빠는 왼쪽 다리에 난 상처 때문에 달릴 수가 없었다. 타타네 가족은 숲을 따라 천천히 강 위쪽으로 걸어 올라갔다. 통근 시간대가 되자 역으로 향하는 사람들로 산책로가 북적였지만 강둑 위로 시선을 돌리는 사람은 없었다. 덕분에 타타네 가족은 무사히 이동할 수 있었다.

"아무리 강가라고는 하지만 이 주변은 인간들의 영역에 속한다고 봐야 해. 그래서 하수도관에 갇히게 된 거고. 이제 하수도관에서는 살 수 없으니 좀 더 조용한 곳을 찾자꾸나. 이번이야말로 안심하고 살 수 있는 우리만의 집을 만들자."

비가 내렸다. 약하게 내리던 빗줄기는 오후가 되자 점점 거세졌다. 회색 먹구름이 하늘을 뒤덮고 있었다. 차가운 빗방울이 몸을 두드렸다.

"얘들아, 힘들겠지만 조금만 더 가 보자꾸나. 벌써 겨울이 코앞이라 비를 피하고 있을 여유가 없어. 어서 빨리 겨울을 보낼 수 있는 집을 찾아야 해."

"우리는 괜찮아요. 그보다 아빠는 어떠세요? 많이 아프시죠?"

"그렇게 아프지 않으니까 걱정 말거라. 천천히 걸으면 괜찮아."

아빠는 거짓말을 하고 있었다. 한 걸음 한 걸음 내딛을 때마다 극심한 통증으로 전신이 울렸다. 진흙에 발이 빠지거나 비에 젖은 풀잎을 밟아 미끄러지기라도 하면 그 통증이 머리까지 전해져 그대로 주저앉고 싶었던 적이 한두 번이 아니었다. 하지만 아이들에게 그런 모습을 보일 수는 없었다. 아빠는 애써 아무렇지도 않은 척 걸었다. 그런 아빠를 보며 타타와 칫치는 마음속으로 눈물을 흘렸다.

타타가 선두에 서고 아빠, 칫치 순으로 빗속을 걸어갔다. 타타는 인간들의 눈에 띄지 않는 나무 아래를 골라 주위를 살피며 조심스럽게 이동했다. 칫치는 아빠의 상태와 후방을 살피는 역할을 맡았다. 누구도 말하지 않았지만 가장 약한 자를 대열 한가운데에 세워 앞뒤에서 보호한다는 규칙이 자연스럽게 정해져 있었다.

계속되는 비로 이들의 행진은 순조롭지 못했다. 게다가 달릴 수 없는 아빠에게 보조를 맞춰야 했으므로 속도가 더딜 수밖에 없었다. 이런 상황에서 족제비라도 달려든다면 속수무책이었다. 하늘을 올려다볼 때마다 말똥가리나 솔개가 달려들 것 같아서 타타는 등골이 오싹하고 손발이 얼어붙는 것 같았다.

강둑을 따라 쉬엄쉬엄 가다 보니 오후 늦게 공원이 끝나는 지점에 간신히 도착했다. 여기서부터 강 위쪽으로는 벽을 따라 산책로가 뻗어 있는 자연 그대로의 강이 펼쳐져 있었다.

"저곳에 쓰레기통이 있어요. 아빠, 여기에서 잠깐 기다리고 계세요. 칫치랑 먹을거리가 있는지 살펴보고 올게요."

아빠는 비에 흠뻑 젖어 말없이 고개를 끄덕이고 자리에 털썩 주저앉았다. 온몸에서 식은땀이 나서 말할 기력도 없었다. 아빠는 풀숲에 몸을 웅크리고 누워 눈을 감았다. 앞으로 얼마나 더 가야 할지 모르므로 잠시라도 아픈 다리를 쉬게 해야 한다고 생각했다.

"아빠, 이거 드세요."

잠시 후 타타의 목소리를 듣고 눈을 뜨자 작은 소시지 조각이 눈앞에 놓여 있었다.

"먹다 남은 핫도그인데 빵은 비에 젖어서 녹아 버렸어요."

"너희들은 먹었니?"

"네. 비스킷이랑 이것저것 찾아 먹었어요. 그것도 비에 젖어서 눅눅해지기는 했지만요."

아빠는 소시지를 먹고 조금이나마 기운을 차렸다.

"이제 다시 출발하자!"

타타네 가족은 강둑을 따라 산책로까지 내려가 가장자리 철책 사이를 빠져나왔다. 빗속에서 산책하는 사람은 없었으므로 인간들의 눈에 띌까 봐 가슴을 졸이지 않아도 되었다. 콘크리트로 된 강둑에서 50센티미터 정도 아래에 있는 들판으로 뛰어내리자 아빠의 왼쪽 다리에 통증이 밀려들었지만 부드러운 흙이 충격을 완화시켜 주었다.

타타네 가족은 풀숲을 빠져 나와 강물이 흐르는 곳까지 가서 한참 동안 꿈쩍도 하지 않고 강 위쪽을 바라보며 서 있었다.

"아, 좋다. 역시 강은 정말 좋은 곳이에요!"

타타가 환호성을 질렀다.

자연 그대로의 강이 타타네 가족 눈앞에 펼쳐져 있었다. 풀이 무성해서 쥐가 살기에는 안성맞춤이었다. 술래잡기나 숨바꼭질하며 뛰어놀기에도 좋고 목을 아프게 하는 자주색 식물도 보이지 않았다. 길가에는 갈대숲이 펼쳐져 있고 비로 속도가 조금 빨라진 강물에는 끊임없이 작은 물결이 일고 있었다.

"여기가 좋겠다."

아빠가 말했다.

"우리가 예전에 살았던 곳과 비슷한 것 같아요."

칫치가 말했다.

"저 건너편이 우리가 버스를 타고 지나온 찻길이란다. 저쪽 주택가에서 먹을거리를 구하면 되겠다."

"우리가 살던 곳보다 훨씬 넓어요. 나무도 많고요."

타타가 말했다. 타타네 가족은 잠시 아무 말도 하지 않고 주변을 둘러보았다.

"자, 이제 우리의 보금자리를 만들어야겠다. 하지만 비가 와서 아무 것도 할 수 없으니 일단 비를 피할 만한 곳을 찾아서 쉬기로 하자. 너희도 많이 힘들었지? 아, 저건?"

아빠가 플라스틱 원반을 발견했다. 누군가 깜빡 잊고 놓고 간 모양이었다. 플라스틱 원반은 커다란 바위 위에 비스듬히 놓여 있었다. 타타네 가족은 원반 밑으로 기어들어 갔다.

"비를 피하기에는 제격이구나."

타타네 가족은 원반 아래에 몸을 숨기고 서로 바짝 기대 누웠다. 천천히 걷는 게 달리는 것보다 긴장감이 더해 타타네 가족은 이미 기진맥진해 있었다. 비를 피할 장소를 찾았다고 안도하는 순간 참았던 피로가 몰려와 타타네 가족은 자신도 모르게 스르르 잠에 빠져들었다.

가장 먼저 눈을 뜬 것은 타타였다. 뭔가 이상한 기운이 느껴졌기 때문이었다.

'이 이상한 기분은 뭐지?'

타타는 무언가 있어야 할 것이 없어졌다는 것을 문득 깨달았다. 빗소리, 끊임없이 들리던 빗소리가 들리지 않았다.

어느 사이엔가 비가 그치고, 그 대신 낯선 정적이 감돌며 고막을 압박해 왔다.

'비가 멈췄나? 소리는 나지 않는데 이 이상한 느낌은 뭘까?'

타타는 원반 밖으로 나와 보았다. 어느새 날이 저물어 차도를 비추는 가로등 불빛이 주변을 밝히고 있었다.

하얀 무언가가 내리고 있었다. 눈이었다.

26

언제 일어났는지 아빠가 원반 밖으로 나와 타타 옆에 서 있었다.

"아빠, 눈이에요."

"그래, 큰일이구나."

아빠는 입술을 지그시 깨물었다. 뒤늦게 잠에서 깬 칫치가 뛰어나와 주변을 뛰어다니며 한바탕 법석을 떨었다.

"우와! 아빠, 이거 뭐예요? 굉장해요. 정말 굉장해."

칫치가 태어나서 처음 보는 눈이었다.

"칫치, 조심해! 그렇지 않으면……"

아빠가 말하는 순간 칫치가 벌러덩 미끄러져 넘어지고 말았다.

"거봐, 조심하랬잖니. 괜찮니?"

"괜찮아요. 우와! 정말 굉장해요. 세상이 온통 하얗게 변했어요."

칫치는 끊임없이 소복소복 내리는 차가운 눈꽃의 화려한 춤사위를 보고 있었다. 땅 위에 드러누워 가만히 하늘을 올려다보는가 싶더니, 눈의 감촉을 느끼면서 이리저리 데구르르 몸을 굴리기도 했다.

"너무 재미있다. 형! 우리 저기 큰 나무 아래까지 달리기 시합할래?"

신이 나서 천방지축 뛰어다니는 칫치와 달리 아빠는 걱정이 태산 같았다. 비는 어느새 눈으로 바뀌었고 이미 제법 많이 쌓여 있었다. 눈은 무서운 기세로 내리고 있었다. 눈이 얼마나 더 내릴지 걱정이었다. 땅이 얼면 굴 파기가 여간 어려워지는 게 아니었다.

이제 방법은 세 가지뿐이다. 플라스틱 원반 아래에서 눈이 그치기를 기다리든가 주택가로 가서 처마 밑이나 쓰레기통 뒤에서 눈을 피하든가, 아니면 이 근방에서 나무나 바위 등 좀 더 안전한 피난처를 찾아 나서는 방법뿐이었다. 아빠는 고심한 끝에 마침내 결정을 내렸다. 하지만 그것이 아빠의 일생 최대의 실수였다는 것을 그때는 알지 못했다.

아빠는 세 번째 방법, 즉 근방에서 좀 더 안전한 곳을 찾아 나서기로 했다. 눈이 더 내릴지도 모르는데 작은 플라스틱 원반 아래에서 눈을 피하기는 역부족이라고 생각했던 것이다. 그렇다고 눈 속을 걸어서 자동차가 끊임없이 오고가는 찻길을 가로질러 간다는 것도 무리였다. 게다가 주택가의 고양이나 인간의 눈에 띌 염려도 있었다. 만일 그렇다면 다친 다리 때문에 꼼짝없이 잡히고 말 것이다.

어차피 이곳에서 새로운 보금자리를 찾을 생각이었으므로 조금 서두르는 것도 나쁘지 않을 거라고 생각했다. 아니, 지금으로서는 그 방법밖에 없다고 생각했다. 급한 마음에 눈길을 헤쳐 나간다는 것이 얼마나 위험한 일인지 생각할 겨를도 없었던 것이다. 사실 아빠도 눈이 얼마나 무서운 존재가 될 수 있는지 알지 못했다. 전에는 눈이 내리면 따뜻한 굴로 들어가 버렸다. 한 번도 눈보라가 치는 거리를 돌아다녀 본 경험이 없었던 것이다.

이상기온 현상으로 예기치 못한 한파가 불어닥쳐 대설주의보가 내린 상태였고 텔레비전에서는 급격히 떨어진 기온 때문에 노숙자 몇 명이 이미 얼어 죽었다는 보도가 흘러나왔다. 하지만 아빠가 그것을 알 리 없었다.

"어서 가자! 서둘러서 좀 더 좋은 피난처를 찾아야 해."

"찾을 수 있을까요?"

타타가 걱정스러운 듯이 물었다.

"찾을 수 있을 거야. 분명 어딘가에 좋은 곳이 있을 거야."

아빠는 조금 떨리는 목소리로 대답하고 앞장서서 걷기 시작했다. 타타와 칫치는 평소와는 다른 아빠의 모습에 의아하다는 듯 얼굴을 마주 보며 멀뚱히 서 있었다. 잠시 후 타타는 아무것도 아니라는 듯 칫치에게 고개를 끄덕이고 아빠의 뒤를 따라 걸어 나갔다. 칫치도 그 뒤를 이었다.

처음에는 칫치의 들뜬 기분이 전염되었는지 아빠와 타타도 눈 속을 걷는 게 얼마나 힘든 일인지 미처 깨닫지 못했다. 하지만 곧 가혹한 현실을 깨닫게 되었다. 바람이 예사롭지 않았다. 게다가 밤이 깊어지자 기온이 크게 떨어졌다. 눈 위를 걷기는 또 왜 이렇게 힘든지, 왼쪽 다리가 눈에 깊숙히 빠질 때마다 아빠는 신음 소리를 억눌러야 했다. 한껏 들떠 있던 칫치도 점점 말이 없어지고 뒤처지지 않도록 안간힘을 쓰고 따라오고 있었다. 어느새 살벌한 기운이 감도는 무서운 행군이 되어 버렸다. 눈발은 점점 거세지고 발이 얼어붙어 감각이 사라진 지 이미 오래였다.

나무 아래 눈을 피할 만한 구멍을 찾아 하염없이 걸었지만 좀처럼 마땅한 곳이 나타나지 않았다. 그러는 사이에도 계속 내리는 눈으로 나무 아래는 새하얗게 뒤덮였다. 눈을 파내려고 해도 처음 내렸던 빗물이 눈과 함께 딱딱하게 얼어붙어 좀처럼 뚫리지 않았다.

이 나무에서 저 나무로, 저 나무에서 이 나무로 걷고 또 걸어 눈을 파냈지만 소용없었다. 발가락 끝에 피가 맺히기 시작했다.

나무 기둥 뒤에 숨어 바람을 피하며 쉬는 동안에도 털에 스며들었던 물기가 얼어붙어 이빨이 저절로 덜덜 떨렸다. 타타네 가족은 서로의 몸을 문지르며 어떻게든 온기를 불어넣어 보려고 애를 썼지만 별로 도움이 되지 않았다. 하는 수 없이 서둘러 다시 힘겨운 행진을 시작해야 했다.

"어쩌면 이 방법은 애초에 불가능한 것이었는지도 몰라."

아빠가 혼잣말로 중얼거리는 소리를 듣고 칫치가 타타에게 살며시 다가가 속삭였다.

"형! 아빠가 불가능한 것인지도 모르겠대."

"나도 들었어."

타타가 무뚝뚝하게 대답했다.

"형, 괜찮은 거지? 그렇지?"

타타는 뭐라고 대답해야 좋을지 몰랐다. 다시 시간이 흘렀다. 차가운 눈보라 속을 얼마나 돌아다녔을까? 발걸음이 무거워지고 머릿속이 하얗게 되어 좋은 방법이 떠오르지 않았다. 그때 칫치가 지친 목소리로 말했다.

"아빠, 더는 못 걷겠어요."

칫치는 그대로 눈 위에 주저앉고 말았다.

"조금만 더, 조금만 더 가 보자."

"아니요. 더는 안 되겠어요. 정말 못 가겠어요."

칫치가 힘없는 목소리로 말했다. 아빠도 왼쪽 다리가 경직되어 말을 듣지 않았다. 지금까지는 가까스로 버티며 천천히 움직일 수 있었지만 이제는 한 걸음 내딛을 때마다 심호흡을 하며 기합을 넣어야 했다.

"아빠, 눈이 그칠 때까지 여기에서 기다려요."

칫치가 말했다.

"이런 곳에서 몸을 움직이지 않고 있으면 체온이 떨어져서……."

아빠는 차마 죽음이라는 말을 입에 올릴 수 없었다. 그때 타타가 말했다.

"아빠, 그럼 플라스틱 원반이 있던 곳으로 돌아가요."

"눈에 묻혀서 찾기 힘들 거야. 그리고 그런 것으로는 이런 강추위를 막을 수가 없단다."

타타도 칫치도 할 말이 없었다.

"칫치! 저기를 좀 보렴. 여기에서 10미터 정도 떨어진 곳에 눈이 수북이 쌓여 있는 게 보이지? 저리로 가 보자. 아마 작은 풀숲이 있는 곳일 거야. 그 밑에서 쉬기로 하자. 다들 기운 내렴."

칫치는 고개를 끄덕이고 "영차, 영차!" 구령을 붙이며 씩씩하게 걸어갔다. 아빠와 타타가 뒤를 따라 걸어 나갔다.

타타네 가족은 간신히 눈 더미가 쌓여 있는 곳에 도착했다. 거센 눈보라 속을 헤치며 그곳까지 가는 동안에도 시간은 점점 흘러 깊은 밤이 되었고, 세상은 온통 어둠 속에 삼켜져 한 치 앞도 보이지 않았다.

더는 안 되겠다고 판단한 아빠는 옆에 있는 눈 더미를 파내 보았다.

딱딱하게 얼어붙은 눈 더미를 끈기 있게 파내자 예상했던 대로 풀숲
이 나타났다.

"칫치, 이 안으로 들어가렴. 여기에서 눈이 그칠 때까지 기다려 보자."

칫치가 풀숲 아래로 엉금엉금 기어들어 갔다.

"타타도 어서 들어가렴."

하지만 타타는 단단히 결심한 듯 결연한 목소리로 말했다.

"아빠!"

"왜 그러니? 추운데 어서 안으로 들어가렴."

"그래봤자 추위를 피할 수는 없어요."

타타는 칫치가 듣지 못하도록 작은 목소리로 말했다. 폐가 얼어붙
어 숨이 짧아졌는지 목소리가 갈라져서 나왔다.

"그래도 길 위보다는 낫다."

"불가능하다는 것은 아빠도 알고 계시잖아요."

"……."

"아빠도 더는 걸을 수 없을 테니 제가 마땅한 곳을 찾아볼게요. 아
빠는 칫치와 함께 이곳에서 기다리세요. 반드시 찾아서 다시 돌아올
테니까 그때까지 꼼짝 말고 기다리셔야 해요."

아빠는 아무 말도 하지 않았다. 타타의 말이 옳았기 때문이었다. 그
것만이 이제 유일한 방법이라는 것을 아빠도 잘 알고 있었다.

"알았다. 타타, 부탁한다."

27

타타는 재빠른 걸음으로 눈보라를 헤치고 돌진했다. 점점 짙어 가는 어둠 속을 혼자서 가야 한다는 것은 말할 수 없이 무서웠지만 안전한 장소를 찾지 못하면 타타네 가족은 모두 죽게 될 것이다. 지금까지는 아빠와 칫치에게 보조를 맞추느라 속도를 낼 수 없었지만 혼자라면 좀 더 빨리 달릴 수 있을 것 같았다.

타타는 달리고 또 달렸지만 쓰러지기를 반복했다. 타타는 좀 더 신중을 기해 발걸음을 옮기기로 했다. 우선 벤치나 쓰레기통, 종이 상자 등 바람을 막을 만한 것이 없는지 살펴보았다. 눈이 수북이 쌓여 있는 곳을 중점적으로 찾아보기로 했다. 타타가 핏줄이 선 눈을 굴리며 작은 걸음으로 눈 속을 걸어 나갔다.

'어디 마땅한 곳이 없을까?'

휘잉, 바람이 휘몰아쳤다. 강바람이 정면에서 불어오자 눈을 뜰 수가 없었다. 바람이 옆구리를 강타하여 중심을 잃고 넘어질 뻔하기도 했다.

혼자라면 좀 더 빨리 달릴 수 있을 거라는 기대와는 달리 얼마 되지 않아 체력이 이미 바닥났다는 것을 깨달았다. 타타는 바람에 날리지 않도록 안간힘을 쓰며 감각을 잃은 발로 눈밭을 달려 나갔다. 의외로 체력 소모가 많았다. 게다가 시시각각으로 추위가 뼛속을 파고들었다.

'어디 없을까? 어서 찾아야 하는데.'

아무것도 보이지 않았다. 점점 속도가 떨어지더니 더는 달릴 수가 없었다. 꼬리도 아프고 다리도 아팠다. 온몸이 부서질 듯이 아팠다. 그때 갑자기 거센 바람이 불어와 타타를 붕 날려 버렸다. 타타는 다시 일어나 힘겹게 한 걸음 내딛었다.

'아, 더는 못 가겠어.'

지친 타타는 아빠와 칫치가 있는 곳으로 되돌아가기로 마음먹었다. 우선 귀를 기울여 강물 소리로 방향을 확인하고 아빠와 칫치가 기다리는 곳으로 걸어가기 시작했다. 바람이 정면에서 강하게 불어 좀처럼 앞으로 나갈 수가 없었다. 바람을 헤치고 걸어가는 것보다는 그냥 바람을 맞고 서 있다는 표현이 맞을 것이다.

너무 추웠다. 힘겹게 한 발 앞으로 내딛었다. 한 발 그리고 또 한 발 내딛었지만 제자리걸음이었다.

'도무지 앞으로 갈 수가 없잖아. 이렇게 끝나는 걸까? 아니야, 절대 포기하지 않아. 아빠와 칫치가 나를 기다리고 있어. 어서 돌아가야 하는데 앞으로 갈 수가 없어. 어떻게 하지? 아! 칫치, 미안. 아빠, 죄송해요.'

타타는 꼼짝도 할 수 없었다. 그런데 참 이상한 일이었다. 조금 전까지만 해도 추워서 견딜 수가 없었는데 지금은 아무것도 느껴지지 않았다. 감각이 모두 사라진 것만 같았다. 졸음이 쏟아졌다. 너무 졸려서 견딜 수가 없었다.

'너 지금 뭐하고 있는 거니? 지금 자고 있을 상황이 아니잖아. 칫치와 아빠가 눈이 빠져라 기다리고 있을 거야. 하지만, 하지만 너무 졸려서 아무 것도 못하겠어. 이젠 틀렸어. 아빠, 나는 최선을 다했어요. 믿어 주세요. 하지만 더는 못하겠어요. 아빠, 죄송해요.'

타타는 그렇게 달콤한 졸음 속으로 스르르 빠져들어 갔다.

타타의 몸 위로 눈이 쌓여 갔다. 잠시 후 타타는 눈에 완전히 묻히고 말았다. 그때 타타 쪽으로 천천히 다가오는 그림자가 있었다.

타타가 쓰러진 곳에서 100미터 정도 떨어진 작은 얼음 굴속에는 아빠가 가만히 웅크리고 앉아 눈을 감고 꿈을 꾸듯 생각에 잠겨 있었다.

'언젠가 당신과 함께 눈 속을 뒹굴며 뛰어놀았던 적이 있었지. 당신을 만나고 얼마 되지 않았을 무렵이었을 거야. 당신은 개암나무색 눈동자를 가진 정말로 아름다운 쥐였지. 첫치가 태어났을 때, 그 아이가 당신의 눈과 연한 회색 털을 그대로 빼닮아서 난 정말로 기뻤어. 당신은 눈밭에서 살고 싶다고 말했었지. 그러면 맹수들의 공격을 받지 않아도 될 거라고. 그래서 나는 이렇게 말했지. 내가 당신을 지켜줄 테니 걱정하지 말라고. 수줍음 많던 내가 그렇게 용기를 내어 말할 수 있었던 건 당신을 진심으로 좋아했기 때문이었어. 그 어떤 맹수들이 와도 당신을 공격하지 못하도록 내가 지켜줄 테니 함께 살자고 말했었지.

당신과 함께할 수 있어서 나는 정말로 행복했어. 강가에서 하루 종일 뛰어 놀고 밤이 되면 굴로 들어가 이야기를 나누던 것도, 둘이 함께 고양이를 따돌리고 맛있는 먹이를 구해 왔던 것도……. 비록 짧았지만 정말로 즐거운 나날들이었어. 당신이 갑자기 병에 걸려 나와 어린 아이들을 두고 저 세상으로 가버렸을 때 나는 며칠 동안 끊임없이 울었어. 눈물이 이렇게나 많이 나올 수 있을까 싶을 정도로 하염없이 흘러내렸지. 당신이 없는 삶은 아무런 의미도 없다고 생각했었어. 하지만 나에게는 내가 지켜야 할 타타와 칫치가 있어. 당신은 내게 사랑스러운 아이들을 남겨 주었지. 그래서 나는 죽을 수가 없었어. 내가 지켜 줘야 할 아이들을 두고 떠날 수는 없었어. 그런데 이렇게 되어 버리다니 여보, 미안해. 아이들을 끝까지 지켜 주지 못해서 정말 미안해. 그리고 사랑해.'

아빠는 칫치의 몸을 끌어안으며 말했다.

"칫치, 자면 안 돼. 자지 마!"

하지만 아빠의 목소리도 이제는 나오지 않았다. 몸은 이미 오래 전에 마비되어 마음대로 움직여지지 않았다. 끊임없이 졸음이 쏟아졌다. 너무 졸려서 견딜 수가 없었다.

'이대로 잠이 들면 당신과 만날 수 있을까? 당신의 따뜻한 목소리와 아름다운 털을 다시 어루만질 수 있을까? 이대로 잠이 들면 당신과 나, 그리고 아이들이 함께할 수 있지 않을까?'

아빠는 서서히 어둠 속으로 빨려 들어갔다. 쏟아지는 졸음을 참지 못하고 아빠는 결국 깊은 잠에 빠져 들었다.

28

타타네 가족의 목숨은 경각에 달려 있었지만 우주의 시각으로 보면 지구라는 작은 별에서 벌어진 아주 사소한 사건에 불과했다.

백수십억 년 전 빅뱅으로 탄생하여 빛의 속도로 팽창하고 있는 이 우주에 비하면 지구는 한낱 작은 알갱이에 불과하지만, 그 작은 별에도 바다가 있고 대륙이 있고 산과 강이 있었다. 아메바에서 코끼리, 공룡에 이르기까지 무수한 생물이 북적거리며 살아왔고, 그중에서도 인간은 가장 교만한 포유류의 일종이었다. 자신들밖에 모르는 이기적인 인간들이 멋대로 아름다운 초록 별을 망가뜨리고 있었다. 알 수 없는 이유로 싸우고 서로 죽이는 것은 얼마나 어리석은 짓인가! 하지만 아무렴 어떤가? 어차피 잠시 스쳤다가 사라질 하찮은 인간 따위가 지구에서 사는 것은 우주의 시각으로 보면 순간의 에피소드에 불과한 것을.

그 작디작은 지구라는 별, 어느 작은 나라의 작은 마을 강 옆에서 타타네 가족은 죽어 가고 있었다. 몸 위로 쌓여 가는 눈이 그들의 체온을 빼앗아 서서히 심장의 기능을 마비시키고 있었다.

아주 무수히 많은 사건들 중 하나였다. 하지만 결코 하찮은 일이 아니다. 곰쥐 세 마리가 얼마나 힘겹게 머나먼 여행을 통해 이곳까지 왔는데 이렇게 허무하게 생을 마감한다는 것은 말도 안 되는 일이다. 아무리 작고 하찮은 쥐라도 생명은 그 자체로 하나의 기적이니까 말이다.

생명체란 어떤 특수하고 복잡한 방법으로 조합된 단백질 분자의 복합체에 생명이 깃든 것을 말한다. 이 세상에 태어나서 새로운 생명체를 낳고, 죽어 흙으로 돌아가는 신비로운 생명체의 사이클은 세대에서 세대로 이어지고 있었다. 이것이 바로 기적이고, 생명의 신비인 것이다.

우주가 생성되어 지금까지 지나온 시간과 앞으로 지내야 할 길고 긴 세월에 비교하면 작은 곰쥐 가족이 이 세상에서 보내는 잠깐의 삶은 한순간에 불과하다. 하지만 그렇기 때문에 더욱 놀랍고 경이로운 것이다.

그런데 이렇게 놀라운 기적 같은 일이, 불면 꺼질 것 같은 성냥불처럼 그 생명을 다하고 있다. 이 불꽃 속에는 이슬을 뿌리며 풀숲을 달리던 여름날 이른 아침의 환희, 따뜻한 햇살 아래 나뭇잎 위에서 구르며 놀던 기억, 가을 오후의 상쾌함, 아직 추운 날씨에도 꿋꿋이 고개를 내민 어린 새싹들을 보며 봄이 다가옴을 느끼는 설렘이 모두 담겨 있다. 그런데 이 모든 것이 한순간에 사라지는 것을 보고만 있어도 되는 걸까?

29

"얘야, 일어나라. 어서 일어나! 잠들면 안 돼."

누군가 타타의 등을 흔들며 소리쳤다. 타타는 힘겹게 눈을 떴다.

'시끄러워! 난 이제 더는 못 견디겠어. 너무 졸리단 말이야. 제발 부탁이니 잠 좀 자게 내버려 둬.'

타타는 속으로 생각하며 다시 눈을 감았다.

"이런 곳에서 잠들면 얼어 죽고 말거야. 어서 일어나! 어라? 이건 타타잖아? 타타! 너 타타 맞지?"

'응? 내 이름을 알고 있잖아. 누구지?'

타타는 살며시 눈을 떴다. 누군가 몸을 숙여 타타의 수염을 잡아당기고 있었다.

"아파요. 그만해요."

타타가 간신히 목소리를 쥐어 짜내며 말했다.

"너희도 이곳까지 왔구나. 타타, 아빠는 어디 있니? 그리고 칫치는?"

칫치의 이름을 듣자 타타는 번뜩 정신이 들었다.

'칫치와 아빠? 그래 맞아. 둘을 풀숲 아래 얼음 굴속에 남겨 두고 나 혼자 몸을 피할 곳을 찾아 이곳까지 왔지. 칫치와 아빠가 그곳에서 내가 돌아오기를 기다리고 있을 거야. 이런 곳에서 자고 있을 시간이 없어.'

타타는 힘겹게 눈을 깜박이였다.

'일어나야 해. 반드시 일어나고 말 거야.'

얼어붙은 네 발에 힘을 주고 일어서려고 안간힘을 다했지만 아주 살짝 들썩였을 뿐이었다.

"타타, 힘내거라. 어서 일어나야해."

누군가 타타의 등을 끌어안으며 기운을 북돋아 주었다.

'이 목소리는 어디에선가 들은 적이 있는데. 아, 생각났다. 그래, 할아버지 쥐 목소리야.'

"할아버지? 옆집에 살던 할아버지 맞아요?"

"그래. 너희 가족도 곧 도착할 거라고 생각했는데 좀 오래 걸렸구나."

목소리의 주인공은 타타네 집 근처에 살았던 할아버지 쥐였다. 강이 곧 사라질 거라고 말했던 그 늙고 야윈 할아버지 쥐였다.

"그런데 아빠와 칫치는 어디에 있니?"

"그게, 저쪽에 있어요."

"저쪽 어디?"

"저쪽이요. 강 아래쪽에서 제가 돌아오기를 기다리고 있어요. 어서 돌아가야 해요. 그전에 우선 눈을 피할 만한 장소를 찾아야 해요. 그러려고 둘을 남겨 두고 길을 나선 건데, 이젠 어떻게 하죠?"

할아버지 쥐가 말했다.

"눈을 피할 만한 곳이라면 있으니까 걱정 마렴."

"정말요? 정말 그런 곳이 있어요?"

"그래. 그렇단다. 하하하!"

코 주변이 새하얗게 샌 할아버지 쥐가 하늘을 올라다보며 호쾌하게 웃으며 말했다.

"물론 있지. 내가 멋진 굴을 파 놓았거든. 큰 너도밤나무 아래에 3주나 걸려 파 놓은 굴이 있단다. 쥐를 위한 최상급 호화 굴이란다. 상당히 넓어서 여러 마리가 같이 살 수 있단다. 너희 가족은 옛 이웃이니까 함께 살면 어떻겠니? 서로 재미있는 이야기도 나누면서 말이야."

타타의 머릿속을 어지럽히던 고민거리가 말끔히 사라지는 듯했다. 할아버지는 다시 말을 이었다.

"눈이 얼마나 쌓였나 살펴보려고 잠깐 굴 밖으로 나왔는데 멀리서 무언가가 꼬물거리는 게 보이지 않겠니? 그냥 무시하고 굴로 돌아가 잠이나 잘까 고민하다가 살펴보기로 결심했지. 내가 좀 호기심이 많은 편이거든. 그런데 이렇게 와서 보니 정말 잘한 것 같다. 너를 다시 만나다니. 만일 내가 발견하지 못하고 잠들었다면 넌 아마 아침에는 시체로 발견되었을 거야."

타타네 가족보다 먼저 이곳에 도착한 할아버지 쥐가 겨울을 보낼 따뜻한 굴을 만들어 놓고 타타네 가족을 받아주겠다고 하니 문제는 해결된 셈이었다.

'잘됐다. 정말 잘된 일이야. 아니, 잠깐만. 아직 끝난 게 아니잖아?'

"할아버지!"

타타가 할아버지를 불렀다. 타타의 목소리에는 어느덧 생기가 돌고 있었다.

"칫치와 아빠가 있는 곳으로 돌아가야 해요. 둘 다 몹시 지쳐 있거든요. 아빠는 다리를 다쳐서 거의 걷지 못하세요. 아직 늦지 않았겠죠? 서둘러서 돌아가야 해요. 계속 내린 눈 때문에 사방이 온통 하얀데 잘 찾을 수 있을지 모르겠어요."

할아버지 쥐는 조금도 망설이지 않고 말했다.

"좋아, 어서 가자! 타타, 아빠와 칫치가 있는 곳으로 안내하렴."

할아버지 쥐가 앞장서서 걸어 나갔다. 타타도 비틀거리는 걸음으로 할아버지 쥐의 뒤를 따랐다.

'아빠와 칫치가 있는 곳에서 얼마나 멀리 온 걸까? 그리 멀리 오지는 못했을 거야.'

눈이 계속 내려 타타의 발자국은 이미 사라지고 없었다. 사각사각 걸을 때마다 발이 눈에 빠졌다. 그래도 할아버지 쥐와 타타는 열심히 걸었다.

"이 주변이니?"

"아니요. 좀 더 아래쪽이었던 것 같아요."

"확실하니, 타타?"

"그게, 실은 잘 모르겠어요."

세상이 온통 눈에 뒤덮여 아무것도 찾을 수가 없었다. 타타는 아빠와 칫치를 목청껏 불러 보았다. 대답이 없었다. 어쩌면 벌써 잘못되었을지도 모른다는 생각이 파고들었지만 타타는 불길한 생각을 떨쳐내며 다시 큰소리로 아빠와 칫치를 불러 보았다.

"아빠! 칫치!"

할아버지 쥐도 목이 쉬어라 소리쳤다.

"이보게. 이보게들!"

하지만 둘의 목소리는 끊임없이 내리는 눈 속에 흡수되어 멀리까지 전달되지 않았다. 강물 소리만 귓가에 맴돌았다. 무서운 기세로 쌓이는 눈 속에 무거운 정적이 감돌았다. 하얀 눈이 세상을 지배하고 있었다.

'왜 대답이 없지? 혹시 칫치와 아빠가 잘못된 게 아닐까? 그렇다면 그건 모두 내 탓이야.'

타타는 순간 정신이 아득해져 비틀거렸다. 예전 같았으면 타타는 두려움에 울음을 터트리고 말았을 것이다. 자리에 주저앉아 울고 싶었다. 하지만 타타는 눈물이나 흘리고 있을 때가 아니라며 엄하게 자신을 꾸짖었다. 아빠와 칫치를 찾아야 했다.

'세상에 단 둘뿐인 사랑하는 가족을 찾아야 해. 반드시 아빠와 칫치를 구해야 해. 구할 수 있는 건 나뿐이야. 눈을 피할 곳은 찾았으니 아빠와 칫치를 찾아서 그리로 이동하면 돼. 그러려면 어서 아빠와 칫치를 찾아야 하는데……. 어디에서 헤어졌더라? 아빠가 잘 부탁한다며 내 어깨를 두드려 주었던 곳이 어디였지? 타타, 얼른 생각해 봐. 어디였어?'

하지만 온통 하얗게 뒤덮인 눈 속에서 아빠와 칫치를 찾는다는 것은 무리였다. 뭔가 단서가 될 만한 것이 없을까 생각해 보았다. 무턱대고 눈 속을 찾아 헤매는 것보다 작은 것이라도 단서가 될 만한 것을 떠올려야 했다. 타타는 북받쳐 오르는 감정을 가까스로 참으며 생각에 잠겼다.

타타가 어린아이의 모습을 벗고 성숙한 어른이 되는 순간이었다. 타타는 이제 힘든 일도 혼자서 해결할 수 있는 진정한 어른으로 거듭나고 있었다.

"할아버지, 단서가 될 만한 것을 떠올리고 있으니까 잠깐만 조용히 해 주세요."

타타는 절제된 목소리로 나직이 말했다. 아빠가 절체절명의 순간에나 낼 법한 지극히 안정된 목소리였다. 할아버지 쥐는 입을 꾹 다물고 타타를 가만히 지켜보았다.

타타는 고개를 숙이고 집중했다.

자신이 눈을 피할 마땅한 곳을 찾겠다고 말하고 둘과 헤어진 장소를 찾아야 했다. 아빠와 칫치는 풀숲 아래 얼음 굴에서 자신을 기다리고 있다. 하지만 별다를 것 없는 풀숲은 눈에 이미 덮여 버렸을 테고, 아빠가 뚫어 놓은 구멍도 지금쯤이면 완전히 막혀 버렸을 것이다. 그렇다면 그 부근에 뭔가 표시가 될 만한 것은 없었을까? 눈에 띄는 나무는 없었던 것 같다. 이렇게 될 줄 알았다면 찾기 쉬운 곳에 아빠와 칫치를 남겨 두었어야 했다고 뒤늦게 후회했다. 하지만 소용없다는 것을 타타 스스로도 잘 알고 있었다.

　좀 더 반경을 넓혀서 떠올려 보았다. 차도가 있었던 것이 떠올랐다. 타타는 고개를 들고 자동차의 통행마저 끊긴 차도를 올려다보았다. 차도에는 일정한 간격으로 가로등이 커져 있었다. 가로등 불빛이 희미하지만 이곳까지 비추고 있었다. 가로등 바로 아래 부분은 밝고, 가로등과 가로등 사이는 어두웠다.

　'얼음 굴이 있는 곳은 어땠지?'

　타타는 마침내 둘과 헤어져 어둠 속으로 걸어 들어가던 기억을 떠올렸다.

　'그래 맞아! 아빠와 칫치가 밝은 곳에서 날 배웅해 주었어. 그렇다면 가로등 바로 아래에 있다는 이야긴데, 어떤 가로등이었지?'

　타타는 자신이 걸어온 방향을 뒤돌아보았다.

　'저기 보이는 가로등은 아닌 것 같고. 좀 더 멀었던 것 같은데. 다음 가로등, 아니면 그 다음 가로등이 틀림없을 거야.'

　타타는 그 뒤에 있는 가로등을 돌아보며 확신했다. 타타는 아무 말도 하지 않은 채 확신에 찬 발걸음으로 천천히 가로등을 향해 걸어갔다. 할아버지 쥐가 뒤에 바짝 따라붙었다.

첫 번째 가로등 아래에 도착한 타타는 그곳이 아니라는 것을 금방 알 수 있었다. 풀숲 같은 것은 전혀 보이지 않았기 때문이었다. 타타는 다음 가로등으로 가 보았다. 가로등 불빛이 점점 약해지며 주변이 어둠에 싸여 있었다. 조금 더 가니 다시 가로등 불빛이 강해지며 밝아지기 시작했다. 이윽고 가장 밝은 곳까지 왔다. 가로등 바로 아래였다. 눈 더미가 여기저기 눈에 띄었다.

'여기다! 여기가 틀림없어!'

타타는 목청껏 아빠와 칫치를 불렀다. 대답이 없었다. 그저 평소보다 조금 빠른 강물 소리만이 귓가를 두드렸다.

"할아버지, 이 주변인 것 같아요. 찾아봐야겠어요."

타타는 눈 더미를 닥치는 대로 파 내기 시작했다. 할아버지 쥐도 타타를 도와 눈을 팠다.

'아야! 눈이 왜 이렇게 딱딱하지? 없네. 여기에도 없어.'

네 번째 눈 더미를 파낸 지 얼마 되지 않아 흠뻑 젖은 털 뭉치가 잡혔다.

"있다! 할아버지, 있어요!"

할아버지 쥐가 타타가 외치는 소리를 듣고 재빨리 달려왔다.

칫치를 품에 안은 아빠는 눈을 감고 전혀 미동도 하지 않았다. 칫치도 마찬가지였다. 아빠와 칫치의 몸은 얼음처럼 차가웠다.

'너무 늦은 건가? 벌써 얼어 죽은 거야?'

타타의 몸에서 기운이 쫙 빠져나가는 것 같았다. 울 힘도 없었다. 무거운 절망감이 타타를 휘감았다.

할아버지 쥐는 열심히 칫치의 몸을 문질렀다.

'이제 와서 그렇게 해 봐야 틀렸어. 이미 너무 늦었어. 모든 것이 내 탓이야. 내 노력이 부족해서 결국 이렇게 되고 말았어. 칫치, 미안해. 아빠, 죄송해요.'

그때였다.

"살아 있다! 아직 숨을 쉬고 있어!"

할아버지 쥐의 목소리가 타타를 둘러싸고 있던 무거운 절망감을 뚫고 가슴을 파고들었다. 타타는 벌떡 일어나 아빠 옆으로 달려가 아빠의 차가운 얼굴에 앞발을 대 보았다. 아빠가 살며시 눈을 떴다.

"으음. 타타……."

아빠는 타타를 보며 살며시 웃어 주었다.

"아빠! 아. 정말 다행이다! 정말 다행이에요."

문득 칫치가 떠올랐다. 칫치는 어떻게 됐을까?

"칫치! 칫치! 내 목소리 들려?"

타타는 칫치의 이름을 부르며 칫치의 얼굴을 열심히 문질렀지만 칫치는 눈을 뜨지 않았다. 절망감이 밀려왔다. 바로 그때,

"형! 늦었네."

작지만 또렷한 칫치의 목소리가 타타의 귀를 파고들었다.

그리운 강으로

1

그로부터 한 달이 지난 어느 날이었다. 아침부터 구름 한 점 없이 맑은 날씨가 계속되었다. 저녁이 되자 노을이 지며 푸르른 하늘빛이 점점 어둠에 물들어갔다. 이제 막 본격적인 겨울에 접어들 무렵인데 웬일인지 갑자기 추위가 누그러들고 하루 종일 따뜻한 날씨가 지속되었다. 타타와 칫치는 오랜만에 하루 종일 밖에서 뛰어 놀다가 지쳐, 강가에 있는 커다란 바위 위에 나란히 누워 있었다.

"형! 하늘을 나는 쥐는 세상에서 나 하나밖에 없을 거야."

칫치가 자랑스럽게 말했다.

'또 그 이야긴가? 아무튼 못 말린다니까.'

타타는 속으로는 고개를 절레절레 흔들었지만 겉으로는 맞장구를 치며 장난스럽게 말했다.

"그래, 그럴지도 모르지. 그런데 넌 자꾸 하늘을 날았다고 자랑하는데, 사실 말똥가리에게 잡히자마자 정신을 잃어서 아무것도 기억하지 못하잖아. 분명 처음에는 그렇게 말했던 것 같은데."

"아니야. 그래도 조금은 기억나. 숲도 강도 모든 것이 굉장히 작게 보였어. 바람은 얼마나 쌩쌩 불었다고."

칫치의 말을 다 믿는 것은 아니었지만 맹수에게 잡혀 하늘을 날다가 떨어진 쥐는 찾기 힘들 거라고 생각했다. 온갖 시련을 겪고도 살아남은 칫치가 자랑스러웠다.

"형, 내일도 이렇게 따뜻했으면 좋겠다."

"그러게. 하지만 어떻게 될지 모르겠어. 아빠는 봄이 오려면 아직 멀었다고 말씀하셨거든."

"하긴, 너무 추워서 밖에 나올 수 없는 날에는 다 같이 둘러앉아 이야기를 나누는 것도 재미있기는 해."

"나도 그래. 노래 부르는 것도 재미있고."

할아버지 쥐는 대대로 전해 내려오는 곰쥐 조상들의 오래된 노래를 가르쳐 주었다. 기나긴 겨울밤, 소리 맞춰 노래하는 것도 그런대로 재미있는 일이었다. 타타는 할아버지 쥐에게서 배운 노래를 그렌에게 들려 주고 싶었다. 지금쯤 그렌은 무엇을 하고 있을까? 도라무 일행은 그렌을 만났을까? 타타는 문득 그들이 보고 싶었다.

할아버지 쥐는 굴이 굉장히 넓다고 말했지만 네 마리가 살기에는 조금 비좁았다. 그래서 타타와 칫치는 열심히 흙을 나르며 굴을 넓혔다. 식료품 저장고로 쓸 굴도 파고, 만일의 경우를 대비해 비상구도 만들었다. 조금씩 꾸준히 파다 보면 봄이 되기 전까지 멋진 굴이 완성될 것 같았다.

원래 혼자 살던 할아버지 쥐는 타타네 가족과 함께 살게 되어 무척 기뻐했다. 타타와 칫치도 노래를 가르쳐 주고 고양이나 족제비에게 쫓겼을 때 어떻게 대처하는지 가르쳐 주는 할아버지 쥐가 좋았다. 배울 게 많아서 지루할 틈이 없었다.

타타네 가족은 할아버지 쥐가 어떻게 타타네 가족을 앞질러 강을 거슬러 이곳까지 왔는지 궁금해서 미칠 지경이었다. 할아버지 쥐는 늙은 몸으로 어떻게 시궁쥐의 영역과 역을 가로질러 혼자서 이 멀고 험난한 여정을 뚫고 왔을까? 하지만 할아버지는 웃기만 할 뿐 그 비법을 알려 주지 않았다.

"나이가 들면 지혜가 생기는 법이란다. 섣부른 짓은 하지 않게 되지. 나중에 가르쳐 주마. 나중에, 아주 나중에. 후후!"

타타와 칫치는 강을 물끄러미 바라보았다. 오후 내내 시끄럽게 울어 대던 직박구리 소리도 그치고 다시 평화로운 정적이 찾아왔다. 졸졸졸 흐르는 강물 소리만이 귓가를 맴돌았다. 해가 지고 있었다. 서쪽 하늘이 노을로 붉게 물들고 노을빛을 받아 곳곳에 이는 잔잔한 물결이 붉은색으로 반짝였다.

강은 결코 멈추지 않는다. 슬펐던 일도, 싫었던 일도 모두 멀리멀리 떠내려 보낸다. 결국 즐거웠던 일도, 기뻤던 일도 멀리 떠내려 보낸다는 뜻이기도 하지만 타타는 그것은 그것대로 좋은 일이라고 생각했다. 아름다운 기억도, 떠올리기 싫은 기억도 모두 떠내려 보낸 강은 언제나 깨끗하고 새로운 모습으로 우리 앞에 흐르고 있었다. 그거면 충분했다.

'강과 함께 있는 한 나는 언제나 새롭게 태어날 수 있어. 그래서 나는 강이 너무 좋다.'

타타는 마음속으로 그렇게 생각했다. 그때 칫치가 소리쳤다.

"아빠랑 할아버지다!"

아빠와 할아버지 쥐가 이야기를 나누며 이쪽으로 걸어오고 있었다. 어느새 친해졌는지 요즘은 항상 붙어 다니며 이야기를 나누곤 했다. 아빠는 아직 상처가 다 낫지 않아 왼쪽 다리를 조금 끌었지만 봄이 되기 전까지는 완치되어 다시 예전처럼 달릴 수 있을 것이다.

"얘들아, 오늘도 재미있게 놀았니?"

아빠가 조금 떨어진 곳에서 소리 높여 물었다.

"네! 너무너무 재미있었어요!"

타타와 칫치가 입을 모아 목청껏 대답했다. 타타는 문득 지난번에 아빠가 했던 말이 떠올라 입을 삐죽 내밀었다.

'내가 아직도 앤가? 언제는 나보고 다 컸다고 말해 놓고 아직도 그렇게 부르다니.'

"아빠, 제가 하늘을 날았을 때 말이에요."

칫치가 말을 꺼내자 아빠가 칫치의 말을 자르며 말했다.

"그래그래, 바람이 차가워지기 시작했으니 이제 집으로 돌아가서 네 이야기를 천천히 들어 보자꾸나."

2

타타네 가족의 모험담은 여기에서 끝이 났다. 이야기를 접기 전에 지금껏 등장했던 인물들이 그 후로 어떻게 지내는지 잠시 소개할까 한다.

타타네 가족을 덮치려다가 고양이 블루에게 호되게 당한 늙은 족제비는 시궁쥐 군단과의 매일 같은 전투에서도 살아남았지만 어느 날 밤 이와미 도로를 건너다가 달려오는 자동차에 치여 죽고 말았다.

사라, 도라무, 간쓰는 온갖 역경을 헤치고 고생 끝에 마침내 그렌이 사는 도서관에 도착했다. 동료들의 격려에 힘을 얻은 그렌은 이듬해 봄 반란군을 재조직하고 시궁쥐 제국을 공격했다. 그렌은 결국 공포 정치를 펼쳤던 악랄한 무리들을 쫓아내 평화롭고 조용한 쥐의 나라를 만드는 데 성공했다.

그렌이 시궁쥐 제국을 어떻게 공격하여 정복했는지를 소개하려면 책 한 권은 족히 나올 것이다. 적의 의표를 찌르는 치밀한 계략을 세우고 대담하게 실행한 그렌, 평소에는 조용하지만 일단 전장에 뛰어들면 180도 돌변하여 무서운 기세로 돌진하는 도라무, 전위부대를 적군의 중심부에 잠입시키기 위해 온 힘을 다한 굴 파기의 달인 간쓰의 활약 등 재미있는 에피소드가 많지만 다음 기회로 미루기로 하겠다.

한편 대장 쥐는 끝까지 저항했으나 참모본부에서 벌어진 마지막 전투에서 큰 상처를 입고 도주한 후로 누구도 그의 모습을 보지 못했다고 한다.

그 후 그렌과 사라는 결혼하여 새끼를 낳았는데 첫째에게는 타타, 둘째에게는 칫치라는 이름을 지어 주었다.

엄마 두더지는 마음이 약한 홀아비 두더지를 맞아 재혼하여 새끼들을 낳았지만 얼마 되지 않아 헤어졌다. 하지만 여전히 씩씩하게 새끼 두더지들을 키우며 하루하루 새로운 사랑을 기다리고 있다.

막내 모로는 동생들이 생긴 후 제법 의젓해졌다. 굴 파기에 재주가 있던 모로는 날이 갈수록 솜씨가 좋아져 형들에게도 그 솜씨를 인정받았다. 특히 늘어난 가족을 위해 굴을 넓힐 때 유감없이 솜씨를 발휘했다. 칫치가 발명하여 두더지 오 형제에게 알려준 도토리 축구는 지금까지도 큰 인기를 누리고 있는데, 동생들이 커서 하면 좀 더 흥미진진해질 것이다.

고양이 블루의 주인 할머니는 매주 문학 동호회에 다니기 시작하면서 친구가 늘어 마음이 젊어지고 건강을 되찾았다. 언제 그랬냐는 듯 건강해진 모습으로 이러쿵저러쿵 편집 일까지 간섭하고 다니는 바람에 원성이 자자하다고 한다.

블루의 생활은 크게 달라지지 않았다. 여전히 속마음을 알 수 없는 포커페이스를 유지하고 있지만 내심 주인 할머니가 다시 건강해져 크게 기뻐하고 있는 게 틀림없다. 하지만 잔디밭에 앉아 별이 아름다운 밤하늘을 올려다보며 미동도 하지 않고 한참 동안 무슨 생각을 하는지는 여전히 알 수 없었다.

근처에 애완동물을 허용한 아파트가 생기면서 다나카 동물병원에도 손님이 북적이기 시작했다. 다나카 선생님이 명의라는 소문이 서서히 퍼지면서 멀리서도 애완동물을 데리고 오는 사람들이 크게 늘었다.

다나카 선생님과 부인은 지금도 가끔 2주 동안 병원에 머물다가 스스로 우리의 문을 열고 도망친 곰쥐 세 마리에 대해 이야기하고는 한다.

"아마도 여행 중이었을 거요."

다나카 선생님의 말에 부인이 깜짝 놀라 물었다.

"그게 무슨 소리예요? 그걸 당신이 어떻게 알아요?"

다나카 선생님은 아무 말도 하지 않고 알쏭달쏭한 미소만 띄울 뿐이었다.

게이치는 봄이 되자 중학생이 되어 학교 야구부에 들어갔다. 지난번 일이 있은 후 한동안 버스에 오를 때마다 의자 아래를 살피며 쥐를 찾는 버릇이 생겼으나 옆에 앉은 아줌마의 따가운 눈총을 받은 후로는 되도록 자제하고 있다. 동물을 키우고 싶지만 우리에 가둬 두기는 싫어서 부모님의 허락하에 고양이를 기르기로 했다. 다나카 선생님의 소개로 근처에서 태어난 얼룩 고양이 새끼를 분양받아 절대로 쥐를 잡으면 안 된다고 교육시키고 있지만 새끼 고양이가 이해할 수 있을지는 모르겠다.

타미도 여전하다. 이 말썽꾸러기 골드 레트리버는 어느 날 저녁 늦게 온몸에 진흙투성이가 되어서도 의기양양하게 집으로 돌아갔다. 비가 눈으로 바뀌어 내리기 전에 집으로 돌아와 천만다행이었다. 만일 타미가 밖에 있을 때 눈이 내렸다면 들떠서 까부느라 언제 집으로 갔을지 알 수 없는 일이었다.

타미가 몰래 드나들던 정원 울타리 아래의 비밀 구멍은 주인에게 발각되어 봉쇄되었지만, 타미는 다른 곳에 새로운 구멍을 파고 주인이 눈치 채지 못하도록 드나들었다. 지난번 들개에게 물린 상처가 아물자 타미는 멋대로 혼자서 산책을 즐기고 있다. 다만 공사가 시작되면서 강가에서 더 이상 놀 수 없게 되자 크게 슬퍼했다. 타미는 어느덧 교미를 할 수 있을 정도로 성숙하여 조금 여성스러워졌지만 여전히 수컷처럼 말했다.

타미는 가끔 들려 타타네 가족의 소식을 들려 주는 참새 부부의 이야기를 재미나게 들었다. 언젠가 기회가 되면 다시 역을 건너 타타와 칫치를 만나러 가겠다며 호시탐탐 기회를 노리고 있는 중이다.

한편 참새 부부는 먼 거리를 날아 타타네 집으로 가끔 놀러왔지만 자신들이 살기에는 기하라 공원이 최고라는 의견을 고수했다. 이들 부부는 올해 공원 숲에 인접한 민가 지붕 아래에 새로운 집을 만들었다. 새끼 다섯 마리를 낳고 지금은 새끼들을 돌보는 데 바빠서 한동안은 타타네 집을 찾기 어려울 것 같다.

마지막으로 타타와 칫치, 그리고 아빠의 근황에 대해서는 한 가지만 이야기하겠다. 타타네 가족은 친절한 할아버지 쥐와 함께 따뜻한 집에서 기나긴 겨울을 따뜻하게 보내며 즐겁게 살고 있다. 강을 거슬러 올라온 파란만장한 여행길에 일어난 일들은 어느덧 추억이 되었다.

그러는 사이에 초목에 싹이 나고 강물이 따뜻해졌다. 눈부신 햇살이 수면에 부서지며 반짝거리고 강도 기쁜 듯 줄줄줄 흐르는 아름다운 계절이 돌아왔다. 새로 시작된 강에서의 삶은 매우 쾌적하고 평온했다. 하지만 타타와 칫치에게는 조금 지루하게 느껴지기도 했다. 특히 칫치는 가슴 졸이는 스릴과 긴장의 연속이었던 모험의 나날을 그리워하기도 했다.

"힘들기는 했지만 재미있는 일도 많았지?"

요 지칠 줄 모르는 꼬마 녀석은 이렇게 말하곤 했다.

하지만 타타네 가족이 또 한 번 이번 여행과는 비교도 되지 않을 정도로 훨씬 웅장하고 가슴 벅찬 대모험에 몸을 던지게 되리라고 칫치도 타타도 전혀 예상하지 못했다. 그건 또 다른 이야기이므로 다음 기회에 얘기하도록 하겠다.

독자에게 보내는 글

　이 이야기는 강가에서 평화롭게 살고 있던 세 마리의 곰쥐 가족이 굴에서 쫓겨나 새로운 땅을 찾아 강을 거슬러 올라가는 모험을 그리고 있습니다.

　즐거운 마음으로 이 이야기를 만들었습니다. 타타네 가족이 위기에 빠질 때마다 함께 가슴을 졸이고, 위기에서 벗어나면 함께 안도하며 온몸이 따뜻해지는 것을 느꼈습니다. 또한 타타의 용기 있는 모습에 감동하고 칫치의 귀여운 모습에 미소 지으며 울고 웃었습니다. 산책을 나갈 때면 혹시 타타네 가족이 지금 이 순간에도 사람들의 눈을 피해 여행을 계속하고 있지 않을까 하고 도로 울타리의 가장자리나 풀숲을 살펴보곤 했습니다.

　아내에게 이 이야기를 들려주자 아내는 곰쥐 가족이 나를 닮았다고 했습니다.

　"당신의 과거, 현재, 미래라고나 할까요? 이드, 자아, 초자아라고도 할 수 있을 거예요."

　상당히 심오한 말을 하는데 평소에도 알 수 없는 말을 종종 하는 사람이니까 신경 쓰지 않기로 했습니다. 그래도 줄거리를 만드는 데 재미있는 소스를 제공하고 "오, 그래. 네 이름이 칫치구나?"라며 낮고 기분 나쁜 대장 쥐의 목소리를 흉내 내(아내가 그렇게 말하면 정말 무시무시합니다) 배꼽 잡게 하기도 했습니다. 이 이야기를 쓰는 동안 줄곧 격려해 준 아내에게 진심으로 고맙다는 말을 전하고 싶습니다.

아내의 말대로 타타네 가족이 모두 조금씩 제 자신을 닮았는지도 모르겠습니다. 사실 곰쥐 가족의 여행기를 처음부터 끝까지 이끌어 온 것은 그들이 자신들의 운명을 맡기려 했던 강에 대한 강한 사랑과 집념이었습니다. 너무 거창하게 말하는 것 아니냐고 할지도 모르겠지만 저는 스스로가 강이라는 심정으로 이 이야기를 써 왔습니다.

이야기의 무대는 도쿄 교외로, 제가 사는 마을과 친구, 지인의 모습을 조금씩 참고로 했습니다. 다만 유일하게 애완견 타미는 실명으로 등장했습니다. 만일 타미가 말을 한다면 틀림없이 이런 모습이었을 것입니다.

이야기 속에서는 인간들이 무차별하게 나무를 자르며 작고 힘없는 동물들을 쫓아내고 강을 메웁니다. 환경을 배려하는 차원에서 도로를 만들기 위해 무리하게 강을 망가뜨리거나 생태계를 파괴하는 야만적인 행위는 고쳐졌다고 합니다. 이는 참으로 바람직한 일입니다.

동물학이나 식물학 지식에 비추어볼 때 그다지 과학적이라고 할 수 없는 서술이 있을 것입니다. 우화이므로 다소 비현실적인 점이 있더라도 너그럽게 봐주길 바랍니다.

어릴 적부터 줄곧 이런 이야기를 한번 써 보고 싶었습니다. 그 꿈을 마침내 이루게 되어 무척 기쁩니다. 점점 삶에 끝이 보이는데 아직 해야 할 일은 산더미처럼 많아서 아마 두 번 다시 이런 글을 쓰지는 못할 것입니다. 이제 유한한 삶의 시간을 되도록 충실히 보내려고 노력하면서 동물과 식물에게 위로를 받으며 하루하루 힘껏 살아가려고 합니다. 이것이 바로 강을 거슬러 올라가는 기나긴 여행과 비슷하지 않을까 하는 생각으로 남은 삶을 위로하고 있습니다.

과연 우리와 영원히 함께할 강은 어디에 있을까요?

강의 빛을 찾아서!

2007년 5월 어느 날
마쓰우라 히사키

타타의 강

펴낸날	초판 1쇄 2010년 8월 6일
	초판 2쇄 2013년 8월 12일

지은이	마쓰우라 히사키
옮긴이	박화
펴낸이	심만수
펴낸곳	(주)살림출판사
출판등록	1989년 11월 1일 제9-210호

주소	경기도 파주시 문발동 522-1
전화	031-955-1350 팩스 031-624-1356
홈페이지	http://www.sallimbooks.com
이메일	book@sallimbooks.com

ISBN	978-89-522-1454-6 43830